btb

Petra Morsbach

Geschichte mit Pferden

Roman

btb

Umwelthinweis:
Alle bedruckten Materialien dieses Taschenbuches
sind chlorfrei und umweltschonend.

btb Taschenbücher erscheinen im Goldmann Verlag,
einem Unternehmen der Verlagsgruppe Random House GmbH.

1. Auflage
Genehmigte Taschenbuchausgabe August 2003
Copyright © by Eichborn AG, Frankfurt am Main, Juli 2001
Umschlaggestaltung: Design Team München
Umschlagfoto: Superstock
KR · Herstellung: Augustin Wiesbeck
Made in Germany
ISBN 3-442-73030-9

Für meine Schwester Claudia,
die mir sehr geholfen hat,
und für G. M.,
ohne die dieses Buch nicht entstanden wäre.

I (1996)

1.

Zwei Wochen Urlaubsvertretung auf dem Hof von Hemjö Crove. Mal was ganz anderes. Sehr beeindruckend. Nette, tüchtige Kolleginnen.

Tatsächlich schmeißen wir den Pensionsbetrieb zu dritt: Frau Karsch, ich (in der Küche) und Frau Podak. Frau Karsch ist wunderbar. Sie putzt alle 17 Zimmer in fünf Stunden, dazu das Restaurant und, mit mir zusammen, die Küche. Wie ein fröhlicher Feldwebel stürmt sie durch den Betrieb. Sie wirkt so gescheit, daß ich mich frage, wieso sie Putzfrau geworden ist. Frau Karsch ist fünfzig Jahre alt, groß und breitschultrig, hat eine graue Dauerwelle und leuchtend blaue Augen. Mir gefällt alles an ihr: ihr Ausdruck, ihre Tüchtigkeit und ihr Selbstbewußtsein. Schon wegen dieser Bekanntschaft hat sich die Anstellung hier gelohnt.

Frau Podak hilft bei der Essensausgabe und beim Abwasch, vor allem aber verkauft sie am Tresen Kaffee, Kuchen und Getränke. Auch sie arbeitet schnell und gründlich. Sie ist die jüngste von uns: Ende dreißig, eine untersetzte Frau mit blassen Augen, roten Flecken auf den Wangen und braunem Haar. Sie darf als einzige von uns an die Registrierkasse und verteidigt eifersüchtig dieses Privileg. Frau Podak kommt aus einfachen Verhältnissen und muß dauernd darüber reden: Bauerntochter, Volksschule, fünf Jahre Fließband. Der Mann ist Automechaniker – Geselle –, beide Söhne sind in der Lehre. Zu viert bewohnen sie ein winziges Häuschen bei einer Schrebergartenkolonie. Frau Podak hat vor Jahren hier als Tresenhilfe angefangen und Karriere gemacht, wofür sie den Chef nicht genug rühmen kann. Aus Dankbarkeit backt sie zu Hause den Kuchen, der hier nachmittags zu Restaurantpreisen verkauft wird.

Frau Karsch findet, daß Frau Podak mit ihrer Dankbarkeit etwas übertreibt. Allerdings hat Frau Podak auch was davon: Man muß nur sehen, mit welchem Stolz sie morgens mit dem Chef und seiner Frau am Frühstückstisch sitzt. Man muß nur hören, wie sie von beiden spricht: *Er*, der Chef, ist stark, mächtig, reich, attraktiv; man könnte meinen, er ist der Mann, den sie sich wünschen würde, wenn sie – nun, nicht Frau Podak wäre. Sondern Frau Gesine Crove. *Sie* – Frau Crove – ist jung, bezaubernd, elegant. Wenn Frau Podak *Er* und *Sie* sagt, läutet etwas in ihrer spröden Stimme wie eine Glocke.

Auch alle anderen reden dauernd über *sie* und *ihn*.

Der Chef, sagen die Gäste, hat als Lehrer eine Art Magie. Die Reiter sind nur für einen Kurs, also höchstens zwei Wochen lang da, aber schon nach der ersten Reitstunde kennt er ihre Namen und ihre Probleme. Er schaut genau hin und findet Lösungen, nach denen sie seit Jahren gesucht haben.

Sie schwärmen auch sonst. Die meisten Reiter sind Frauen (wußte ich vorher nicht). Sie kichern, wenn sie von ihm reden, und werden rot, wenn er sie ansieht. Er hat wirklich was: Er ist zwar nicht groß und nicht jung, bewegt sich langsam und hat ein bereits ziemlich hellgraues Stoppelhaar. Alles Schneidige fehlt ihm. Er wirkt zurückhaltend, sogar bescheiden, aber seine Ausstrahlung ist enorm – eine Mischung aus Bauer und Künstler, sagen die Reiterinnen, ganz ungewöhnlich, ein Genie.

Auch die Chefin macht Eindruck – wer sie einmal gesehen hat, vergißt sie nicht. Mit ihrer knabenhaften Figur, der gewölbten Stirn und den großen blauen Augen wirkt sie jünger als dreißig, auch wenn sie durchaus als Chefin auftritt. Im

Gegensatz zu ihm ist sie sehr schick. Sie redet meistens im Jubelton. »Ja-aaa? Schöööön! Hallooo!« Jeden lacht sie an, als wäre sie mit ihm seit Jahren befreundet. Alle sind bestrickt. Mancher macht ein Gesicht, als würde er sie am liebsten umarmen und beim Vornamen nennen.

Meine Kolleginnen sind von Gesine nicht so überzeugt. Frau Karsch, die Putzfrau, lächelt: »Es ist nicht alles Gold, was glänzt.«

Frau Podak, die Tresenfrau, zuckt zusammen.

»Muß ich auf irgendwas achten?« frage ich.

»Neinnein. Das sehn Sie bald genug.«

∗

Heute habe ich die beiden Kinder kennengelernt. Der Junge kam vorm Essen in die Küche und lümmelte am Herd. Er ist neun Jahre alt, hat schlechte Noten und wirkt bedrückt; er scheint dankbar zu sein, daß Frau Podak ihn anspricht. Nachdem er uns ein bißchen beim Kochen zugesehen hat, sagt er: »Wenn ich fünfzehn bin, werde ich überhaupt nichts mehr arbeiten.«

»Warum nicht?« fragt Frau Podak.

»Warum soll ich? Ich bin jetzt schon Millionär.«

»Aber auch Millionen muß man verwalten.«

Er feixt. »Papa hat gesagt, wenn ich Geld hab, müssen alle tun, was ich sag.«

Die Schwester, Jessica, zwei Jahre älter als er, ist auch da: Man hat sie aus ihrem Internat (»Hohelinde«, glaube ich) für ein verlängertes Wochenende heimfahren lassen. Kaum angekommen, sprang sie auf ihr Pony und ritt zwei Stunden. Jetzt sitzt sie mit den Eltern am Mittagstisch und läßt sich bedienen. Ein mageres Persönchen mit strengen dunkelblauen Augen; sie saugt ihr schmales Oberlippchen ein und starrt mich trotzig an, als ich »Guten Tag« sage.

Bei Tisch beklagt sich Fred über den Nachhilfelehrer, der nachmittags erwartet wird, und Jessica mault, weil sie zum Zahnarzt muß. Wie soll sie überhaupt nach Timmendorfer Strand kommen? Papi muß in der Halle unterrichten, Mami Büro machen. »Ach, Frau Hassel!« strahlt die Chefin mich an, »Wollten Sie nicht heut nachmittag in Timmendorfer Strand Besorgungen machen? Da könnten Sie Jessicalein doch mitnehmen?«

»Ja, kann ich.«

Jessica sagt mit dünner, scharfer Stimme: »Ich mag nicht mit der Köchin fahren. Die sieht aus wie eine Eule.«

Die Eltern reden ihr zu.

Ich habe Jessica vor der Praxistür abgesetzt, zehn Minuten vor ihrem Termin, aber das Kind ist nicht beim Arzt erschienen. Schließlich rief die Praxishilfe bei Croves an. Gesine Crove, in heller Aufregung, klingelte mich aus der Dusche und rief anklagend durchs Telefon: »Jessica ist verschwunden!« Ich wußte nichts. Als ich ins Bad zurückging, erblickte ich mich im Spiegel und fand, ich sehe wirklich wie eine Eule aus. Warum? Kann höchstens an der Brille liegen. Und vielleicht an dem dicken braunen Haar. Graubraunen Haar. Höchstens.

Jessica meldete sich am Abend aus einer Telefonzelle und behauptete, ich hätte sie irgendwo in der Ortsmitte abgesetzt, sie hätte den Arzt nicht gefunden.

Diesen Vorwurf bekomme ich heute morgen zu hören.

Ich habe aber dem Kind die Tür gezeigt, und sie hat gesagt: »Weiß ich doch!«

Der Chef verlangt Klarheit: »Wenn du gelogen hast, werden dir fünfzig Mark vom Konto abgezogen!«

Jessica wird bleich.

»Warst du vielleicht etwas zu früh da und wolltest dich noch ein bißchen umsehn?« fragt er mild.

»Ja«, murmelt Jessica.

»Und hast beim Bummeln den Weg vergessen?«

»Ja. Ja. Genau so war's.«

Ich bin wütend. Frau Karsch sagt: »Ja, so ist sie manchmal. Neulich hat ihre Mutter geschimpft, weil sie das Kinderzimmer nie aufräumt, da sagte sie: Das waren die Putzfrauen! Die suchen Geld und stöbern überall herum!«

»Und das lassen Sie auf sich sitzen?«

»Die Eltern nehmen es nicht ernst. Wissen Sie, diese Kinder haben's auch nicht leicht.«

»Niemand hat's leicht!«

Frau Karsch erzählt, daß die Eltern früher gern ausgingen und sich, weil sie das Kindergeschrei fürchteten, heimlich aus dem Staub machten. Dann irrten die Kleinen herum, über den Hof, durch alle Ställe und Scheunen, die vielen Zimmer, und piepsten: »Wo ist Mama, wo ist Papa?« – »Wir konnten doch nicht sagen: Die Alten haben euch reingelegt!« ruft Frau Karsch.

Als sie größer waren, spielte der Vater mit ihnen am liebsten Sparschwein-Leeren: Er sah zu, wie sie Zehn-, Fünf-, Zwei- und Einpfennigstücke zu Häufchen schichteten, und brachte ihnen bei, Zahlen zu schreiben, bevor sie zur Schule gingen. »Ihr müßt Malen lernen!« nannte er das.

»Malen« war offenbar nicht das, was die Kinder brauchten. Sie protestierten auf ihre Weise: Jessica machte ins Bett, Fred kackte in Papierkörbe und pinkelte auf Küchengeräte.

»Ist Ihnen übrigens was an den Namen aufgefallen – Jessica und Fred?« lächelt Frau Karsch.

»Nein.«

»Sind englische Namen! Die Chefin fand das schick. *Er* hätte sie lieber Hanne und Friedrich genannt, nach seinen Eltern, die beide Bauern waren. *Sie* sagte, er darf dafür die

11

nächsten beiden Namen aussuchen. Aber bevor es so weit war, hatte *sie* keine Lust mehr.«

Sie will »prinzipiell« keine weiteren Kinder. Sogar ich habe sie darüber mit ihm am Frühstückstisch streiten hören. Sie ist froh, daß sie ihre Figur behalten hat, sie will ihre Jugend genießen. Regelmäßig fährt sie nach Hamburg und kauft in Boutiquen sehr kurze Kleider. Sie will ihren Mann damit überraschen. Manchmal ist er hingerissen, aber manchmal schimpft er auch auf den »Fummel«, dann muß sie ihn umtauschen.

Sie möchte reisen, für eine Woche auf Schönheitsfarmen, mit Massagen, Packungen und Maniküre, oder fürs Wochenende nach Sylt oder auf Parties. *Er* kann nicht weg. Jetzt will sie wenigstens ein rauschendes Fest zu Hause geben. Ihr 12. Hochzeitstag steht bevor. Träumend lehnt sie am Tresen, während wir kochen, und malt sich und uns aus, wie perfekt alles sein wird: Die Damen in »lang«, die Herren in Abendanzügen, Diener mit weißen Handschuhen, Mädchen mit Häubchen. In solchen Augenblicken wirkt sie fast kindlich. In Hamburg hat sie einen Zobel gesehen, einen, den man auch im Sommer tragen kann. Sie möchte ihn haben. Sie weiß genau, wie schön sie darin sein wird. Sie beschreibt sich: gertenschlank, breiter Gürtel, die langen, blonden Haare hochgesteckt. Nerz oder Zobel. Einen Nerz hat sie schon, aber mit Zobel wär's noch schöner. Auch das passende Collier hat sie schon ausgesucht, auf Sylt. Crove ist mit ihr hingefahren und hat gezahlt. Ja, sie ist schön, und sie denkt jede Sekunde daran und will es andauernd gesagt bekommen. Stelle ich ihr eine Frage (Einkaufsliste, Lebensmitteltransport), nickt sie, ohne zu begreifen.

Sie ist so reizend, daß sie alles geschenkt bekommt. Und sie will auch alles geschenkt. Heute hat sie die Gastkinder mit der Kutsche zur Ostsee gefahren, als Abschlußfeier nach einem Ponykurs. Auch dieses Märchenbild beschrieb sie uns am Abend fast schwärmerisch: schöne, junge Frau im frischen Sommerkleid auf der Ponykutsche inmitten glücklicher Kinder, eine zierliche Peitsche in der beringten Hand. Passanten blieben stehen, Autofahrer bremsten. Und dann winkte ihr der Erdbeermann, der wie immer an der Ortsausfahrt stand. Ich kenne ihn: Er kommt aus einem Erdbeeranbaugebiet jenseits der Trave, hat ein behindertes Kind zu Hause und auch sonst reichlich Sorgen. Aber am Anblick unserer Chefin erfreute er sich so, daß er ihr drei Kilo Erdbeeren schenkte. Alle Kinder auf dem Wagen aßen und waren vergnügt, und jetzt, zu Hause, läßt Gesine auch uns ihr Glück bewundern. Die Früchte duften einfach wunderbar, so daß ich bitte, probieren zu dürfen. Strahlend reicht Frau Crove mir die Tüte: »Mit fünf Mark sind Sie dabei!«

Samstag ist Zahltag. Wir drei – Frau Podak, Frau Karsch und ich – werden nach Stunden bezahlt, 14 Mark in bar, alle schwarz. Nach dem Mittagessen übergeben wir dem Chef eine Liste, auf die wir unsere Arbeitsstunden eingetragen haben. Ich hatte auch noch, natürlich nach Rückfrage, frische Ware – Milch, Brot, Salat usw. – im Dorf gekauft und selbst bezahlt. Die Quittungen lege ich vor. Der Chef liest alles durch und fragt: »Warum Butter? Haben wir nicht genügend aus dem Großmarkt?«

»Sie war ranzig.«

»Meine Frau sagte, sie war in Ordnung.«

»Ist Ihre Frau Köchin?«

»Margarine nehmen!« blafft er mich an. Ist es möglich, daß dieser Supermann die Nerven verliert, weil er Geld zurückzahlen muß, das ihm geliehen wurde? Dabei habe ich die Zeit, die ich zum Einkaufen brauchte, noch gar nicht mitgerechnet, fällt mir ein, aber jetzt traue ich mich nicht mehr.

658 Mark soll ich für diese Woche bekommen. Er erklärt, er habe sowieso gerade kein Geld, und entschwindet ins Herrenhaus. Es gibt zwar vom Restaurant aus eine Telefonleitung rüber, der Chef will aber von eins bis halb drei »keinesfalls« gestört werden, denn das ist seine »Mittagsstunde«. Um drei Uhr ist er wieder da und gibt im Restaurant Theorie, danach in der Halle Springunterricht, wieder können wir ihn nicht erreichen. Ich fahre ohne mein Geld nach Hause.

Am Sonntag geht es ebenso weiter. Nachmittags um vier rückt er 650 Mark raus und sagt, acht hätte er gerade nicht klein. Frau Podak schuldet er noch vier.

»Das ist nun mal sein Charakter, er kann nicht anders«, amüsiert sich Frau Karsch.

»Wie kann man für solche Leute arbeiten?« denke ich laut. Ich finde die Sache nicht komisch.

»Nana. Er ist dreist, aber sportlich«, meint Frau Karsch. »Er trägt Ihnen nichts nach. Und ich bin froh, daß Sie da sind.«

Tat mir gut, das zu hören. Beides. Obwohl ich mich frage, warum *ich* erleichtert sein soll, daß *er* mir nichts nachträgt.

*

Meine zwei Erlhof-Wochen sind um, und ich habe mich wieder ans Altersheim gewöhnt. Ich wirble unter Neonlicht in meiner Kellerküche, die viel größer und moderner ist als die auf Erlhof, stelle das Essen auf die Wagen, spüle ab, putze und rede den ganzen Tag mit keinem ein Wort. Langeweile kommt nicht auf: Vier verschiedene Diätprogramme (Zucker, Cholesterin, Eiweiß, passierte Kost) und Normalessen, ich muß mich konzentrieren, ich bin stolz, wenn Senioren, die seit Jahren hier wohnen, mein Essen loben. Und Olsen ist ein viel angenehmerer Arbeitgeber als Crove. Er zahlt zwar nicht besser, dafür aber pünktlich und ohne Tricks; seit einem Jahr sogar freiwillig auf Karte, wahrscheinlich als einziger im Dorf. Er nimmt von jedem Hauptgericht vier Portionen, vom Nachtisch drei. Er hat mir sogar zwei Heiratsanträge gemacht, obwohl ich zehn Jahre älter bin. Ich wollte ihn nicht, weil er so dick ist, aber gefreut hat es mich schon.

Am Dienstagabend rief Crove an und fragte, ob ich fest nach Erlhof kommen will. Mir fehlten die Worte. »Sie haben bis Samstag abend Bedenkzeit«, sagte er mit seiner warmen, männlichen Stimme.

Was für eine Dreistigkeit! Auch bei der zweiten Samstagsabrechnung hat er mich behumpst, er schuldet mir immer noch dreizehn Mark. Wegen dieser windigen Leute drei Jahre vor der Rente meine sichere Stelle im Altersheim aufgeben, da wär ich ja verrückt.

Ich muß sogar lachen. Bis zum Einschlafen kann ich an nichts anderes denken. Meine Erlhof-Erfahrungen gehen mir durch den Kopf, dazu die vielen Geschichten über Croves Schändlichkeit, die im Dorf kursieren. Crove der Gauner, Crove der Leuteschinder, anders wird er nie genannt, wahrscheinlich gibt es hier keinen, den er noch nicht reingelegt hat. Die Briefträgerin, Frau Quast, erzählt von ihrem Schwager, der bei Crove als Knecht gearbeitet hatte und dauernd um seinen Lohn geprellt wurde, weil er sich nicht wehren konnte. Als er starb und die Witwe seinen letzten Lohn abholen wollte, sagte Crove: »Er war mein Knecht, nicht du. Dir schulde ich nichts.«

Und so weiter.

Am Mittwoch morgen finde ich in der Altersheimküche einen Zettel vor, ich soll mich nach der Arbeit bei Olsen melden. Das ist nett. Seit zehn Jahren arbeite ich hier, und Olsen vergißt nie zu sagen, wie sehr er mich schätzt.

Auf dem Weg zum Büro fühle ich mich so unentbehrlich, daß ich mir sogar etwas Kritik leiste. Ich sehe auf dem Treppenabsatz zwei Pflegerinnen klöhnen, Staubtuch in der Linken, Zigarette in der Rechten, während die alten Leute hilflos an den Klingelschnüren zerren. Ich werfe beiden einen scharfen Blick zu und ärgere mich; normalerweise gehe ich diesen Frauen aus dem Weg, um mich *nicht* ärgern zu müssen. Unser Personal ist liederlich. »Ich finde niemand«, sagt Olsen bedauernd, aber besser zahlen will er nicht: Er nimmt von den Krankenkassen den gleichen Tagessatz wie alle Heime, zahlt aber ein Fünftel weniger Lohn. Ich glaube, er hat nur eine einzige ausgebildete Krankenschwester. Einmal hörte ich die über eine alte Dame sagen: »Genug genervt. Jetzt schieß ich sie ab!«, während sie eine Spritze aufzog. Ich erzählte das Olsen, der es für einen sauren Scherz hielt, aber als die alte Dame wenige Tage später starb, wurde die Schwester gefeuert. Zwei Monate später war sie wieder da. »Ich habe niemand gefunden«, sagte Olsen bekümmert.

Als ich bei Olsen anklopfe, überlege ich, ob ich mal wieder eine Ermahnung aussprechen soll (»Herr Olsen, einige Seiten dieses Betriebes… Sie müssen wissen, ich habe auch andere Möglichkeiten…«). Da öffnet jemand von innen. Olsen tut das nie, er steht nicht gern auf (Kniebeschwerden), und als ich eintrete, höre ich hinter der Tür eine tiefe Frauenstimme sagen: »Guten Tag, Frau Hassel!« Es ist Frau Reh, eine Köchin, die mich seit Jahren im Urlaub vertritt.

Herr Olsen lächelt verlegen: »Schön, Sie zu sehen, Frau Hassel! Die süßen Kartoffeln mit Grünkohl waren mal wieder…«

Frau Reh räuspert sich. Sein Blick fliegt zu ihr hin.

Er seufzt. »Frau Hassel, Hemjö Crove hat mich angerufen, daß er Sie am liebsten sofort einstellen will. Ich möchte Ihnen nur sagen, daß es von meiner Seite aus keine Einwände gibt.«

Damit hatte ich nicht gerechnet.

»Wieso«, stottere ich, »Sind Sie mit mir unzufrieden?«

»Nein!« ruft er fast beschwörend, »Ich hatte nur den Eindruck, Sie selbst fühlen sich hier nicht mehr wohl. Und da wir glücklicherweise eine eingearbeitete Kraft zur Hand haben, die ihrerseits eine feste Stelle sucht...«

Ich selbst habe Frau Reh vor fünf Jahren per Annonce gefunden und eingearbeitet. Seitdem vertrat sie mich jedes Jahr für zwei Wochen und nach meinem Bandscheibenvorfall vier Monate lang. Am Anfang hatte Olsen immer gesagt, mein Essen schmecke ihm besser, aber vor etwa einem Jahr begann er, Frau Reh zu rühmen. Er schien sich zu freuen, daß ich im Juni eine vierwöchige Kur machen wollte. Als mir die Kur gestrichen wurde, sagte er, er könne Frau Reh nicht mehr ausladen. Nur deshalb habe ich die Urlaubsvertretung bei Crove übernommen. Frau Reh, Frau Reh. Andauernd passieren um mich herum so groteske Sachen, und an mir läuft alles vorbei.

Frau Reh ist vierzig, geschieden, zwei Kinder, sieht ordentlich aus, gepflegt, etwas hart. Lebt in bescheidenen Verhältnissen.

Und Olsen? Olsen ist zweiundfünfzig, leberkrank, nierenkrank, kniekrank, aber reich. Ich schätze ihn auf zweihundert Kilo. Jetzt, im Sommer, sieht man die Fesseln aus seinen Schuhen quellen. Der ganze Mensch besteht aus Wülsten. Kein Hals, spärliches, sandfarbenes Haar, unter dem die rötliche Kopfhaut schimmert. Zwischen borstigen Haaren aufgekratzte Hautstellen an Beinen, Armen, im Nacken und am Halsansatz. Zu Tieren ist er gut, seine Mutter (verstorben) hat er sehr geliebt.

Olsen und Frau Reh. Mit vielem hatte ich gerechnet, aber damit nicht. So schnell kann's gehen.

»Ist das eine Kündigung?« frage ich. Leider zittert meine Stimme.

»Nein! Nein!« Er sieht mich erschüttert an mit seinen kleinen, blaßblauen Augen. Schimmern Tränen darin? »Sie wissen doch, wie ich Sie schätze. Aber Sie hatten in letzter Zeit so vieles zu beanstanden – unser Personal … Vor allem aber: Wenn Hemjö Sie will …«

»Kann nicht Frau Reh zu Herrn Crove?«

»Sie mag nicht.«

Ich habe natürlich einen Vertrag, Kündigungsschutz; Olsen selbst scheint zu schwanken, und besonders widerstandsfähig war er nie –, aber plötzlich gebe ich mich geschlagen. Es soll anscheinend so sein. Alles läuft auf Erlhof zu. Und seltsamerweise bin ich eher erleichtert als erschrocken.

Warum auch nicht?

Immerhin ist Crove ein tüchtiger Mann, das stellen nicht mal seine Feinde in Frage. Tüchtigkeit bewundere ich. Und hat nicht auch er mir wohlwollend beim Arbeiten zugesehen? Er braucht mich! Seine einzige Marotte ist sein Geiz. Aber wenn es die stolze Frau Karsch seit Jahren bei ihm aushält, kann ich das auch.

»Ab wann?« frage ich.

»Sprechen Sie am besten mit Crove selbst. Ich weiß nicht, wann seine Köchin geht.« Olsens Stimme klingt eifrig. Seine Augen ruhen sehnsüchtig auf Frau Reh, die sich bemüht, nicht zu lächeln.

Als ich gehe, fällt mir noch eine Frage ein. »Wissen Sie eigentlich, warum er sich von der anderen Köchin trennt?«

Olsen winkt mir bereits nach. »Ich glaube, sie wollte mehr Geld.«

*

Zu Hause finde ich keine Ruhe. Veränderungen regen mich immer auf, und diese hat mich völlig überrumpelt. Am besten, ich mache noch einen Spaziergang. Der Wind bläst mir den Kopf vielleicht frei.

Ich greife meine Jacke und gehe los. Ein kühler Sommerabend, steifer Ost, Wolken, aber immer noch hell, auch nach neun Uhr.

Auf seinem Trecker rattert mir der junge Kaarßen entgegen, ziemlich schnell, er will wohl vor der Nacht sein Heu in die Scheune bringen, aber er könnte doch grüßen – nein, tut er nicht, er tritt sogar aufs Gaspedal, und ich muß in den Acker springen, ich bin nicht sicher, ob er ausgewichen wäre.

Alles regt mich auf. Crove ist vielleicht schlimm, aber die anderen sind auch nicht besser. In Bresebeck teilen sich die sechs reichsten Bauern den Gemeinderat (von den ärmeren darf nur Schierenbeck dabeisein, wegen der Feuerwehr). Zusammen machen sie, was sie wollen, ihre Söhne benehmen sich wie Junker. So eine Begegnung wie eben hatte ich nicht das erste Mal, aber zum ersten Mal kommt sie mir beinah gelegen: Ich will mich schließlich mit meinem neuen Arbeitgeber abfinden. Ich muß. Ich denke: Crove hält sich aus dieser Clique raus, und auch deshalb haben sie auf ihn eine Wut.

Ich erklimme den Naturwall, der weit um Erlhof herumführt. Der Wind pfeift über den Kamm. Rechts unten auf der grauen Ostsee Schaumkronen. Links, zwischen schwankenden Erlen und weißen Zäunen, sehe ich den Hof, auch aus dieser Entfernung imponierend. Er ist wunderbar gelegen, eine Allee führt auf ihn zu. Der Himmel ist noch hell, aber unten liegt schon die Dämmerung. In der Reithalle brennt Licht.

Ich gehe auf dem Wall, immer Erlhof im Blick, und denke: Zumindest wird's dort interessant. Crove ist ein ungewöhnlicher Mensch. Seine Lebensgeschichte ist beinah Legende, jeder im Dorf kann sie auswendig, und das wenige, was die Dörfler nicht wußten, haben Frau Karsch und Frau

Podak warmherzig ergänzt. Ich gebe zu, daß sie mir imponiert.

Sie geht so: armselige Kindheit im halbverfallenen Hof eines alten Trinkers; Nächte unter dem Wirtshaustisch, wo der kleine Hemjö schlief, bis der Vater ihn mit einem Fußtritt weckte; Flucht von zu Hause mit vierzehn, Reiterlehre irgendwo im Süden (ich glaube, Lüneburger Heide); Rückkehr als inzwischen erfolgreicher Springreiter unter der Bedingung: Er übernimmt das Kommando. Der Alte soff noch zwanzig Jahre weiter, seine Frau war nur dazu da, um hinter ihm herzuwischen, wenn er Tabak auf den Fußboden spie oder unter sich ließ. Sie verschied, heißt es, mit dem Stoßseufzer: »Endlich.«

Ich meine, die Sache ist ja auch ein bißchen romantisch: Der junge Crove, der in einer zugigen, verrußten Bude mit Außenklo haust und nur daran denkt, wie er aus seiner Misere herauskommt. Der von früh bis spät schuftet, erfolgreich Rüben anbaut, worüber zunächst alle lachen, bis er damit tolles Geld einfährt, Turnierpferde ausbildet und mit Gewinn verkauft, unzählige Pokale sammelt und, als der Rücken nicht mehr mitmacht, seinen Reiterhof gründet.

Und der auch in puncto Frauen genaue Vorstellungen hatte, bei offenbar unbegrenzter Auswahl. Während seiner langen Junggesellenzeit hatte er immer Geliebte. Aber wenn die sich Hoffnungen machten, sagte er, zum Heiraten habe er keine Zeit.

»Und wenn du alt bist?« fragten sie.

»Dann nehme ich mir eine junge Frau.«

So geriet er an Gesine Tipp, die Tochter eines Lübecker Fabrikpförtners. Als Crove sie kennenlernte, war sie achtzehn. Bei einem Turnier in der Nachbarschaft schenkte sie Sekt aus, und alle Reiter umschwärmten die Sekttheke und hatten nur Augen für sie. Crove war inzwischen achtundvierzig: Er lebte immer noch in seiner halbverfallenen Bude und hielt wohl den Augenblick für gekommen. Er ließ für viel Geld das Haupthaus zum jetzigen Herrenhaus ausbauen und heiratete mit Pomp.

Ich bin am Ende des Walls angelangt und könnte von hier aus direkt über den Diebelweg nach Hause, statt dessen drehe ich um und kehre auf demselben Weg zurück, weiterhin Erlhof im Blick, wo in der wachsenden Dämmerung immer mehr Lichter aufflammen.

In dieser Nacht hatte ich einen peinlichen Traum.

Olsens riesiges Gesicht. Die Tränen, die in seinen Äuglein glitzern, erweisen sich als Schweiß; sein ganzes massiges Gesicht ist in Bewegung, und ohne daß ich sie sehe, weiß ich, er ist in einer eindeutigen Situation mit Frau Reh. Er sieht mich, hält inne und ruft: »Soso, Frau Hassel, beginnt jetzt Ihr letztes Abenteuer?«

*

Gestern habe ich die Altersheim-Küche geräumt. Kleiner Abschiedssekt mit Olsen, der massenhaft Kartoffelchips fraß und beinah weinend sagte: »Wenn Sie Schwierigkeiten haben, können Sie jederzeit zu mir kommen.« Dann grinste er: »Wissen Sie eigentlich, daß Gesine Crove dreißig Jahre jünger ist als Hemjö?« Er beugte sich vor. »Es war eine richtige Jet-set-Hochzeit: sechsspännige Kutsche, Konfetti und Zylinder. Hemjös alte Flammen standen am Straßenrand und weinten. Wir aber haben Wetten abgeschlossen, mit wem sie ihm zum ersten Mal Hörner aufsetzt. Vielleicht kommen Sie mal vorbei und erzählen?«

Heute habe ich noch frei, morgen geht's los. Die nächsten sechs Monate bis Mitte November folgt ein Reitkurs dem anderen, dann ist bis März Pause, abgesehen von einem einwöchigen Kurs zu Sylvester und einem Turnier.

Ich mache einen Speiseplan und eine Einkaufsliste für die nächste Woche, versuche, an andere Dinge zu denken, und unternehme am späten Nachmittag einen Spaziergang, der mich unversehens wieder nach Erlhof führt. Ein bißchen ärgert mich das (bin ich jemals in meiner Freizeit zum Altersheim gegangen?). Aber ich möchte nirgendwo anders hin. Es reizt mich, denke ich, einmal (noch) Erlhof als freier Mensch zu besuchen.

Zweieinhalb Kilometer Feldweg direkt von meinem Haus weg, dann die etwa fünfhundert Meter lange, asphaltierte Allee. Bei der Wärme tut es gut, im Schatten zu gehen. Die Allee führt in einer flachen Schleife bergab, so daß man zwischen den Bäumen immer wieder den ganzen Hof sieht, aber aus verschiedenen Winkeln. Er ist wunderschön. Zum ersten Mal betrachte ich ihn mit Verstand.

Er liegt offen da, einladend. Es gibt kein Tor, keine Mauer, man überblickt schon von weitem alle wichtigen Gebäude: rechts das dreistöckige Herrenhaus, links das Wirtschaftsgebäude mit Halle (riesige Fenster, die das Sonnenlicht spiegeln), Stall und Gästetrakt. Kommt man näher, erkennt man vor der Halle hinter mannshohen Hecken den Parkplatz. Überall Kiesboden, deshalb fahren alle langsam, auch dicke, starke Autos rangieren behutsam mit säuselndem Motor.

Am Parkplatz vorbei geht es in den weitläufigen Hof zwischen Herren- und Wirtschaftshaus. Auch der ist kiesbestreut, nur in der Mitte wird soeben ein kreisrundes Beet angelegt; ein Gärtner pflanzt Blumen, ein anderer sät Gras. Die dritte Seite des Platzes wird von mehreren niedrigen Stallgebäuden begrenzt, die vierte (hinter mir) von einem Sandplatz mit bunten Hindernissen.

Im Augenblick ist ordentlich was los: Viele Reiter, die hier eigene Pferde stehen haben, kommen erst jetzt, weil sie tagsüber, während des Unterrichts, nicht in die Halle dürfen. Einige binden Pferde an eiserne Ringe und striegeln sie. Staub wirbelt auf. Ich bleibe in sicherer Entfernung und schnuppere – ich mag, wie Pferde riechen: gar nicht stechend, sondern fein, fast aromatisch, ihr Duft mischt sich mit dem von Leder und Parfüm. Einmal sehe ich, wie ein Pferd seine Schnauze ins Gesicht der Reiterin hebt und leise durch seine beweglichen, feinen Nüstern pustet. Die Reiterin umfaßt mit beiden Händen diese Pferdenase, drückt einen Kuß darauf und ruft entzückt: »Schneckerle!«

Zwei junge Frauen sitzen auf einer Bank. Eine zeigt der anderen Photos und sagt: »Nur wegen dieser Sehnenscheidenentzündung...« Die andere: »Erinnere mich nicht dran. Ich mach jeden Tag Überstunden... Vielleicht sollte ich einen Tierarzt heiraten?«

»Hei, Britta! Wie lief's beim Turnier?« rufen sie einer dritten Frau zu, die mit einem Zaumzeug in der Hand auf den Stall zusteuert, einer drahtigen Blondgesträhnten mit Raffgebiß.

»Geht. In der Kür hat er leider die Galoppwechsel versaut: beim Einerwechsel einmal versprungen, das riß uns rein. Andererseits hat er die Piaffe seines Lebens hingelegt. Noch am Nachmittag redeten alle von dieser Piaffe.«

Ich versuche mir zu merken: Kür, Einerwechsel, Piaffe. Klingt besser als: Blutdruck, Koma, Insulin.

Britta wird übrigens von den beiden anderen fast ehrerbietig behandelt. Sie bildet S-Pferde aus! höre ich. (Das habe ich schon gelernt: Pferde mit dem Buchstaben S sind höchste Klasse.) Ein S-Pferd dieser Britta, einen richtigen Kracher, hat leider Brittas Konkurrentin gekauft, erfahre ich, und bei demselben Turnier geritten. »Aber wie schlampig! Bei der Piaffe hat er sich total freigemacht und ist dann beim Übergang zur Passage sogar angaloppiert. Trotzdem sind die superhoch gepunktet worden.«

Britta sagt auch: »Da fühlt man sich echt verarscht!«

Aber dann geht es genauso erhaben weiter, für mich klingt's wie Mathematik oder Musik. Es fällt mir schwer, mich von den dreien zu lösen.

Die Pferdebesitzer – hier nennt man sie Einsteller – kenne ich ja noch gar nicht. Sie essen normalerweise nicht im Restaurant und kommen höchstens auf einen Kaffee vorbei. Jetzt versuche ich sie mir einzuprägen – meine neue Welt! –, sehe aber nur straffe Körper, schwarze Stiefel und wohlhabende Gesichter; auf einmal fühle ich mich alt und armselig.

Ich bin erleichtert, als ich jemanden wiedererkenne: eine Frau, mit der ich mal oben in der Küche eine Begegnung hatte. Wohl eine Geldfrau, sechzig, toupiertes Haar, Wildlederweste, schilffarbener Seidenschal, Reitgerte. Mit dieser Gerte, die sie damals unter der Achsel trug, hatte sie eine Schale Würfelzucker vom Tresen gefegt und nicht aufgehoben, nicht eine Scherbe, nicht ein Stück: weil ich danebenstand. Ohne ein Wort der Entschuldigung war sie gegangen. Jetzt bleibt sie immerhin stehen und sieht sich um: Vielleicht ist sie sogar verlegen?

Was sie wohl sagen wird?

Sie sagt zerstreut: »Guten Abend.« Offenbar hat sie mich nicht erkannt.

*

Die Sommerferien haben begonnen. Siebzig Gäste, große Hitze draußen und erst recht in der fensterlosen Küche, Berge von Abwasch.

Trotzdem fällt mir die Arbeit nicht schwer.

Eine frohe, beinah festliche Stimmung liegt über dem Hof. Die Gäste sind jung, gesund und verrückt nach Pferden. Endlich haben sie mal zwei ganze Wochen Zeit dafür; sie reden von nichts anderem. Weil sie sich viel bewegen, haben sie einen Riesenhunger, loben mein Essen und danken begeistert für jeden Nachschlag. Und weil die Küche direkt neben dem Restaurant liegt, nur durch einen Tresen von ihm getrennt, fühle ich mich auch immer ein bißchen am Geschehen beteiligt, selbst wenn ich am Waschbecken Kartoffeln schäle.

Die Küche selbst hat kein Fenster, das Restaurant aber zwei lange Fensterreihen. Eine nach Südwesten, herrlicher Blick über Allee, Springgarten und Felder. Auf der anderen Seite schaut man direkt in die lange Reithalle: An diesen Fenstertischen kleben immer Zuschauer wie Fliegen und kommentieren, was unten zu sehen ist. Sie rufen, lachen, stöhnen, und ihre Begeisterung ist so ansteckend, daß ich manchmal meine Arbeit unterbreche und mit nassen Händen hinübereile; aber dann sehe ich eben Reiter mit schwarzen Kappen auf Pferden, die durcheinander laufen.

In der Mitte steht der Chef, ein drahtloses Mikro an einer Schlaufe um den Hals. Manchmal wird das, was er sagt, ins Restaurant übertragen. Seine Stimme ist weich und ruhig, und er redet so klar, daß sogar ich meine, ich hätt's kapiert, und wenn ich jetzt auf ein Pferd steige, kann ich's auch.

*

Letzten Samstag bei der Auszahlung hat der Chef mich gefragt: »Stimmen Ihre Zeiten?« Das war wie ein kleiner Schock, der vorüberging. Aber in dieser Woche fragten sie wieder. Zuerst Frau Crove (»Stimmen Ihre Zeiten?«), dann nochmals er. Inzwischen hatte ich mich erzürnt. Ich holte Luft: »Wenn Sie mir etwa unterstellen wollen, ich schreibe meine Stunden falsch auf …« Der Chef sagte rasch: »Schon gut, schon gut. War nur 'ne Frage.« Ob er weiß, welchen Schaden er damit anrichtet? Ob er ihn anrichten will?

Aber schuldig geblieben ist er mir diesmal nur vierzig Pfennige. Und mir gefällt Erlhof noch immer. Ich fange sogar wieder an, mich verantwortlich zu fühlen, meine alte Krankheit.

Ich schimpfe mit den beiden Reitlehrlingen, die mit dreckigen Stiefeln und schwarzen Fingernägeln in die Küche kommen. Sie sagen:»Abends, wenn Sie nicht da sind, müssen wir in Ihrer Küche sogar das Abendessen machen; glauben Sie etwa, daß wir uns vorher umziehen?« Das Abendessen – Butterbrote mit Aufschnitt, Früchtetee – machen normalerweise zwei Mädchen aus dem Dorf. Wenn die frei haben, springen die Reitlehrlinge ein. (Der Chef nimmt lieber weibliche als männliche Lehrlinge: Sie sind vielseitiger, sagt er.)

Die Lehrlinge müssen auch Pferde füttern und Ställe ausmisten, zur Erntezeit Heu und Stroh einfahren. Sie arbeiten ab halb sechs Uhr früh, mit einer einzigen Pause zur Mittagszeit, erklären sie mir. Abends sind sie so müde, daß sie sich nicht noch die Hände waschen können.

Heute stand ich nach der Arbeit kurz am Fenster, um Luft zu schnappen, da sah ich ein kleines silbernes Auto auf den Hof fahren. Ein schwüler Nachmittag mit schwarzen Wolken, das silberne Auto, das bei den Büschen parkte. Aber keiner stieg aus.

Ich glaubte, einen erstickten Ruf zu hören. Die Tür öffnete sich kurz und wurde wieder zugerissen. Dann sah ich, es waren zwei Personen im Auto, die miteinander kämpften: ein Mädchen, wohl aus einem unserer Jugendkurse, und unser Steffen. Das Mädchen versuchte verzweifelt, sich aus seinen Armen zu befreien. Ich rannte hinunter, da stürzte die Kleine mit gesenktem Kopf, die Hand auf den Mund gepreßt, an mir vorbei. Sie ist höchstens dreizehn. Ich habe

Steffen mächtig beschimpft. Er pfiff vor sich hin und blickt Löcher in die Luft.

Steffen hat hier vor zehn Jahren eine Reiterlehre begonnen und kam nicht durch die Zwischenprüfung. Heute ist er Sani bei der Bundeswehr. Weil er keine Familie hat, kommt er oft nach Erlhof. Crove ruft ihn kurzfristig zum Aushelfen (Fenster streichen, Kabel verlegen, Transporte), und für mich macht Steffen, wenn Gesine Crove verhindert ist, die Wocheneinkäufe. Er kommt allerdings auch einfach so, im Sommer fast jeden Abend und am Wochenende.

Steffen schätzt Kosmetika und aromatische Wässerchen; manchmal ist er richtig geschminkt. Mit seinen Seidenhemden und dem fadendünnen Schnurrbart wirkt er wie poliert, ich hätte ihn eher dem anderen Ufer zugeordnet. Jetzt muß ich mich von Frau Karsch aufklären lassen, daß Steffen Mädchen mag, vor allem kleine. »Je jünger und zarter, desto besser.«

Erlhof aber wimmelt von jungen, zarten Mädchen. Wahrscheinlich würde der Betrieb ohne sie pleite gehen.

Steffen nennt sie »Pfirsiche«.

Und Croves? Sind nicht sie für diese Pfirsiche verantwortlich?

Frau Karsch sagt, sie habe das Ehepaar darauf angesprochen. Beide Croves hätten gelächelt: »Aaach ... Solang er nicht wirklich ...«

Deshalb erzählte ich Hemjö Crove die Parkplatzgeschichte. Er sah mich kurz und zerstreut an, als habe er tausend wichtigere Dinge im Kopf, und knurrte: »Zur Sache!«

»Steffen *hat* wirklich. Auf jeden Fall *will* er, eindeutig.«

»Na und?«

»Sie sind für diese Mädchen verantwortlich. Wenn einer was passiert, sind Sie dran!«

Nach einigem Zögern nickte er. Im Weggehen sagte er: »Es ist gut, daß Sie ein Auge auf ihn haben!«

Wie der jede Situation so drehen kann, daß er sie als Sieger verläßt!

*

Der Laden brummt. Es herrscht Dauerlärm; selbst wenn man eine Pause hat, kann man sich nicht entspannen. Die Lehrlinge sagen, auch die Pferde seien gestreßt. Überall sind Schüler, als wären es siebenhundert statt siebzig. Von uns hat längst keiner mehr den Überblick. Übrigens sind auch Sonderschüler und Kinder aus Problemvierteln dabei. Inge Podak erklärt, das sei eine »vollkommen neue Kundschaft«, die der Chef da aufgetan habe, weil er an den erwachsenen Reitern nicht genug verdiente. Die Kinder seien für ihn unaufwendiger, reiterlich anspruchslos, und bezahlt bekämen sie ihren Kurs als »pädagogischen Aufenthalt« vom Staat. Je ärmer sie sind, desto lauter kommen sie mir vor. Ein erwachsener Reiter mit zimtfarbenem Jackett und Siegelring sagte: »Lautstärke ist eine Funktion der Dummheit«, während er sich umständlich Ohropax ins Ohr drehte.

Wenn wir aber mal eine Verschnaufpause haben, reden wir ausschließlich über Erlhof. Die vielen unbeaufsichtigten Kinder und Croves Rücksichtslosigkeit sind ein unerschöpfliches Thema, Frau Karsch kann da eine Schreckensgeschichte nach der anderen zum besten geben. Ein Kind z.B. ging barfuß in die Box, um sein Pferd zu streicheln, und das Pferd trat ihm auf den Fuß. Ein anderes Kind wurde von einem Pony in den Arm gebissen und durch die Stallgasse geschleift, worauf sein Arm brach, was aber keiner merkte, weil es einen dicken Anorak trug. Schließlich saß es totenblaß und halb ohnmächtig im Restaurant neben Crove, der die *Bild*-Zeitung las und brummte: »Wird schon wieder!« Schließlich kümmerte sich Frau Podak, zog dem Kind den Anorak aus und sah den geschwollenen, blauen, verformten

Arm … Der schlimmste Unfall aber wurde durch einen Tiefflieger verursacht, der über den Hof donnerte. Ein Mädchen führte gerade ein Pferd am Halfter. Das Pferd bäumte sich auf, riß die Kleine, die das Seil um die Finger gewickelt hatte, an seinem Halfter empor und schleifte sie ein paar Meter mit, um dann über die Felder davonzupreschen. Das Mädchen blieb mit blutender Hand liegen. Ein Finger war ganz abgerissen und von zwei weiteren die ersten beiden Glieder. Andere Kinder waren glücklicherweise in der Nähe – geistesgegenwärtige, kluge Kinder! Die einen kümmerten sich um die Verletzte, andere suchten im Staub des Hofs die verlorenen Finger, zwei klingelten Sturm im Herrenhaus; aber dort war Mittagsstunde, niemand öffnete (sie stellen die Klingel ab). Eine Einstellerin, die ein Handy dabei hatte, telefonierte Croves wach. Frau Karsch, die zufällig vorbeikam, sah, wie die junge Chefin mit einer Serie zierlicher Schreie ein Taschentuch um die Hand des zitternden Kindes schlang; wie sie dann, schick und besorgt, mit dem Mädchen im Arm hinten in das Auto der Einstellerin einstieg, nicht ohne Frau Karsch noch zuzurufen: »Falls jemand fragt, ich bin im Krankenhaus!« Kurz darauf fanden zwei Kinder den abgerissenen Finger und brachten ihn Frau Karsch. Die säuberte ihn rasch von Blut, Kies, Dreck, wickelte ihn mit Eiswürfeln in ein sauberes Geschirrtuch und warf sich in ihren alten Polo, um dem Mädchen hinterherzufahren. Leider konnten die Ärzte den Finger nicht mehr retten, es war schon zu spät. »Warum sind Sie nicht schneller gefahren?« rief Gesine vorwurfsvoll. Am anderen Tag kam die Mutter des Kindes, um dessen Sachen abzuholen, und brachte Gesine einen riesigen Blumenstrauß: »Für Ihre geistesgegenwärtige und aufopferungsvolle Hilfe!«

Nicht alle Eltern nehmen so etwas klaglos hin, erzählt Frau Karsch. Sie werfen Crove vor, daß es auf Erlhof keine Betreuer gebe, was stimmt: Frau Crove geht einmal abends durch die Zimmer, um allen gute Nacht zu wünschen, das war's. Die Kinder sind sich selbst überlassen, und natürlich machen sie andauernd Quatsch.

Meistens können wir den schlimmsten Schaden verhindern. Gedankt wird nie. Crove entschuldigt sich auch nicht bei den Eltern. Gelegentlich haben sich Väter beschwert, einige drohten mit Prozessen wegen Vernachlässigung der Aufsichtspflicht. Das weiß Frau Karsch. Crove sagte kühl zu ihnen: »Können Sie gern versuchen.« Ob es zu den Prozessen kam, wissen wir nicht.

Nur einmal habe sie Crove in Aufregung gesehen, erzählt Frau Karsch lächelnd. Das war, als Gesine fremdging.

Hemjö in Aufregung? Das hören alle gern.

Die Sache ist inzwischen drei Jahre her. Gesine war für ein paar Tage allein nach Sylt gefahren und kam aufgekratzt zurück. Hemjö merkte nichts, aber Inge und Frau Karsch haben sofort Lunte gerochen. In der nächsten Zeit seilte Gesine sich ständig ab, um nach Hamburg zum Friseur zu fahren. Inge meinte: »Endlich mal ein junger, knackiger Kerl, warum nicht?« Aber bald begann ein älterer Mann anzurufen. Und dann eine empörte Frau, die jedem, den sie ans Telefon kriegte, erzählte, Frau Crove habe ihren Mann verführt, doch sie und die erwachsenen Kinder aus dieser vierzigjährigen Ehe würden »das niemals zulassen«. Weil auf Erlhof viele Leute den Hörer abnehmen – mal ein Lehrling, mal ein Einsteller, mal ein Kind –, wußten's bald alle.

Nur einmal hatte die Frau Gesine selbst am Apparat, aber die flötete: »Entschuldiguuung! Falsch verbuuunden!« und legte auf. Der Chef saß mit seiner *Bild*-Zeitung beim Mittagessen und knurrte: »Wer verwählt sich denn da andauernd?«

Wann Crove es rausbekam, weiß Frau Karsch nicht. Einmal sah sie, wie er sich auf ein Hindernis stützte, so bleich, daß Frau Karsch dachte, gleich fällt er um. Als er am Samstag anstandslos ihren Lohn bezahlte, wußte sie, das ist die Krise. Aber eine Woche später hatte er sich gefangen. Gesine rief: »Schatzi, kann ich mal deinen Autoschlüssel haben?«, und er antwortete mit dunkler Stimme: »Nein.« – »Oh, schade!« lachte sie und wandte sich an Inge. »Ingelein, leihst du mir…?« – »Wenn du fährst, brauchst du nicht wiederzukommen«, fuhr er sie an. Sie machte vor Schreck einen kleinen Satz und lief hinaus.

Und er?

Er sah ihr nicht mal nach. Er hob wieder seine Zeitung und kaute weiter sein Essen.

*

Mein erster freier Tag, seit ich auf Erlhof bin. Ich sollte mir neue Birkenstocks besorgen in Timmendorfer Strand, aber ich bin wie zerschlagen. Setze mich auf die Terrasse und trinke Tee. Es ist schwül. Schwerer, warmer, böiger Wind, hellgraue Wolken, der Himmel zieht rasch zu. Bei der zweiten Tasse muß ich auf meinem Liegestuhl eingeschlafen sein. Ich erwache vom Tuckern eines Traktors. Will weiterschlafen, doch eine Fliege tanzt über meine Lippen, und während ich mir benommen mit der Hand übers Gesicht fahre, höre ich eine gemütliche Stimme: »Nabend, Fru Hassel, beten mööd üm de Nääs, wat?«

Ein Alptraum? Ich reiße die Augen auf – sie wollen sich gleich wieder schließen, ich sehe nur fahle, wabernde Ringe, – und erkenne mühsam Croves Knecht Jens. Er steht in meinem Garten, zwei Meter von mir, und winkt. Will mich Erlhof in meinen Schlaf hinein verfolgen? Immer noch rumpelt der Trecker, Dieselschwaden sinken über mich, ich fühle mich elend.

»Ick heff hier 'n Foder Mest för di!« Jens wirkt so stolz, daß ich danken muß. »Aver Hemjö dröff nix dorvon weten.«

Er kehrt zu seinem Trecker zurück, stellt endlich den Motor ab und verteilt mit Schubkarre und Mistgabel Pferdeäpfel auf meinen Beeten. Einen Schwarm Fliegen hat er angelockt. Er hat eine Schnapsfahne, aber er arbeitet ohne aufzusehen, und so mache ich Kaffee und Zitronenlimonade und lade ihn ein, als er fertig ist.

Jens ist ein pensionierter Kleinbauer, der von Crove für schwere Stallarbeiten geholt wird (Großmisten, Heufahren, Ernte). Die normale Stallarbeit – Füttern, Putzen, Fegen, Sattelzeugpflege – überläßt der Chef den Reitgästen unter Aufsicht der Lehrlinge, da spart er sich den Knecht. Nur wenn überhaupt nichts mehr geht, muß Jens ran. Jens kannte ich bisher fast nur aus Frau Podaks Berichten, die immer so beginnen: »Jens hat mal wieder Quatsch gemacht.« Schuld ist jeweils der Alkohol. Im Alkohol läßt Jens Ponykinder auf dem Trecker mitfahren und unternimmt Touren in die Umgebung, legt sich zum Schlafen in fremde Gärten, fährt den Trecker in den Graben. Dann wird er gefeuert. Aber bisher ist er immer wiedergekommen.

Ich selbst habe Jens erst am Zahltag vor einer Woche kennengelernt. Da stand er vor Crove, so wie wir immer stehen, während Crove an seinem Tisch sitzt. Crove schimpfte, weil Jens seit einem Jahr einen höheren Stundenlohn berechnet als abgemacht. Jens lachte ihn aus. »Dat betolst du all een ganzes Johr und hest dat nich markt. Nu bliwwt dat so, anners kumm ich nich wedder!«

Ich konnte beide sehen und hören, weil ich die Theke wischte. Ich wischte und wischte und freute mich, und in dem Augenblick sah Jens in meine Richtung. Später stand er plötzlich neben mir auf dem Parkplatz und redete über Blumen und Gärten, als kennten wir uns seit Jahren. Ich habe über meine magere Erde geklagt. Und Jens hat, ohne große Ankündigungen, Hilfe gebracht.

Jetzt sitzt er in meiner Küche und erzählt gut gelaunt von

seiner schönen Frau, die klüger ist als er und »inne Brause« arbeitet (Kontoristin in der Limonadefabrik), und von seinen fünf Söhnen, von denen mindestens zwei so klug sind wie die Frau. Die Jungs haben verschiedene Handwerksberufe, einer ist sogar Meister und betreibt in Ahlenby eine Bäckerei. Ich erzähle von meinem studierten Sohn (was auf Jens Eindruck macht) und vom Enkelchen, aber als ich preisgebe, daß beide in Alaska leben, trübt sich Jens' Blick: Das kann er sich nicht vorstellen. Dazu fällt ihm nichts ein. Und schon sind wir wieder beim Thema Erlhof.

Jens behauptet, er arbeite dort nur, um Hemjö Crove zu ärgern. Mit dem zusammen ging er schon zur Schule, und seitdem üben sie eine herzhafte Rivalität. Immer lag Hemjö vorn, er war einfach tüchtiger, er trank nicht, und Jens hat jahrzehntelang bei ihm Saisonarbeit geleistet, weil er nicht von seinem Bauernhof leben konnte. (Allerdings hat er auch viel schlechteren Boden, sagt er.) Erst seit er Rente bezieht, braucht er Crove nicht mehr. Und kommt doch.

»Ick müch tokieken, as Hemjö öller ward«, sagt er.

Die beiden Männer haben miteinander gewettet, wer älter wird. Hemjö ist überzeugt, daß er hundertzwanzig schafft. Jens sagte: »Wenn hei will hunnerttwinnig warrn, denn will ick mit'n Düwel snacken, dat ick hunnertdörtig warr.« Crove war bereit, tausend Mark einzusetzen, aber so viel hatte Jens nicht. Er braucht ja auch kein Geld. Wenn er hinter Croves Sarg hergehen darf, ist ihm das Freude genug, sagt Jens und lächelt nett.

Crove hat ihn jahrelang bei jeder denkbaren Gelegenheit ausgenutzt, erzählt er. Und nicht nur das: Er kam während seiner Junggesellenzeit sogar jeden Sonntag nachmittag uneingeladen zu Jens nach Hause, um sich von Jens' Frau mit Kaffee und Kuchen bewirten zu lassen, jahrein, jahraus, jeden Sonntag: trank und fraß, brachte nichts mit, nicht mal Blumen für die Frau, zahlte nichts, behumpste Jens anderntags noch um den Lohn. Als Jens das erzählt, wird er plötzlich dunkelrot, und ich muß ihm einen Schnaps holen.

Jens verläßt mich erst gegen sieben Uhr. Bald darauf höre ich in der Ferne den ersten Donner. Der Wind nimmt zu, eine riesige dunkelbraune Wolke jagt auf Bresebeck zu, und schon fällt Regen in dicken, schrägen Schwaden. Ich gehe zu Bett, bevor es Nacht wird. Noch im Einschlafen mache ich mir Sorgen um Jens: Hoffentlich trifft ihn nicht der Blitz. Vor einer Woche wurde bei Besedorf eine Bäuerin vom Blitz erschlagen, man fand von ihrem Strohhut nur die Krempe, in der Mitte ein rundes, schwarzgerändertes Loch. Aber Jens hat ja keinen Strohhut, denke ich im Wegdämmern. Er wird bloß samt Trecker klatschnaß und von Crove gefeuert. Seltsamer Jens: kreist um Erlhof herum und muß sich mit Schnaps die Zeit verkürzen, während er auf eine Art Rache wartet. Armer Jens. Ich würde ihn am liebsten warnen: Gegen Crove hat er keine Chance.

*

Ich habe bis drei Uhr geschlafen wie ein Stein, da reißt ein ohrenbetäubender Knall mich hoch. Minutenlang flammen Blitze von allen Seiten, begleitet von Donnerschlägen, die krachend ineinanderfahren und sich überstürzen, ein Dröhnen und Poltern, daß die Erde bebt; ich liege im Bett mit jagendem Herzen, ich habe so etwas selten erlebt.

Während der Wind ums Haus heult und Regen wie Wellen gegen mein Fenster schleudert, versinke ich in einer Betäubung. Ich träume von Sturmflut und fliegenden Meeräschen und erwache morgens um sechs bei klarem Licht in vollkommener Stille.

Fahre mit dem Rad zur Arbeit. Frische Luft, glänzende Wiesen. In Erlhof große Aufregung. Alle, ob Schüler, ob Einsteller, reden nur von dem Sturm. Alle außer Crove.

Ich selbst muß sofort an die Arbeit und kriege nur Fetzen mit. Schließlich klärt Lehrling Uta mich auf: Eine Orkanbö hat die riesige Eiche entwurzelt, die neben dem »Schafstall« stand. Der »Schafstall« – er heißt immer noch so, obwohl inzwischen Pferde darin stehen – wurde vollkommen zerstört. Gesine Crove erwachte vom Lärm und weckte Hemjö, der seine Regenjacke über den Pyjama zog und hinauslief in den Sturm. Im Schafstall schrien die Pferde, erzählt Uta, die gleichzeitig mit Hemjö eintraf. Hemjö hieb mit der Axt die blockierte Stalltür auf, und dann versuchten Uta und Hemjö, die halbzertrümmerten Boxentüren aufzuschieben, während die Pferde sich auskeilend in ihren Gefängnissen herumwarfen. Endlich war eine Lücke frei, da stürzten sie hinaus und jagten davon.

»Sollen wir sie suchen?« rief Uta zähneklappernd. Crove brüllte durch den Sturm: »Unsinn! Die kommen von selbst wieder!« und ging ins Haus zurück.

»Und wirklich«, sagt Uta, »heute morgen waren alle wieder da! Sie drängten sich in der Stallgasse, weil die Boxen voller Dachtrümmer sind. Sehen ziemlich müde aus.«

Sie konnten mit der Freiheit nichts anfangen. Und Crove hat das gewußt.

*

Gerade hat sie so tapfer im Unwetter um die Pferde gekämpft, da verunglückt Lehrling Uta selbst: Sie ist durch die ungesicherte Luke des Strohspeichers auf die Stallgasse gefallen.

Ein Einsteller hatte Crove längst darauf hingewiesen, daß man die Luke sichern müsse. Der riesige Boden ist nach der

Ernte voller Stroh für die Pferdeboxen, man kann sich nirgendwo festhalten. Crove hat das zur Kenntnis genommen und ist mit seiner Frau nach Sylt gefahren – eine Woche Ferien. Aber auch das Personal ist erschöpft, niemand paßt mehr richtig auf. Am nächsten Tag ist Uta fünf Meter tief auf den Steinboden gestürzt und bewußtlos liegengeblieben.

Eine Besucherin erwähnte im Restaurant nebenbei, daß unten jemand liege, ein Kind oder so. Frau Podak hatte keine Zeit und fühlte sich für Kinder nicht zuständig. Immerhin erzählte sie einem Reiter, der bei uns Kaffee trank, von der Sache. Der Mann, glücklicherweise ein Arzt, lief gleich hinunter, kümmerte sich um die Bewußtlose und ließ den Hubschrauber rufen. Frau Podak schilderte betroffen, wie der Arzt Uta die Kleidungsstücke vom Körper schnitt: »Weil schwere innere Verletzungen möglich sind.« Uta wurde abtransportiert.

In diesem Augenblick rief zufällig Crove an. Diesmal war ich am Apparat. Ich berichtete alles und erwähnte auch die möglichen inneren Verletzungen.

»Auflegen!« befahl Crove. »Ich rufe gleich zurück, bleiben Sie in der Nähe!«

Fünf Minuten später klingelte es wieder. »Nehmen Sie was zum Schreiben!« Und dann diktierte er zentimetergenau die Maße der Bretter, die als Schutzgitter um die Luke herum gezogen werden sollten. – »Augenblicklich! Steffen muß das übernehmen! Noch heute!«

Steffen kam sofort. Er wurde spät abends fertig. Heute morgen stand das Gewerbeaufsichtsamt vor der Tür.

*

Crove interessiert sich nach seiner Rückkehr nur dafür, wie lange Uta ausfällt. Er hatte ihr zuletzt fast ein Drittel des Unterrichts überlassen. Jetzt muß er einen Reitlehrer suchen, weil er es allein nicht schafft: Er ist jede Woche ein bis drei Tage in wichtigen Geschäften unterwegs.

Der neue Reitlehrer ist blond, schneidig, nervös. Wir alle beäugen ihn wohlwollend und freuen uns, wie gut er aussieht. Er selbst gibt freimütig Auskunft: Er ist eigentlich Turnierreiter, kann aber davon nicht leben, zumal ihm sein bestes Pferd diesen Sommer eingegangen ist. Als er das erzählt, wird er heftig. Das Pferd hatte er »roh« gekauft und jahrelang ausgebildet, ein »fertiges« Pferd dieser Kategorie könnte er nie bezahlen. Hätte es noch diese Saison durchgehalten, hätte er wenigstens einen Sponsor gefunden für die Finanzierung des nächsten Pferdes. Er hadert. Er weiß nicht, was aus ihm werden soll. Er müßte längst so weit sein, sagt er. Er ist neunundzwanzig.

Kaum haben wir uns an ihn gewöhnt, ist er schon wieder weg. Ohne sich zu verabschieden, sozusagen über Nacht.

Warum? »Die jungen Leute sind zu sprunghaft«, meint Crove kopfschüttelnd. Frau Podak mutmaßt, Gesine Crove habe zu viel Gefallen an dem hübschen Mann gefunden.

»Er hatte immer noch keinen Vertrag«, erklärt Frau Karsch. »Das macht Crove mit allen Reitlehrern. Er lockt sie mit Versprechungen: Nach einem schlecht bezahlten Probejahr sollen sie super verdienen. Keiner hat das Supergehalt je bekommen. Das hier war der erste, der sich das nicht gefallen ließ. Er hat mir noch vor drei Tagen gesagt, daß er ohne schriftlichen Vertrag nicht bleibt.«

»Und wenn der Chef keinen Reitlehrer findet?«

»Dann unterrichtet er selbst und läßt sich bei Bedarf von einem Lehrling vertreten, bis die Gäste sich beklagen.«

*

»Geizig war er immer«, meint Frau Karsch. »Aber seit ein paar Jahren ist er geldgieriger als je.«

Wieso seit ein paar Jahren?

Frau Karsch denkt nach. Ja, seit der Wende. Da witterte er nämlich plötzlich das große Geld. An dem Tag, als die DDR-ler aus Prag ausreisen durften – jeder hat das in der Tagesschau gesehen, wir alle weinten –, rief Crove das Sozialamt an, er nehme Flüchtlinge auf. Er kann das: Ab Herbst gibt er nur noch zwei Kurse, und den Winter über stehen die Gästezimmer leer. Crove füllte seine Mehrbettzimmer mit DDR-lern und kassierte vom Sozialamt Hotelpreise. Die DDRler, fast alles junge Männer, saßen auf Erlhof fest, und es dauerte nicht lange, bis sie kapierten, daß hier nichts zu holen war. Schließlich machten sie sich davon, einer nach dem anderen, für den Chef war's leichtverdientes Geld. »Jetzt kommen goldene Zeiten!« sagte er zu Frau Podak verheißungsvoll.

Kaum war Deutschland vereinigt, reiste er nach Brandenburg, um Land zu kaufen. Er fand eine ratlose LPG, die ihr Land an die Bauern zurückgegeben hatte, welche nicht recht weiterwußten. Crove besuchte diese Bauern und bot für das Land eine Summe, die ihnen hoch erschien, für ihn aber ein Klacks war. Sie erbaten Bedenkzeit. Als die vorüber war, fuhr Crove in einem gemieteten Minibus wieder nach Brandenburg, direkt zum ältesten Bauern. »Die Bedenkzeit ist um. Ja oder nein?« Der Bauer wand sich: Ohne Rücksprache mit dem Nachbarn wollte er nicht entscheiden. Crove lud ihn in den Minibus und fuhr zum Nachbarbauern, der sich auf einen dritten Bauern berief, und so sammelte Crove nacheinander alle Bauern ein. Dann sagte er: »Das ist mein letztes Angebot. Wenn ihr nein sagt, seht ihr mich nie wieder, dann könnt ihr sehen, wo ihr bleibt mit eurem Sandkasten.«

Frau Karsch weiß deshalb so gut Bescheid, weil Crove sich mit seinem Handstreich brüstete. Für 300.000 Mark hat er Ländereien gekauft, die demnächst Millionen wert sind.

Während der letzten Jahre mußte er ein paar Prozesse führen, aber jetzt fängt die Sache an, Früchte zu tragen. Er will in Brandenburg eine Luxusreitanlage mit Rennbahn, Swimmingpool und Reihenhaussiedlung hochziehen, daran verdient er 30 Millionen, sagt er. Inzwischen fliegt er jede Woche für anderthalb Tage nach Berlin. Er kämpft um Baugenehmigungen. Wie es damit läuft, erfahren wir allerdings nicht. Er fährt Montag früh weg, kommt Dienstag mittag mit dem Auto vom Hamburger Flughafen zurück, steigt aus und geht sofort in die Halle, um zu unterrichten.

*

Was will er?

Er muß schon jetzt mit seinem knappen Personal lavieren, weil er ungern Löhne zahlt. Der Betrieb ist bis zum Anschlag belastet. Und doch baut Crove weiter aus, um noch mehr Gäste unterzubringen. Frau Karsch erzählt, daß seit Jahren regelmäßig Handwerker kommen. Sie vergrößern Appartements oder setzen einstöckige Ferienhäuschen auf die Westwiese. Allerdings sind die Einsätze immer wieder rasch beendet: Crove überwirft sich mit den Handwerkern, wirft ihnen Pfusch vor und bezahlt die Rechnungen nicht, worauf die Handwerker ihr Werkzeug einpacken und Crove auf den Sozialstaat schimpft.

Mit dieser sonderbaren Methode hat er den Hof immer schöner gemacht. »Acht Jahre arbeite ich jetzt auf Erlhof«, sagt Frau Karsch, »und alles hat sich entwickelt, daß mir schwindlig wird.«

Seit ich hier bin, hat Crove die Fassade des Wirtschaftshauses renoviert, an den Seitenwänden das Fachwerk freigelegt, von Tischlern ein neues großes Stalltor und prachtvolle Garagentore schreinern lassen. Ein Steinmetz hat nach seinen Angaben eine Pferdeskulptur in Halbrelief gehauen, die über dem Stalltor prangt. Manchmal kommt ein Ausflugsbus, nur um Überlandtouristen den Hof zu zeigen. Die Unternehmer zahlen angeblich für die halbe Stunde zweihundert Mark. Auch Grillabende können gebucht werden: Fünfhundert Mark kostet der Platz, Fleisch und Kohle müssen mitgebracht werden. Die Besucher sind immer zufrieden. Ihre »Achs« und »Ochs« gehören zum Hofalltag wie die nicht abreißenden Gespräche der Handwerker über die schwindelerregenden Kosten.

»Er will der Größte, Stärkste und Reichste sein«, erklärt Frau Karsch. »Und damit alle es merken, braucht er den schönsten Hof.«

Jetzt kommt eine Freitreppe aus Marmor hinzu, mit je einer dicken Marmorsäule rechts und links. Zwei Marmorlöwen, aus Miami eingeflogen, bewachen seit einer Woche die Veranda. Ein Goldschmied schraubt goldene Linien an die Eingangstür aus Edelholz: »Crove« in der Schrift des Hausherrn.

»Die drehen durch!« staunt Frau Podak. Da sie zur Herrschaft ein freundschaftliches Verhältnis pflegt, wird sie ständig ins Herrenhaus gerufen, um die Neuerungen zu bewundern. Anschließend berichtet sie: Ein Innenarchitekt hat Muster, Stoffe, Farben gebracht, von denen wir uns nicht träumen lassen. Jetzt wird ein neuer Kronleuchter mit möglichst viel Gold und Glas gesucht. Kataloge liegen aufgeschlagen herum. Und über dem marmornen Kamin wurde ein Ölbild in die Täfelung eingelassen: das Portrait einer blonden Reiterin auf einem Rassepferd. »Wie in ›Vom Winde verweht‹«, seufzt Inge.

Was macht den schönsten Hof aus?

Schon wieder wurde Frau Podak rübergerufen. »Überall Schnitzereien und Drechslerarbeiten«, erzählt sie jetzt. Der

Teppich, der im Salon auf hundert Quadratmetern ausgelegt wurde, kostet pro Meter tausend Mark. Aber dem Chef gefiel er nicht. Jetzt haben sie ihn wieder rausgerissen, zusammengepackt und in die Garage gelegt. Neue Teppichkataloge liegen auf dem Tisch.

Übrigens: Die Bettwäsche für's eheliche Schlafzimmer wurde eigens aus Seide genäht.

Wieso eigens?

Damit's besser klappt.

Ein Künstler erschafft in einer antik aussehenden Schale ein Seidenblumenarrangement.

Wofür?

Für zweitausend Mark.

Die riesige Parfümflaschenattrappe im Badezimmer hat nur fünfhundertsiebzig Mark gekostet. Und der Schwamm nur dreihundert.

»Viele Ideen sind von Gesine«, erzählt Frau Podak. »Dabei muß sie sich immer ein bißchen fürchten.«

»Ich fürchte mich«, sagt Gesine heute (Montag) morgen nervös in der Küche.

Was ist passiert?

Sie hat ohne Wissen des Gatten eine Urne bestellt, die heute aus München geliefert werden soll.

Eine was?

»Eine Urne! Was mache ich, wenn sie dem Alten nicht gefällt?«

Was für eine Urne?

»Ja, für die Terrasse. Einsfünfzig mal zweifünfzig Meter.«

Was macht man damit?

Blumen sollen hineingepflanzt werden.

»Ein Glückskauf!« verrät mir Gesine. »Eigentlich hätte sie siebenfünf kosten sollen, aber ich habe die Leute auf zweidrei drücken können. Tausend«, erklärt sie ungeduldig.

Nachmittag. Die Urne ist da. Sie steht mitten auf dem kreisrunden Rasenfleck vor dem Herrenhaus, der von uns der »Heilige Rasen« genannt wird, weil niemand ihn betreten darf. Ich gehe runter, mir das anzusehen: eine Riesenvase, um deren steinernen Bauch als Relief pausbäckige, girlandenumwobene Engel schweben.

Was *er* wohl dazu sagen wird?

Dienstagnachmittag.

»Komm, Schatz, eine Überraschung!« flüstert sie, als er von seiner Berlintour zurückkehrt, und hält ihm die Augen zu.

Gottseidank mag er die Urne leiden.

*

Was macht einer, der den schönsten Hof hat?

Am Freitag komme ich früh um fünf zur Arbeit. Ich will vorkochen, weil ich zwischen neun und elf zu einem Arzttermin muß, aber nicht freibekommen habe.

Als ich die Küche betrete, höre ich ein leises Zischen – fff – fff – fff –, und dann tritt der Chef in mein Blickfeld. Er geht von links nach rechts durch das Restaurant und wieder zurück, ohne mich zu bemerken, einen gelben Plastikkanister auf dem Rücken, eine lange Metallspritze in der Hand, mit der er Wolken über Tische und Bänke sprüht. Jetzt rieche ich es: Fliegengift.

»Herr Crove!« rufe ich. Er fährt herum. Er hat Schatten im Gesicht.

»Fliegengift darf nicht im Restaurant ...«

»Es geht nicht ohne«, sagt er wie zu sich selbst. »Ich hab's versucht, aber die nehmen überhand. Man muß rechtzeitig einschreiten!«

Ich stehe ratlos; ich sollte jetzt schimpfen, aber er ist der Chef; mir fällt nichts ein.

Da geht er. »Wehret den Anfängen«, murmelt er noch, und ich höre ihn draußen auf der großen Holztreppe, die zu Ställen und Halle hinunterführt, leise weitersprühen.

Als ich um neun das Haus verlasse, ruft jemand meinen Namen. Jens, der einen Zaun repariert, im Blaumann, mit roter Nase. Er zwinkert mir zu.

Mittags komme ich einmal unter einem Vorwand aus der Küche ins Restaurant, nur um einen Blick auf Crove zu werfen. Nichts, gar nichts von seiner Fliegengifttrance ist ihm anzumerken. Konzentriert schaufelt er sein Essen.

Gesine klagt: »Schatzi! Der schöne Buchsbaum! Die wunderbaren Blumen! Wofür ist die Urne denn sonst da?«

»Füll Wasser ein und setz 'ne Plastikente drauf«, schimpft er. »Und die Blumen müssen zurück zum Gärtner!«

Zu Gästen sagt er in meiner Gegenwart: »Ich muß sie immer bremsen. Was die für einen Firlefanz zusammenkauft. Jetzt dieses Dings mit den zwei Knaben drauf, die obendrein noch Flügel haben!«

***

Eine Woche Ferien. Habe noch die Erlhof-Küche auf Hochglanz poliert. Als ich die Behälter für die Tiefkühltruhe beschriftete, kam Gesine hereingesprudelt: »Alles Guuute daheim, Frau Hassel! Wir sind sehr froh, Sie bei uns zu haben!« Danach blieb sie bestimmt eine halbe Stunde in der Küche und hielt Inge, die mir eigentlich helfen wollte, mit ihrem Gequassel von der Arbeit ab. Es ging um Lebensträume. »Und wovon träumst du, Gesine?« fragte Inge. Gesine antwortete wie aus der Pistole geschossen: »Eine glückliche Familie! Eintracht, Harmonie! Die Liebe, hach! Ooh!«

Daheim ab vier Uhr früh wütende Migräne, einen Tag im Bett, dann benommen den Rasen gesprengt, zwischen die Rosen gespien, zitternd zwischen den Dornen kniend, Schweißausbruch, elende Schwäche.

Es ist natürlich einfach, Gesine zu verachten. Aber ich fürchte, vor vierzig Jahren hätte ich dasselbe geantwortet. Gottseidank hat mich keiner gefragt.

Meine Träume sind nämlich alle gescheitert. Lag das an den Träumen, oder war ich ungeeignet? Ich habe nur fünf Tage frei und sollte eigentlich Briefe schreiben und Unkraut jäten, statt dessen grüble ich. Es ist, als läge ein Buch, das ich jahrzehntelang vor mir selbst versteckt habe, plötzlich aufgeschlagen vor mir.

Ich muß an den Sommer denken, als ich mich das erste Mal verliebte. Und an Lisa, die sich im selben Sommer verliebte, meine Freundin Lisa, die immer so beseelt von »Anspruch!« und »Anstand!« sprach, norddeutsch mit scharfem S: »Ans-tand« und »Ans-pruch«. Wie gläubig ich zu ihr aufsah, und wie schnell ich sie verdorben habe! Oje.

Lisa war neun Jahre älter als ich und immer ernst. Wir arbeiteten beide als Haustöchter in einem Kindergenesungsheim in Harksholm, das war Anfang der fünfziger Jahre. Lisa

war Jugendleiterin, ich Köchin. Ich hatte schon eine Landwirtschaftslehre hinter mir und als Hauswirtschaftsgehilfin
auf einem Gut gearbeitet; ich wollte möglichst viel lernen,
um gut genug für einen möglichst guten Mann zu sein (noch
lieber hätte ich Abitur gemacht, aber das ist eine andere Geschichte). Lisa war vorher Krankenschwester gewesen, aber
das hatte sie deprimiert. Sie war schmal und streng und sah
oft traurig aus. Im Krankenhaus hatte ihr jahrelang ein Arzt
den Hof gemacht, aber der war verheiratet und hatte vier
Kinder, das ging aus moralischen Gründen nicht. Sie war
fromm. Mit dreißig hatte sie auf die Liebe »verzichtet«, denn
Männer ihres Alters waren entweder im Krieg gefallen oder
verheiratet, und »ohne Ans-tand« wollte sie nicht.

Ich machte mir über »Ans-tand« keine Gedanken. Ich
wartete einfach auf den Richtigen, der mich heimführen und
meinem Leben einen Sinn geben würde, und eines Tages
kam er auf das Wirtschaftsgebäude zu, wie im Märchen, und
ich sah ihn durchs Küchenfenster und wußte sofort: Er ist es.
Mein Herz sprang mir beinah aus der Kehle, ich klammerte
mich ans Geländer, weil meine Knie nachgaben. Als er klingelte, versteckte ich mich in der Speisekammer, statt ihm
zu öffnen, was meine Pflicht gewesen wäre. Die Heimleiterin
machte ihm auf. Dann rief sie mich.

Das, sagte sie, sei der neue Fischereilehrling von der Forel-
lenzuchtanstalt nebenan, er sei vorbeigekommen, um sich
vorzustellen. Er grüßte, sah sich um, sagte, ich sei ein nettes
Mädchen, und ging.

Während der ganzen Woche hoffte ich, er würde wiederkommen; ich saß wie auf Kohlen. Am Samstagabend hatte ich
Ausgang, da schleppte ich Lisa zur Teichwirtschaft. Ich sah ihn
sofort. Er saß allein im Halbschatten unter einer Linde und
rauchte selbstvergessen eine Pfeife.

Er sah zu uns herüber, aber nicht werbend, eher miß-
mutig. Wir winkten ihm, und er setzte sich zu uns, durchaus

nicht so, als habe er darauf gewartet. Er wirkte ruhig, etwas gedämpft, tat weder überlegen noch schüchtern; er schien in eine andere Welt zu gehören. Die Unterhaltung lief zäh und belebte sich erst, als ich aus Verlegenheit anfing, einen unglaublich fetten Spatz zu füttern. Da erzählte der Mann, wie er nach Kriegsende in einem fränkischen Sanatorium zum ersten Mal eine Nachtigall gehört hatte. Er war aus einem Kriegsgefangenenlager geflohen und hatte sich allein nach Westen durchgeschlagen. Im Sanatorium lag er mehrere Wochen fiebernd und fast unbeweglich. Aber vom Gesang dieser Nachtigall war er so ergriffen, daß er genau hinhörte, wieder und wieder, um sich den Ruf einzuprägen. Er hat sogar geübt, ihn nachzuahmen, »klingt ungefähr so.« Und nun sang er los als Nachtigall, so voll und laut, daß die Gäste an anderen Tischen sich umdrehten: schnalzende, surrende und pfeifende Schläge, die immer schneller wurden und in hellen Schluchzern endeten. Wir saßen entzückt. Und während wir überlegten, ob wir klatschen sollten, folgte bereits eine neue Strophe, die noch herrlicher war.

Ab da lief die Unterhaltung leicht. Der Mann erzählte, daß er ein schlesischer Gutsbesitzerssohn »gewesen« sei. Er habe die Jungritterakademie in Liegnitz besucht und sei mit sechzehn eingezogen worden. Seinen Eltern sei die Flucht nach Westen geglückt, immerhin. Ansonsten: alles verloren, faßte er zusammen und zog an der Pfeife. Die war ausgegangen. Als er sie stopfte, sah ich, daß seine Hände zitterten. »Mein Name ist Cornelius«, sagte er mit einem wehmütigen Lächeln und reichte uns seine schöne, leicht behaarte Hand.

Er hatte die Mundwinkel halb spöttisch, halb bitter heruntergezogen. Breite, sinnliche Lippen, Hornbrille, verschatteter Blick. Cornelius! Alles gefiel mir an ihm: die Melancholie, das harte Schicksal, der Nachtigallenruf. Aber als ich später, zu Hause, in mein Tagebuch schrieb: »Der neue Fischer scheint ein netter Kerl zu sein«, war das schon ein kleiner Betrug. Es klang harmlos; dabei wußte ich genau, Cornelius war nicht »der neue Fischer«, sondern ein entwurzelter Junker, und als Charakter alles mögliche, aber kein »netter Kerl«. Er war interessant und verstörend, und ich war bis über beide Ohren verliebt. Ich war arm und keine Schönheit, aber ich hielt mich durchaus für etwas Besonderes; Cornelius würde das bestätigen. Natürlich hatte ich bemerkt, daß ich ihm gefiel. In dieser Nacht schlief ich überhaupt nicht.

Ich blieb also wach und phantasierte von Glück und Erfüllung; beim ersten Strahl der Morgensonne sprang ich aus dem Bett und wusch mich, im Kopf ein leicht summendes Gefühl von Überwachheit und Betäubung. Am Morgen waren Lisa und ich zum Putzen eingeteilt. Wir wischten und schrubbten, nachdem wir die Stühle auf die Tische gestellt hatten, und anschließend bohnerten wir gemeinsam den Speiseraum. Die Sonne fiel schräg herein, goldener Staub stieg auf und ab.

Ich wartete auf eine Gelegenheit, von meiner Verliebtheit zu sprechen, da sagte Lisa überraschend: »Im Krankenhaus habe ich viele alte Leute gesehen, die sagten, sie wären nie glücklich gewesen. Vor allem von der Liebe waren sie enttäuscht. Die hätten sie überhaupt nicht gekannt. Viele haben dabei geweint.«

»Woher wissen sie, was sie versäumen, wenn sie's gar nicht kennen?« fragte ich. Ich dachte: Ich kenne es, anscheinend bin ich auserwählt. Meine Stunde wird kommen.

»Alle denken immer, ihre Stunde wird kommen«, sagte Lisa mit abgewandtem Gesicht. »So hat es Frau Dr. Stümke mir erklärt: Sie warten und warten, und auf einmal ist es zu spät. Irgend jemand zweiter oder dritter Wahl steht herum, und dann nehmen sie lieber den als keinen, aber es ist nicht das Wahre.«

Ich dachte an Cornelius. Also zweite oder dritte Wahl war der nicht.

»Warum muß es immer schiefgehen?« stöhnte Lisa.

»Was sagte Frau Dr. Stümke dazu?« fragte ich.

»Egoismus, Gedankenlosigkeit, vielleicht Schwäche: Sie geben sich schon Mühe, sie kämpfen, sie stecken ein. Auf einmal ist ihre Zeit abgelaufen, und sie fühlen sich betrogen. Vielleicht haben sie sogar einen zweiten Versuch gewagt, aber da waren sie schon abgenutzt, und genauso abgenutzt war natürlich der zweite Gatte, da fühlten sie sich erst recht betrogen.«

Ich schnitt eine Grimasse.

»Wir haben die falschen Erwartungen!« erklärte Lisa. »Man hat sie uns einfach eingetrichtert. Vom ersten Märchen an heißt es: Das Eigentliche, die Krönung ist die Liebe. Dafür hat man zu leben. Spätestens mit zwanzig ist man völlig benebelt ...«

Sie hörte auf zu bohnern und weinte.

Sie war nämlich, stellte sich heraus, selber verliebt. Auch diesmal unglücklich. Ein verheirateter Olaf mit zwei Kindern war ihr auf den Fersen. Er ließ ihr ständig Nachrichten zukommen, und sie war ganz verrückt.

Ich werde es klüger anstellen, hoffte ich. Ich werde mir meinen Mann erster Wahl erkämpfen, anstatt zu warten und zu trauern.

In den nächsten Monaten gab es Fortschritte mit Cornelius. Und je glücklicher ich war, desto abhängiger wurde Lisa von mir, denn ich kannte ihr Geheimnis, und sie hielt es einfach nicht mehr aus, mit ihren Gefühlen allein zu sein.

»Es geht ja auch noch um etwas anderes als Gefühle«, sagte sie. »Es geht um die Existenz. Wovon will man leben?« Wir beide hatten uns nur auf eins vorbereitet: als Mütter und Hausfrauen zu dienen. Ein Mann mußte her, damit wir mit unseren Fertigkeiten Erfüllung fanden. Der Mann würde uns versorgen, und wir würden zufrieden und dankbar sein.

Ich selbst hatte noch ein anderes, direkteres Glück im Sinn

– am Anfang zumindest. Lisa war reifer. Sie dachte, ein Glück mit diesem Olaf würde sie ruinieren, deshalb verzichtete sie lieber. Später bekam sie das Glück (zunächst), den Olaf und die Existenz, und das alles zusammen wurde ihr Unglück.

Ihr Olaf ließ nämlich nicht locker. Einmal war er sauer und blieb zwei Wochen fort, da aß sie nichts mehr und war richtig krank. »Das ist doch kein Zustand«, sagte ich. Ich gebe zu, ich habe sie verkuppelt. Ich war so verliebt in Cornelius, daß ich jemanden brauchte, mit dem ich über mein Glück reden konnte, ohne daß er in Tränen ausbrach. Ich war überzeugt, ein Leben ohne Mann sei ein Verhängnis. Ich wollte Lisa unbedingt zu einer »Erfahrung« verhelfen.

Sie leistete nur geringen Widerstand. Ich schlug vor, daß wir zu viert ausgehen, zum Beispiel zur Wirtschaft am Teich, Sonntag nachmittag. Dort konnte sie Olafs Nähe genießen, ohne in Gefahr zu kommen. Sie fürchtete ihn nämlich, weil er so sinnlich war. Wir versprachen, sie keine Sekunde mit ihm alleinzulassen. Mit Lisas Einverständnis luden wir Olaf also ein, und er kam tatsächlich. So lernte ich ihn kennen. Er war fünfundvierzig, ein großer, muskulöser Mann mit rundem Schädel, blondem Drahthaar und wasserblauem Seemannsblick – ein Bilderbuchfriese. Er betrieb auf einer Nordseeinsel ein Kinderferienheim, aber er ließ es manchmal im Stich, nur um die Nacht vor unserem Wohnheim unter Lisas Fenster zu verbringen. Jedenfalls behauptete er das. Er witterte in mir sofort die Verbündete. »Mit meiner Frau, das läuft sowieso aus«, behauptete er.

»Ich denke, wenn es erst wirklich aus ist, wird das helfen«, sagte ich scheinheilig.

»Sie trinkt«, erklärte er. »Ich könnte sie rauswerfen. Aber was wird dann aus den Kindern?«

Er schmachtete, es war kaum zum Ansehen. Er vibrierte sozusagen vor Erotik. Die traf einen wie eine harte Welle, wenn man nur an ihm vorüberging. Allerdings war er ihrer

49

nicht Herr. Er suchte meine Nähe, um mit mir zu konspirieren, aber plötzlich drückte er mich in eine Ecke und rieb sich an mir. Ich hatte nicht die Kraft, ihn wegzustoßen, weil er so stark war, aber als ich laut nach Lisa rief, weinte er fast und flehte mich an, ihr nichts zu sagen, er sei ganz durcheinander. Und ich habe Lisa tatsächlich nichts gesagt. Ich wollte ja, daß sie mit ihm glücklich wird.

»Ich glaube, er ist ein bißchen primitiv«, sagte Lisa mit zitternder Stimme.

Also, er bekam sie und sie ihn. Er verstieß seine Frau, und Lisa vollbrachte das Wunder, sich noch um diese verstoßene Frau zu kümmern und das Vertrauen seiner Kinder zu gewinnen. Lisa wurde eine Art Fee auf Olafs Nordseeinsel, sie führte sein Kinderheim, kochte, wusch und hielt alles in Ordnung, und die Kinder liebten sie. Später schlossen Olaf und Lisa das Kinderheim und bauten Ferienwohnungen, das bedeutete eine kürzere Saison und mehr Geld, aber nicht weniger Arbeit. Lisa schuftete. Olaf brüstete sich mit ihr und strahlte. Er blieb tatsächlich jahrelang verliebt. Und Lisa mit ihrem Sauberkeitsfimmel, die in unserem Heim immer die Möbel und die blauen Türrahmen gescheuert hatte, daß fast der Lack absprang, hielt zu diesem kindlichen, etwas schmuddeligen Mann, der nach Schweiß roch und schwarze Fingernägel hatte. Dieser Olaf gab den Hausherrn, warb Gäste am Hafen, veranstaltete Wattwanderungen und war im Vorstand aller wichtigen Vereine. Lisa organisierte, kochte und wusch. Nebenher bekam sie einen Sohn und zog ihn auf. Etwa fünf Jahre lang war sie glücklich, ihren Briefen nach zu urteilen. Später haben Cornelius und ich viele Sommerferien bei ihnen verbracht, und da wirkte Lisa bereits angestrengt und traurig. Wir hatten keine Zeit mehr für Frauengespräche, aber es war offensichtlich: Auf ihren Olaf war kein Verlaß. Er konnte nicht mit Geld umgehen und auch sonst. Sie hatten Schulden, für jemanden wie Lisa eine unerträgliche

Vorstellung. Lisa rackerte also und rackerte, ich bin nicht sicher, ob sie jemals selbst in Ferien gefahren ist. Manchmal veranstaltete Olaf Sommerfeste, bei denen er zu großer Form auflief, und sie saß bleich auf einem Holzstuhl und schämte sich ihres schlechten Kleides; sie hatte nicht mehr die Kraft gehabt, sich umzuziehen. Geklagt hat sie nie. Schließlich starb sie, da war sie noch keine sechzig Jahre alt, an Krebs.

2.

Ein Schock für mich: Frau Karsch wurde gefeuert!

Ich war nicht dabei, aber Inge Podak hat zumindest kurz mit Frau Karsch gesprochen, als die in der Besenkammer ihre Sachen packte. Demnach gab es einen Wortwechsel: Frau Karsch hat eine Beanstandung von Crove zurückgewiesen mit den Worten: »Kümmern Sie sich um Ihre Pferde.«

Er war so verblüfft, daß er nachfragen mußte: »Wie meinen Sie das?«

»Ich sage Ihnen nicht, wie Sie zu reiten haben, also sagen Sie mir nicht, wie ich putzen soll!«

Machtwort, Rausschmiß.

Und das war alles?

»Ja«, murmelt Frau Podak betroffen. Und: »Ich soll Sie grüßen!«

Jetzt, am Abend, fühle ich mich verlassen. Ich wundere mich darüber, denn so viel hatte ich von Frau Karsch ja nicht: Während dieses Sommers war wenig Gelegenheit zu Gesprächen, und auch nach Feierabend trafen wir uns nie. (Ich weiß nur, daß Frau Karschs Mann bei der Bundeswehr ist. Sie ist »eigentlich gut versorgt« und arbeitet nur, weil sie gern arbeitet und damit sie was erlebt.) Ich denke daran, daß ich zehn Jahre im Altersheimkeller verbracht habe, praktisch ohne mit jemandem zu sprechen, und mir wird ganz schlecht.

Schon am selben Tag kommt eine neue Putzfrau, die ganz anders wirkt als Frau Karsch: klein, schmal, schüchtern. Frau Ahrns ist die Mutter von Sonja, unserem jüngeren Lehrling, und scheint sehr dankbar für die Stelle zu sein. Sie schaut mich aus braunen Knopfaugen ängstlich an und lauscht mit fragend verzogenen Mundwinkeln. Eigentlich bin ich die falsche Ansprechpartnerin; mich fragt sie nur, weil sie Inge Podak fürchtet, und ich gebe mir Mühe, weil ich selbst für Frau Karschs Einweisung damals so dankbar war. Frau Ahrns kapiert langsam; noch weiß ich nicht, ob vor Aufregung oder aus Dummheit.

Ansonsten halten Croves Bauvorhaben uns in Atem. Ständig was Neues! Jetzt wurden sozusagen über Nacht zwischen Wall, Ponyhalle und Misthaufen fünf Wohncontainer aufgestellt. Wir fragen uns, ob Crove in den Containern vielleicht Reitschüler unterbringen will; wir trauen es ihm zu. Am Nachmittag aber berichtet Inge Podak, sie habe zehn Männer gesehen, die an der Rückseite der Scheune ein Gerüst hochziehen. »Ich glaube, Leiharbeiter aus dem Osten«, sagt sie mit einem vorsichtigen Blick auf mich. Crove habe in der letzten Zeit so was angedeutet. Er will einen Teil der Scheune in Gästeappartements umwandeln.

In der Küche regen wir uns auf. Wir schaffen unsere Arbeit schon jetzt kaum. Inge Podak hat *ihm* das angeblich gesagt, aber *er* meinte nur: »Dann muß meine Frau eben stärker mit anpacken!« Uns stehen die Haare zu Berge, denn genau das kann *sie* nicht. Wann immer sie etwas übernimmt – meine Einkaufsliste »überprüfen«, einkaufen oder – Inge Podaks Bereich – den Bettenplan machen, geht's schief: Die Lebensmittel reichen nicht, am Tresen stauen sich aufgeregte Kinder, die in die falschen Mehrbettzimmer eingewiesen wurden, während Erwachsene fragen, warum ihr reserviertes Einzelzimmer voller Sonderschüler ist, und so fort.

»Am liebsten wär mir, *sie* würde überhaupt nichts tun!« schimpfe ich. »Warum läßt sie uns nicht einfach machen?«

»*Er* will, daß sie mittut«, bemerkt Inge Podak. »Er will sie erziehen. Und er will sie beschäftigen, damit sie nicht ständig zum Einkaufen fährt und so.«

Ist Inge Podak den Croves vielleicht doch nicht so blind ergeben, wie es scheint?

Während ich darüber nachdenke, kommt Gesine Crove hereingezwitschert. »Ingelein, leihst du mir mal eben dein Auto? Der Alte hält mich so kurz!«

Rätsel über Rätsel: Vor meinen Augen schmilzt Inge dahin und überreicht Gesine den Schlüssel wie ein Liebespfand.

»Daaan-keee!« Gesine flattert davon.

Inge knurrt säuerlich: »Wetten, daß sie *nicht* tankt?«

Die Leiharbeiter aus dem Osten arbeiten bei der Hitze zehn Stunden am Tag, abends sitzen sie auf dem Wall, teilen sich ein Sechserpack Bier und essen Konserven, die sie aus der Heimat mitgebracht haben. Offenbar haben sie die Anweisung, sich von uns fernzuhalten. Dafür ist Inge Podak gestern abend zu ihnen gegangen und hat herausgefunden, daß es Polen sind. »Puh!« ruft sie, »Ich wär beinah aufgefressen worden!« Nein, nicht von den Polen, sondern von den Myriaden Fliegen und Mücken, die beim Misthaufen ihren Stützpunkt haben.

*

Mit Inge bin ich jetzt per Du. Erfreulich. Alles, was Inge anfaßt, klappt; ich vertraue ihr blind, jedenfalls was die Arbeit betrifft. Sie ihrerseits hat mir gestanden, daß sie am Anfang Vorbehalte gegen mich hatte, weil ich »so gewählt« rede. Aber dann hat sie gesehen, »wie gut die Küche klappt«, und daß ich »richtig anpacken« kann. Ich bin gerührt, obwohl ich über zwanzig Jahre älter bin und bereits »anpacken« konnte, als sie noch in den Windeln lag.

Unserer Chefin fühlen wir uns grenzenlos überlegen.

Gesine vergißt, Essen zu bestellen oder auszuladen, oder Kursgäste vom Bahnhof abzuholen. Wenn das Telefon zu oft klingelt, legt sie den Hörer daneben. Uns verkündet sie: »Ich bin nicht da!« Kommen zu viele Prospektanfragen, läßt sie sie verschwinden. Auf Nachfragen antwortet sie: »Na sowas, unerhört! Die Post ist auch nicht mehr, was sie mal war!« und plaudert weiter mit den Anrufern, als wären die ihre besten Freunde. »Man muß immer so tun, als ob man sie kennt«, verrät sie uns. Die meisten Leute sind Wachs in ihren Händen. Wird aber doch mal jemand scharf, weiß sie sich zu wehren: »Iiiich? Versäumt? Was soll das heißen?«

Ihre besten Tage sind die Wochenenden. Am Sonntag nimmt sie neue Gäste in Empfang, zeigt ihnen die Zimmer und erklärt unser System mit den Getränkenummern (jeder Gast bekommt eine Nummer im Kassencomputer, auf der Getränke, Kuchen, Telefonate usw. registriert werden). Gesine nennt jeden Gast beim Namen, mit einem besonders zärtlichen Klang; ich habe selten gesehen, daß das seine Wirkung verfehlt.

Noch strahlender verabschiedet Gesine dieselben Leute am Samstag ein oder zwei Wochen später. Jetzt kassiert sie auch ab: Kursgebühr, Unterkunft und Vollpension, eventuell Boxmiete (manche Reitschüler bringen eigene Pferde mit), Getränkenummer. Pro Person und Woche zwölf- bis sechzehnhundert Mark, das macht bei achtzig Kursteilnehmern über Hunderttausend, nach Zweiwochenkursen, beim sogenannten Großen Wechsel, das Doppelte. Dann quillt die Kasse über von Geldscheinen und Schecks, und immer wieder muß Gesine ihre Arbeit unterbrechen, um alles in einer Plastiktüte ins Herrenhaus zu tragen, wo sie es in den Tresor stopft. An diesen Tagen ist Gesine wie berauscht. Sie tippt Beträge ein, zwitschert, lacht, ich höre es bis in die Küche: »Schöön! Viiielen Dank! Kommen Sie bald wiiieder!« Manchmal höre ich andere Sätze, die genau so bestrickend klingen: »Oooh! Na sooo was! Hab ich gar nicht gemerkt!« Diese Sätze fallen, wenn Gesine bei einer Unregelmäßigkeit ertappt wird. Ziemlich häufig übrigens; Inge hat das, vor

Peinlichkeit schwitzend, bestätigt. Meistens merken's die Gäste nicht. Wenn sie's aber merken, gerät Gesine nicht im geringsten in Verlegenheit. Inge erzählt: Beim letzten Großen Wechsel hat eine Dame an der Kasse laut und ungläubig ihre Rechnung vorgelesen. Die Dame war mit drei Pferden für zwei Wochen dagewesen, das waren mehrere tausend Mark, aber sie hatte den Überblick nicht verloren und lachte heftig: »Nein, Frau Crove! Bei fünfzig Mark hätt' ich nichts gesagt, aber fünfhundert sind zu viel!«

Und Gesine?

Gesine stimmte fröhlich ein: »Allerdings! Hahaha! Daß mir das passieren konnte!«

»Sie ist ihrem Mann zumindest ebenbürtig«, sage ich zu Inge.

Inge fragt unsicher, auf ihrer Unterlippe kauend: »Wie?«

»An Geschäftssinn«, erläutere ich – vorsichtig, um Inge nicht zu kränken. Eigentlich habe ich sagen wollen: an Schamlosigkeit. Das unausgesprochene Wort kratzt in meiner Kehle. Verärgert und ohnmächtig huste ich vor mich hin.

Ich sammle Punkte gegen Gesine und werde über die Maßen fündig.

Völlig ausgeliefert sind *ihr* die Kinder. Die meisten sind hier allein. Die Eltern tauchen nur auf, um die Kinder auszuliefern und abzuholen; sie schimpfen, wenn die Getränkerechnung zu hoch ist. Andere Kinder leben in Heimen, oder sie leben mit den Eltern in furchtbaren Verhältnissen. Diese Kinder kommen zum Beispiel mit Sonderschulklassen; ich habe mitbekommen, daß manche zu Hause nicht mal ein eigenes Bett haben und keine regelmäßigen Mahlzeiten bekommen. Sie wollen unaufhörlich Nachschlag und sind hingerissen von der Küche. Sie sind auch sonst hingerissen: vom Hof, den Pferden und – vielleicht – der Landschaft. Am meisten hingerissen aber sind sie von Gesine. Die muß ihnen wie ein Wesen von einem anderen Stern erscheinen, sie schmachten sie regelrecht an. Zum Abschied überreichen sie ihr Briefchen, die Gesine uns mit Silberlachen vorliest und dann in den Papierkorb wirft. »Liebe Frau Crove! Fielen Dank für den wunderschönen Aufenthalt!« steht etwa darin. Oder: »Es war total dufte, und wir komen bestimt gern wieder!« Und: »Sie sind ja so Nett!« Manchmal sind Zeichnungen dabei: mal der Hof, mal die Pferde, der Chef breitschultrig, mit grauem Haar, immer aber Gesine, blond mit riesigen blauen Augen. Einmal Gesine als Engel.

*

Heute hatten wir Kleinen Wechsel, Abrechnung, und ich, an meinem Herd, höre eine laute, kalte Männerstimme: »Sieben Cola! Und wer hat versprochen, keine Cola zu trinken?«

Ein Kind schreit: »Aber ich hab keine Cola getrunken, Pappi, nicht eine! Ehrenwort!«

Ich gehe zum Tresen vor und sehe Gesine an der Kasse stehen, stolz, aufrecht, mit schäumenden Locken, zentimeterlangen Wimpern und blauen Lidschatten, unter denen ihr Auge noch heller erstrahlt. Sie droht dem Kind mit dem Finger, während sie es nachäfft: »*Nicht eine! Ehrenwort!* Wenn ich das schon höre!«

Der Vater sieht furchterregend aus. Das Mädchen fängt an zu weinen. Jetzt, ein paar Stunden später, höre ich mich wie in einem kindischen Wunschtraum zu ihm sagen: »Glauben Sie Frau Crove kein Wort, sie ist eine Betrügerin!«, worauf ich die Schürze ausziehe und sie Gesine um die Ohren schlage. Aber in Wirklichkeit stand ich hilflos daneben, wie so oft. Immerhin schien der Vater seinem Kind zu glauben. Er warf das Geld auf den Tresen und ging ohne Gruß.

Vor Wut habe ich kaum geschlafen. Plötzlich fiel mir ein, daß Gesine einmal, ziemlich am Anfang meiner Erlhof-Zeit, leichthin zu mir sagte: »Bei den Kinderkursen, also, das Kinderessen, geben Sie ruhig ordentlich Salz!« Ich, an meinem Herd, fragte: »Warum?« – eher zerstreut, denn ich hielt es für ausgeschlossen, daß Gesine meine Rezepte verbessern kann.

Gesine zwinkerte mir verschwörerisch zu: »Ja, weil – Salz ist gesund!«

»Warum?« Ich begriff es wirklich nicht.

»Weil – sie dann mehr trinken! Trinken ist gesund!«

Getränke kosten extra! Du liebe Güte! Heute morgen in der Küche platzt es aus mir heraus: »Die ist sogar schlimmer als ihr Mann!«

Inge, das verkörperte schlechte Gewissen, murmelt: »Aber wenn die Kinder andauernd hemmungslos Cola…«

Sie hat sofort gewußt, was ich meine!

Ich stelle ihr eine Falle; ausnahmsweise geistesgegenwärtig, weil ich die halbe Nacht überlegt habe, was ich fragen soll.

Ich frage: »Tippst du eigentlich auch manchmal Colas dazu, die gar nicht getrunken wurden?«

»Neiiin!« ruft Inge empört. »*Ich* doch nicht!«

*

Gesine kommt direkt vom Einkaufsbummel in die Küche. Um die Schultern eine Chiffon-Bluse, rosa. Um den Hals eine Perlenkette, schimmernd weiß. Um die schmalen Hüften ein Ledermini, elchgrau, wie eine Manschette.

Sie stellt vier lackierte Tüten auf den Boden und jubiliert: »Ingeee! Utaaa! Sonjaaa!«

Was ist passiert?

Auf ihrer Hamburger Moderunde hat Gesine unter anderem zwei Stunden in »Maxims Schuhsalon« verbracht. Dort nehme man sich sehr viel Zeit, erklärt sie glücklich. An der Kasse zum Beispiel plauderte, während drei Verkäuferinnen sich um Gesine bemühten, ewig lang eine Dame mit der Inhaberin, bevor sie eine Rechnung von elfhundert Mark beglich.

»Schuhe...!« seufzen die Lehrlinge, »...elfhundert Mark!«

»Und, stellt euch vor: Als die Dame raus ist und ich selber zahle, merke ich, die hat ihre Tüten vergessen! Die Tüten mit den Schuhen für elfhundert Mark stehen direkt neben meinen Füßen! Ich meine, zuerst habe ich sie sogar selbst verwechselt und nur mitgenommen, weil ich dachte, es wären meine. Tüten...«, verhaspelt sie sich.

Aus Seidenpapier wickelt sie zwei Paar Designer-Schuhe mit Schnallen und Schleifen, feinstes Leder.

»Italienisch! Leider Größe neununddreißig, nichts für mich. Na? Wer will, wer hat noch nicht? Supersonderangebot für euch, das Paar nur hundertfünfzig Mark!«

Warum kann eine junge, schöne Frau, die alles hat, gar nicht genug kriegen von Dingen, die anderen gehören? überlege ich am Sonntag, den ich allein in meiner Wohnung verbringe, mit Migräne geschlagen.

Oder hat *sie* gar nicht alles? Was will sie wirklich?

Ein windiger, schon etwas herbstlicher, dunkler Augusttag. Wenn ich mich nicht so elend fühlte, würde ich sogar darüber lachen, daß ich an einem meiner wenigen freien Tage nichts Besseres zu tun habe, als darüber nachzugrübeln, was wohl Gesine fehlt.

*

Übrigens scheint die ganze Familie Crove geldsüchtig zu sein, auch Jessica und Fred. Nur die Symptome sind unterschiedlich: Während Fred und seine Mutter lieber Geld ausgeben, wollen Jessica und ihr Vater am liebsten welches verdienen.

Die Eltern sind stolz auf Jessicas tolle Ideen: Jessica bietet in Timmendorfer Strand Rundfahrten in der Ponykutsche an, einmal um den Marktplatz zwei Mark, für Erwachsene das Doppelte; Strandpromenadenfahrten sieben Mark. An einem Tag verdient sie hundertfünfzig Mark. Eine andere Jessica-Idee ist, die Gäste zu fragen, wer eine Pizza möchte. Immer wollen viele Kinder Pizza. Jessica bestellt beim Pizzadienst in Timmendorfer Strand, sammelt das Geld ein und rechnet dabei so, daß sie selbst für ihre Pizza nicht bezahlen muß.

Unter den vielen Mädchen ihres Alters, die auf Erlhof Kurse machen, hat Jessica den Status einer Prinzessin. Sie reitet die besten Pferde und prahlt damit, daß sie bald ein noch besseres geschenkt bekommt, ganz für sich allein. Die Mädchen machen ihr Geschenke und fühlen sich geehrt, wenn Jessica sie auf ihren Mehrbettzimmern besucht und sich bewirten läßt. Jessica läßt sich von ihnen huckepack die lange Treppe hinauftragen. Sie sagt zu den Mädchen: »Gebt mir was aus!« Und diese Kinder, die ihr Taschengeld zählen müssen, spendieren der Tochter des Chefs Eis und Süßigkeiten. Einmal habe ich einem Mädchen eine Tafel Schokolade geschenkt. Jessica bekam das mit, und sowie beide Kinder um die Ecke waren, hörte ich Jessica zischen: »Gib sie mir! Gib sie mir!« Ich lief hinaus: »Die Schokolade war nicht für dich, sondern für Bine!« – »Die hat sie mir geschenkt!« rief Jessica und rannte mit der Schokolade davon.

Fred hat weder Sklaven noch Ideen. Er mault, er klagt über Langeweile. Zum Reiten muß der Vater ihn zwingen. Der Junge hängt am liebsten vor dem Fernseher. Er kommt nur zum Essen her; schlurft am Tresen vorbei, ohne meinen Gruß zu erwidern; seine rehbraunen Augen sind unruhig und trübe zugleich. Nur Inge mag er. Wenn die ihn anspricht, lächelt er. Ich ahne seine Einsamkeit. Er kann sich selbst nicht helfen. Jessica versucht wenigstens, sich zu helfen; auf die von den Eltern vorgelebte Weise. Trostlos, würde ich sagen. Auch für Jessica. Wie ich höre, ist sie noch immer Bettnässerin.

*

Lehrling Uta hat ihre Prüfungen geschafft und ist jetzt »FN-diplomierte Bereiterin«. Sie gibt in der Ponyhalle ein kleines Abschiedsfest; montags, als beide Croves in Berlin sind, halboffiziell. Die Polen bauen provisorische Tische und Bänke in der staubigen Halle auf, und alle Gäste bringen etwas mit: Inge selbstgebackene Kuchen, ich Salat und Kartoffelauflauf, Frau Ahrns Würste von einem Vetter, der Metzger ist; die Aushilfsputzfrauen einen Eimer Hering, Jens den Schnaps. Die Polen spendieren ein Fäßchen Bier. Auch ein paar Reiterinnen sind dabei. Crove stiftet, sozusagen aus der Ferne, eine Flasche Söhnlein Sekt.

Obwohl es kalt ist und Regen aufs Dach trommelt, kommt rasch Stimmung auf. Der polnische Vorarbeiter Kasimir spielt Akkordeon und küßt in den Pausen Inge die Hand. Ein anderer Pole, ein hübscher junger Kerl, trägt mit roten Ohren Pappteller voll Salat zu der Reiterin Conny, die stöhnt: »Mann, so viel Salat, ich komm mir schon vor wie 'ne Kuh!« Frau Ahrns sieht Uta tief in die Augen und sagt: »Nu denn man veeel, veeel Glück, mien Deern!« Als Mutter von Sonja, dem jüngeren Lehrling, beschwärmt sie in Uta sozusagen Sonjas künftigen Ruhm.

Uta selbst schwankt zwischen Lachen und Weinen. Sie mußte von Crove viel Kritik einstecken und hatte immer das Gefühl, daß er sie nicht leiden mag. Manchmal, wenn er ihr wieder gesagt hatte, wohin sie ihren »Fettarsch« schleunigst räumen soll, hat sie sich bei uns ausgeweint. (»Sie ist eben nicht sein Typ«, entschuldigt ihn Inge: »Zuviel Babyspeck. Er steht mehr auf Knabenhafte!«) Trotzdem hätte Uta gern auf Erlhof weitergearbeitet. Das scheitert natürlich am Gehalt. »Immerhin«, überlegt sie, »will er mir erlauben, von den Einstellern mehr Geld für den Beritt zu nehmen, wenn ich weiter unterrichte!«

»Er hat dir das nicht zu erlauben. Du bist geprüfte Bereiterin, du forderst einfach den üblichen Satz!« schimpft Sonja, der jüngere Lehrling. »Mensch! Du bist jetzt wer!«

»Ich trau mich nicht«, murmelt Uta.

Ich versuche, ihr Mut zu machen. »Eine abgeschlossene Ausbildung, das ist doch was, da kannst du stolz sein! Lies Anzeigen von anderswo, du mußt doch nicht hier kleben bleiben!« Utas Augen füllen sich mit Tränen, da rede ich ihr noch mehr zu, ich, die ich selber hier festhänge. »Du hast die Auswahl! Wo es dir gefällt, da bleibst du! Du wirst sehen, es ist alles viel einfacher, als du denkst!«

Nun stellt sich heraus, Uta war noch nie aus Schleswig-Holstein weg, außer einmal eine Woche in Mallorca und einmal in Hamburg, im Musical »Cats«.

Am Schluß dieses Festes fordert mich einer der Polen zum Tanzen auf. Er war mir schon aufgefallen, weil er erheblich älter ist als die anderen, ein ernster, bedrückt wirkender Mann. Er hat einen grauen Schnurrbart, eine Brust wie ein Faß und Schultern wie ein Schmied. Mich rührt, wie vorsichtig er mich anfaßt, dabei spüre ich durch meinen Anorak seine gewaltige Kraft. Er riecht auch gut. Er rührt mich nicht nur, er begeistert mich.

Leider können wir uns nicht verständigen.

Zum Abschied sagt Kasimir, der Vorarbeiter: Sie alle bedanken sich für das Essen, das ich ihnen immer bereitstelle an einem geheimen Winkel der Baustelle. Ob sie dafür mir irgendwie helfen könnten? Zum Beispiel im Garten?

Zum Abschied küßt dieser Kasimir auch mir die Hand.

Ein richtiger Charmeur. Mein Tänzer – er heißt Artur – küßt mir nicht die Hand, aber er drückt sie und sieht mich höflich an. Für einen Augenblick treffen sich unsere Blicke.

(Donnerstag) Es ist wieder richtig warm geworden.

Am Nachmittag sehe ich durchs Fenster Artur, der eigentlich vor dem Haus nichts zu suchen hat. Er geht in seinem Blaumann über den Kiesweg zum Parkplatz, verstaubt, verdreckt, mit steifen Armen; ziemlich schwerfällig. (Am Montag war mir gar nicht aufgefallen, wie schwerfällig er ist; wir haben langsam getanzt.) Auf einmal dreht er den Kopf und sieht zum Restaurantfenster hinauf. Erkennt er mich? Mit einer lächerlich würdevollen Bewegung lüpft er seinen alten Strohhut. Bis hierher erkenne ich seinen Ehering.

Der kommt ja überhaupt nicht in Frage!

Ich muß fast lachen. Wie weit ist es mit mir gekommen, daß dieser arme Mann, halb Quasimodo, halb Zigeunerbaron, mich so anzieht? Ich wollte immer *feine* Männer, *was Besseres* (und habe dafür teuer bezahlt). Aber muß ich nun gleich ins Gegenteil verfallen? Was für ein Durcheinander. Jetzt schäme ich mich für alles, dafür, daß er mir gefiel, ebenso wie dafür, daß ich ihn nicht will.

Inge steht plötzlich neben mir und fragt: »Was hältst du eigentlich von Kasimir?«

»Ein Charmeur.« Ich glaube, ich habe das schärfer als nötig gesagt.

»Was bedeutet das?« fragt sie.

»Sehr liebenswürdig, aber kein Verlaß.«

Sie wendet sich ab.

Die Polen sind gelernte Handwerker. Ein Vermittler aus Berlin hat sie hergebracht und kassiert dafür dreißig Prozent von ihrem Lohn.

Sie sind äußerst sparsam. Von dem, was sie hier in vier

Wochen verdienen, können sie zu Hause ein Jahr lang leben, hat Inge mir erzählt. Und das müssen sie auch, denn in Polen verdienen sie fast nichts. »Sie können daheim nicht mal ordentliches Essen kaufen – Sie ernähren sich von Salzgurken!«

Inge erzählt ziemlich viel und gern von den Polen.

Und unversehens gesteht sie, daß sie ein Verhältnis mit Kasimir hat. Sie spricht hastig, weil Gesine heranträllert, die das anscheinend nicht hören soll.

Gesine: Getue, ein bißchen Lügen, dreimal Silberlachen, schließlich Abflug. Stille in der Küche. Inge und ich räumen leise Geschirr aus der Maschine.

Und?

Kasimirs Frau ahnt es, aber Inges Mann weiß von nichts. Gestern allerdings fiel ihm – Herrn Podak – am Auto etwas auf: Er hatte vorgestern getankt, aber gestern blinkte schon die Reservelampe. »Die Benzinuhr war kaputt, ich hab sie repariert!« hat er stolz zu Inge gesagt. Er ist ja Automechaniker. Inge sagt, sie sei »immer noch ganz zittrig«.

(Sonntag, zu Hause.) Das alles bewegt mich.

Inges Mann ist arglos, Gottseidank. Er hat es nicht verdient, sich zu quälen. Aber sonst?

Warum wohl von einer Affäre zuerst die Niedrigkeiten zum Vorschein kommen? frage ich mich. Inge hätte mir ja auch erzählen können, wie nett (feurig, lustig, angenehm) Kasimir sei, wie verliebt sie selbst usw. Aber das war anscheinend unwichtig neben der Sensation des Betrugs. Ich denke an Inges Gesicht, während wir die Spülmaschine ausräumten: die Augen niedergeschlagen, das Gesicht starr von heimlichem Triumph. Was ist so wunderbar am Betrug?

Während ich hin und her überlegte mit irgendeiner süßen Bitterkeit, klingelte es an der Tür. Fünf Polen, die ihr Versprechen einlösen wollten. Sie räumten meinen Garten auf, reparierten einen Schrank und hackten Holz für ein halbes Jahr. Auch der nicht in Frage kommende Artur war dabei: zurückhaltend, stumm und voll eigener Sorgen. Nur beim Abschied sah er mir wieder in die Augen.

Am Abend rief Herlind an. Zu meiner eigenen Überraschung erzählte ich ihr von Artur, wie Inge mir von Kasimir erzählt hatte.

Sie sagte: »Ich hätte nicht gedacht, Nele, daß du so spießig bist!«

*

Auch die Reiterin Conny hat was mit einem Polen. Das bewegt mich ebenfalls.

Conny ist höchstens achtzehn, ein merkwürdiges Mädchen. Sie hält auf Erlhof zwei Pferde, die sie ihre »Jungs« nennt; einen Beruf hat sie, glaube ich, nicht. Das Geld kommt von der Oma. Auch die Mutter zahlt ordentlich mit.

Von Kindheit an schlief Conny mit ihrer Oma in einem Bett. Ohne Oma läuft nichts. Kaum trifft Conny, von Lübeck kommend, auf dem Hof ein, ruft sie sofort diese Oma an, um ihr mitzuteilen, wie es den Jungs geht und welchen sie heute reiten, welchen am Halfter führen wird. Manchmal bringt sie Oma und Mutter gleich mit: Dann fahren alle im Konvoi vor, Conny mit Oma im Landrover, die Mutter im Mercedes hinterher. Der Vater ist selten dabei, und wenn, hält er sich im Hintergrund. Er freut sich aufrichtig, wenn jemand ihm einen guten Tag wünscht. Einmal habe ich ihn im Fernsehen gesehen: Als Fischverkäufer bei Karstadt sollte er dem Reporter Auskunft geben, ob die Kundschaft wegen des Giftmüllskandals in der Nordsee ausbleibe; er brachte keinen Ton heraus.

Ihre Jungs umsorgt Conny wie Kinder. Sie führt sie spazieren, reitet, bäckt Möhrentorten für sie und bringt ihnen zu Feiertagen Leckerbissen in Geschenkpapier. Conny hat lange, strähnige Haare, ein plumpes Untergestell und ewig lange Beine; auf ihren zierlichen »Jungs« sieht sie eher seltsam aus. Freunde oder Freundinnen scheint sie auf dem Hof nicht zu haben.

Inge mag sie überhaupt nicht. Sie sagt: »Puh, wenn ich die schon sehe!«

»Was ist dann?«

»Dann krieg ich zu viel!«

»Warum?«

»Die ist häßlich.«

Ich nehme an, Inge (ausgerechnet) hat sich bei der Beurteilung von Frauen Hemjös Maßstäbe zu eigen gemacht.

Und nun stellt sich heraus, daß Conny nicht nur ihre »Jungs« liebt. Der Auserwählte ist der jüngste der polnischen Gastarbeiter, ein hübscher Mann mit Grübchen, der verrückt nach Schokoladenpudding ist. (Als er einmal für ein paar Tage in seine Heimat fuhr, haben wir ihm ein Pfund Puddingpulver in die Reisetasche geschmuggelt, und er hat sich so gefreut, daß er aus Polen anrief, um sich zu bedanken.) Er heißt Schischu oder so ähnlich.

Vielleicht ist es ja gut so, denke ich. Ich meine, die einsame Conny und der arme Schischu, warum sollen sie eigentlich nicht zusammenhalten?

Heute hatte ich wider Erwarten eine Pause, weil die Ausreiter noch nicht zurück waren, und schaute aus dem Fenster.

Unten stand eine Frau neben ihrer vielleicht dreijährigen Tochter, die auf einem kleinen Pony saß. Plötzlich sprang die Tochter vom Pony runter und hinauf in die Arme der Mama. Öffnet geschickt die mütterliche Bluse und holt einen prächtigen Busen heraus, saugt genußvoll, packt sorgfältig alles wieder ein und verabschiedet sich mit einem Kuß. Runter von der Mama, rauf aufs Pony.

Die Sonne schien.

Gesine bereitet ihr Geburtstagsfest vor und ist seit zwei Wochen in höchster Erregung. Sie tuschelt mit Inge, was sie sich alles gewünscht hat und was der Alte dazu meint. Einen Teil der Wunschliste hat er gestrichen, aber manches auch gebilligt. »Und weißt du, was *das* kostet?« fragt sie mit vor Entzücken hüpfender Stimme. Auch die Party wird ihn »was kosten«. Das muß einfach sein. Das leiert sie ihm aus dem Kreuz. »Du kommst doch auch?« fragt sie Inge.

Inge schwillt vor Stolz zu doppelter Größe an.

Sie bleibt nun noch länger bei Croves am Frühstückstisch sitzen und pafft herausfordernd Zigaretten, auch wenn Gäste noch essen; nur um zu zeigen, daß sie zur Herrschaft gehört.

Andererseits ist sie auch empfindlich: beschimpft Kinder, die einen Nachschlag wollen, und zeigt immer wieder mal unangemessene Wut. Vielleicht ist sie sich dieser Zugehörigkeit doch nicht so sicher? Gründe zu zweifeln gäbe es genug. Wenn Inge zum Beispiel Gesine zum Einkaufsbummel nach Hamburg »begleitet«, endet das immer damit, daß sie der Jüngeren die Taschen und Hündchen Poppy hinterherträgt.

*

Noch zwei Monate bis zur Winterpause.

Stürmisches Wetter, der Wind prallt gegen den Hof wie Donner und schleudert Laub um die Dächer. In einer Pause stelle ich mich ans Fenster, um die Wolken zu beobachten. Ein rotes Auto nähert sich in einem Blätterwirbel.

Das Auto hält vor dem Hof. Eine junge Frau steigt aus:

hochgewachsen, prächtiges, flammendrotes Haar. Sie trägt um die Schultern eine Art Schottenrock, der sich im Sturm bläht und nach allen Seiten schlägt. Sie schreitet unbeeindruckt über die wandernden Blätter wie über einen fliegenden Teppich. Kurz darauf steht sie am Tresen und fragt: »Wo is'n der Chef?«

Aus der Nähe sieht sie viel jünger aus, außerdem blaß und müde. Sie scheint von weit her gekommen zu sein. Leider ist der Chef nicht da. Also wartet sie. Ich biete ihr einen Kaffee an, und plötzlich fährt ihre schlanke rechte Hand über den Tresen, und sie sagt: »Hi. Ich bin Zora, der neue Lehrling.«

Schon bevor Uta fortging, hat Crove nach einem neuen Lehrling gesucht. Oft hörte ich ihn schimpfen: »Alles Nieten!« Eines Tages sah ich, wie er beim Mittagessen seiner Frau einen Bewerbungsbogen reichte und beinah stolz sagte: »Zora. Hat schon das große Bronzene. Aus gutem Haus. Realschulabschluß!«

Zora. Das merkt man sich.

»Ich habe schon von Ihnen gehört. Ich dachte, Sie kommen erst im Januar.«

»Der Vertrag ist ab Januar«, erklärt die rothaarige Zora. »Aber bevor ich unterschreibe, will ich mir erst den Laden ansehn. Mein Vater zahlt mir so lang den Unterhalt.«

Sie ist unabhängig. Gottseidank.

Mir gefällt sie: weit auseinanderstehende, grüne, mutwillige Augen unter hohen, halbrunden Brauen. Eine lange Nase. Keine Schminke, aber mehrere Knöpfchen im linken Ohr. Ein frisches, eigenartig kühnes Gesicht.

Frau Ahrns hat öfters blaue Flecken. Sie erzählt dann immer, sie sei vom Fahrrad gestürzt. Crove aber weiß, daß ihr Mann Alkoholiker ist und sie gelegentlich verprügelt. Wenn der auf Sauftour gehen will und sie ihm kein Geld gibt, setzt es was.

Jetzt hat er sie so vertrimmt, daß ihr ein blaues Horn auf der Stirn wächst. Sie schleicht den ganzen Vormittag gedemütigt herum, und plötzlich, vielleicht um sich aufzubauen, erzählt sie, daß sie pro Stunde eine Mark mehr bekommt als wir.

Inge fährt herum.

»Un sünndags n-noch een mier«, stottert Frau Ahrns.

Hoppla!

Ihre Tochter Sonja hatte ihr beim Verhandeln geholfen, erfahren wir. Und Croves waren nach Frau Karschs fristlosem Abgang in einer Notlage.

Frau Karsch hatte in acht Jahren Erlhof keine Gehaltserhöhung bekommen. Und Frau Ahrns ist eine viel schwächere Arbeiterin als Frau Karsch, sie ist die schwächste von uns. Deswegen ärgert mich natürlich der Gehaltsunterschied; zumal niemand was davon hat, außer dem saufenden Mann.

Inge aber ist am Boden zerstört.

Als ich mit ihr zu reden versuche, bricht sie in Tränen aus.

Sogar der Chef merkt, daß etwas nicht stimmt, und fragt merkwürdigerweise mich. Danach nimmt er Frau Ahrns beiseite.

Prompt kommt Frau Ahrns zu uns zurück: Das mit der Mark stimme nicht, es müsse gespart werden.

»Unsinn! Wenn irgendeiner nicht sparen muß, dann Crove!« rufe ich. »Der macht zwanzigtausend am Tag, rechnen Sie nach!«

Sie zuckt mit den Achseln: »Dafür gibt's schließlich auch hohe Ausgaben.«

Weil solche wie wir nicht zusammenhalten, haben solche wie Crove leichtes Spiel. Frau Ahrns hat also ihre Mark mehr, spürt aber unseren Neid. Crove selbst beansprucht sie bis an die Schmerzgrenze. Sie führt blind seine Befehle aus, trägt schwere Lasten, versprüht Fliegengift (»In der Küche verbiete ich das!« sagte ich, und sie: »Aver de Chef hett seggt...«). Sie räumt Geschirr in die Maschine, putzt das Herrenhaus, putzt das Restaurant, putzt die Küche, putzt sonntags bei Kurswechsel außerdem die Zimmer, Appartements und Ferienhäuser. Wenn sie sich einmal für fünf Minuten zu uns setzt und der Chef das sieht, schickt er sie, die Stallgasse fegen. Das ist eigentlich Aufgabe der Reitschüler, aber man kann es nicht oft genug tun, und Frau Ahrns widersetzt sich nicht. In einem Monat hat sie drei Kilo abgenommen. »Ich mag ihr schon gar nichts mehr sagen!« meint Gesine zufrieden.

Inge Podak aber martert sich weiterhin. Sie hat nur ein Ziel: Frau Ahrns' Abrechnung in die Finger zu bekommen. Sie will schwarz auf weiß die Zahlen lesen, den Croves ins Gesicht schreien: »Ihr habt mich belogen!« und auf der Stelle kündigen. Zweimal war sie schon ganz nah dran, aber beide Male hat Gesine sie durchschaut und rasch den Gehaltszettel umgedreht.

Gestern war Gesines Geburtstag. Inge hat nach langer Suche ein für ihre Verhältnisse ziemlich teures Geschenk gekauft und sich irgendwo Stöckelschuhe und ein Abendkleid geliehen; alles, um in der feinen Gesellschaft nicht unangenehm aufzufallen. Ich sah sie noch in der Dämmerung zwischen Lampions hindurch über den Kies zum Herrenhaus staksen, Geschenk in der linken Hand, Blumenstrauß in der rechten, viel Schminke im breiten Gesicht. Heute erfahre ich, wie es ihr ergangen ist. Als sie das Haus betrat, rief Gesine: »Gut, daß du da bist, du kannst gleich die Sektgläser abspülen!«, und etwas anderes als die Küche hat Inge an dem Abend nicht gesehen.

Die Kränkung merkt man ihr an. Aber natürlich kündigt sie nicht.

*

Die Nächte sind kalt, die Tage aber glänzend hell und so warm, daß die Reiter gegen Mittag im Restaurant alle sechs Fenster aufreißen. Ich schnuppere um zwei Ecken herum die Herbstluft. Ein Berg Geschirr vor mir. Inge, die mir helfen sollte, ist soeben von Gesine ins Herrenhaus gerufen worden.

Während ich die 15-Liter-Töpfe scheuere, höre ich durch die sechs offenen Fenster einen Mann brüllen: »Das laß ich mir nicht bieten! In zwanzig Minuten bin ich wieder da!« Dazwischen einzelne Crove-Töne, nicht zu verstehen, aber von klirrender Kälte.

Inge kehrt zurück und berichtet aufgeregt: Thorwald Detjens, einer unserer Einsteller, ist mit Crove über einen Pferdehandel in Streit geraten, und Crove hat ihn »vom Hof gejagt«!

Na und?

»Vom Hof gejagt, ohne Pferd!«

Soll er doch.

Noch einen Topf, fünf Pfannen. Ein schweres Gefährt rauscht über den Kies.

»Da ist er wieder! Mit Anhänger!« ruft Inge vom Fenster her. »Er will sein Pferd rausholen! Ich muß sofort Hemjö Bescheid sagen!« (Hemjö?)

Inge ist weg. Noch drei Pfannen. Wieder Männergebrüll, aber nun gedämpft, weil dieser Teil der Auseinandersetzung vor den Ställen stattfindet.

Inge wieder da mit Lehrling Sonja. Beide müssen unbedingt besprechen, was sie erlebt haben, und weil Inge sich sofort an den Spültisch stellt, um mir zu helfen, muß auch Sonja am Spültisch stehen.

Was also war?

Hemjö hatte vorgesorgt. Den zornigen Detjens erwarteten unsere Polen, in einer Reihe vor dem Stall aufgestellt, Schaufeln und Hämmer in der Hand. Als Detjens drohte und schimpfte, rückte die ganze Reihe gegen ihn vor, und er ergriff die Flucht.

»War auch Artur dabei?«

»Wieso?« fragt Inge.

»Weil ... so was doch gar nicht zu ihm paßt – in seinem Alter ...«

Sie wundern sich nicht über meine Verlegenheit; sie sind mit ganz anderem beschäftigt. Immerhin versuchen sie zwei Minuten lang sich zu erinnern, ob Artur dabei war. Sie erinnern sich nicht.

Ich denke: Wie stark muß Croves Autorität sein, daß die Arbeiter das für ihn tun! Hätten sie Detjens den Schädel eingeschlagen, wären ja sie ins Gefängnis gegangen, nicht er.

»Er hat wirklich was«, bestätigt die rote Zora anerkennend und meint Crove. »Kaum sagt er was, schon tust du's. Bevor du noch überlegt hast, ob's überhaupt 'n Sinn macht.«

Ausgerechnet Zora sagt das, die sich schon mehrmals mit dem Chef angelegt hat. Wir wundern uns, wieviel er von ihr hinnimmt. Wir alle nehmen viel von ihr hin. Sie kommt zum Beispiel oft in die Küche, um ein Süppchen zu schnorren – in Stiefeln! Ich versuche, so zu schimpfen, daß sie wiederkommt, aber ohne Stiefel; bisher hat sie's nicht begriffen. Aber ich rede gern mit ihr. Es ist erfrischend, sie kommt sofort auf den Punkt.

Als Reiterin sei sie »talentiert«, höre ich von anderen. Sie ist auch fleißig. Alle rühmen ihren Ponyunterricht. Vorher war das Utas Bereich, und auch Uta hat das sehr gut gemacht: Sie war immer pünktlich, hatte rechtzeitig alle Ponys eingefangen und vorbereitet, bei heißem Wetter mit dem

Gartenschlauch den Hallenboden gesprengt, damit es nicht so staubte, und so fort; selbst noch so jung, war sie auf rührende Weise mütterlich. Zora hat eine andere Methode: Bestellt abwechselnd einzelne Kinder früher, die ihr beim Vorbereiten helfen, und erklärt ihnen umsichtig viele Dinge. Die Kinder sind entzückt. Ihre Rufe »Zora! Zooora! Zoraaa!« schwirren ständig über den Hof.

»Was ist Croves Geheimnis?« frage ich die rote Zora.

»Ist'n Klasse Reiter!« Wie aus der Pistole geschossen. »Der reitet so gut, da ist irgendwie klar, er kann alles andere auch.«

»Und was macht einen guten Reiter aus?«

Jetzt denkt Zora nach.

»Er versteht die Pferde. Er ist nie brutal zu ihnen. Die Schulpferde sind ja ausgebufft, die tricksen die Schüler aus wie nichts; aber wenn Herr Crove sich fünf Minuten draufsetzt, läuft der abgefuckteste Gaul wieder rund. Ohne Gewalt.«

»Kann Gesine eigentlich auch gut reiten?« frage ich in möglichst harmlosem Ton.

»Gesine?« ruft Zora mit blitzenden Augen. »Das ist eine absolute Null!«

*

Conny, die mit den beiden »Jungs«, ist zu der Erkenntnis gelangt, daß sie den polnischen Schischu eigentlich doch nicht liebt, daß alles ein Irrtum war und daß sie nicht wünscht, daran erinnert zu werden.

Schischu hat Liebeskummer.

Wir in der Küche bedauern ihn. »Was war von Conny schon zu erwarten!« schimpft Inge. »Heute hüh, morgen hott. Und nicht nur das! Die letzten beiden Nächte hat sie auch noch im Wohnwagen von Jurek verbracht, sozusagen vor Schischus Augen! Er leidet wie ein Schwein.«

Donnerstag. Inge rennt mir entgegen: »Stell dir vor, heut früh war die Polizei da und hat fünf Polen mitgenommen! Kasimir war dabei, und Schischu, und Artur auch!«

Freitag: Die fünf Polen sind wieder da, aber nur, um zu pakken: Bis zum Abend müssen sie das Land verlassen haben. Sie laufen hin und her, bitten um Tüten und stapeln Pappkoffer, Schachteln und Bündel neben dem Eingang zur Halle. Zehn Uhr. Jetzt müssen sie noch zu Crove, um den Lohn für die letzten zehn Tage abzuholen.

Crove ist unterwegs. Sie klingeln abwechselnd alle fünf Minuten an der Herrenhaustür, sie bitten Inge, den Vermittler in Berlin anzurufen. Dort antwortet nur ein Automat, Inge spricht eindringlich aufs Band, aber niemand ruft zurück.

Was sollen die Polen tun? Sie warten im Restaurant und starren durchs Fenster auf die Allee, während ich hastig Butterbrote für die Reise schmiere und zusammen mit Inge überlege, wie man ihnen das Geld später zukommen lassen kann. Wir machen Vorschläge, alles unausgegoren, gebe ich zu. Sie schütteln den Kopf: Ohne Lohn können sie nicht mal die Bahnfahrkarten bezahlen.

Da verschwindet Inge aus der Küche, und kurz darauf steht Crove im Restaurant und sagt mürrisch: »Kommt mit in mein Büro!«

Was dort geschah, hat uns Kasimir erzählt.

Crove gab den Männern Bargeld für die Reise und füllte über die Restsummen fünf Schecks aus. Er schob die Schecks vor den Augen der Arbeiter in einen Umschlag, den er zuklebte. In diesem Augenblick klingelte das Telefon. Crove nahm ab, bedeutete den Arbeitern, seine Bank sei am Apparat, und führte ein Gespräch, während sie dastanden und warteten.

Nachdem er aufgelegt hatte, riß Crove den Umschlag wieder auf, schrieb etwas um, schob die Schecks in einen neuen Umschlag und klebte auch diesen zu. Den alten Umschlag warf er in den Papierkorb. Dann begleitete er die Männer heraus und verabschiedete sich von ihnen: »Wenn die Verhältnisse besser werden, könnt ihr wiederkommen.« Sprach's, schüttelte jedem die Hand und ging ins Haus zurück. Minuten später kam er wieder heraus, stieg in seinen Mercedes und glitt davon.

Die Arbeiter gingen mit dem Umschlag zu ihren Containern zurück, um die Schecks zu verteilen. Dort mußten sie feststellen: Ein Scheck fehlte. Der von Schischu.

Schischu lief in Panik zu uns; zu wem sollte er sonst laufen? Die anderen folgten. Vor der Küche lärmende Diskussion. Der Scheck muß immer noch mit dem Umschlag im Papierkorb liegen, da sind sich alle einig. Nur: wie kommt man ins Büro? Frau Crove ist in Hamburg, und Hemjö ist ja gerade weggefahren.

Gottseidank erscheint in diesem Augenblick Frau Ahrns. Sie putzt auch das Herrenhaus und besitzt einen Schlüssel. Wir erklären ihr alles, wir bitten sie, den Büropapierkorb zu untersuchen. Wir beschreiben ihr Umschlag und Scheck. Sie begreift ausnahmsweise sofort.

Fünf Minuten später kehrt sie zurück mit der Meldung: Der Papierkorb war voll, aber kein Umschlag darin und kein Scheck.

Elf Uhr dreißig. Während ich hundertvierzig Frikadellen forme, sehe ich immer wieder zum Restaurant. Die Polen trippeln. Inge wirkt beschämt, Frau Ahrns macht sich mit vorwurfsvoller Miene wieder an ihre Arbeit. Alle blicken zu Boden. Vielleicht überlegt Schischu, ob Frau Ahrns den Scheck an sich genommen hat, während Frau Ahrns sich fragt, ob Schischu schwindelt. Die anderen Arbeiter scheinen zu fürchten, daß sie ihren Lohn mit Schischu teilen müssen; immerhin hätte es jeden von ihnen treffen können. Ich selbst schäme mich, weil ich nicht die Großzügigkeit habe, Schischu sein Gehalt vorzustrecken; erstens traue ich ihm nicht hundertprozentig, denn er hat über die Höhe dieses Schecks zwei unterschiedliche Angaben gemacht. Zweitens halte ich mich nicht für fähig, das Geld von Crove einzutreiben.

Verfluchtes Geld. Noch vor wenigen Wochen haben wir miteinander gefeiert und getanzt, und plötzlich traut jeder jedem fast alles zu.

In diese höchst peinliche Situation platzt auf einmal Conny – auch das noch. Keiner erwidert ihren Gruß. Sie zieht quer durch den Raum zum Telefon, wobei sie die Unterschenkel seitwärts schleudert, nimmt den Hörer und wählt. Die Oma.

Schischu wendet sich ab; weil ich gegenüber dem Telefon stehe, genau mir zu. Sein Gesicht ist fahl. Die Frau, um die es geht, Conny, würde ich nicht für unersetzlich halten. Auch der Betrag, um den es geht, kann nicht gigantisch gewesen sein. Der junge Schischu aber scheint unter Schock zu stehen. Er ist nicht mal böse. Er ist nur niedergeschmettert und verzweifelt.

»Was 'n hier los?« fragt Conny.

Inge erklärt ihr die Lage. Conny läuft hinaus.

Betretenes Schweigen, gut zehn Minuten lang.

Conny kommt wieder, in den Händen Umschlag und Scheck.

»Ich bin in den Müllcontainer geklettert«, erklärt sie triumphierend. »In einem blauen Müllsack hab ich 'n gefunden.« Sie reicht beides dem verwirrten Schischu.

Allgemeine Erleichterung. Aber jetzt ist es wirklich höchste Zeit. Den Bus haben sie schon verpaßt, Inge will sie im Auto zum Bahnhof bringen, sie rennen runter, ihr Gepäck einladen, und wieder rauf, sich verabschieden, hektisches Durcheinander mit Handküssen und Rufen, dann sind sie weg.

Nachmittag. Gesine, aus Hamburg zurück, kommt ins Restaurant, um Inge ihre Einkäufe zu zeigen.

Inge platzt heraus: »Stell dir vor, was hier los war – du wirst es nicht glauben!«

»Neiiin! Sag bloß!«

Inge erzählt die Scheckgeschichte in allen Einzelheiten. Gesine stößt spitze Schreie aus. Beide Frauen lachen aufgeregt.

Der Chef betritt das Restaurant, mit steifem Rücken (Bandscheibe) und konzentriertem Blick.

Gesine umarmt ihn übermütig. »Na sowas! Ich hab grad von deinem Abenteuer mit den Schecks gehört!«

»Was?« Seine Stimme klingt mißtrauisch.

»Du hast einen Scheck verloren, und Conny hat ihn wiedergefunden – im Müllcontainer!« Gesine will sich ausschütten vor Lachen. Sie tanzt um ihn herum. »Daß du aber auch immer deine Schecks verlieren mußt, Schatzi! Das kommt davon, daß du zu viele hast!«

»Blödsinn!« sagt er schroff. »Die waren doch alle quittiert!«

»Quittiert« bedeutet offenbar, daß Crove den verlorenen Scheck nicht hätte ersetzen müssen: Die Arbeiter hatten für die Schecks Quittungen unterschrieben wie für Bargeld.

Man darf sich das auf der Zunge zergehen lassen: Der reiche alte Mann klaubt diesen Scheck, den er selbst seinen Arbeitern gestohlen hat, aus seinem eigenen Papierkorb, um ihn hastig in seinen eigenen Haushaltsmüll zu schieben. Vielleicht ist er sogar noch im Wagen um die Ecke geschnurrt und hat ihn heimlich in unsere Mülltüten gestopft, bevor er sich in seinem champagner-metallic-farbenen Mercedes davonstahl.

Warum hat er nicht einfach das Ding in seiner Jackentasche mitgenommen? Er hätte es in einem beliebigen Tankstellenmülleimer versenken können; er könnte es jetzt noch mit sich herumtragen, und niemand käme ihm drauf.

Vielleicht kommt es doch vor, daß Gemeinheit sich am Ende selbst bestraft? Die Vorstellung versetzt mich augenblicklich in gute Laune. Den ganzen Abend lache ich vor mich hin.

Jens erzählt: Croves Vater hat seinen Kindern immer Lohn in Bohnen ausbezahlt. Einmal Stall fegen eine Bohne, ausmisten drei Bohnen, und so weiter. Hemjö hat immer die meisten Bohnen kassiert. Wer die meisten Bohnen hatte, bekam eine Mark Prämie. Die anderen bekamen nichts.

*

Seit Sommerferienende nimmt die Zahl der Gäste von Kurs zu Kurs ab. Wir haben deutlich weniger Arbeit, aber die Müdigkeit sitzt mir in den Knochen, ich nicke zu Hause in jeder freien Stunde ein, schlafe nachts neun Stunden und wache morgens müde auf.

Das Laub wird braun.

Nach Erlhof fahre ich an diesen prächtigen Tagen oft mit dem Rad, drei Kilometer zwischen schon brachliegenden Äckern. In den Senken liegen morgens weiße Nebelzungen, Gräser und Zäune sind naß von Tau. Kühle, blaue Luft. Auf der letzten Hügelkuppe erblicke ich Erlhof, bereits im Sonnenlicht schimmernd.

Abends kehre ich über den Wall nach Hause zurück.

Hinter den nebelbedeckten Feldern senkt sich langsam die rotglühende Sonne. Die Luft schmeckt rauh. Gestern wuchsen minutenschnell Nebelschwaden empor und verschluckten die Sonne, den Wall und mich. Ich bin nur noch im Schrittempo, ängstlich und fröstelnd, vorwärtsgekommen.

1. Oktober. Auf einmal fiel mir ein, vor Saisonende könnten Croves sich noch mal einen Knaller leisten, zu meiner Unterhaltung sozusagen. Und schon …

Nein, Fehlalarm. Gesine hat nur vergessen, wo sie Inges Auto abgestellt hatte. Gottseidank hat ein Arbeitskollege von Inges Mann es am Timmendorfer Stadtrand entdeckt.

*

Gesine schreit: »Das ist ja unglaublich! Alles, alles weg!«

Es ist soweit!

Montag: Hemjö in Berlin.

Gesine zerwühlt sich in meiner Küche das Haar: Der Tresor sei leer. Ihre Handtasche auch. Geld! Geld! GELD! sei weggekommen! Ihre Stimme überschlägt sich. Ihr Gesicht ist rosarot.

Inge ruft die Polizei.

Die Polizei kommt: ein dicker Mann, der sich als Oberwachtmeister Dick vorstellt.

Gesine erklärt ihm: Es kann nur der Großmarktlieferant gewesen sein, Carsten Sowieso! Der bringt jeden Montag die Lebensmittel für die ganze Woche und kommt anschließend mit der Rechnung rüber ins Herrenhaus. Diesmal war Gesine gerade im Bad – ja, im Bad. Vom Badezimmerfenster aus sah sie den Lieferanten aufs Haus zukommen, die Tür war offen, weil sie ihn ja erwartete. Als sie fünf, vier, ach was, zwei Minuten später runterkam, war der Lieferant schon fort. Der Tresor stand offen, und ihre Handtasche war leer.

Der Oberwachtmeister geht mit ihr ins Herrenhaus. Inge läuft hinterher. Später berichtet Inge, der Oberwachtmeister habe noch allerhand Fragen gestellt: Wieviel Geld weg sei? Ob der Lieferant die Tresorkombination kannte? Usw. Außerdem hat der Polizist Wagentyp und Autonummer des Lieferanten an die Zentrale durchgegeben sowie Carstens Chef informiert, und noch während der Befragung im Herrenhaus erhielt er die Nachricht, daß Carsten mit seinem Wagen gestellt worden war.

Ich kenne Carsten gut und halte ihn für völlig unschuldig; unschuldiger geht es nicht. Ich mache mir Sorgen um ihn. Warum hat der Polizist nicht auch mich gefragt?

Unser System ist so: Gesine bestellt beim Großmarkt nach meinen Angaben Lebensmittel für die ganze Woche. Der junge Carsten bringt sie im Lieferwagen her und trägt sie in die Speisekammer, die oben neben der Küche liegt. Es sind jede Woche mehrere Zentner, da muß er oft gehen. Wenn es heiß ist, vergießt er Schweiß in Strömen. Dann stelle ich ihm eine Limo hin, und während er trinkt, unterhalten wir uns ein bißchen. Er ist kräftig und hübsch, vielleicht zwanzig Jahre alt. Sehr kräftig und sehr hübsch. Immer wenn die Rede auf Gesine kommt, wird er rot.

Wenn er ausgetrunken hat, läuft er mit der Rechnung ins Herrenhaus, um das Geld zu kassieren. Er klingelt an der Tür und geht direkt ins Büro, wo Gesine über dem Bettenplan sitzt. Das Geld holt sie aus ihrem Tresor. Manchmal läßt sie den Jungen auch warten. An diesem Montag wartete er eine halbe Stunde vergeblich, dann kam er sehr nervös zu mir und sagte, sein Chef würde wahrscheinlich gleich anrufen, wo er bleibe, aber er könne nichts dafür, ich möge doch ausrichten, und so weiter.

Kaum war er weg, stand Gesine vor mir mit diesem Diebstahlgeschrei.

Ich werde dem Polizisten schreiben, falls er nicht von selbst kommt und fragt. Ich kann bezeugen, daß zwischen Carstens Limo und seiner Abfahrt eine halbe Stunde vergangen ist. Diese halbe Stunde hat Carsten im Herrenhaus verbracht. Tut das ein Dieb, am hellichten Tag? Und was hatte Gesine eine halbe Stunde im Bad zu suchen, wo sie doch den Lieferanten erwartete?

Dienstag. Von Inge erfahre ich: Im Lieferwagen wurde kein Geld gefunden. Carsten durfte nach seiner Vernehmung nach Hause.

Inge meint, das sei seinem Chef zu verdanken, dem Großhändler Möller. Nachdem der gestern telefonisch unterrichtet worden war, sprang er sofort ins Auto und fuhr nach Erlhof, um mit dem Oberwachtmeister Dick zu sprechen. Inge sagt, er sei richtig aufgebracht gewesen. »Wenn jemand zu so was unfähig ist, dann Carsten!« habe er gerufen. »Der wollte am Anfang sogar sein Trinkgeld bei mir abliefern!«

Möller bat, mit Carsten telefonieren zu dürfen, und wurde durchgestellt. Carsten, bereits im Polizeirevier, stand unter Schock und weinte, als er Möllers Stimme hörte. Möller beschwor die Polizei, ihn nicht festzuhalten. Er zog sein Scheckbuch und sagte mit einem Blick auf Gesine: »Bitte nennen Sie mir die Kautionssumme.« Der Polizist winkte ab.

Ich habe diesen Möller immer für anständig gehalten, aber daß er so anständig ist, rührt mich geradezu. Ich rufe ihn an, um ihm zu sagen, daß ich für Carsten zeugen kann.

Möller wirkt hocherfreut. »Das ist aber nett, Frau Hassel, mal wieder mit Ihnen zu sprechen, wirklich, nun erzählen Sie doch, wie geht es Ihnen denn?« So viel Enthusiasmus scheint mir wieder übertrieben, denn wir kennen uns zwar seit zehn Jahren (schon für's Altersheim habe ich bei ihm eingekauft), aber unsere Gespräche waren immer kurz. Jetzt hört er gar nicht mehr zu plaudern auf. Es stellt sich heraus, er will mit mir über Gesine reden. Gesine hat er gestern zum ersten Mal gesehen; er ist sehr beeindruckt. Sie hat ihn angelächelt, als er das Scheckbuch zog. Er will alles über Croves wissen. »Bewundernswert, die junge Frau«, sagt er. »Leitet ganz allein diesen riesigen Betrieb zusammen mit dem alten Mann. Und was für ein Betrieb. Was für ein Betrieb.« Von Möller habe ich auch die Summe erfahren, die abhanden gekommen sein soll: hundertzwanzigtausend Mark.

Ich sage es Möller nicht, aber ich bin fast sicher, daß Gesine selbst das Geld beiseite geschafft hat. Als Taschengeld sozusagen; der Alte hält sie ja bekanntlich kurz.

Der junge Carsten wurde am gleichen Tag freigelassen. Aber er kommt nicht mehr nach Erlhof; wer will es ihm verdenken. Die Ermittlungen gingen noch eine Weile weiter. Wir alle sind verhört worden. Nur eine Zeugin hat Carsten belastet. Diese, eine Bekannte von Gesine namens Cilly, sagte aus, sie habe Carsten gesehen, wie er aus dem Herrenhaus trat. Er habe mit der rechten Hand in der Innentasche seiner Jacke gewühlt und sich ständig umgesehen. Aber diese Cilly verwickelte sich in Widersprüche. Sie gab zum Beispiel drei verschiedene Zeiten an, in denen sie auf den Hof gekommen sein wollte, und so fort.

Gesine selber ist nach den ganzen Aufregungen viel fröhlicher, als man meinen sollte.

»Für jemanden, der gerade bestohlen wurde, sind Sie erstaunlich vergnügt«, kann ich mir nicht verbeißen zu sagen.

»Ja!« seufzt sie lachend, »Huch! Denn, Glück im Unglück: Immerhin hat der Dieb meinen Schmuck dagelassen!«

**

82

Ich wundere mich, daß mir erst jetzt das Wort »kriminell« einfällt. Es war ja alles irgendwie normal und persönlich, an die Gaunereien der Croves hatten wir uns gewöhnt, wobei uns höchstens ihr Einfallsreichtum noch überraschte, und insgesamt unterhielten wir uns ja gut mit unserer Empörung. Erst als die Polizei kam, fiel der Groschen. Und jetzt finde ich es plötzlich absurd, meine letzten Arbeitsjahre unter Kriminellen zu verbringen. Ich habe mir einen freien Tag erkämpft und bin zum Arbeitsamt gegangen.

»*Sie?*« fragte der Beamte ungläubig. »Jahrgang 32? Es tut mir leid, aber unserer Erfahrung nach sind schon Mittfünfziger nicht vermittelbar.« Immerhin meinte er, manche Arbeitgeber würden gar nicht übers Amt Leute suchen, sondern direkt, in Annoncen, und vielleicht fände ich da was. Ich kaufte sofort die *Lübecker Nachrichten* und sah alle Stellenanzeigen durch, fand aber nichts.

Ich habe gemerkt: Immer, wenn ich mich über etwas besonders aufrege, rege ich mich eigentlich über mich selber auf. Jetzt zum Beispiel ärgere ich mich weniger über Gesine als über mich, und ich grüble, warum.

Vielleicht bin ich neidisch? Gesine kämpft immerhin um ihr Glück oder das, was sie darunter versteht. Ich dagegen habe auf mein Glück nur gewartet. Ich habe gewartet und gelitten und mir eingeredet, daß das aus »Ans-tand« geschah (nun doch). Ich wünschte mir alles, möglichst ohne etwas zu tun, wie die Prinzessin im Märchen. Später habe ich festgestellt, daß Wünschen viel aufwendiger ist als Tun, denn man verausgabt sich nicht, die Gefühle stauchen sich, und deshalb ist man später, wenn's nicht klappt, doppelt bitter und zerschlagen.

Außerdem beneide ich Gesine um ihre Beweglichkeit. Kaum hat sie gemerkt, daß Hemjö ihre Erwartungen nicht erfüllt, ergreift sie Maßnahmen; während ich damals meinte, einmal gefaßten Entschlüssen müsse man treu bleiben, koste es, was es wolle. Ich blieb also treu. Und es kostete, was es wollte.

Ich spreche von Cornelius. Nach einigen wunderbaren Wochen machte er sich nämlich rar. Er sagte, er fände mich nett, aber er sei ein Verdammter und täte besser daran, Ehe und Familie zu meiden.

Inzwischen kannte ich so viele herrliche Details aus seiner Kindheit, daß ich mir keinerlei Verdammnis vorstellen konnte. Fabelhafte Eltern, tüchtig und hochangesehen. Leben im Gutshaus, einem ehemaligen Wasserschloß aus dem 15. Jahrhundert mit Türmen, Erkern und Butzenscheiben. Vaters Kutsche, von Rennpferden der Breslauer Rennbahn gezogen. Sogar die Flucht klang für mich romantisch: langer Fußmarsch nach Westen. Hundert Kilometer an einen Planwagen geklammert. Verdreckt, verlaust und fiebernd eines Nachmittags bei Tante Grete, selbst Gutsbesitzerin, in Potsdam angekommen. Tante Grete nahm ihn nicht bei sich auf. Cornelius war zu schwach, um weiter zu laufen, und lehnte sich an die sonnenwarme Stallwand, da sah er etwas im Misthaufen blitzen: das 800er Tafelsilber vom schlesischen Gut. Cornelius' Eltern hatten es dort versteckt, bevor sie weiterflohen, und bei Tante Grete ihre Anlaufadresse hinterlegt. Cornelius brachte ihnen das Silber mit, und nach seiner Heilung im Süden zog er zu ihnen und versuchte einen Neuanfang. Er konnte natürlich, weil er kein Abitur hatte, nicht studieren. Aber war er nicht, im Vergleich zu vielen Altersgenossen, sehr gut weggekommen?

Nein, fand er. Er sagte: »Ich bin ein Opfer der Geschichte. Ich werde des Lebens nicht mehr froh.« Normalerweise wäre er ein Junker mit Landwirtschaftsdiplom geworden, jetzt war er Fischzuchtgehilfe. Immer öfter klagte er über Schmerzen in der Brust, im Becken, in den Beinen. Er zog immer eine Schulter hoch. »Das ist von meiner Krankheit«, sagte er.

Ich werde ihm sein Lebensglück zurückgeben, dachte ich.

Dieser Aufgabe wollte ich mich weihen – so habe ich das damals gesehen. Ich zwang ihm ein Lebensglück auf, das er gar nicht wollte. Wie bin ich nur auf die Idee gekommen, ich könne ihm ein verlorenes Landgut ersetzen? Andererseits, war ich selbst so uneigennützig? Reizte mich nicht auch der Gedanke, einen Gutsbesitzerssohn zu bekommen, wenn auch einen enteigneten? Haben mich seine Defekte nicht auch ermutigt (einen reichen, gesunden Junker hätte ich ja nie gekriegt)? Und wie sehr hat es ihn ermutigt, daß er bei mir seine Schwäche ausspielen durfte? Ich weiß es nicht. Irgendwelche Wünsche in uns trafen sich, und weil wir beide sie nicht wirklich kennen wollten, hielten wir sie für Liebe.

Die Sache nahm ihren Lauf, wie zäh auch immer. Cornelius floh oft zu seinem Vater, der verwitwet war und allein in einem winzigen Forsthaus ohne Heizung und Klo in der Nähe von Plön lebte (ein älterer Bruder von Cornelius, Elias, hatte schon Familie und wohnte in Hersfelden, drei Zugstunden entfernt). Der alte Mann war viel munterer als sein Sohn, obwohl er viel mehr verloren hatte. Ein richtiger Gutsbesitzer, fand ich: mit aufrechtem Gang, schneeweißem Schnurrbart und großartigen Manieren. Auf dem Gut hatten sie ihn »Herr Major« genannt, Cornelius hatte seine Strenge gefürchtet. Geblieben war die Haltung, ohne die Schärfe. Ich war sehr für Haltung; ich habe sogar ein bißchen für den alten Herrn geschwärmt. Auch er mochte mich. Einmal hat er mir anvertraut, ich sei die einzige Hoffnung, die er für seinen Sohn sehe. Zum Dank tat er alles, damit ich mich bei ihm wohlfühlte. Ich erinnere mich, daß ich mich einmal schriftlich entschuldigte, nachdem ich rasch und verstimmt abgereist war, und er schrieb zurück: »Sie, liebes Fräulein Quandt, sind die Gebende für mich, wofür ich Ihnen Dank zu zollen habe!«

Sein Sohn war weniger ritterlich. »Vergiß mich, ich bin ein

schlechter Kerl!« schimpfte er. »Bei jedem anderen wirst du's besser haben!« Ich wollte aber keinen anderen. Weil auch er keine andere hatte, griff er gelegentlich auf mich zurück. Danach verschwand er. Er bekam Krach mit allen seinen Meistern und zog oft um, während ich in meinem Kleinkindergenesungsheim auf ihn wartete. Manchmal bestellte er mich zum Bahnhof, ihn abzuholen, und kam dann einfach nicht. Monatelang hörte ich nichts von ihm. Gelegentlich kamen zerquälte Briefe. »Schreib mir oft!« bettelte er, und ich erinnere mich an meinen freudigen Schreck: Er braucht mich! Aber als ich selbst einmal krank war, schrieb er: »Werde nur erst gesund, dann kann ich Dich wieder lieben!« »Ich bin so unglücklich!« beichtete ich meiner Freundin Lisa, plötzlich in einer ganz anderen Rolle. »In meinem ganzen Leben habe ich keinen Menschen so geliebt wie ihn. Ich habe eine solche Sehnsucht. Ich will nur, daß er bei mir ist!«

Kurz darauf erklärte Cornelius, daß er eine Hodentuberkulose habe und somit zeugungsunfähig sei. Er wand sich in Krämpfen und lachte. »Ich kann dir nicht geben, was du brauchst!« bellte er. »Haus, Kinder, Garten – ohne mich, verstehst du?« Die Krankheit hatte er wirklich. Er wurde operiert und genas nur langsam. In meinen Tagebüchern dieser Jahre stehen lauter Sätze wie: »Weil er krank ist, braucht er mich! Ich habe ihn ja so lieb, ich wünsche mir nichts anderes, als immer nur ihm anzugehören.« Ich war offensichtlich nicht zu retten.

1956 bestand Cornelius die Meisterprüfung zum Karpfen- und Forellenzüchter in der Landesfischereianstalt in Albaum im Sauerland. Er suchte vergeblich eine Anstellung – überall paßte ihm etwas nicht – und kroch wieder bei seinem Vater unter. Als ich ihn besuchte, hackte er auf mir herum: Ich sei zwar »recht tüchtig«, »brav«, aber »nicht hübsch genug, nicht klug genug.« Ich zitterte; ich ging hinaus, und draußen wurde mir tatsächlich schwarz vor Augen, mir war so elend, daß ich beinah in den kalten Schlamm gefallen wäre. Körperlich habe ich mich nie für häßlich gehalten, heute finde ich mich auf den Fotos von damals gertenschlank und sogar adrett; am Gesicht störte mich nur die Brille. Unter Cornelius' Vorwürfen aber löste sich mein Selbstbewußtsein auf wie Rauch. Warum, warum habe ich das hingenommen?

Also, Cornelius hat mir nichts vorgemacht. Und alle haben mich vor ihm gewarnt. Ich »ging« inzwischen seit fünf Jahren mit ihm und traute mich nicht, meinen Fehler zuzugeben. Einige Monate lang hatte ich zwar einen anderen Verehrer, der gut und nett war, und ich versuchte es auch mit ihm, aber das war nichts. »Ich glaube, ich liebe Cornelius' Körper einfach zu sehr«, schrieb ich in mein Tagebuch, »Ist das richtig?« Ich will sagen: Natürlich hatte ich mich verrannt, aber Liebe war da, machtvoll, und ließ mich nicht los, ich war wie infiziert. Ich sagte selbst zu mir: Ich bin krank.

Drei weitere Jahre versuchte ich, mich von dieser Krankheit zu befreien. Sieben Mal dachte ich, ich hab's geschafft, und fiel wieder um. Ein achtes Mal wachte ich morgens auf und dachte: Das wird nie was, ich bin gezeichnet. Und fühlte mich sonderbar gelassen. Als Cornelius wieder irgendwohin abreiste, redete ich nicht mehr von Sehnsucht und Hoffnung, sondern wünschte ihm alles Gute und verließ den Bahnsteig, bevor der Zug angefahren war. Ich erinnere mich an mein Herzklopfen auf dem Heimweg, als ich den Angriff des Liebeskummers erwartete. Aber der blieb aus. Ich spürte eine zufriedene Erschöpfung wie nach einem Sieg und eine leichte Wehmut, die durchaus süß war. Ich hatte viele Jahre verloren, aber nicht alle. Es war interessant gewesen. Was immer folgen konnte, würde besser sein. Ich war neunundzwanzig.

Prompt schrieb Cornelius, er könne mich nicht vergessen. Glück sei für ihn auf der Welt nicht vorgesehen, gab er zu verstehen, aber vielleicht eine Art weniger Unglück. Ob ich mir das zutraue, fragte er. Und als ich zögerte, bekam er plötzlich ein tolles Stellenangebot: Meister in einem teichwirtschaftlichen Betrieb in Hamburg-Ohlstedt. Der Besitzer war ein Hamburger Kaufmann, der sehr gute Bedingungen bot und gleich eine Erweiterung der Anlage in Aussicht stellte. Dem Fischzuchtmeister stand ein kleines Haus am Wasser zu, damals ein Traum. Im Übermut machte Cornelius mir einen Heiratsantrag. Kaum hatte ich zugesagt, fand er einen Haken bei der Sache: Die Karpfen hatten die Bauchwassersucht, der ganze Bestand war krank. Cornelius' Gehalt hing vom Verkaufsertrag ab. Er kündigte umgehend.

Und die Heirat? Wieder war er weg – mit dem Motorroller nach Italien. Er schrieb eine Postkarte: Er habe »eine kennengelernt.« Ich trauerte heftig. Dann war er wieder da: »Ich kann dich nicht vergessen. Komm mit.« Er führte mich in ein unsäglich schmutziges Gasthaus im Wald, verraucht, verspeckt, laut, ordinär, eine Art Absteige, ich weinte vor Verzweiflung, und da steckte er mir einen Ring an den Finger. Aus Familienbesitz.

(Heute frage ich mich: Hatten wir bettelarme, junge Frauen in dem vom Krieg zerstörten Land wirklich nichts anderes im Kopf als die sogenannte Liebe? Und muß antworten: Nein. Frau Dr. Stümke hat es, glaube ich, so gesagt: Die Liebe ist der romantische Betrug, der dazu dient, daß die Gattung sich fortsetzt.)

3.

Gesine hat sich einen neuen Hund gekauft. Zwar hat sie schon einen, das Hündchen Poppy, um das sie sich nicht kümmert. Aber sie will einen starken Hund, der sie beschützt. Mehrmals in der letzten Zeit sind nachts, wenn Hemjö in Berlin war, zwei unbekannte Männer ums Herrenhaus geschlichen und haben durch ihr Schlafzimmerfenster gespäht. Das ist keine Phantasie: Einmal war der Chef zufällig da und hat die Kerle auch gesehen. Er stürzte mit der Jagdflinte aus dem Haus, aber die beiden entwischten übers Feld.

Ein paar Tage später kaufte ich bei Bauer Schierenbeck Gemüse, da sah ich vor seinem Scheunentor zwei junge Männer, auf die Croves Beschreibung paßte. Hans, der jüngere Schierenbeck-Sohn, bog mit einem Motorradhelm unterm Arm um die Ecke und flachste: »Den müßt ihr nächstes Mal aufsetzen, dann erkennt euch keiner!« Ich erzählte das Crove. Crove ging sofort zu Bauer Schierenbeck, aber Bauer Schierenbeck sagte, so aussehende Männer kenne er überhaupt nicht. Die beiden sind danach nicht mehr aufgetaucht. Jens meint, sie seien Strohfahrer bei Crove gewesen, fühlten sich bei der Abrechnung betrogen und wollten sich rächen.

Seitdem redete Gesine von dem großen Hund. Crove schien es einzusehen, sträubte sich aber eine ganze Weile. Erst nach dem Tresordiebstahl hatte er ein Einsehen. Und jetzt hat Gesine ihren Schutzhund. Nelson heißt er.

Nelson ist ein sogenannter »altdeutscher Schäferhund«, erfahre ich. Er hat große Fledermausohren, ein ernstes schwarzes Gesicht und dunkles, wolliges Fell; er läuft mit leicht gesenktem Kopf und rollenden Bewegungen, ein bißchen wie ein Stier. Sehr imposant. Er ist ausgewachsen und hat eine Spezialausbildung mit etlichen Diplomen und Preisen. In regelmäßigen Abständen muß er zur »Schulung«, und niemand außer Gesine soll ihn füttern, streicheln und mit ihm spazierengehen: Er soll sich auf sie fixieren.

Er ist auch bereit, sich auf sie zu fixieren: Er ist schließlich perfekt gedrillt. Er ist sogar bereit, sie zu lieben, weil er als Haushund jemand lieben muß, sonst geht er kaputt. Wahrscheinlich hat man ihm beigebracht, daß derjenige ihn lieben wird, dem er gehorcht, und ich ahne, daß es der Irrtum seines Lebens sein wird. Also, dieser Nelson bricht mir augenblicklich das Herz. Während der ersten Woche wirkte er konzentriert und würdevoll, aber schon in der zweiten bekam er einen angestrengten und etwas unsicheren Ausdruck, wie ein Einser-Schüler, der plötzlich ahnt, daß seine Einsen draußen im Leben nichts gelten. Oder daß sie vielleicht zwar etwas gelten, aber für ihn selbst wenig Hilfe bedeuten und schon gar nicht Trost.

»Rat mal, was der gekostet hat!« sagt Gesine zu Inge.

»Fünftausend?« rät Inge.

»Pah! Da mußt du 'ne Null dranhängen!« prahlt Gesine.

Wenn das stimmt, wissen wir, warum Crove sich so lange gesträubt hat. Wäre er mal hart geblieben!

Gesine ist von Nelson angetan. Staunend erzählt sie, was er alles kann. Eine Leine braucht er nicht. Sie nimmt ihn auf ihre Einkaufstouren nach Hamburg mit, und er läuft wie ein Leibwächter neben ihr her, ohne sich ablenken zu lassen; die rechte Schulter immer an ihrem linken Knie. Auf den Befehl »Sitz!« setzt er sich hin und muckst nicht, bis sie ihn mit einem »Lauf!« oder »Komm!« erlöst. Er nimmt weder Menschen noch Hunde zur Kenntnis, will von niemandem Futter, blickt mit seinem stoischen, schwarzen Gesicht nur in die Richtung, in die sein Frauchen entschwunden ist. Sie bleibt oft lange weg: Sie probiert Pelze, Schmuck, Mode, sie geht zum Friseur, Kosmetiker, Masseur und zuletzt ins Restaurant. Vorgestern hat sie sogar vergessen, wo sie ihn abgesetzt hatte. Sie fand ihn erst sechs Stunden später (so rühmt sie ihn – und damit sich): Wie eine Statue saß er immer noch in der belebten Einkaufsstraße und blickte nicht nach links noch rechts.

»Da hat er sich doch sicher gefreut, als er dich sah!« bemerkt Inge schmelzend.

»Sicher!« lacht Gesine. »Aber erst mal mußte er ganz dringend Pipi machen!«

*

Ich habe Zora gefragt, ob sie wirklich so heißt.

»Klar«, sagte sie. »Ich hatte schon bei der Geburt rote Haare, und da haben meine Eltern mich so getauft. Vorher wollten sie mich Angelika nennen!«

»Kennst du das Buch ›Die rote Zora und ihre Bande‹?«

»Logo! Krieg ich zu jedem Geburtstag von mindestens einer Tante geschenkt!«

»Hast du's gelesen?«

Zora schüttelt ihre Mähne. »Nein, nicht wirklich. Lesen find ich langweilig.«

»Was tust du denn sonst gern, ich meine – außer Reiten?«

»Außer?« fragt Zora verständnislos.

Drei Wochen nach Gesine hat Hemjö Crove Geburtstag: den dreiundsechzigsten. Er will keine Feier. Er wirkt alt und macht sich Sorgen.

Die Berliner Geschäfte (Brandenburger Superreitanlage mit drei Hallen, Springgarten, Pflegestation und Appartements für zweihundert Gäste) laufen nicht wie erhofft, höre ich. Crove rechnete mit einem Gewinn von dreiunddreißig Millionen, aber die Baugenehmigung, die er sich per Bestechung gesichert hatte, ist rückgängig gemacht worden. Gründe gibt es verschiedene. Ein Teil des Geländes ist zum

Beispiel ein Friedhof. Crove hat den Friedhof nicht auflassen, die Grabsteine nicht verkaufen, die alten Bäume nicht fällen dürfen. Jetzt ist er also Besitzer eines Friedhofs. Einmal hat ihn Gesine damit geneckt. Er sagte: »Gestorben wird weiter – auch daran kann man verdienen!« Kann ein Privatmensch einen Friedhof betreiben? frage ich mich.

Außerdem findet er, wir hätten zu wenig Anmeldungen für die kommende Saison. Er verkündet, daß jeder, der einen Gast vermittelt, hundert Mark Provision bekommt.

Ich selbst habe einen Gast vermittelt, der seinen Aufenthalt auch schon angezahlt hat. Gesine sagt zu mir: »Für Mitarbeiter gilt das natürlich nicht!«

»Was meinen Sie?«

»Die Provision. Sprechen Sie mit meinem Mann!«

Pack.

Und jetzt kein Wort mehr über Gesine.

Als ich über die Bundesstraße zum Metzger fuhr, sah ich zum soundsovielten Mal den Bussard auf dem Zaunpfahl neben dem Telegrafenhäuschen warten. Kurz darauf eine überfahrene Möwe, auf der Straße klebend, mit noch einem freien Flügel, an dem der Wind zerrt, und plötzlich begriff ich, was der Bussard auf dem Pfahl immer macht: Er hat den Beruf gewechselt und polkt jetzt Leichname von der Straße. Er könnte dabei selbst überfahren werden, aber was ein richtiger Raubvogel ist, der denkt natürlich, ihm passiert so was nicht.

Noch vier Wochen bis zur Winterpause. Augen zu und durch.

*

Siebzig Pfannkuchen vorbereiten. Migräne. Zwei Kilo Weizenmehl mit Wasser zu Brei verrühren. Ich muß kräftig rühren, damit keine Klümpchen entstehen, und bei jedem Umrühren kommt es mir vor, als schlüge mein Hirn gegen die Schädelwände. Vier Liter Kaffeesahne und Reste aus Milchtüten dazugeben. Ein paar frische Packungen vom Boden holen. Schwindel beim Bücken. Beim Tragen Übelkeit.

Wir haben nur eine, übrigens gehörlose Schulklasse da, 40 Kinder, Wochenendkurs, und heute (Sonntag) sollen die Teilnehmer des letzten Erwachsenenkurses eintreffen, achtzehn Mann. Stille! Stille! Fünf taubstumme Schüler sitzen am Fenster zur Reithalle und kommentieren lebhaft, aber nur mit Gesten! Eine weitere Gruppe trampelt die lange Holztreppe hinauf, ich ziehe den Kopf ein, wie um mit den Schultern die Ohren abzuschirmen; aber das gewohnte Gebrüll bleibt aus. Jetzt treffen die Gruppen aufeinander, aus dem Augenwinkel sehe ich allgemeines Hallo, die Sitzenden springen sogar auf, die Gesten verdoppeln sich, aber kein Geräusch, kein Geräusch, nur einmal ein kehliges Lachen, ein abgehacktes Prusten.

80 Eier trennen, gesondert verquirlen und erst dann unter die Masse geben, sonst bekommt man's nicht vermischt. Crove hat keine Haushalts- und Großküchenmaschinen genehmigt. Jedesmal, wenn ich per Hand unsere Riesenmengen rühren mußte, war ich beleidigt, aber letzten Monat habe ich selbst einen Haushaltsmixer gekauft.

Gesine – kein weiteres Wort! – mit Inge herein. Beide warten auf die neuen Gäste. Ich quirle immer noch Eier. Erste Gäste treffen ein (zwei Frauen), Begrüßung, Gesine führt sie in ihr Doppelzimmer. Inge zu mir in die Küche. Der nächste Gast kommt.

Nur Erwachsene – eine Wohltat! Sie brechen nicht als kreischende Horde herein, sondern kommen einzeln, müde nach etlichen Stunden am Steuer, mit schweren Schritten. Wenn Gesine gerade unterwegs ist, um Zimmer zu zeigen, begrüßt Inge die Neuankömmlinge und bittet um etwas Geduld. Dann sinken sie auf Stühle oder stützen sich auf den

Tresen. Manche sind zum ersten Mal hier und mustern uns neugierig, andere begrüßen Inge wie eine alte Bekannte.

Weil wir immer vergleichsweise wenige Erwachsene haben, kann ich mir einzelne merken.

Der tätowierte Riese zum Beispiel heißt Johnny Föh und ist schon zum siebten Mal hier. Früher war er Seemann, jetzt arbeitet er als Kranführer in Hamburg. Schon auf See träumte er von Pferden und vom Reiten, aber erst mit fünfzig buchte er seinen ersten Kurs – auf Erlhof. Seitdem kommt er jedes Jahr.

Johnny Föh drückt Inge und mir die Hand, blickt uns kurz und schüchtern in die Augen und entschuldigt sich sogleich, er müsse wieder hinaus, sich um seinen alten Mercedes kümmern, der »am Abhauchen« sei. Kaum ist er aus der Tür, wispert Inge, er verliebe sich bei jedem Aufenthalt in eine unserer Putzfrauen. »Vielleicht sind Sie diesmal dran, Frau Ahrns?«

»Ach nee«, errötet Frau Ahrns. »Dat is di een Kattuhl!« (So ein Kauz!)

Inge weiß, daß Johnny Föh in Hamburg in einem Wohnwagen lebt. »Einen Wohnwagen muß man immer tiptop halten!« sagt er. Auch sein Zimmer auf Erlhof ist immer tiptop, beinah so, als erwarte er eine Kontrolle (das weiß Inge noch von Frau Karsch): das Bett akkurat gemacht, Zahnputz- und Rasierzeug, Seife und Nagelbürste in Tetrapacks unter dem Badezimmerspiegel aufgereiht wie Soldaten. Inge weiß alles und läßt uns daran teilhaben.

Der Pfannkuchenteig ist fertig. Ich stelle vier Pfannen auf den Herd und gieße Öl hinein. Ab elf Uhr dreißig müssen sie heiß sein, damit ich nach Anforderung backen kann. Ich öffne die Dosen mit dem Apfelmus. Jetzt die Vorspeise: klare Suppe mit Fleischresten, die ich gestern aus der Tiefkühltruhe genommen habe. Inge deckt die Tische.

Neuer Gast: Gutfried. Gutfried ist Stammkunde, erfahre

ich. Fünfundvierzig Jahre alt, Bäuchlein, schlaffe Muskeln, schütteres Haar mit Tolle; er winkt über den Tresen Inge zu, bevor er Gesine begrüßt. Gutfried hat ein Gut geerbt und will selbst einen Reiterhof gründen, erklärt Inge. Er kommt zu Studienzwecken. Das Reiten ist für ihn Nebensache.

Die stummen Schüler winken, daß sie gern essen würden. Ich gieße Teig in die heißen Pfannen. Das Öl zischt, der Dunstabzug heult.

Gesine führt Gutfried zu seinem Ferienhaus. Gutfried grinst noch mal verschmitzt in unsere Richtung, bevor er, gefolgt von einem Kometenschweif von Frauen, das Restaurant verläßt. »Drei Stück!« wundert sich Inge, während ich die ersten Pfannkuchen wende. »Die große Graue war früher seine Frau. Auch für sie ist das Reiten Nebensache. Trotzdem kam sie immer mit. Die kleine Blonde ist seine zweite Frau, die kommt seit letztem Jahr. Aber wer ist das junge Ding?«

Pfannkuchen Nummer neun bis zwölf.

Ein weiterer Gast. »Den kenn ich nicht«, ruft Inge und: »Schon wieder ein Mann, der dritte! So viele Männer dieses Mal!«

Der dritte Mann ist zwei Meter groß und klapperdürr. Nachdem er sein Zimmer bezogen hat, kehrt er sogleich ins Restaurant zurück, aber nicht, um zu essen: Er bestellt am Tresen einen doppelten Kognak, während er mit sich selbst redet.

Ich schalte den Dunstabzug aus. Selbst auf der schwächsten Stufe hat er einen solchen Sog, daß ich davon Nackenschmerzen bekomme; nichts für Migräne. Inzwischen hat Frau Ahrns alle Zimmer fertig und kommt in die Küche, um mit dem Abwaschen zu beginnen, während ich noch Pfannkuchen brutzle. Unerträgliche Enge: Zwischen Waschbecke und heißem Herd ist vielleicht ein Meter Platz. Manchmal stoßen unsere Rücken zusammen, und dazwischen schieben sich noch Kinder, die ihre schmutzigen Teller abgeben.

Frau Ahrns, die vom Putzen Hunger bekommen hat, ißt die Pfannkuchenreste von den Tellern: »Kann'n doch nich wegsmieten, sowat!«

Am Tresen trinkt der dritte Mann inzwischen den zweiten doppelten Kognak. Eine Reiterin gesellt sich zu ihm. »Ich bin Anselm!« stellt er sich vor. »Der *gute* Anselm, weil meine Freunde mich so nennen!« Er knallt zwei Tausendmarkscheine auf den Tresen und ruft: »Wenn's mir hier nicht gefällt, hau ich wieder ab! Auf ein paar Mille kommt's mir nicht an! Aber wenn ich zuviel rede«, fährt er fort, »müßt ihr mir's sagen, von allein merk ich's nämlich nicht.«

Pfannkuchen sechsunddreißig bis vierzig.

*

Noch drei Wochen bis zur Winterpause.

Gutfried erklärt: Die erste Frau habe ihm die zweite »besorgt«, weil die besser zu ihm passe. Aus Dank nehme er sie weiterhin mit. Das junge Mädchen aber solle bei uns etwas lernen – Küche, Restauration, Stall – und nebenher Reitunterricht bekommen. Er bat uns, gut auf die Frauen aufzupassen, küßte alle drei und fuhr weg, um sich um sein Anwesen zu kümmern – dort hat er eine neue Hilfskraft ... Wir rätseln. Die drei Frauen bewohnen friedlich miteinander ein Ferienhaus.

Während ich (Petersilienkartoffeln mit Fisch) fünfundzwanzig Kilo Kartoffeln schäle, salze und mit reichlich Wasser zum Kochen aufsetze, höre ich, wie Gesine Inge von ihrer Boutiquenrunde berichtet. Frau Ahrns schleicht neugierig heran, da kommt Hemjö Crove und brummt ihr zusätzliche Arbeit auf. Welche, habe ich nicht gehört, aber Frau Ahrns ruft: »Mi mokt dat nix ut!« Sekunden später steht sie neben mir in der Küche und heult: »Mi ward dat allens toveel!«

Johnny Föh hat sich wundgeritten und humpelt gebückt

umher. Sein Gesicht ist oft schmerzverzerrt, aber immer erfüllt von Glück. »Woran denken Sie gerade?« frage ich ihn. »An Blessie«, antwortet er errötend. Das ist das Schulpferd, das ihm für die beiden Wochen zugeteilt wurde.

Ich habe ihn nie zu Pferd gesehen und könnte das sowieso nicht beurteilen. Aber natürlich reden die Reiter übereinander, und daher weiß ich: Johnny Föh lernt langsam, er ist steif und ziemlich taub. Er versteht Croves Kommandos nicht und zieht unbeirrt seine Kreise, während die Mitschüler vor Lachen fast vom Pferd fallen. Sein Traum ist das kleine bronzene Reiterabzeichen. Dieses Jahr will er erstmals die Prüfung wagen.

Der gute Anselm hat sein eigenes Pferd mitgebracht und redet dauernd mit ihm, auch beim Reiten. Crove verbietet ihm das, aber Anselm kann nicht anders. Weil er vor lauter Reden die Belehrungen nicht hört, lernt er auch nichts. »Steig ab!« schrie Crove ungeduldig schon in der dritten Reitstunde: »Gib deinen Gaul mal dem Mädchen, die zeigt dir, wie's gemacht wird!« Sonja kam in die Bahn gelaufen. Anselm sagte: »Es geht nicht. Das Pferd wirft jeden anderen ab.« Man lachte ihn aus. Da lenkte er sein Pferd in die Mitte der Bahn, stieg ab und übergab die Zügel. Sonja hatte den rechten Fuß noch nicht im Bügel, da flog sie schon in hohem Bogen durch die Luft. Es sah wüst aus, meinten alle: Ein Wunder, daß ihr nichts passiert ist. Anselm brachte sein Pferd in die Box, kam ins Restaurant und verlangte stöhnend seinen Kognak.

Ich brate die Fischfilets. Die Kartoffeln sind gar. Jetzt noch die Mehlschwitze: eine Packung Margarine, ein halbes Pfund Mehl mit dem kochenden Kartoffelwasser auffüllen und mit zwei Litern Kaffeesahne glattrühren. Die letzten Fischfilets dieses Jahres.

Anselm ißt übrigens fast nichts (»Das wenige, was ich esse, trink ich lieber!«). Er trinkt mehrere Liter Kaffee am Tag, fünfzehn Cola und sieben Bier. Und raucht zwei Schachteln

Zigaretten. Ein Skelett: Die dünnen Beine treten wie Kran-ausleger aus den Beckenknochen. Ständig ist er schweiß-überströmt. Alle machen sich Gedanken über ihn. Gesine sagt: »Er hat Geld. Das allein zählt.«

Donnerstag: Gutfried, der mit den vielen Frauen, ist wieder da. Er sitzt am Tresen und trinkt Bier. Die Ehefrau (Nummer 2) steht hinter ihm, schmiegt sich an ihn, streicht mit den Fingern durchs Haar, massiert seinen Rücken und küßt seine Schläfen. Von ihm keine Reaktion, außer (zu uns) gelegent-lich: »Noch ein Bier!« Das junge Mädchen rennt immerzu Zigaretten holen, und alle vier qualmen um die Wette. Die geschiedene Ehefrau lächelt mütterlich; sie ist die einzige, die den offenbar völlig erschöpften Mann zum Reden bringt. Die vier bleiben zwei Stunden, nach dem Essen verschwindet das Ehepaar im Ferienhaus, die beiden anderen gehen zu den Pferden auf die Koppel.

Freitag: Prüfungstag. Hühnerfrikassee, Reis, Salzkartoffeln, grüne Erbsen gebuttert.

Alles im Halbschlaf. Zuerst zig Liter Wasser in mehreren Töpfen auf dem Herd zum Kochen bringen. 12,5 Kilo (halbe Großpackung) gewürfeltes Hühnerfleisch aus der Tiefkühl-truhe nehmen. Die Packung enthält gefrorene Hühnerbrühe natur, d.h. ohne Geschmacksverstärker, und Hühnerfett.

Im Restaurant herrscht aufgekratzte, zunehmend festli-che Stimmung. Ein Kommen und Gehen, die Reiter müssen die Pferde blitzblank polieren, Mähnen zu Zöpfchen flech-ten, Sattelzeug reinigen und ölen, Stallgasse und Banderole fegen, die großen Spiegel putzen … Sie hetzen zwischen-durch herauf, um einen Kaffee (Schnaps) runterzuschütten, manche bitten um Aspirin oder Beruhigungspillen. Alle sehen verstaubt und verdreckt aus und glühen vor Aufre-gung.

Hühnersuppenpaste (die aus den Einliter-Gläsern) in kochendem Wasser lösen, durchsieben. Gefrorene Brühe erhitzen, mit der aufgelösten, gesiebten Brühe vermischen, abschmecken. Das Ganze zum Kochen bringen, über das tiefgefrorene Hühnerfleisch gießen, alles erhitzen.

Die Reiter verschwinden und kommen wieder, im Prüfungsdress: schwarze Jacken und Kappen, weiße Halsbinden und Hosen. Auch der gute Anselm ist bereits in Schale. Die elastische weiße Reithose, die über den Schenkeln spannen sollte, schlottert um seine Knochen. Auf seinen Auslegerbeinen klackert er zur Theke und ruft nach Kognak (»Mann, bin ich nervös!«). Eigentlich hat er ein nettes Gesicht: zusammengewachsene Brauen, eng zusammenstehende Augen, große Nase, schmale Lippen, Vogelblick.

Johnny Föh setzt sich zu ihm, noch nervöser.

Zuletzt Schwitze bereiten aus Hühnerfett, Mehl und der durchgesiebten Fleischbrühe, mit Kondensmilch verfeinern. Während alles auf der Flamme köchelt, Kartoffeln vom Lager holen, waschen, schälen, in Töpfe. Schalen in blaue Müllsäcke, auf den Boden tragen. Kartoffeln zum Kochen bringen. Vom Kartoffelkochwasser zur Geschmacksabrundung einen Schuß an das Frikassee.

Uralte Prüfungsrichter trinken mit Crove Kaffee. Die Reiter bauen ein Dressurviereck. Inge sucht überall die Blumen, die auf dem Richtertisch am Kopfende dieses Vierecks stehen sollen; Gesine sollte sie besorgen, Gesine hat's vergessen, Inge kriecht hinter dem Hof durch alle Büsche, um noch Blumenartiges zu finden, und sucht anschließend die Vase.

Mittagessen.

Ein Bote von *fleurop* kommt herein mit einem Strauß herrlicher Rosen.

»Oh, für mich?« juchzt Gesine.

Nein. Für Anselm. Seine Freundin denke heute an ihn, erklärt er der gespannten Runde.

Freundin?

Zum Nachtisch Kompott aus Dosen.

Die Prüfung läuft. Vorspülen, Spülmaschine beladen.

Die Fenstertische sind vollbesetzt, heftige Reaktionen der zuschauenden Reiter. Dann Pause, erregte Gespräche bei Kaffee und Kuchen (Inge im Streß), dann stellen die Schüler unter Croves Anleitung Hindernisse auf. Die Springprüfungen scheinen dramatisch zu verlaufen, nervöse Reiter machen Pferde verrückt, Pferde verweigern den Sprung: Das alles erfahre ich aus den Rufen der Zuschauer. Einmal ein entsetzter mehrstimmiger Aufschrei, Sturz von Pferd und Reiter. Aber keine bösen Folgen. Allgemeines Gelächter, als Pferd und Reiter sich aufrappeln und beleidigt auseinanderlaufen.

Töpfe spülen, aufräumen, feudeln mit Frau Ahrns.

Die ersten Prüflinge kommen herauf. Manche werden beglückwünscht, andere bedauert. Eine Frau setzt sich still in die Ecke und weint. Johnny Föh klopft an die Hintertür der Küche, um sich zu verabschieden: gescheitert, abgrundtief enttäuscht. Nicht mal zum Essen will er bleiben. Seine Lippen zittern.

Der kleine Fred Crove hat die Prüfung für's »Kleine Bronzene« bestanden. Ob er wohl jetzt wirklich von Papa die versprochene Abenteueruhr bekommt? fragt er Inge. »Wie, bestanden? Gratuliere, mein guter Junge!« ruft Inge und umarmt ihn. Er gibt ihr einen überraschten Kuß auf die verschwitzte Wange.

Auch der »gute Anselm« hat bestanden und freut sich über die Maßen. Leuchtet geradezu! Was hat er bestanden – Gold? Silber? Nein, das kleine (!) bronzene Reiterabzeichen hat er gemacht. Das, für das man nur in der Abteilung reiten muß.

Vier Kognaks später erzählt Anselm am Tresen, daß er mit seiner Freundin Pferde züchten will. Und Fahren lernen,

sechsspännig, achtspännig. Die Freundin besitzt ein luxuriö-
ses Wochenendhaus in der Heide mit mehreren Hektar Land
drumherum, eingezäunt. »Sie liebt das Weite – die Weite!«
sagt er. »Ob in der Natur oder im Haus.« Das Haus ist so groß,
daß Anselm sich richtig von der Freundin verabschiedet,
wenn er ins Bad muß. Die Freundin ist noch vermögender als
er. Eine Fabrik, sieben Häuser, zwei erwachsene Söhne.

Aus Sex mache er sich nichts, fährt er, einmal in Schwung
gekommen, fort. Auch seine Freundin mache sich nichts aus
Sex. Sie lieben ihre Pferde und Hunde und, vor allem durch
diese, einander.

Heimweg über den Wall schon in der Abenddämmerung,
schwarze Wolken laufen über den hellgrauen Himmel,
Sprühregen, kalter Wind.

*

Postkarte von Johnny Föh: Er grüßt alle und freut sich auf
den nächsten Versuch!

Reitenreitenreiten.

Zora löchert am Tresen die Reiterin Anne, die eine berühmte Dressurreiterin kennt.

»Linny…«, haucht Zora, »Linda Drefsen!«

Zora, stellt sich heraus, will selbst eine berühmte Dressurreiterin werden. Bereiterin, dafür ist sie sich zu schade, Reitlehrerin ist ihr zu blöd. Anne, eine Architektin, die selber
sehr gut reitet, rät ab. Ohne reiche Eltern, Sponsoren oder
Lottogewinn könne Zora das vergessen.

»Linny Drefsen hat's doch auch geschafft!« ruft Zora.

»Ja, aber die ist so verflucht gut, versteh doch, die ist Welt-
spitze!«

»Warum? Warum?«

»Paß auf: die hat Mädels, die ihr helfen – so gute Reiter
findest du auf ganz Erlhof nicht. Und von diesen hervor-

ragenden Mädels läßt sie ihre hervorragenden Pferde warm-
reiten, eins nach dem anderen, und setzt sich dann drauf und
nimmt bloß die Zügel auf, du siehst gar nicht, was sie sonst
macht, und denkst, es steht ein anderes Pferd da. Noch eine
Dimension besser.«

»Das ist ein Leben!« schwärmt Zora.

»Aber sie schuftet auch pausenlos! Ist jedes Wochenende
unterwegs auf Turnieren, muß Pfleger organisieren, Hotel-
zimmer bestellen, Transporter instandhalten, Meldegebühr
überweisen. Und dann ist noch ständig mindestens ein Pferd
krank, sie hat Scherereien mit den Besitzern und so fort. Sie
muß immer in der Spitze mitreiten, sonst kriegt sie keine Spitzenpferde. Sie bildet für andere Leute Pferde aus, die sie nie bezahlen könnte, aber kaum sind die reif für S-Turniere, werden
sie ihr unterm Hintern wegverkauft. Kein Besitzer riskiert,
hohe Gebote auszuschlagen, und morgen kriegt der Gaul 'nen
Sehnenschaden und ist wertlos. Jahrelang hat Linny zum Beispiel Joyboy aufgebaut. Sie war mit ihm Vierte bei der Euro-
pameisterschaft und dachte, jetzt geht's los, und zwei Monate
später war Schluß: Seine Sehnenfasern hatten sich verklebt,
und er bekam so Blumenkohlgeschwürchen, die drückten.
Eine degenerative Erkrankung, unheilbar. Jetzt kriegt er Gnadenbrot. Dafür all die Arbeit, jahrelang, meistens allein.«

»Ich dachte, sie hat diese Mädels!« In Zoras Augen funkelt
es.

»Ja, paß auf: Von all diesen wahnsinnig guten Mädels, die
für Linny reiten und bei ihr lernen, hatte in all den Jahren nur
eine einzige wirklich internationales Talent. Eine Amerika-
nerin namens Berry. Aber der fehlte dann die Konstitution.«

»Konstitution!« schnaubt Zora.

»Das ist ein Knochenjob, Zora! Du stehst um sieben Uhr
morgens im Stall, sommers wie winters, dann reitest du mit
höchster Konzentration, dann runter vom Gaul, du stehst
verschwitzt im kalten Gang, während der nächste Gaul vor-

bereitet wird, und natürlich kriegst du auch viele verrittene Pferde zum Korrigieren, da ist es immer möglich, daß so ein Krampen dich runterfeuert und dir alle Knochen bricht. Also, diese Berry hielt das einfach nicht durch. Sie wurde immer öfter krank, und schließlich heiratete sie einen Amerikaner, ging zurück nach Amerika und betreibt jetzt dort ein Restaurant. Sie rührt kein Pferd mehr an.«

*

Noch eine Woche.

Montag. Ich will für die Quarkspeise fünf Kilo Quark, zwei Kilo Dickmilch, ein Kilo Magerjoghurt und ein Kilo Sahne aus der Speisekammer holen. Ich knipse kein Licht an, weil ich genau weiß, wo die Sachen stehen; auf einmal habe ich feuchte Füße. Licht. Ich stehe mit beiden Sandalen in einem glitschigen Brei aus rohen Eiern.

Gesine. Nur sie hat außer mir und Inge den Schlüssel, und sie muß zum Frühstückmachen herein. Ich ahne, was passiert ist: Gesine suchte was, gab nicht acht oder stieß irgendwo an, ärgerte sich und riß die Paletten um. Räumte natürlich nicht auf (neueste Ausrede inzwischen: Sie muß noch mit Nelson Gassi) und dachte, irgend jemand wird den Schaden schon beseitigen.

Das bin ich.

Geschwabbel aus sechzig Eiern mit dem Kehrbesen aufgenommen, anschließend Boden geputzt. Zurück in die Küche. Wütend.

Dort sitzt am Tresen die weinende Einstellerin Vera, die ihr Pferd einschläfern mußte. Vera – Sparkassenangestellte, erfahre ich – hat nur für dieses Pferd gelebt, wohnt in einer Einzimmerwohnung, verbrachte ihre ganze Freizeit im Stall. Sie sieht aus, als habe sie ein Vierteljahr geweint. Auch das Reiten vermißt sie. Woher kriegt sie ein neues Pferd (Geld)?

Nun Gespräch über den Frauenarzt Doering, der am Reitsport das Interesse verlor, als er keine Turniere gewinnen konnte; sein edles Pferd versauert jetzt im Stall.

Quark mit Dickmilch, Magerjoghurt, Sahne, Zucker, reichlich Vanillezucker und Zitronensaft verrühren, zuerst mit der Hand. Wie immer meinen Rührmix suchen. Ich habe das Ding selbst gekauft, aber Gesine, die nie kocht, behauptet: meins! und nimmt es ständig weg. Ich gehe also hinüber zum Herrenhaus, spüre durch die Sohlen meiner Arbeitssandalen den kalten Kies und wie Nadeln Nebeltröpfchen auf den nackten Armen. Habe Glück, weil drüben gerade Frau Ahrns putzt. Sie läßt mich rein.

Müßte der Frauenarzt Doering nicht froh sein, wenn Vera sich um sein armes Pferd kümmert? denke ich auf dem Rückweg. Und: Wie bringe ich denen das bei?

Quark rühren.

Mittwoch. Unerfreuliche Szene: Ein Architekt, Geschäftsfreund von Crove, der immer häufiger aus Berlin anreist, erblickt Gesine bei mir in der Küche. Er verzerrt sein Gesicht zu einer Grimasse, verbiegt den Rücken zum Buckel und mimt hinkend, lallend und stotternd den Behinderten: »Ich bin die neue K-K-Küchenkraft!« Alle lachen, außer mir. »Man muß nicht behindert sein, um in einer Küche zu arbeiten«, sage ich. Ich bin sauer, das sieht man mir wohl an. Peinlich für ihn. Schließlich meint er, Humor sei offenbar nicht meine Stärke, und Frau Crove hätte seinen Scherz sicher verstanden. »Doch«, sagte ich. »Ich auch.« Verabschiedet hat er sich von mir nicht.

Donnerstag. Gesine hat Krach mit Zora oder umgekehrt.

Der Grund ist, daß Gesine wieder mal unser Trinkgeld gemopst hat.

Tut sie immer, es lohnt nicht, das im einzelnen aufzuschreiben. Gesine geht nach Abreise der Gäste durch die Zimmer »Heizungen kontrollieren« und sammelt ein, was die Gäste für die Putzfrauen hingelegt haben. Gesine geht auch zum Abkassieren an die Tische der Tagesgäste, obwohl die Angestellten servieren. Kürzlich kam unangemeldet eine Wanderreitgruppe vorbei, und ich habe blitzschnell noch achtzehn Mittagsmenüs gezaubert: Braten, Rotkohl, Klöße, eine – wie ein Gastkind es nannte – »echt geile Soße«, Dessert mit Sahne. Sechzehn Mark pro Person. Die Reiter, die sehr hungrig und durchgefroren gewesen waren, bedankten sich überschwenglich, und jeder gab Gesine einen Zwanzigmarkschein »für die Küche und nochmals vielen Dank!« – »Sehr nett! Kommen Sie gern wieder!« trällerte Gesine. Das Trinkgeld (wir rechneten aus: zweiundsiebzig Mark) behielt sie für sich. Derartiges passiert, wie gesagt, dauernd; Gesine verschluckt alles Geld wie ein Schwarzes Loch. Wir rechnen selbstquälerisch mit und kommen auf erstaunliche Beträge. Inge knirscht mit den Zähnen. Ich selbst beobachte das Ganze mit einer Art säuerlicher Erwartung, ich bin sicher, daß es sich irgendwann rächt. Aber ich kämpfe nicht.

Und Zora?

Zora war dabei, als gestern (Feiertag) eine Gruppe nach dem Erlhof-Schnuppertag Trinkgeld sammelte. Die Leiterin ging mit einem Teller herum, und beim Geschirrabräumen beobachtete Zora, wie sich Münzen und Scheine auf dem Teller häuften. Die Leiterin übergab alles Gesine »mit einem herzlichen Dankeschön noch einmal und freundlichen Grüßen an das Personal«. Gesine erblickte Zora, stutzte, gab ihr einen Zehnmarkschein und sagte dann, wie zu sich selber: »Ja, das andere ist dann wohl für mich.«

Zora sagte: »Nein, ich denke, auch das andere ist für uns.«

Gesine: »Für deine Jugend hast du ein ganz schön großes Maul!«

Zora: »Für Ihr Alter sind Sie ziemlich ungezogen!«

Gesine: »Raus!«

Zora: »Sie sind nicht meine Chefin! Sie haben mir gar nichts zu sagen!«

Das war nach dem Abendessen, ich war schon zu Haus. Als Zora es mir heute morgen erzählt, bin ich verblüfft, daß sie überhaupt noch da ist. »Und Herr Crove?« frage ich.

»Pah! Das ist dem doch schnuppe!«

»Gesine wird ihn triezen.«

»Nein«, sagt Zora, »das glaube ich nicht.«

Freitag: Weil ein Krimi so spannend war, versäumte Gesine gestern ihre Gutenachtrunde durch die Gastkinderzimmer. Die Zwölf- bis Vierzehnjährigen besuchten einander in den Zimmern, rangelten und tobten. Steffen pirschte von Zimmer zu Zimmer, drückte die Mädchen an sich und versuchte, sie zu küssen. Heute morgen beschwerten sich die Kinder bei Gesine. Gesine riß die Augen auf: »Ach! Das geht aber nicht!« und tat nichts. Zu mir sagte sie: »Was die sich einbilden!«

Ich glaube den Kindern. Ich habe versucht, Steffen ins Gebet zu nehmen. Er sagte: »Kümmern Sie sich um Ihre Schaben!«

Samstag. Letzter Tag! Zum letzten Mal räume ich die Küche auf, im Magen ein flaues Gefühl. Die Kursteilnehmer flattern davon wie Zugvögel.

*

Trübes Novemberwetter, dunkle Tage, Regen, der Wind drückt gegen das Haus. Ich sitze in meinem Ledersessel, die geschwollenen Beine hochgelegt, und versuche, etwas zu lesen. Ich muß das Licht anknipsen. Ich fühle mich leer.

Gegen fünf Uhr nachmittags rufe ich Inge Podak an unter

dem Vorwand, ich bräuchte eines ihrer berühmten Kuchen-rezepte. Sie lehnt glatt ab, doch das kränkt mich nicht; mir fällt ein, daß schon andere Mitarbeiter und Gäste mit dieser Bitte abgeblitzt sind. »Hörst du eigentlich noch was von Erlhof?« frage ich beiläufig.

»Oh! Allerdings!« antwortet sie. »Zora ist nicht mehr da!«

Gesine?

Nein, Steffen!

Als Zora von dessen Attacken auf die Mädchen erfuhr, habe sie einen Wutschrei ausgestoßen und sei wie ein Rache-engel auf Steffen niedergefahren. Steffen blieb »völlig cool«, sagt Inge, und ließ alles an sich abgleiten. Da habe Zora ihn an den Haaren gerissen und geschrien: »Wenn du mir in die Quere kommst, schieß ich dich ab!«

Schieß ich dich ab.

Wieso in die Quere?

»Ja, stell dir vor: Zora liebt Mädchen! Genau wie Steffen. Und sie hat den gleichen Typ!«

Das ist allerdings… Das ist aber wirklich. Wer hätte das gedacht?

»Hast du's gewußt?«

»Nein, kam erst jetzt raus.«

»Und hat sie etwa mit diesen Mädchen…?«

»Hat sie nicht gesagt. Sie sagte nur: Sie mag die doch so! Und dann ging sie zum Chef und erklärte: Steffen oder ich.«

Zora ging, Ende der Geschichte.

Von mir hat sie sich nicht verabschiedet.

***

Neujahr. In den letzten fünf Wochen habe ich alle Annoncen in allen Zeitungen und Käseblättern der Umgebung gelesen und mich um dreißig verschiedene Stellen beworben. »Wissen Sie, wir suchen eigentlich jemanden für länger«, war die häufigste Antwort.

»Zwei Jahre würde ich mindestens bleiben!« sagte ich.

»Ja, aber wie steht es mit Ihrer Gesundheit?«

Ich wurde sofort verlegen, weil ich nicht wußte, ob ich meinen Bandscheibenvorfall und den Schlaganfall verschweigen soll. Als ich bei der ersten Stelle beides zugab, fragte die Chefin amüsiert: »Schlaganfall? Nur einen?«

Ein paar Mal habe ich zu lügen versucht. Aber ich wurde rot, in meinem Alter! Furchtbar. Dann war ich noch einmal beim Arbeitsamt, wo sie freundlich fragten: »Warum gehen Sie eigentlich nicht in Rente?«

Was sollte ich antworten? Meine Rente ist zu klein, ich war zu blöde einzuzahlen bzw. habe nicht überprüft, ob mein Mann…? Ach, das ist eine lange Geschichte, aber sie gehört nicht hierher.

Diese Nacht hatte ich eine Art Alptraum: Cornelius ruft an und fragt, wo denn sein Hund bleibt. »Hier bei mir«, antworte ich mit klopfendem Herzen (auch im Traum weiß ich, daß Cornelius tot ist). »Aber wie kannst du mich anrufen?« frage ich. – »Über Satellit«, sagt er. Ich erwachte zitternd. Ich träume nur noch selten von Cornelius, aber jedes Mal mit Schrecken. Warum sind schlechte Erinnerungen so viel stärker als gute? Warum verflüchtigt sich das Glück, und das Unglück hängt uns ewig nach?

Jetzt versuche ich auszurechnen, wie lange meine Ehe glücklich war (fünf Jahre?) und wodurch.

Glücklich war ich zunächst einfach durch die Tatsache, verheiratet zu sein. Immer hatte ich darauf hingelebt, und endlich war es soweit: Ich nahm am Großen Lebensspiel teil, und ich hatte die richtigen Karten. Ich erinnere mich, wie natürlich und leicht ich auf einmal mit den verheirateten Kolleginnen über die Ehe redete, über »seine« Vorlieben (Tafelspitz), Schrullen (Skat) und Unarten (Bier), über Teppichklopfer, Mäusefallen, Bettwäsche und den Ärger mit dem Kohleofen. Nur bei einer Sache konnte ich nicht mitreden: Ich wurde nicht schwanger. Die Kolleginnen klagten über Heißhunger (»Ich könnte die Kühe auf der Weide anfallen!«) und rannten, sich zu übergeben. Nach der Geburt machten sie sich Sorgen, daß sie »ihm« nicht sein konnten, was er sich wünschte, denn alle hatten eine »Naht«. »Jedesmal kostet es Überwindung und Tränen«, gestanden sie einander und, bang: »Er versteht es einfach nicht.« Meine Kollegin Margit hatte Glück: Da machte »er« gute Miene. Zum Dank wollte sie's ihm zu Weihnachten schenken; wir waren alle gerührt. Ein Ehemann, auch mit seinen Nachteilen, gab unserem Leben Bedeutung – und Würze. Alles schien aufregend und wichtig.

Was nicht so stimmte, wurde heruntergespielt, etwa, daß Cornelius und ich zunächst keine Wohnung hatten. Einen Sommer lang durften wir das Gartenhaus von Freunden bewohnen. »Ein eigenes Häuschen! Ich gehe wie auf Wolken vor Glück«, schrieb ich in mein Tagebuch. In diesem Häuschen besuchte uns ein Onkel von Cornelius, der bis zum Krieg in Riga gelebt hatte und nun ebenfalls Flüchtling war, ein Junggeselle von sechzig Jahren. Sein Schnurrbart war weiß wie der des Schwiegervaters, aber an den Enden spitz. Seine Hüften schmal, die Hosen eng. Er nahm Cornelius beiseite und flüsterte, mit einer leichten Bewegung seines Kinns zu mir: »Und? Ist sie willig?« Darüber haben Cornelius und ich uns nachts fast totgelacht. Gelacht haben wir damals gern und viel.

Wir machten einander Geschenke. Einmal brachte ich ihm aus Hamburg einen geschnitzten Holzfisch mit, da sagte er: »So was mach ich in Zukunft selbst!« und fing an, Fische zu schnitzen. Schon die ersten gelangen. Er war ein Naturtalent! Manche Fische konnten wir sogar verkaufen. Später kopierte Cornelius Kunstwerke. Seine besten Schnitzarbeiten, »Tänzerin« und »Träumende« nach Barlach, hat er mir geschenkt, ebenso wie ein Ölgemälde »Kleines Moormädchen« nach Modersohn-Becker. Ich bewunderte ihn, und auch er war erstaunt. »Glaubst du mir, daß ich das nie gelernt habe?« fragte er.

Dann kam der Herbst, das Häuschen wurde zu kalt. Cornelius verlor seine Arbeit und kam bei seinem Vater in Ritzerau unter, ich bezog wieder meine Kammer in dem Kinderheim, in dem ich Wirtschafterin war. Ich kochte für sechzig Kinder und fünfzehn Frauen Personal, es war schwere körperliche Arbeit. Natürlich hätte ich lieber im eigenen Heim meine eigenen Kinder gehütet, aber ich durfte mich nicht beschweren: Cornelius hatte ja erklärt, daß er unfruchtbar sei. Ich beschloß, ihn zur Arbeit zu ermutigen und ein gemeinsames Heim zu schaffen. Dann wären wir so viel zusammen, daß ich vielleicht doch noch schwanger würde.

Er fand eine Stelle in einem Fischgroßversand in Hamburg und behielt sie jahrelang. Zeitweise verkaufte er sogar Fische im Laden, und das schmerzte mich mehr als ihn, denn ich betrachtete ihn immer noch als Edelmann. Er aber war ganz froh, daß er keine Verantwortung tragen mußte. Als sein Chef ihn befördern wollte, lehnte er ab. Er hätte sogar für das Geschäft ins Ausland reisen können mit Spesen und Provisionen, aber diese Idee entsetzte ihn. Wir mieteten eine Wohnung mit zwei winzigen Zimmern, mir war sie zu klein, ihm zu groß.

Als wir drei Jahre verheiratet waren, erhielt sein Vater für den verlorenen schlesischen Besitz als Lastenausgleich hunderttausend Mark, die er an seine beiden Söhne verteilte. Auf einmal hatten wir Geld. Ich träumte seit langem von einem eigenen Haus. Cornelius träumte von nichts. Deswegen kauften wir das Haus. Es war zwar baufällig, der Garten verwildert, aber es war unser! Ein zweistöckiges nordfriesisches Handwerkerhaus mit blaugerahmten Sprossenfenstern und Kachelofen, unser! Wir bauten und werkelten jahrelang, und ich war noch zufriedener.

Zur Ferienzeit konnten wir sogar das Familienleben proben: Meine Schwester, die an einer langwierigen Darmkrankheit (»Morbus Crohn«, glaube ich) litt, fragte an, ob wir nicht ihre beiden Töchter über den Sommer zu uns nehmen könnten. Ich war begeistert. Es waren gescheite kleine Mädchen, und wir vertrugen uns so gut, daß wir sie auch im folgenden Sommer aufnahmen. Fast alle Ferien verbrachten wir von da an zu viert auf Olafs und Lisas Nordseeinsel. Die Mädchen nannten Cornelius ihren Lieblingsonkel, und er nahm sie überallhin mit. Cornelius galt auf der Insel als bedeutender Mann, Touristen und Einheimische suchten das Gespräch mit ihm, und die Mädchen wichen nicht von seiner Seite. Er kannte sämtliche Pflanzen, Vögel und Fische. Mit den Nichten sammelte er Muscheln und bunte Steine, sie fanden sogar Bernstein im Sand. Er entdeckte Hünengräber und Urnen. Er zeigte den Mädchen den rosa Flamingo, der im Seichten gründelte, und den Rotmilan, der am Himmel seine Kreise zog; fast beiläufig erwähnte er sie im Dorf. Olaf schimpfte: »Rotmilan gibt's bei uns nicht!«, aber die Dorfbewohner und Urlauber machten sich gleich mit dem Fernglas auf den Weg. Als Cornelius ein paar Meeräschen entdeckte, die sich in die Nordsee verirrt hatten, kamen sogar Wissenschaftler vom Festland angereist. In praktischen Sachen war er genauso geschickt, ein »phänomenaler« (Olafs Wort) Angler und Butt-Petter. Er sah Kuhlen im Watt, trat barfuß zu und griff den Fisch, einmal brachte er in seinem Rucksack acht Pfund nach Hause.

War er glücklich? Wenn nicht, hätte ich es gemerkt? Ich

fürchte, nein. Cornelius erwähnte manchmal »verworrene Abgründe« in seiner Seele, immer mit seinem berühmten, spöttischen Lächeln. Ich beschloß, das für Angabe zu halten. Irgendwelche Abgründe hat schließlich jeder; am besten, man schaut gar nicht erst hinab.

Rätselhaft war zum Beispiel die Sache mit dem Autounfall. Cornelius wollte mich im Krankenhaus besuchen, wo mir der Blinddarm entfernt worden war, und ein junger Bundeswehrsoldat fuhr auf seinen, Cornelius', Wagen auf. Die Schuldfrage war klar, aber Cornelius geriet so durcheinander, daß er einfach wegfuhr, ohne sich abzumelden. Tagelang blieb er verschwunden. Zu seinem eigenen Geburtstag eine Woche später erschien er im Krankenhaus, aber nicht allein, sondern mit ein paar Nachbarn, und benahm sich fremd.

Ich erschrak, aber man erschrickt ja manchmal auch vor einer dunklen Wolke. Cornelius erholte sich, der Spuk schien vorüber. Kurz darauf fragte mich meine Schwester, der es immer schlechter ging, ob wir nicht meine kleinen Nichten »vorübergehend ganz« zu uns nehmen könnten. Ich konnte mein Glück kaum hinter meinem Mitgefühl verbergen: Meine Kinder hätte ich mir genau so vorgestellt wie diese Mädchen. Auch Cornelius willigte ein. Gila und Ilsabe zogen zu uns. Ich kündigte meine Stelle und wurde endlich Familienmutter.

Es war eine Art Idyll, sofern ein Idyll zwischen Lebewesen möglich ist. Beide Mädchen liebten Tiere. Sie liebten unseren Cockerspaniel Columbus, und sie wünschten sich Vögel. Cornelius brachte ihnen ein Pärchen Zebrafinken, Jini und Jonny. Wenn Jini Eier legte, rupfte sie ihrem Jonny die Dunenfederchen aus der Haut, um ihr Nest zu polstern, und sie legte so oft Eier, bis zu elf pro Brutgeschäft, daß Johnny bald nackt auf seiner Stange zitterte. Cornelius erbarmte sich und tauschte ihn gegen einen anderen Finkenmann aus, dem es genauso erging. Die Küken brachten wir in den Haustier-zoo, wobei die Kinder jedesmal weinten. Ich war froh, als Jini schließlich an Entkräftung starb.

Kurz darauf fing Gila einen verwilderten Kaninchenbock, den aber Cornelius bald wieder aussetzte, weil er die Kinder bespritzte. Um sie zu trösten, kaufte Cornelius ein Meer-schweinchenpaar. Die Meerschweinchen vermehrten sich rasend und wuselten schließlich zu Hunderten durch unseren Garten. »Es sind gar keine Hunderte, sondern nur drei-undsiebzig!« widersprach Gila. Die Kinder kannten alle bei Namen. Die Namen lauteten: Albus, Asperger, Astasie... Be-zold, Biliaris, Bing... Ich dachte: Woher kennen die Kinder solche Namen? Später erfuhr ich, daß sie auf ein medizi-nisches Wörterbuch zurückgegriffen hatten, das auf Olafs Speicher lag. Leider nahm es mit den Meerschweinchen ein schlimmes Ende: Ein streunender Hund brach durch unsere Hecke und metzelte sie alle, sogar ohne sie zu fressen. Er war ein Setter, rot wie unser Cockerspaniel Columbus, der die Tierchen nicht angerührt hatte, und wahrscheinlich haben sie ihn zu spät als Feind erkannt.

Viel, viel später – vor wenigen Jahren – hörte ich Ilsabe strahlend einer Cousine erzählen: »Bei Hassels hatten wir massenhaft Tiere und Freunde... Da war immer Leben!« Ich staunte. Die Kinder, ist ja gut so, erinnern sich nur an die Freuden, dachte ich.

II (1997)

4.

März! Arbeitsbeginn. Mein zweites Erlhofjahr.

Alles wie gehabt.

Hemjö wirkt frisch: leicht gebräunt, ausgeruht, in guter Verfassung nach den vielen freien Wochen. Gesine scheint ebenfalls ausgeglichen, beschmiegt ihn, Schatzilein, hast du nicht, Schatzilein, könntest du. Er brummt zärtlich.

Inge Podak ist aufgekratzt, richtig froh, daß es wieder losgeht. Ihre Männer haben den ganzen Winter über Formel-Eins-Videos geguckt, das Häuschen war ständig von Motorengekreisch erfüllt. Als draußen ein Pferd wiehert, lächelt sie selig.

Jessica ist enttäuscht, weil sie auch zum Geburtstag kein neues Pferd geschenkt bekommen hat, obwohl sie schon zu Weihnachten mit einem gerechnet hatte. Ihr Pony (das dritte) ist nun wirklich zu klein. Bei jedem Frühstück fängt sie davon an. Crove wimmelt sie ab. »Ich will endlich ein richtiges Pferd!« schimpft sie.

»Wir haben 30 richtige Pferde. Du kannst jedes reiten, das du willst.«

»Ich will aber ein eigenes haben, ganz für mich allein!«

»Und wer soll das bezahlen?«

Heute komme ich zum Crove-Tisch, um meinen Lohn abzuholen, und Crove sagt zu Jessica: »Da siehst du, wohin das ganze Geld geht! Jetzt habe ich nichts mehr.«

»Aber heut ist 'ne Riesengelegenheit! In Kassel steht Linus zwei!!« Jessica schwenkt eine Pferdezeitschrift. »Bitte, bitte, Papa, fahr mit mir hin!«

Gesine sagte: »Papa kann doch nicht einfach so mal eben nach Kassel fahren!«

Das Kind: »Du bist ja bloß neidisch, weil du nicht so gut reiten kannst wie ich.«

Am selben Nachmittag kommen Gesines Eltern, das Ehepaar Tipp, zu Besuch. Beide etwas selbstbewußter als sonst, was mich wundert. Aber während ich mich noch wundere, erblicke ich Schäferhund Nelson, wie er vor Freude fiepend auf Herrn Tipp zuspringt. Herr Tipp streichelt ihn, und Nelson wedelt ununterbrochen und winselt dankbar vor sich hin: »üüüü-üüüü-üüüü!« Ich erfahre, daß es Gesine in der Winterkälte zuviel wurde mit dem Hund, deswegen vergaß sie die Gebrauchsanweisung und rief den Vater zu Hilfe. Herr Tipp versteht sich mit Hunden, und Nelson hat ihn zunächst verschämt, dann immer heftiger liebgewonnen.

Noch freundlicher als den Hund – das ist die zweite Überraschung – begrüßt Herr Tipp Inge Podak: Nachdem er seine Frau zu Gesine ins Herrenhaus geschickt hat, umarmt er Inge und tätschelt ihr den Po, und Inge befreit sich zwar mit einem Kiekser, wirkt aber weder erschrocken noch überrascht. Später erfahre ich, daß sie während der Winterpause mehrmals da war, um »zu organisieren«, und sich mit den Tipps ein bißchen angefreundet hat. Sie hat allerlei zu erzählen.

Was sind Tipps für Menschen? (Wie ist Gesine zu Gesine geworden?) frage ich mich.

Herr Tipp ist Pförtner, Frau Tipp Hausfrau. Er ist übergewichtig, etwas langsam. Sie dagegen lebhaft, sieht immer noch gut aus, sehr gepflegt, im Rahmen ihrer Möglichkeiten sogar schick. Tipps haben zwei Töchter. Die Ältere galt immer als »die Fleißige«; sie machte eine Ausbildung als Krankenschwester, heiratete und bekam in fünf Jahren drei

Kinder. Aber, Schicksalsschlag: Das dritte Kind hatte eine schlimme Hasenscharte, der halbe Oberkiefer war gespalten, und laut Frau Tipp belastete das die Ehe so sehr, daß sie zerbrach. Jahrelang mußte dieses Kind immer wieder operiert werden, das kostete Geld, Kraft, Zeit, Nerven; für den Mann war's zuviel, er setzte sich ab. Aber die Frau hielt durch und hat das Mädchen gerettet. Am Anfang war unklar, ob die Kleine je sprechen lernen würde, aber schließlich konnte sie auf eine normale Schule gehen und entwickelt sich gut. Alle drei Kinder schwärmen übrigens von Erlhof. Aber die Mutter hat nicht das Geld für die Reitstunden, und wenn man, auf Besuch bei Tante Gesine, ein Eis möchte, zahlt der Opa.

Gesine wollte, anders als diese Schwester, nie was lernen. Eine Kosmetiklehre brach sie ab. Immerhin war sie sehr hübsch, hatte einen »angeborenen Geschmack«, stand überall im Mittelpunkt, die Herzen flogen ihr zu. »Sie hätte *jeden* Mann bekommen«, hat Frau Tipp, noch im nachhinein beschwörend, gesagt. »Vom alten Crove haben wir ihr weiß Gott abgeraten. Der Tag, wo sie den geheiratet hat, war der schwärzeste Tag unseres Lebens.«

Ob das die Wahrheit ist? Crove gegenüber verhalten sich die Schwiegereltern bescheiden, geradezu willfährig. Frau Tipp himmelt ihn an. Herr Tipp ist unsicher, ruppig-demütig. Im Restaurant müssen auch sie ihren Kaffee bezahlen. Andererseits beauftragt Crove seinen nur ein Jahr älteren Schwiegervater oft mit Gartenarbeiten, und die werden nicht bezahlt. Der Schwiegervater bringt dann sogar sein Mittagessen mit, im Henkelmann. Einmal, als Frau Ahrns krank war, schob der Schwiegervater selbst den Staubsauger durch das Restaurant, während seine Frau das Herrenhaus putzte.

Harmlose Leute? Ich weiß es nicht. Zumindest mit Frau Tipp hatte ich einmal einen kuriosen Zusammenstoß. Die Vorgeschichte ist, daß meine Freundin Heidrun aus Eckernförde mich besuchte und einen Gast mitbrachte, eine Frau aus Rostock mit dem Nachnamen Tipp. »Wissen Sie, daß wir Verwandte in Ihrer Gegend haben?« fragte die.

Ich erfuhr: Herr Tipp, Gesines Vater, stammt aus Rostock. Ich half meinen Gästen, seine Telefonnummer zu finden. Am nächsten Tag steht plötzlich Frau Tipp in der Küche und schimpft: »Frau Hassel! Wie *konnten* Sie gegenüber diesen Leuten behaupten, daß Gesine auf einem Bauernhof in Bresebeck arbeitet?« usw., mehrere absurde Vorwürfe zu Sachen, die ich nie gesagt habe, die aber nicht mal dann von Bedeutung gewesen wären. Frau Tipp hatte sich ohne Grund und ohne Not erzürnt, weil offenbar in ihrem Kopf wenig Ordnung herrscht, dafür um so mehr Mißtrauen. Vielleicht liegt hier ein Schlüssel für Gesines seltsames Verhältnis zur Wahrheit?

*

April. Seit sechs Monaten sucht Crove einen neuen Lehrling. Uta ist ja weg, Zora auch, Sonja kann nicht alles allein machen. Die Lehrlinge sind unter anderem deshalb unentbehrlich, weil Crove keinen Knecht anstellt. Und es wird schwer sein, einen Ersatz für die tüchtige Zora zu finden.

Für drei Wochen hatten wir mal jemanden, Lillith. Das war allerdings ein eher unglückliches Experiment.

Lillith war gerade 17 geworden, nett, sah angenehm aus. Wir empfingen sie herzlich. Croves Lehrlinge tun uns grundsätzlich leid. Jeder hatte Verständnis, daß Lillith müde von der Reise war und erst mal ausschlafen wollte. Am nächsten Tag erschien sie nach zehn zum Frühstück und erwartete, bedient zu werden. Nach dem Frühstück sagte sie: »Jetzt will ich erstmal alle Pferde kennenlernen und auf ihnen reiten.«

Crove winkte Sonja, sie solle Lillith helfen, aber man sah

ihm an, er dachte sich sein Teil. Gesine lachte leise: »Wenn das mal gut geht! Ich hatte gleich ein seltsames Gefühl!«

Gesine erzählte, daß Lilliths Mutter sie seit Februar mit Briefen und Telefonaten bombardiert habe. Schließlich hat sie sogar ein Päckchen geschickt, daran erinnere auch ich mich: Die Mutter bedankte sich, daß ihre Tochter auf Erlhof leben, ein bißchen arbeiten und zum eigenen Lebensunterhalt beitrage dürfe. Es habe ein paar Probleme gegeben mit dem Kind, schrieb die Mutter, aber nun werde ja alles gut. In dem Päckchen lagen goldene Ohrclips, »... *nehmen Sie das bitte als Zeichen meiner Dankbarkeit!*« las Gesine laut vor. »Kann ich das wirklich annehmen?« jubilierte sie.

Am nächsten Sonntag morgen ritt Lillith allein aus und kehrte zu Fuß zurück. Das Pferd war schon vorher gekommen, mit wehenden Steigbügeln, verhängten Zügeln und einer langen, blutenden Wunde am Hals, die genäht werden mußte. Über den Unfall schwieg Lillith sich aus.

Sonst war sie munter; nur die Stallarbeit überließ sie anderen, sie kümmerte sich lieber um die jugendlichen männlichen Reitgäste. Die Mutter rief an: »Wie macht sich Lillith?« Mit jedem von uns wollte sie darüber sprechen. »Lillith ist munter«, antworteten wir, und sie seufzte erleichtert.

Dann war Lillith plötzlich verschwunden. In ihrem Zimmer fand Frau Ahrns dreißig leere Bierdosen, eine mit Zigarettenkippen gefüllte Seltersflasche und einen Haufen Schmutzwäsche auf dem Boden. Wir drängten Gesine, Lilliths Mutter anzurufen. »Ach, Lillith ist bestimmt nach Hause!« wand sich Gesine. Zwei Tage später rief Lilliths Mutter von sich aus an, und ich hörte Gesine fragen: »Ach, bei Ihnen ist sie nicht?« Während des Telefonats schlurfte Lillith herein: zerrupft, müde, aber gesund. Alle waren erleichtert. Und dann geschah etwas Unerwartetes: Gesine schenkte dem Mädchen zwanzig Mark. »So ein hübsches Ding, kann einem doch leid tun!« erklärte sie mehrmals.

Viele hübsche Dinger auf Erlhof können einem leid tun; wodurch zeichnete Lillith sich aus? Auch der Chef hatte erstaunliche Geduld mit ihr. Wenn ich bedenke, wie schroff er zu anderen Lehrlingen ist und wie er die fleißige Sonja immer noch schindet... Rätselhaft.

Lillith erwies sich dann aber doch als unhaltbar. Nachdem sie das dritte Mal ausgebüxt war, hat Crove sie fristlos gefeuert. Er wollte sie sogar noch am selben Tag aus ihrem Zimmer werfen, aber Gesine setzte sich für das Mädchen ein, und sie durfte bis zum Wochenende bleiben. Hemjö griff zum Telefon und vermittelte sie an einen Stall in Büsendorf. Von Bekannten der Ahrns hörten wir, daß Lillith diese Arbeit gar nicht angetreten hat. Begründung: Sie sei schwanger.

Genau in dieser heiklen Phase wird Lehrling Sonja krank.

Sonja ist das genaue Gegenteil von Lillith: Begeistert von Pferden, denkt an nichts anderes, will nichts anderes. Steht bis spät nachts im Stall, sieht immer, was zu tun ist, kann viel, hilft jedem. Lernt enorm schnell.

Je mehr sie arbeitete, desto mehr verlangte Crove von ihr. Jetzt, wo Sonja krank ist, merken wir, daß er ohne sie den Betrieb kaum schafft. Allein sechzig Personen zu unterrichten, das bedeutet: vormittags vier mal eine Stunde Dressur (die Reiter sind in Gruppen eingeteilt), nachmittags viermal anderthalb Stunden Springen, dazwischen Theorieunterricht. Crove wirkt abgespannt. Seine junge Frau springt in der Mittagspause um ihn herum, schlägt die blauen Kulleraugen auf und wünscht sich einen Nerz. Er bittet sie erschöpft, Sonja anzurufen, wann die endlich ihre Arbeit wieder tun wolle – »genug krank gefeiert«, stößt er hervor. Aber Sonja hat eine schwere Blasenentzündung, und wir haben sie gewarnt, zu früh wieder anzufangen. Danken würde ihr's der Chef sowieso nicht.

Insgeheim freuen wir uns: Das hat er verdient. Ob er wohl

daraus lernt? Wann immer ich an der Theke zu tun habe, werfe ich einen Blick auf ihn, wie er erschlafft vor seinem Kaffee sitzt, sogar zu müde, um seine *Bild* aufzuschlagen. »Wo bleibt denn der neue Lehrling?« knurrt er.

Der neue Lehrling ist da: Kirsti. Eine 16 Jahre alte Dänin, weißblond, pummelig, still. Ihre Schneidezähne stehen weit auseinander, deswegen versucht sie, den Mund nicht zu öffnen. Ich sehe sie über den Hof laufen, schüchtern, etwas einsam, aber wach und gewissenhaft: Sie nimmt alles in sich auf und wird, während sie läuft und schaut, ein Teil des Hofes. Mittags ißt sie bei uns und erschrickt, als sie erfährt, daß sie dafür zahlen muß. Später kehrt sie mit geröteten Augen, aber schon in Reitkluft, zurück und wohnt Croves theoretischem Unterricht bei. Crove erteilt ihr ein paar Befehle, und sie macht sich ohne Rückfragen auf den Weg.

*

Inzwischen (Mai) haben wir Vollbetrieb. Wir sind erschöpft. Zu viele Gäste, vor allem Kinder. Alle zwei Wochen drei bis sechs neue Klassen, bis zu neunzig Personen. Ich träume schon von ihnen. Sie schwirren herum, rempeln linkisch und rufen durcheinander mit harten Stimmen. Die meisten sind harmlos, aber gelegentlich ist ein schwieriges dabei, das macht alle verrückt. Sie warten leider geradezu darauf, verrückt gemacht zu werden. Da hatten wir zum Beispiel einen sechzehnjährigen Lars, der seit vielen Jahren seine Ferien allein auf Erlhof verbringt. Die Eltern bezahlen ihm ein Appartement und begleichen die Endkosten, laut Inge jeweils bis zu fünftausend Mark. Lars ließ sich von Lieferanten kistenweise Bier bringen und gab auch Kindern, Zwölf- und Elfjährigen, Runden aus. Angeblich hat er Hakenkreuze in Pferdeboxen geritzt. Zwölfjährige Mittrinker torkelten durch die Ställe und übten ebenfalls Hakenkreuze. Croves fanden nichts dabei. Erst jetzt haben sie Lars mit Schimpf und Schande vom Hof gejagt, weil er angeblich ihren Sohn Fred verprügelt hat. Gesehen hat das keiner. Fred behauptet, Lars habe ihn mit Fäusten und Füßen traktiert und sogar mit der Peitsche geschlagen. Lars stritt es ab, aber das nützte ihm nichts. Als er sich in der Küche von mir verabschiedete, sagte er mit gepreßter Stimme: »Bitte glauben Sie mir, daß das, was man über mich erzählt, nicht stimmt!« Leider glaube ich hier überhaupt niemandem, das sah er mir wohl an und fing plötzlich an zu weinen.

Die Kinder sind großspurig, sentimental, zerknirscht, verschlagen, fleißig, idealistisch – alles, genau wie die Großen, nur lauter. Die jüngeren sind unruhig und anlehnungsbedürftig, die älteren benehmen sich absurd, scheinen darunter zu leiden, sind aber hilflos, na ja, wie wir alle in dem Alter. Hauptproblem bleibt, daß es zu viele sind. Sogar der Chef zeigt Nerven. Er merkt, daß wir's nicht schaffen, will aber keine zusätzlichen Leute einstellen, deswegen zieht er die Kinder zum Arbeiten ran. Sie müssen nach dem Kurs und neben der Stallarbeit den Hof aufräumen, Verpackungen hinter die Ställe schaffen und verbrennen, die vom Großhändler angelieferten Lebensmittel zur Küche hochtragen (Gesine: »Ich bin doch nicht blöd und schlepp die Ware! Wozu haben wir so viele Gäste!«). Da sie nie belohnt werden, nicht mal mit einem Kaugummi, verlieren sie bald die Lust. Dann läßt Crove sie antreten und brüllt herum. Nur einmal habe ich erlebt, daß ein Kind protestierte. Das war ausgerechnet ein schwarzes Kind, eins aus Afrika. Es sagte: »Sie können uns das auch gern ordentlich sagen.« – »Halt's Maul!« schrie der Chef. »Nicht immer nur fressen, hier wird auch gearbeitet!«

Leider: Wann immer ich mich seelisch auf die Seite der

Kinder schlage (wovon sie, zugegeben, nichts haben), rasten sie aus: feiern nachts Parties, daß der ganze Stall dröhnt und die Pferde sich schweißgebadet in ihren Boxen drehen. Oder besaufen sich rudelweise. Einmal kotzte eine halbe Mädchenklasse in das Restaurant. Die andere Hälfte wischte alles auf und legte mir die immerhin ausgewaschenen Lumpen auf die Arbeitsplatte. Am anderen Tag entschuldigten sie sich. Ich sagte: »Einmal im Leben muß das wahrscheinlich jeder mal ausprobieren«, und da sahen sie mich so mitleidig an, daß ich merkte, ich habe den Anschluß wirklich total verpaßt.

All das ist lästig. Wirklich schlimm finde ich aber, daß Kinder immer wieder Pferde quälen. »Da hört der Spaß auf!« schimpfen die Reiter, wobei sie ziemlich ratlos wirken.

Herausgekommen ist es nach dem schweren Sturz von Sabine Harms letzte Woche. Sabine ist Privatlehrling unserer interessantesten Einstellerin, Dörte Beersburg. Sabine Harms stürzte mit einem von Dörte Beersburgs Andalusierhengsten; das Pferd sei völlig außer sich gewesen, hören wir aus dem Krankenhaus, und – schon seit Monaten seien ihr die Pferde merkwürdig vorgekommen, immer so gereizt. An dem Tag hatte Sabine in der Box des besagten Hengstes eine zerbissene Gerte gefunden. Und so weiter. Auf einmal wußte jeder was.

Dörte Beersburg ist Millionärin (12-Zimmer-Villa in Timmendorfer Strand) und hat einen ganzen Stallanbau gemietet, um ihre sieben Hengste unterzubringen. Das sind besonders wertvolle Pferde aus Spanien: feurig, schlank und stark, mit langen Mähnen und mächtigen Hälsen. Sie können besondere Sachen: einen Paradeschritt zum Beispiel, bei dem sie die Vorderbeine waagerecht nach vorn schleudern, während sie an der Kandare kauen, daß ihnen der Schaum um die Brust fliegt. Wenn Dörte Beersburg ihre Andalusier trainiert, sammeln sich immer Schaulustige. Auch ich schaue öfters zu und bin tief beeindruckt. Der Lieblingshengst von Dörte Beersburg, ein silberfarbener Apfelschimmel mit einer weißen, gewellten Mähne, die den ganzen riesigen Hals bedeckt, kann sogar sich aufbäumen und auf den Hinterbeinen hüpfen, mit Reiter drauf. Dann schreien die Kinder, und der Hengst reißt die Augen auf, daß man das Weiße sieht, und tänzelt, als würde er gleich wie eine Rakete durchs Dach gehen, ich glaube allerdings, vor Schreck. Es sind, sagt Dörte Beersburg, sehr empfindliche Pferde.

Jetzt stellt sich also heraus: Immer wieder piesacken Kinder ausgerechnet diese Hengste. Warum? Rachsucht gegen die Herrlichkeit dieser Tiere? Triumph über die Eingesperrten? Nichtsnutzigkeit und Langeweile? Vielleicht wissen die Kinder einfach, daß Crove diesen Stall nie kontrolliert? (Andererseits: Woher sollten sie es wissen?) Sie stechen mit Stöcken durch die Gitterstäbe und fuchteln mit Gerten, um die Pferde zu erschrecken, vielleicht schlagen sie sie auch. Danach sind die Tiere kaum zu bändigen. Jetzt wollte also die Bereiterin Sabine Harms, die von der Quälerei nichts wußte, einen der Hengste reiten. »Was ist denn los mit dir, Süßer, was hat man nur mit dir gemacht?« fragte sie und flog schon durch die Luft. Ausgekugelter Arm, Knochenabsplitterung an der Schulter, acht Wochen krankgeschrieben. Arme Pferde. Armes Mädchen.

*

Mit Croves immer das Gleiche.

Ich habe bemerkt, wie erregt, beinah entzückt Gesine ihrem Mann zusah, als er gestern Inge betrog – ausgerechnet Inge, die sklavisch für beide Croves schuftet. Inge hatte mal wieder (»Ach, Ingelein, ich muß dringend zum Zahnarzt, kannst du das bestellte Fleisch abholen?«) Geld vorgestreckt. Die Rechnung betrug 449 Mark 74. Der Chef öffnete vor Inges und meinen Augen geschickt wie ein Taschenspieler einen Fächer aus Fünfzigmarkscheinen, schob ihn wieder ineinander und übergab ihn Inge mit freundlichem Nicken: »Stimmt so«.

Er verließ den Platz mit straffem Schritt, gefolgt von Gesine, die noch über die Schulter zurücksang: »Tschü-üß!«

Inge zählte nach: Ein Fünfziger fehlte. »Hast du das gesehn?« fragte sie bestürzt.

»Ja, hab ich. Er hat dich behumpst.«

Sie warf mir einen zerknirschten Blick zu. »War bestimmt ein Versehen«, murmelte sie.

Heute sagte dieselbe Inge in vertraulichem Ton in der Küche: »Die Rapsfelder blühen schon! Und hast du in der Senke den Klatschmohn gesehen?«

»Na klar! Und die Stiefmütterchens am Strand!« rief Frau Ahrns eifrig.

»Dünenrosen, Mauerpfeffer …« fiel ich ein. »Wir sind früh dran dieses Jahr! So köstliche Tage!«

Inge lächelte weise. Als Frau Ahrns weg war, erklärte sie mit gedämpfter Stimme: »Das ist immer die Zeit, wo Gesine unruhig wird. Frühlingsgefühle!« zwinkerte sie.

Frühlingsgefühle?

»Ohne Liebe ist alles nichts!« trällert Gesine am Telefon, während die An- und Abreisenden vor der Kasse Schlange stehen. Jeder hört mit. Gesine plappert, strahlt, juchzt in hohen Tönen, manchmal allerdings ein bißchen schrill. Ist sie so unbeschwert, wie sie tut? Will sie mit ihren offensichtlich belanglosen Telefonaten die Höflichkeit der Gäste prüfen? Oder die Wartenden dazu bringen, aus Langeweile Kaffee und Kuchen zu bestellen? Erkämpft sie sich Gunstbeweise? Ins Auge springt: Je länger es dauert, bis die Gäste sich beklagen, desto glücklicher ist Gesine. Es hebt ihr Selbstbewußtsein. Wie wird sie reagieren, wenn mal einer ernsthaft protestiert?

Die Frage hat sich beantwortet: Heute (Sonntag) reklamierte ein Vater, der seine Tochter abholte, wegen der hohen Telefonrechnung. »Für die sind wir nicht verantwortlich«, flötete Gesine. Aber er forderte mit fester Stimme einen »Einzelausdruck« und ließ nicht locker – ein bulliger, lauter, autoritärer Mann.

Gesine erklärte liebenswürdig: Ein einziges Telefon für achtzig Gäste, da werden die Einheiten nur gezählt, nicht »anruferspezifisch aufgelistet«. Ich verstehe wenig von Technik, weiß aber, daß Gesine jedem Gast Einheiten dazuschreibt: je mehr der telefoniert, desto mehr. Diese Tochter nun hat aus Angst vor dem Vater mitgestoppt und alles aufgeschrieben. Crove kommt herüber und bietet mit ruhiger Simme an, die Rechnung zu reduzieren auf einen Betrag zwischen dem, was Gesine verlangt, und dem, was die Tochter aufgeschrieben hat.

»Nein!« usw.

Der Vater wird immer lauter, nennt Gesine eine Schlampe, droht mit Anwalt und Gericht. Crove hört schweigend zu. Plötzlich brüllt der Mann: »Ich kann auch anders!« und haut mit der Faust auf den Tresen. Die dicke goldene Uhr landet haarscharf neben der Torte, die da für die Gäste steht. Crove lächelt. Der Mann packt ihn. Gesine rennt in die Küche und greift eine gußeiserne Bratpfanne. Ein Kind (ich glaube, die Tochter des Wüterichs) flüchtet weinend zu mir. Der Mann läßt Crove kurz los, um zum Schlag auszuholen, mehrere Gäste springen auf. Eine Dame, deren Mann eine Nudelfabrik besitzt, wirft sich schützend vor Crove – eine zierliche Dame, fast verschwindet sie unter den erhobenen Armen des Angreifers. Der verläßt wutschnaubend den Platz.

Als ich kurz darauf aus der Speisekammer zurückkehre, sehe ich Crove völlig gelassen an der Theke lehnen, während er neugierigen Gästen seine Sicht des Vorfalls darlegt: Er sei »dem« an Behendigkeit doch weit überlegen gewesen, »ich hätte, wenn!« Sechs Putzfrauen sitzen da und himmeln ihn an. Die Putzfrauen warten hier, weil sie noch nicht in die Zimmer können, da die Gäste diese noch nicht geräumt haben; die Gäste, durch den Streit aufgehalten, stehen noch Schlange. Die Wartezeit kriegen die Putzfrauen nicht bezahlt. Ihr Ausbeuter aber geht gemessenen Schritts in seine Mittagsstunde und kehrt erfrischt zurück.

Gesine, zu erregt zum Schlafengehen, bleibt im Restaurant, um auch ihre Version unters Volk zu bringen. »Der hat losgelassen, weil ich mit der Pfanne kam! Aber es nützt ihm nichts. Verklagen werde ich ihn, auf Schmerzensgeld! Fünftausend Mark!«

Frühlingsgefühle? *Sie* ist so schön wie selten. Ihr Mann hat ihr ein neues Pferd geschenkt – einen Apfelschimmelhengst mit Namen »Wunschtraum« (warum eigentlich Apfelschimmel, warum Hengst?). Auf einmal hat Gesine wieder Lust zum Reiten. Sie zelebriert ihre Auftritte. Anstatt wie alle das Pferd in die Bahn zu führen und dort zu besteigen, läßt sie das Tor von Zuschauern öffnen und reitet ein auf dem tänzelnden Hengst. Nach der Vorstellung wirft sie die Zügel einem Lehrling zu – »Absatteln!« – und lacht silbern: »Süüüßes Pferd, nicht?« Das alles haben mir, ziemlich entrüstet, die Lehrlinge erzählt. Heute habe ich es selbst gesehen. Ein Mann, der in Gesines Nähe stand, war so bezaubert, daß er gegen die Bande rannte. Ich glaube, es war Elmar, der Bresebecker Apotheker.

Es wird immer wärmer. Crove versprüht wieder Fliegengift, auch in der Küche. Atembeschwerden, Kopfschmerzen,

Übelkeit. Überall finden wir tote Fliegen. Crove behauptet zwar, er habe nicht gespritzt, aber wer sonst soll es gewesen sein? Jens hat sich geweigert, und Gesine will mit »Chemie« nichts zu tun haben. Was soll der Unfug? Man könnte doch Fliegengitter einbauen oder Essig versprühen (das war auch das einzige, was letzten September gegen die Wespenplage half).

Wir haben jetzt durchschnittlich hundert Gäste. Frau Ahrns macht jeden Tag Überstunden, schreibt die aber nicht auf, weil sie findet, sie sei selber schuld, wenn sie so viel Zeit braucht. Dafür bricht sie regelmäßig weinend und nach Schweiß riechend in der Küche zusammen. Für die Kurswechselsonntage hat Crove in dieser Saison immerhin zusätzliche Putzfrauen eingestellt, die die Zimmer reinigen und Betten beziehen sollen.

Die Putzfrauen bekommen zwölf Mark pro Stunde, und bei jeder Auszahlung betrügt er sie, persönlich, eine nach der anderen. Ich habe schon zweimal danebengestanden und mich gefragt, warum sie ihm nicht draufkommen. Jetzt erfahre ich: Sie alle sind Analphabetinnen. Sie sind auf Dänische Schulen gegangen, die eigentlich für unsere dänische Minderheit gedacht sind, auf die aber auch jeder Nicht-Däne kommt, der einen kostenlosen Kindergartenplatz beantragt. Viele arme oder abgelegen wohnende deutsche Kinder gehen auf diese Schulen, weil man auch vom entferntesten Gehöft im Minibus abgeholt wird. Leider lernen manche dieser Kinder kein Dänisch, das heißt, sie lernen überhaupt nichts. Man schleift sie irgendwie mit. Später landen sie – zum Beispiel – als Putzfrauen bei uns.

Sie sind nicht dumm. Marlies zum Beispiel kann gut organisieren und ruft die Handwerker an, wenn bei uns was zu reparieren ist (die Nummern kann sie auswendig). Ihr Mann arbeitet als Wachmann bei der Bundeswehr, er läuft nachts mit dem Schäferhund um die Kaserne. Seine Mutter hat die Familie im Griff, sie ist vermögend (drei Häuser in Travemünde) und teilt ihm Geld zu. Sie bestimmt sogar, wohin es jedes Jahr im Urlaub geht. Marlies ist gewohnt, mit engen Vorgaben umzugehen. Sie macht das Beste daraus.

Die zweite Analphabetin, Eike, trinkt.

Die dritte, Emma, sperrt ihren fünfjährigen Sohn in der Wohnung ein, solang sie bei uns putzt. Gestern rief dieser Junge hier an, weil er sich fürchtete, und zufällig ging ich ans Telefon. Er weinte, und ich war so erschüttert, daß ich Emma eine Tafel Schokolade mitgab, die ich eigentlich für mich selbst gekauft hatte, dazu drei Reiterkohlrouladen, den Rest eines Mammutmittagessens für hundert Personen. Aber ausgerechnet gestern kontrollierte Gesine die Taschen, hat also Emma »erwischt« und einige sehr strenge Worte gesagt, und Emma fürchtete so sehr um ihre erbärmliche Arbeit, daß sie laut zu weinen anfing: »Nie, nie wieder will ich etwas mitnehmen!« Heute schenkte sie Gesine Blumen, dem Chef ein Stück Torte. Es ist nicht zu fassen.

*

Der gute Anselm – der, der mit seiner Freundin in dem Riesenhaus lebt, – hat das Ehepaar Crove für ein Wochenende zu sich in die Lüneburger Heide eingeladen: Er bezahlte das Hotel und führte sie zum Essen in Viersternelokale. Zusammen unternahmen sie weite Ausritte in die Heide. »Und, wie war's?« fragen wir am Montag neugierig. Beide Croves antworten wie aus einem Mund: »Herrlich!«

Mit von der Partie gewesen sind der Bresebecker Apotheker Elmar, der in Erlhof ein Pferd stehen hat, und seine junge Frau Irmi. Sie fanden es in der Heide nicht so schön wie Croves und sind schon einen Tag früher abgereist. Gesine erklärt uns, warum: Irmis Hund hat sich mit dem Hund der Hotelwirtin gebissen. Als sich die Dame für ihren Hund entschuldigen wollte, bekam sie von Irmi zu hören: »Verpiß dich!« Die Wirtin erstattete augenblicklich Anzeige; Abreise Irmi und Elmar.

Irmi selbst kam noch an diesem Nachmittag nach Erlhof, um eine andere Version zu verbreiten: Alle sechs hätten abends zusammengesessen, Ehepaar Crove, Ehepaar Anselm, Ehepaar Elmar. Nach einigen Glas Wein ging Crove zu Bett, Gesine blieb, weil sie Durst hatte. Sie trank viel, schmiegte sich an Elmar, knabberte an seinem Ohr, bekam von Irmi eine Ohrfeige, wurde vom Serviermädchen und Elmar auf ihr Zimmer gebracht, weil sie allein nicht mehr dazu imstande war. Ehekrach Irmi/ Elmar, Abreise.

Irmi hat mit Elmar ein zweijähriges Töchterchen, das sie bisweilen auf Erlhof vorführt wie eine Puppe. Ein Regenwetterjäckchen trägt es, in England maßgeschneidert für vierhundert Mark. Ein Sommerhemdchen aus Sylt, zweihundert Mark. Und so weiter und so weiter. »Was interessiert mich das?« empört sich Gesine, die sich für nichts anderes interessiert.

Oder doch? Der Heideeklat ist erst eine Woche her, und inzwischen ist Gesine schon dreimal mit Elmar ausgeritten (Inge rennt ständig zum Fenster). Inge – ich muß staunen – stellt Gesine sogar zur Rede, und Gesine antwortet, in der Nähe sei ein Haus freigeworden, weil der Besitzer, ein Fabrikant, Pleite gegangen sei. Elmar erwäge, das Anwesen zu kaufen. Sie, Gesine, habe ihn hingeführt. Dreißig Zimmer, diverse Bäder, Wohnfläche zwölfhundert Quadratmeter. Als wir Elmar fragen, ob er das Ding gekauft habe, lächelt er eigenartig.

*

Jeden Sommer um diese Zeit muß der riesige Boden mit Stroh vollgebunkert werden, eine mörderisch schwere Arbeit, sagen alle. Ich erinnere mich noch vom letzten Jahr an Croves Geschimpfe, als er keine Arbeitskräfte fand. Auch jetzt wieder, seit zwei Wochen, ist das ein Dauerthema am Frühstückstisch. Crove hofft auf die Reitgäste. Aber die weigern sich. Der Termin rückt immer näher. Jetzt hat Crove sich durchgerungen, ein paar »Kurden« anzustellen für zwölf Mark die Stunde, aber die Kurden fanden einen besser bezahlten Einsatz und sagten am selben Abend ab. Crove schimpft: »Wenn ein Russe, ein Pole oder ein Neger sich hinstellen, den Daumen im Hosenträger: ›Für zwölf Mark arbeite ich nicht!‹, dann weiß ich, wie gut wir die hier füttern!«

Der vielfache Millionär steht also, weil er keine fünfzehn Mark Stundenlohn bezahlen will, zur Ernte ohne Arbeiter da, und nun sollen die beiden Lehrlinge ran. Aber Kirsti, die Dänin, ist erst sechzehn und ersetzt keinen Knecht. Und Sonja muß zur Schule: Sie hat demnächst Abschlußprüfung in Warendorf, die letzten vier Schultage darf sie nicht versäumen. Sie appelliert an sein Verständnis, seine Vernunft, an seine Verantwortung als Lehrherr; er schüttelt den Kopf. Zum soundsovielten Mal höre ich diese Diskussion am Frühstückstisch.

»Gesetzliche Schulpflicht«, ruft Sonja beschwörend.

»Du gehst ins Stroh!« schnauzt er. »Ernteeinsatz!«

Sonja bricht in Tränen aus. Er geht, mit langen Schritten. Lehrlinge sind angehalten, die Befehle ihrer Lehrherrn auszuführen, egal wie. Sonja, die fleißige, pflichtbewußte, begabte Sonja, weiß nicht aus noch ein.

Ich höre sie stöhnen: »Der will, daß ich durchfalle!« Sie wirkt gehetzt. Zu aller Arbeit kommt, daß die Lehrlinge zum Mittagessen immer nach Hause radeln, um die fünf Mark fürs Restaurant zu sparen. Manchmal schaffe ich es, ihnen Reste zuzustecken. Die verschlingen sie dann heimlich in ihrer winzigen Lehrlingskammer. (Nicht ungefährlich: Gesine paßt auf.) Wenn sie mir das Besteck zurückbringen, erzählen sie ein bißchen.

Der Chef zahlt sogar das Lehrlingsgehalt ungern, höre ich (»Wieso, die bekommen doch Trinkgeld!«). Wenn Sonja ihre Prüfung besteht, wird er einen neuen Lehrling brauchen. Crove hat sich ausgedacht, daß er diesmal nur einen mit Realschulabschluß nimmt: Den kann er für ein Jahr in den Papieren als »Praktikant« führen, da spart er das Lehrlingsgehalt, außerdem muß der nicht zur Berufsschule und steht die ganze Zeit zur Verfügung. Aber bisher hat sich kein einziger Realschüler um die Lehrstelle beworben. Wenn Sonja durchfällt, wird sie ihm für ein weiteres halbes Jahr als billige Arbeitskraft erhalten bleiben. Sonja hat schon einen richtigen Verfolgungswahn. Ich versuche, sie zu beruhigen. »Aber wenn ich die Berufsschule schwänze...«, stöhnt sie.

»Sprich mit deinen Lehrern! Sie müssen Crove klarmachen, daß sie dich nicht freigeben, nur weil er zu geizig ist, Erntearbeiter zu bezahlen!«

Sonja hat diesen Rat befolgt. Ihr Lehrer hat Crove angerufen und einen Kompromiß ausgehandelt: Sonja darf zur Berufsschule, dafür hilft sie, wenn sie um halb sechs Uhr abends zurückkommt, noch bis zum Dunkelwerden (zweiundzwanzig Uhr) im Stroh.

Überall Aufruhr: Während Crove vor fünfzig Landfrauen einen Vortrag über seinen Betrieb hält, fährt die Reiterin Dörte Beersburg, die mit den Andalusierhengsten, dazwischen, um sich zu beschweren: Eines der Ferienkinder hat ihrem andalusischen Starhengst die Mähne abgeschnitten. Crove sagt, sie möge draußen auf ihn warten, aber Dörte wartet nicht, sondern schimpft, das käme alles davon, daß die Kinder auf seinem Hof ohne Aufsicht seien und so weiter... Crove lächelte sein undurchdringliches Lächeln und ging mit Dörte hinaus. Fünfzig Landfrauen feixten. Lehrling Sonja hat uns alles berichtet.

Dörte Beersburg ist eine selbstbewußte Frau von Mitte Dreißig, groß (größer als Crove), schlank, elegant. Mit ihren Hengsten macht sie nicht nur Effekt, sondern auch gute Geschäfte: Sie bildet sie selber aus und verkauft sie für viel Geld weiter. Crove nennt die Hengste spöttisch »Zirkuspferde«, und Gesine hat sowieso ein gespanntes Verhältnis zu Dörte; selbständige und erfolgreiche Frauen kann sie nicht leiden.

Also diese Dörte, durch deren Hände so viele Hengste gehen, hat einen Lieblingshengst namens Rey – das ist der, mit dem sie die Luftsprünge macht, der prächtige Apfelschimmel. Den verkauft sie nicht. Er ist ein richtiger Star, und er sieht aus, als wüßte er es. Sogar die Kinder haben Respekt vor ihm. Manchmal ärgern sie die anderen Hengste, niemals aber Rey.

Und jetzt erweist sich: Rey ist doch nicht unbehelligt – fast hätte ich gesagt: ungeschoren – geblieben. Jemand hat ihm die brustlange weiße Lockenmähne abgeschnitten! Mit einer normalen Haushaltsschere offenbar, hastig und lieblos. Wie ein gerupfter Sträfling sieht er aus – natürlich rennen alle sofort hin, sich die Bescherung anzusehen, und kichern. Dörte Beersburg spricht wütend von »Wertminderung« (Wächst eine solche Mähne nicht nach?).

Es ist jedenfalls eine Erniedrigung. Des Hengstes? Der Besitzerin? Wer sollte daran Interesse haben? Warum sollte ein Ferienkind zu dem fremden, feurigen Tier in die Box gehen, um an seiner Mähne herumzusäbeln? Dazu gehört Mut, denn Hengste in ihrer Box sind eigen, sagt Sonja. Außerdem ist es mühsam, denn Rey ist groß, und anstrengend: Mähnenhaare sind dick wie Draht. Es muß lang gedauert haben: Wer immer es getan hat, brauchte Ausdauer oder große Wut, und das paßt nicht zu einem spontanen Ferienkinderstreich. Was nun?

Dörte Beersburg fordert, die Kinder zusammenzurufen und zu »vernehmen«. Crove sagt, zwei Gruppen seien gerade abgereist. Dörte Beersburg, vor Verachtung leuchtend, kündigt fristlos alle Boxen und lacht, als Crove die dreimonatige Kündigungsfrist erwähnt: »Da können Sie lange warten!« Am nächsten Tag werden alle Hengste zu einer Reitanlage in Schürsberg gebracht, Dörte selbst fährt dreimal mit ihrem luxuriösen Pferdetransporter hin und her.

Wenn man mich fragt: Ich glaube nicht an den Gastkinderstreich. Ich habe Jessica in Verdacht. Denn in meiner Küche fehlt die große Küchenschere, die normalerweise über der Spüle hängt, wo Gastkinder nie hinkommen.

Jessica kennt alle Pferde, und die Pferde kennen sie. Jessica weiß, wann Dörte reitet und wann Ruhe ist; sie weiß, welches Pferd für Dörte das kostbarste ist. Sicherlich kennt sie auch den Neid ihrer Mutter auf Dörte. Weiteres Indiz: Gestern (drei Tage nach dem Vorfall) hat Lehrling Kirsti meine Haushaltsschere in Jessicas Reiterkasten entdeckt. Ich erzählte Gesine davon und erbat meine Schere zurück. Gesine versprach, sich darum zu kümmern, und kam nicht zurück, ich glaube, jetzt sehe ich die Schere überhaupt nicht wieder.

Am Abend rief Nichte Gila aus Augsburg an, und ich erzählte unter anderem die Geschichte von dem Hengst und der abgeschnittenen Mähne. Gila lachte fröhlich. »Mähne? Hengst? Hahaha! Ich würde sagen, das ist ein Fall für Professor Freud!«

Sonntag, Kurswechsel. Gesine beim Betrügen zusehends dreister.

Heute dies: Ein Kind sagte, der Vater habe die Prüfungsgebühr für das Reiterabzeichen bereits überwiesen. Gesine schimpfte. Der Vater war nicht erreichbar. Das Mädchen, das in Ratekau wohnt, rief zwei ältere Tanten an, die sich sogar ins Auto setzten und nach Erlhof fuhren, um das Kind zu unterstützen. Zunächst ließ Gesine beide im Restaurant stehen, bediente andere Gäste und ging. Die Tanten setzten sich an einen Tisch. Gesine kam herein, sah sie mit dem Kind, ging hinaus. Kam eine halbe Stunde später wieder, sichtlich aufgepumpt, und fuhr das Mädchen an: »Dir hab ich doch das Küchenmesser gegeben! Hast du's überhaupt zurückgebracht?« Schon zerrt sie die verstörte Kleine in die Küche: Das Messer ist, wo es hingehört. Weder die beiden Frauen noch das Kind sind imstande, Gesine etwas entgegenzusetzen. Sie zahlen. Ich bin sicher, daß Gesine hier doppelt kassiert hat. Und tatsächlich, zwei Stunden später taucht der Vater auf mit einem Überweisungsbeleg über 200 Mark, Datum, Kontonummer, alles stimmt. Gesine ruft: »Das Geld ist bei mir nicht angekommen!« Der Vater ist perplex. Er dreht sich zu mir um und murmelt: »So etwas ist mir noch nie passiert.« Vielleicht wird Gesine allmählich vor Gier wahnsinnig?

*

Sonja ist von ihren Prüfungen zurück, schwer deprimiert.

Im Anschluß an die Strohernte war sie völlig erschöpft zum Abschlußlehrgang nach Warendorf gefahren. Zwei Wochen Drill, Leben in der Kaserne, aufstehen um fünf Uhr. Am Ende der zwei Wochen die Prüfungen: Dressur, Springen, Theorie. Sonja fiel bei allen dreien durch. Sie stürzte zu ihrem Auto, ohne wie versprochen zu Hause anzurufen, fuhr weinend los, verfehlte bei Hamburg die richtige Abfahrt, verlor sich im Verkehrsgewühl, um sich schließlich an ein fremdes Auto mit heimatlichem Kennzeichen anzuhängen, das dann glücklicherweise den Weg nach Hause einschlug.

Heute kam sie bleich und verquollen zum Dienst. »Na

dann bleibst du uns ja erhalten!« rief Crove. Aber er sagte auch ein paar tröstende Worte: daß sie talentiert sei und jeder mal einen schlechten Tag haben könne; daß man außerdem bekanntermaßen in Warendorf die Holsteiner benachteilige, sie »Fischköppe« nenne und so weiter.

Fast noch mehr leidet Sonjas Mutter – unsere Frau Ahrns. Sie erzählt ein ums andere Mal, wie sie am Abend der Prüfung zu Hause saß und wußte: »Se is dörchfulln!« Sie fürchtete, das Mädchen könne aus Verzweiflung in den Straßengraben fahren. Dann kehrte Sonja zurück, verheult, zermartert, aber heil, und alles war wieder gut.

*

In der Küche unterhalten sich die neuen Putzfrauen über Gesines bevorstehenden Geburtstag. »Was schenkst du ihr?« Sie wollen sich einerseits nicht lumpen lassen und müssen andererseits jeden Pfennig umdrehen, also wird das ein tagelanges Getuschel: Ein besticktes Handtuch in *ihren* Farben, ein silberner Kugelschreiber… Eine hat sogar eine Jacke gekauft! Das sind wohlgemerkt dieselben Frauen, deren Handtaschen Gesine durchsucht und die von der Chefin noch nie etwas geschenkt bekommen haben außer der Standard-Schachtel Aldi-Pralinen! Eine erzählt, sie habe den Chef nach seinem Geschenk gefragt. Eine Pelzjacke? Einen Nerz? »Nein!« habe er gesagt, »der würde ihr doch nur geklaut!«

Gesine schwirrt durchs Haus, aufgekratzt vor Freude auf die morgigen Geschenke. Sie will weg, muß aber warten, bis vierunddreißig Schulkinder abgereist sind. Riesentheater – alles geht schief, ach, Schwamm drüber. Gesine zischt: »Allmählich geht mir der Laden hier ganz schön auf die Nerven.« Zugegeben, wo immer sie sich zeigt, wird sie sofort von Gastkindern umringt. Auch jetzt: Der Bus ist noch nicht vom

Hof, und fünf Kinder wollen gleichzeitig etwas von ihr wissen. Eins hängt am Ärmel, eins tippt ihr auf die Schulter, ein anderes faßt nach ihrer Hand. Sie schreit: »Laßt mich doch endlich in Ruhe!« Eines der Kinder fragt: »Sind Sie immer so zickig?«

Am Geburtstag kommt Gesine tatsächlich in der Jacke, die die Putzfrau ihr geschenkt hat, in die Küche. Die Putzfrau trägt die gleiche Jacke und ruft: »Gut sehen Sie aus, Frau Crove! Sie steht Ihnen!« Gesine dreht sich ein paarmal wie ein Mannequin und lächelt: »Aber dir steht sie auch.«

*

Sonja ist gestürzt, zu Hause, beim Reiten auf ihrem eigenen Pferd. Sie kommt heute kreidebleich mit Krücken vom Arzt und zeigt ihr Attest. »Ich akzeptiere das nicht!« schimpft Crove. »Dann mach deinen Dienst im Sitzen und bring deinen Gaul zum Schlachter!« Weinend humpelt Sonja hinaus. Wir versuchen ihm zu erklären, daß übermüdete Menschen sich genau wie übermüdete Pferde leichter verletzen. Er winkt gereizt ab und geht. Jetzt muß er eine Berlin-Reise absagen und den Unterricht für siebzig Reiter allein bestreiten.

Heute hat Hemjö selbst Geburtstag.

Beim Frühstück finde ich ihn ungewohnt blaß. In der Küche Inge statt Gesine. »Gesine ist krank«, murmelt Inge. Während Hemjö in der Halle unterrichtet, ruft Gesine ein paarmal an, um Inge an ihr Bett zu beordern, und jedes Mal kehrt Inge verheulter zurück. »Ich kann und darf nichts sagen, ich bin zum Schweigen verpflichtet!« flüstert sie erstickt.

Ich ärgere mich. Dreißig Ponykinder ohne Aufsicht (Kirsti in der Berufschule). In der Mittagsstunde haben sich zwei

Pferde gebissen, »eines blutet am Auge«, melden die Kinder vorwurfsvoll in der Küche. Dort bin ich allein, ich kann kein Pferd verbinden. Gerade versuche ich, den Kindern zu erklären, daß Pferde sich genauso raufen wie Menschen, sich aber hinterher wieder vertragen und es meistens nicht böse meinen, als ein kleiner Junge angerannt kommt: Ihm seien siebzig Mark geklaut worden. Von wem? Er wohnt in einem Fünfbettzimmer. Ich hätte ihm gerne gesagt: »Komm, suchen wir's noch mal in Ruhe zusammen«, aber ich muß kochen, ich kann nicht weg. Das Telefon klingelt, ein Kind nimmt ab, und ausgerechnet der Vater des beklauten Jungen ist dran, der eingeweiht wird und wütend fragt: »Ist denn kein Erwachsener in der Nähe?« Der einzige Erwachsene bin ich; sie rufen mich ans Telefon. »Was sind denn das für Zustände bei Ihnen!« fährt er mich an. »Entweder Sie bringen das bis heute Abend in Ordnung oder ich werde die Polizei verständigen!« Ich erkläre alles den Kindern und gehe wieder an die Arbeit. Zehn Minuten später steht einer der fünf Zimmergenossen vor mir: Er habe in einer Streichholzschachtel hinten am Wall in einem Baum steckend fünfzig Mark gefunden! Noch fünf Minuten später »findet« dasselbe Kind einen Zwanzigmarkschein in einem Vogelnest. Mit all diesen Aufregungen bleiben die Kinder allein; außer mir, die in der Küche strampelt, ringsum keiner, der sie anhört, keiner, der ein klärendes Wort mit ihnen spricht.

Heute morgen eröffnet mir Inge: Gesine ist weg.

Der Reihe nach. Am Sonntagmorgen (einen Tag vor Hemjös Geburtstag) hat Gesine Inge angerufen: »Komm bitte gleich rüber, es ist so viel zu tun!« Inge kam. Aber nichts war zu tun. Inge stand rum, der Apotheker Elmar mit Töchterchen war da, dem kochte sie Kaffee, und sie rauchten ein paar Zigaretten zusammen. Inges Sonntagmorgen war dahin.

Spätabends wieder ein Anruf von Gesine. Die weinte

herzzerreißend: »Bitte hol mich! Ich bin auf der Raststätte Holmmoor bei Hamburg, bitte, bitte!« Dann erzählte Gesine, daß sie abends um sieben Jessica ins Internat gebracht und sich anschließend, um halb acht, mit Elmar getroffen habe. Mit Elmar, dem Apotheker. Warum? Warum wollte Gesine abgeholt werden? Wo war ihr Auto? Das Gespräch wurde unterbrochen. Inge erzählte alles ihrem Mann. Der riet ihr, Hemjö Crove zu informieren. Inge fuhr nach Erlhof, wo Crove sichtlich beunruhigt saß und wartete. Er ahnte Böses. Inge bat ihn, seine Frau in Holmmoor abzuholen. »Nein!« sagte er. Inge: »Aber bleiben Sie wenigstens noch auf, um das Taxi zu bezahlen!« Das sah er ein. Als das Telefon klingelte, befahl er Inge ranzugehen. »Gib mir Hemjö, bitte!« weinte Gesine. Hemjö sagte: »Nein. Sie soll herkommen, wenn sie mit mir sprechen will!« Gesine schluchzte und bettelte. »Sagen Sie ihr, ich bin hier, ich warte!« rief Hemjö so laut, daß Gesine es hören mußte. Gesine legte auf.

Inge schlief die ganze Nacht nicht. Crove auch nicht. Am frühen Morgen rief er Inge an: »Sie ist nicht gekommen! Bitte kümmern Sie sich um das Frühstück!«

Die üblichen Scherereien. Weder hatte Gesine Brötchen für die am Sonntag angereisten sechzig Gäste bestellt, noch hatte sie für den Samstag vorher die Brötchen abbestellt. Der Bäcker war sauer. Inge machte Frühstück, wobei sie fast ununterbrochen weinte. Auf einmal trat Gesine herein. Unbemerkt übers Feld gekommen, an der Hecke entlang durch den Park, am Teich und der »Urne« vorbei. Hemjö stand in der Halle und unterrichtete. »Komm rüber, sowie du Zeit hast!« wisperte Gesine. Als Inge kurz darauf ins Herrenhaus kam, war Gesine gerade dabei, den Tresor zu leeren. Als der Tresor geleert war, fing sie an zu weinen. »Bitte bleib bei mir, wenn Hemjö kommt!«

»Ich kann nicht so lang warten!« rief Inge, selber weinend.

»Dann gehe ich. Drück Fred noch mal!«

»Das kannst du doch nicht machen!« schrie Inge. Gesine war schon losgerannt. Über die Terrasse hinaus, ein Motor heulte auf, und Inge erkannte den Landrover von Elmar, dem Apotheker. Dann war Gesine weg.

Gesine und Elmar? Wirklich?

Die Küchenhilfe Tanja hat folgendes beizutragen: Am Sonntagnachmittag sei wieder Elmar gekommen (der schon vormittags da war) und habe seinem Töchterchen drei Eis spendiert. »Is' das nicht 'n bißchen viel?« hatte Tanja gefragt. Elmar: »Man muß ein Kind auch mal verwöhnen.« Gesine war auch im Restaurant. Zu Tanjas Erstaunen (»Sie mag doch sonst eigentlich keine Kinder!«) nahm sie das Kind auf den Arm, drückte es an sich und tanzte mit ihm durch den Raum. Elmar wandte sich zum Gehen. »Ich werde wohl mal 'n paar Tage verreisen. Bin richtig fertig. Muß einfach weg.« Blickwechsel Gesine-Elmar. Tanja dachte: He?

Crove bat Inge, mit ihm nach Gesines Auto zu suchen. Sie fanden es irgendwo an der Trave. Der Schlüssel steckte noch.

Erst dann fiel ihnen der Hund ein. Sie suchten im Haus, im Stall, im Zwinger, sie liefen rufend durch den Park: Der Hund war weg. »Den Hund nimmt sie mit, die Kinder läßt sie da«, murmelt Inge.

Ein paar Mal klingelt das Telefon, geht jemand anders als Inge ran, wird aufgelegt.

Elmars Frau Irmi kommt nach Erlhof, um zu bekunden, wie fassungslos sie ist. »Nachts waren wir noch zusammen, und er hat erzählt, wie er mich liebt!«

Sie ist zweiundzwanzig. Wegen ihr hat Elmar vor drei Jahren seine erste Frau verlassen. Sie schluchzt: »Gesine bring ich um!«

Noch am Montag hat sie die Scheidung eingereicht. Aber als sie die Konten sperren lassen wollte, war alles Geld bereits abgehoben. Sie fuhr in die Apotheke – inzwischen war es Abend –, um aus der Kasse zu entnehmen, was sie für sich und das Kind brauchte. Dort klappte sie zusammen. Nachbarn riefen den Notarzt, der Bruder kam. Eltern hat sie nicht mehr.

Freunde von Irmi erzählten Inge, daß sie Gesine und Elmar zufällig in Hamburg getroffen hätten – Hand in Hand in einem teuren Restaurant. Die Freunde setzten sich dazu, und Gesine erzählte, sie habe heimliche Konten auf verschiedenen Banken Hamburgs und Lübecks. »Wenn ich für den Betrieb einkaufen mußte, habe ich von Hemjö dreitausend Mark verlangt, aber nur zweitausend gebraucht. Den Rest hab ich für mich selbst eingezahlt.« Elmar habe erklärt, er wolle sich nicht aushalten lassen und seine Apotheke weiter betreiben. Aber einmal habe er auch gesagt: »Der alte Sack hat genug Geld!«

Beide hätten beteuert, daß sie für immer zusammenbleiben wollten. Sie hätten sich das reiflich überlegt.

*

Wie reiflich? Auf Erlhof beginnen alle zu rechnen. Elmar ist erst vor zwei Jahren in die Gegend gezogen. Das Pferd auf Erlhof hält er seit einem Jahr. Er lebe über seine Verhältnisse, hört man. Sein Haus sei mit Hypotheken belastet, die Apotheke noch nicht abbezahlt, außerdem muß er noch seine erste Frau mit zwei Kindern unterstützen.

Und Gesine? Sie wirkt so untüchtig, so vergeßlich, so sprunghaft: Ist sie wirklich imstande, jahrelang Geld beiseite zu schaffen und auf verschiedene Konten zu verteilen?

Was findet sie an Elmar? Wir überlegen, ob Elmar wohl attraktiv ist: Grübchen, Bärtchen, lange Wimpern – stark behaarte Arme und Hals, die Figur eines Mittelgewichtsboxers. Größer und breiter also als Hemjö, Kunststück, und natürlich zwanzig Jahre jünger. Charmanter, weniger hart, weniger stur. Und obwohl das keine schlechte Liste ist, schütteln alle den Kopf: Das geht nicht gut. Elmar bietet im Vergleich einfach nicht genug.

Hemjö selbst spricht mit niemandem über die Sache, außer mit Inge. Inge soll ab sofort auch das Kassieren übernehmen. Inge fürchtet sich vor den Schlußabrechnungen: Achtzig- bis Hunderttausend gehen da ein. »Wenn ich das schaffe…« seufzt sie. »Wenn der Sonntagabend erreicht und das Geld im Tresor ist – !« Sie seufzt und seufzt. »Dann küsse ich ihn!« Sie meint Hemjö! Plötzlich betrachtet sie ihn mit unverhohlener Zärtlichkeit. »Und mit Kasimir«, fügt sie hinzu (dem Polen), »ist Schluß. Wenn er sich wieder meldet, sag ich's ihm. Das alles hier ist mir eine Lehre. Mein Gott, wenn ich mir vorstelle, ich würde Mann und Kinder verlieren!«

Am Dienstag geht Inge ans Telefon. Gesine fragt: »Soll ich zurückkommen? Wie geht es Fred? Ich hole Jessica aus Hohelinde ab! Warum bist du so komisch zu mir? *Er* läßt mich nicht gehen! Sowas gibt's nur einmal im Leben! Sei mir nicht böse!«

»Das alles brauchst du nicht«, sagt Inge, legt den Hörer auf und bekommt einen Weinkrampf.

Am Mittwoch abend rief Gesine Inge daheim an. »Das tu ich jetzt jeden Abend! Und Sonntag komm ich, weil ich bei der Abrechnung helfen will!« (Helfen! Interessant, daß hier alle immer dann gefühlvoll werden, wenn es um ihren Vorteil geht!)

Inge sagte: »Wir brauchen dich nicht mehr!«

Hemjö lobt Inge dafür. Zu mir meinte er: »Ich will Gesine gar nicht wiedersehen. Aber ich muß auch an meine Kinder denken.« Und am Nachmittag: »Alles wird mir genommen!

Durch den Staub soll sie kriechen, nie wieder bekommt sie die Schlüssel. Den Tresor-Code habe ich geändert. Wer war sie? Was ist sie durch mich geworden?«

*

Inzwischen weiß es ganz Erlhof, und alle halten zu Hemjö. Niemand verspottet ihn, alle versuchen zu helfen – im Haushalt, mit seinen Kindern, bei den Ferienkindern. Er wahrt die Fassung, versucht aber nicht mehr, die Sache zu verheimlichen. Er scheint sogar froh, daß er sie mit uns besprechen kann.

Zwischendurch wartet er mit der Vermutung auf, Elmar, der Apotheker, habe Gesine unter Drogen gesetzt. Da tut er uns noch mehr leid.

Die Kinder wurden von ihrem Großvater aus Hohelinde abgeholt und gingen sofort in ihre Zimmer. Wollten nicht essen, kamen nicht nach draußen. Der Vater überlegt, ob er sie aus dem Internat nehmen soll. Er hat das Internat nie gewollt, die Frage war bloß, wer sich um die Schularbeiten kümmert. Wir erfahren: Hohelinde kostet pro Kind und Monat viertausend Mark.

Der Großvater kann kein Wort sagen, die Tränen sitzen locker. Die Großmutter aber findet, an allem sei Hemjö schuld. »Unsere Gesine ist nicht so!« *Wie* sollte sie nicht sein? Was weiß ihre Mutter? »Heut abend treffen wir sie in Hamburg«, verrät sie. Alles weitere sei ein »Geheimnis«.

Insgesamt eine merkwürdige, schwere Stimmung, fast als sei jemand gestorben. Ich frage mich, wie die nichtsnutzige Gesine sogar im Verschwinden noch alle Gedanken und Gefühle auf sich ziehen kann. Ist das eine Gnadengabe? Und was hat sie davon? Sogar ich fühle mich irgendwie betroffen.

Den Kindern haben wir am Abend in einem Schüsselchen allerhand Naschkram bereitgestellt. Am Morgen erzählen sie: »Wir haben den Naschkram ganz vergessen! Wir haben mit Papa im Bett gekuschelt, das war gemütlich!«

Tagsüber steht Hemjö in der Halle. Sonja darf nicht mal im Sitzen Unterricht geben, sondern muß streng liegen und das Bein hochlagern. Der Arzt befürchtet, daß mehrere Sehnen gerissen sind. Angeblich liegen die Röntgenaufnahmen aus dem Krankenhaus noch nicht vor.

Im Gasthaus »Eiche«, erzählt Inge, standen gestern alle um Irmi, Elmars verlassene junge Frau, herum. Eigentlich war man zum Schützenfest gekommen. Aber Irmis Verzweiflung ließ auch die Männer nicht kalt. »Wenn wir den erwischen!« sagten einige und meinten Elmar. (Was dann?)

Weiter hat Inge gehört: Am Freitagmorgen, fünf Tage nach seinem Verschwinden, sei Elmar mit Hund Nelson in seiner Apotheke aufgetaucht und habe den Angestellten erklärt: Irmi habe das Geld mit vollen Händen ausgegeben, deswegen konnte er nicht anders handeln.

Wir wundern uns über Elmars Blindheit; denn was die Verschwendungssucht anbetrifft, kommt er doch jetzt vom Regen in die Traufe. Noch mehr aber wundern wir uns über Hund Nelson. Den hat lange niemand anfassen dürfen außer Gesine und ihrem Vater. Aber Elmar habe ihn mit der größten Selbstverständlichkeit geführt, weiß Inge. Nelson muß, denke ich, ziemlich verwirrt sein. Croves haben zigtausend Mark bezahlt für seine hohe »Moral«, um die dann binnen weniger Monate zu ruinieren. Armer Nelson.

Was Gesine und Elmar anbetrifft, so nehme auch ich an, daß alles vom Geld abhängt: wieviel sie beiseite geschafft hat und über wieviel er verfügen kann. Der zweifelhafte Posten ist Elmar mit seinen Hypotheken und Alimenten. Alles liegt bei

Gesine. Jahrelang hat sie die Abrechnung gemacht, nie hat es gestimmt. Crove fielen, bei den riesigen Summen, die hier umgesetzt werden, ein paar Tausender weniger pro Woche nicht auf.

Aber jetzt ruft Gesine immer häufiger an. Mal bei Inge privat, mal in Erlhof. Hat sie ihre Beute schon ausgegeben? In den letzten Jahren oder jetzt in Hamburg? Bescheiden werden sie nicht gelebt haben, und was sind tausend Mark in einem Hamburger Nobelhotel?

Gesine läßt sich nämlich nicht abschütteln. Sie ist als Phantom längst wieder da, und nun warte ich nur noch, wann sie wirklich erscheint.

Crove behauptet, er sei über alles hinweg, und falls Gesine es *wagen* sollte, wieder aufzutauchen, werde er sie mit der Flinte davonjagen. Die Flinte stehe griffbereit in seinem Wohnzimmer neben der Couch. »Was glauben Sie, was das wohl für Drogen gewesen sein könnten, unter die Elmar sie gesetzt hat?« überlegt er im nächsten Augenblick laut.

Er ist so schwach, daß er sich zum Unterrichten einen Stuhl in die Halle bringen läßt und zwischendurch Schokoriegel kaut. Gestern kriegte er mitten im Unterricht Nasenbluten, er bekam es zunächst nicht mit oder ignorierte es, bis ihm Blut von innen in den Mund floß und er bei seinen Anweisungen durchs Mikro zu gurgeln anfing.

Er tut mir immer weniger leid. Und auf einmal finde ich, daß Sonja die Schlüsselfigur dieses Sommers war. Wenn Sonja nicht so viel krank gewesen wäre, hätte Crove jetzt mehr Zeit und Kraft übrig um nachzudenken; er wäre im Sommer weniger belastet gewesen und hätte sich besser um seine unruhige Frau kümmern können. An Sonjas Krankheiten und Unfällen aber ist er selbst schuld: Die Blasenentzündung im April kam davon, daß Sonja sich nicht schonen durfte, und ihren schweren Sturz hatte sie, weil sie übermüdet nicht auf die Straße geachtet hatte. Letzten Sommer noch funktionierte Sonja wie ein Uhrwerk, sie war immer da und so selbstverständlich einsatzbereit, daß ich sie gar nicht richtig zur Kenntnis nahm. Ich muß jetzt sogar überlegen, wie sie aussieht. Dunkelblond, fällt mir ein. Knabenhafte Figur. Lebhafte Knopfaugen. Sie war eine Art lieber Kobold, aber all ihre guten Eigenschaften haben in Crove nur die Versuchung geweckt, sie noch effektiver auszubeuten. Damit hat er letztlich seine eigene Ehe und Gesundheit aufs Spiel gesetzt. Jetzt bekommt er die Quittung. Das gefällt mir.

***

Auf den Untergang des Hauses Croves werden wir noch warten müssen, denke ich. Ich kann mir Gesine und Elmar nämlich nicht als Liebespaar vorstellen: Ich sehe sie als Geldausgebegemeinschaft, und mit dem Geld wird auch die Gemeinschaft schwinden.

Oder mißgönne ich einfach Gesine ihren Fluchtversuch, nur weil ich aus meiner Ehe nicht rechtzeitig geflohen bin?

(Was ist eine mißglückte Ehe?)

Mein Familienleben lief so: Ich saß mit den Mädchen daheim, putzte, kochte, wusch, las Bücher und wartete auf Cornelius. Er aber schob in seinem Karpfen-Forellen-Versand Schichtdienst, wollte zu Hause meist schlafen und forderte Ruhe, wenn wir wach waren. Immerhin versorgte er uns gut. Er galt als einer der schnellsten Fischverkäufer, weil er einem Fisch sein Gewicht ansah. Jeden Dezember beim Weihnachtskarpfenverkauf machte er Überstunden bis zur Erschöpfung. Auch sonst arbeitete er viel. Er kam blaß nach Hause und machte zynische Bemerkungen. Am Anfang erschrak ich, dann schwieg ich, dann fand ich, er übertreibe, und überfiel ihn, wenn er nach Hause kam, mit Ideen und Forderungen – ich nehme an, daß ich einsam war. Er mochte das nicht; er wich mir immer mehr aus. Selbst wenn die Schicht günstig lag, kam er nicht heim, sondern ging noch mit Kollegen auf eine Runde Skat, meist ohne Bescheid zu sagen. Ich raste vor Sorge, Eifersucht, Wut. Spät nachts tauchte er auf, verqualmt, nach Bier stinkend. Eines Nachts, als er erst gegen vier heimkam, nahm ich meine Decke und legte mich ins Wohnzimmer auf die Couch. Er hat es nicht mal gemerkt. Am nächsten Abend wiederholte ich mein Manöver. Ich versuchte ihn zu erpressen. Gebracht hat es nichts. Wir hatten die nächste Runde des Großen Lebensspiels erreicht, mit ihren zermürbenden Kämpfen und Enttäuschungen; aber auch dem Ziel einer wirklich ehrenvollen Bewährung.

Schließlich sah ich mich um und stellte fest, es läuft bei allen Ehepaaren ungefähr gleich. Bei manchen sogar wesentlich schlechter. Wenn ich nur an Elias und Viktoria denke, zum Beispiel.

Elias war Cornelius' Bruder, acht Jahre älter als er und studierter Forstwirt. Er arbeitete damals als Forstassessor in Hersfelden und wirkte sehr schneidig mit seinem Habichtblick und den muskulösen Wangen. Er besuchte uns manchmal, küßte mir zur Begrüßung die Hand, erzählte stundenlang Jagdschnurren und aß unglaublich viel, was mich wunderte bei so einem schlanken, sehnigen Mann. Seine Frau kannte ich lange nur von Weihnachtsfotos, die uns Jahr für Jahr zugingen: Alle zeigten Elias mit Pfeife in Försteruniform neben der geschmückten Tanne, Viktoria im Abendkleid auf dem Sofa und vier kleine Söhne, der Größe nach aufgereiht von links nach rechts. Hübsche Jungen, vielleicht etwas mager. Viktoria aber war eine Schönheit: grazil, brünett, mit einem hinreißend scheuen Lächeln und großen, empfindsam-rassigen Augen. Sie wirkte wie ein Filmstar, und dabei war sie auch noch gebildet: Sie war die Tochter eines Prager Professors, hatte ein Hochschulstudium abgeschlossen und zeitweise als Gymnasiallehrerin gearbeitet. Den Kontakt mit mir hatte sie bisher abgelehnt mit der Begründung, sie »interessiere« sich nicht für unstudierte Frauen.

Deswegen war ich ziemlich aufgeregt, als beide uns zum ersten Mal für ein Wochenende einluden. Cornelius und ich fuhren also mit Gila und Ilsabe nach Hersfelden in der Heide, wo wir in einem Gasthof einquartiert wurden. Der Gasthof war die erste Überraschung, denn die »großen Hassels« wohnten ja in einem Forsthaus mit neun Zimmern.

Viktoria begrüßte uns nervös. Unsere beiden Mädchen hatten Schnupfen, und als Viktoria die triefenden Nasen sah, schrie sie auf: »Sofort die Kinder trennen! Das fehlte noch, daß deine Kinder meine anstecken!« Die Mädchen sollten anderswo spielen und heulten, Viktoria schimpfte, und als sogar die Männer Einwände erhoben, sagte Viktoria: »Gut, aber dann müssen sie Medizin schlucken!« Sie wühlte in ihren Medikamenten, und ich staunte: Sie hatte zwei ganze Schränke voll. »Tja, an meiner Viktoria ist eine Ärztin verlorengegangen«, kommentierte Schwager Elias galant, während er seine Pfeife stopfte.

Viktoria hatte Medizin für die Mädchen, aber nichts zu trinken: In der großen Forstamtküche standen drei Kühlschränke mit mehreren Kannen grüngelber, stinkender, verdorbener Milch. Verschimmeltes Brot und ranzige Wurst lagen auf dem Tisch. Wir aßen im Gasthaus. Der Schwiegervater, der ebenfalls zu Besuch war, lud uns und Elias ein, Viktoria und ihre Söhne blieben im Forsthaus. Als wir abends wieder bei ihnen waren, stellte sich heraus, es war gar nichts zum Essen da. Cornelius kaufte ein, und wieder aß Viktoria nicht mit. Später fand ich sie im Kinderzimmer, da kaute sie gehetzt und fahrig an einem Kanten Brot.

Elias erklärte, daß Viktoria Ruhe brauche. Sie sei öfters schon »einfach weg« gewesen, verschwunden. Irgendwann käme sie immer zurück, die Kinder hätten sich daran gewöhnt. Eines Tages habe er sie zufällig in der Kinderbuchabteilung einer Lüneburger Buchhandlung entdeckt: In einem tiefen Sessel kauernd habe sie Kinderbücher gelesen. Tatsächlich standen im Forsthaus viele sehr gute Kinderbücher. Als ich später einmal ihrem Sohn Markus ein Buch schenkte – »Vier Kinder und ein Hund«, weil es in einem Försterhaus spielt –, warf sie es vor meinen Augen ins Kaminfeuer. »Meine Kinder lesen keinen Schund!«

Als Viktoria an diesem Abend ins Wohnzimmer zurückkehrte, versuchte ich, sie in ein Gespräch zu ziehen. Sie wies das zurück. Sie war zehn Jahre älter als ich und sagte: »Was meine Generation im Krieg erlitten hat, da kannst du sowieso nicht mitreden. Das wirst du nie verstehn.« Sie lächelte mit heruntergezogener Unterlippe, so daß die ganze Reihe ihrer perlmuttweißen Unterkieferzähne sichtbar wurde: ein seltsamer Ausdruck, angespannt, etwas höhnisch, etwas ängstlich, und dabei fixierte sie mich mit ihren sprühenden türkisblauen Augen. Ich habe mich natürlich geärgert. Ihre untergründige Panik habe ich gespürt, aber nicht verziehen: Ich dachte, sie hat einen tüchtigen Mann und gelungene Kinder, soll sie doch dankbar sein, statt sich und ihre Familie verrückt zu machen. Später stellte sich heraus, daß ihre Leute das alles ganz gut überstanden. Wirklich verrückt gemacht aber hat sie meinen Cornelius.

Als nämlich im Verlauf dieses Abends Cornelius von seiner Niedergeschlagenheit und Schlaflosigkeit erzählte, rief Viktoria mit spitzer Stimme: »Librium! Das hellt dich auf! Kannst du von mir haben, jederzeit.« Sie fing sogar an, ihn zu verspotten, weil er zögerte: »Selber schuld, du Trantüte, selber schuld!« Ich glaube, Elias brachte sie zum Schweigen, und Cornelius schien darüber froh. Im Herbst aber kam er auf das Angebot zurück und wurde binnen weniger Monate süchtig.

Weil sie so eine große Rolle für Cornelius spielten, habe ich mir immer wieder Gedanken über Viktoria und Elias gemacht. Verstanden habe ich nichts, es bleiben lauter Rätsel.

Viktoria war ehrgeizig. Sie schrieb an Elias' Artikeln mit und machte mit den Kindern Hausaufgaben, später studierte sie bei allen mit: Jura, Forstwesen, Medizin. Nur Hausfrau wollte sie nie sein. Küchenarbeit haßte sie. Sowohl Elias als auch die Söhne hatten ständig Hunger. Wenn sie aus irgendwelchen Gründen (ohne Viktoria natürlich) in unsere Gegend kamen, besuchten sie uns immer, um sich mal richtig sattzuessen.

Elias leitete später das Stadtforstamt als Oberforstmeister und rückte in immer höhere Dienstgrade auf. Nebenher verfaßte er Beiträge für Fachzeitschriften. Elias sei immer zielstrebig gewesen, sagte Cornelius, und habe alles an sich gerissen; vor dem Krieg habe seine Mutter ihm Gold fürs Studium gegeben. Allerdings hieß es immer, Elias habe kein Geld. Nur deshalb laufe er ständig in Uniform rum. Wir haben einmal Elias' Bezüge zusammengerechnet und gerätselt, wo alles hinging: Glücksspiel? Sucht? Religiöser Wahn? Alles unwahrscheinlich. Die Sommerferien verbrachten diese in unseren Augen wohlhabenden Leute jedes Jahr auf dem Priwall an der DDR-Grenze, weil das billig war. Einmal haben wir sie dort besucht: Der Weg zum Strand führte an Stacheldraht vorbei, neben dem Sandstrand stand ein Wachturm mit DDR-Grenzern, denen die Ferngläser am Gesicht festgewachsen schienen. Als die kleine Ilsabe einmal auf eine Sandbank zuflitzte, peitschten Schüsse. Ich bin selten so gerannt. Elias feixte: »Das galt doch nicht ihr! Wenn die so was nicht treffen könnten, müßten sie ihren Laden dichtmachen.« Die kleinen, geraden Stränge seiner Backenmuskeln spielten unter den krausen Koteletten, die Junkeraugen funkelten im gebräunten Gesicht. (Elias saß den ganzen Tag in seinem Liegestuhl, den er durch das lockere Kiefernwäldchen mit der wandernden Sonne weiterschob. Er zog sozusagen eine Sonnenspur, und alle mußten weichen. Er war, wie auch Viktoria, Sonnenanbeter. Inzwischen haben beide verhornte, braune Gesichter wie Krokodile.)

Viktoria, die fließend Tschechisch spricht, wurde in den achtziger Jahren Dolmetscherin im Grenzdurchgangslager Wiesland. Elias ging im Rang eines Oberforstrats in Pension und mußte das Forsthaus räumen, deshalb kauften sie sich eine kleine Eigentumswohnung in Hersfelden. Ich hatte damals schon keinen Kontakt mehr zu ihnen, aber Ende der Achtziger lernte ich eine Pastorenfrau kennen, deren Bruder Oberregierungsrat in Lüneburg war. Ich bat sie, ihn nach dem pensionierten Oberforstrat zu fragen. Die Auskunft kam prompt: »Armer Kerl, der Hassel, hat nicht mal das Geld fürs Bier, wenn wir Honoratioren zusammensitzen.« Die Frau des Regierungsrats wußte noch mehr: vermüllte Wohnung, der Herd nicht benutzbar, weil durchgebrannt. Elias bekam Essen auf Rädern. Viktoria aß in der Betriebskantine.

5.

Crove erzählt Inge, die es uns erzählt: Gestern hat ihn Gesine angerufen; heulte, sie habe sich von Elmar getrennt, und flehte: »Bitte, laß mich zurückkommen!« Er habe geantwortet: »Fünf Wochen Bedenkzeit.« Er ist am Drücker und will sie das spüren lassen. In fünf Wochen ist Saisonende. Das Personal wird fort sein. Und er kann inzwischen die Einnahmen überprüfen.

Die Einnahmen übertreffen schon jetzt seine Erwartungen. Er erzählt uns davon mit bebender Stimme. Neben den Kursgebühren Treseneinnahmen von fünfzig bis dreihundert Mark pro Tag für Kaffee, Tee, Kuchen, Getränke, Eis; manchmal Geld von Eltern, die ihr nicht angemeldetes Kind in der Ponystunde mitreiten lassen wollten. Und jetzt kommt das Wochenende...

Kurswechsel: Wieder viel mehr Geld für Crove als zu Gesines Zeiten. An der Kasse stehen Inge und unsere neue Küchenhelferin Tanja, die die Bettenplanung übernommen hat. Mit den Neuankömmlingen gibt es Probleme, weil die hundert Anmeldungen noch von Gesine bearbeitet worden sind und Abmachungen getroffen wurden, von denen Tanja nichts weiß. Tanja richtet sich beim Bettenplan nach Alter und Geschlecht der Jugendlichen, aber die bestehen auf anderen Abmachungen, die wir nicht überprüfen können. Wo denn Frau Crove sei, die könne das bestätigen. »Verreist«, antwortet Tanja schwitzend. Spricht einer der Erwachsenen Crove an, wiederholt der gebetsmühlenartig: »Er hat sie unter Drogen gesetzt!«, und die Gäste nehmen's hin, vielleicht, weil sie das alles sensationell finden.

Auch Gesines Eltern haben den Eindruck, es seien Drogen im Spiel. »Wie geht es, wo bist du?« haben sie gefragt, als

Gesine gestern nacht von irgendwo anrief, und Gesine habe nur immer wiederholt, daß niemand das zu wissen brauche. Dann habe sie plötzlich geweint: Sie wolle nach Erlhof zurück. Um sogleich munter zu erzählen, daß sie und Elmar zusammenbleiben würden und nachmittags einen Anwalt aufgesucht hätten.

Inzwischen ist sie sieben Tage fort. Crove hat die Differenz zwischen seinen Einnahmen während und nach Gesine hochgerechnet und ist auf eine verschwundene Million gekommen: 5.000 pro Woche hat Gesine abgezweigt, acht Jahre lang. Wir vom Personal rechnen noch die unterschlagenen Trinkgelder und den »Diebstahl« im letzten Jahr (120.000) hinzu. Und natürlich Zinsen, falls Gesine ihre Beute angelegt hat.

»Ist er nicht süß?« fragt Inge mich in der Küche. »Ach! Ich könnte ihn küssen, mein Herzilein!« Sie hat Crove Pralinen mitgebracht, weil er so elend aussieht: »Sie müssen an sich denken!« Er freute sich.

Er freute sich auch über die riesigen Einnahmen, die sie ihm nach dem Kurswechsel übergab. »Sie sollten das Bundesverdienstkreuz bekommen!« sagte er. Inge berichtet mir das stolz.

»Das Bundesverdienstkreuz liegt nicht in seiner Hand. Aber hat er dir als Anerkennung wenigstens einen Hunderter überlassen?« frage ich.

Inge schluckt. Natürlich nicht.

Bei ihr selbst hängt der Haussegen schief. Sie ist von früh bis spät auf Erlhof, macht massenhaft Überstunden, denkt auch zu Hause an nichts anderes und nimmt dort außerdem noch die Anrufe von Gesine, dem Liebhaber und der verlassenen Frau des Liebhabers entgegen. Und von Gesines Eltern. Inges Mann hat mit Trennung gedroht; ihr ist alles egal, außer einem: »Wenn Gesine wiederkommt, gehe ich!«

Noch ist sie bei uns. Am Wochenende hat sie sich rührend um die Crove-Kinder gekümmert und diese Stunden nicht aufgeschrieben. »Man kann doch aus dem Unglück anderer kein Kapital schlagen!« erklärt sie mir.

Inge, Inge. Ohne sie würde alles zusammenbrechen. Sie saust auf den Vorplatz, um prügelnde Kinder zu trennen. Sie macht Gesines Gutenachtrunde durch die Gästezimmer, »weil ich sowieso grad da bin.« Sie läßt sich endlos vom verlassenen Crove beschwallen. Sie tut ihre eigene Arbeit und Gesines dazu.

*

Gesine hat ein Geheimtreffen mit ihrem Mann vereinbart und dann kurzerhand abgesagt. »Wir wollen uns gütlich einigen«, erklärt sie Inge am Telefon. »Ich habe mir einen Anwalt in Süddeutschland genommen.« Irmi, die Apothekerfrau, hat herausgefunden, daß das nicht stimme: Gesine sei bei demselben Anwalt wie Elmar, in Lübeck. Dem habe Gesine unter anderem erzählt, daß ihr Ehemann, Hemjö Crove, sich seit Jahren auf Kosten des Staates und der Allgemeinheit bereichere. Schau, schau.

Jeden Tag erfahren wir Neues über Gesine. Ein Einsteller erzählt, Gesine habe in den ersten Jahren der Ehe viel getrunken, dann habe ihr Mann das »verboten«. Sie sei fremd gegangen. Bei einer Sylvesterparty habe sie »in betrunkenem Zustand« den fünfzehnjährigen Einstellerssohn Lutz bedrängt, einen großen, kräftigen Kerl, der verzweifelt um seinen Hauptschulabschluß kämpfte und voller Komplexe war; Lutz war buchstäblich unter Zurücklassung seines Mantels nachts zu Fuß nach Hause geflohen, eine Stunde Wegs bei drei Grad Frost.

Außerdem hat sie ein Verhältnis mit Nils, einem Sohn von Jens, gehabt. Unser Jens bestätigt es einsilbig und ohne Vergnügen. Er hat es seit Jahren gewußt, aber nie gesagt.

Gesine hat es jetzt am Telefon Inge gebeichtet und erfahren, daß ihr Mann davon weiß. »Wenn das nun auch rum ist, werde ich wohl als Hure verschrien und kann erst recht nicht zurück.«

»Willst du denn zurück?« fragte Inge.

»Nein.«

Crove will sie aber zurück, das wird immer deutlicher. Warum? »Das Restaurant ist auf ihren Namen angemeldet«, erklärt er. »Ich habe das gemacht, damit ich den Hof unter Landwirtschaft laufen lassen kann.«

Um zu betrügen, hat er sich in die Hand einer Betrügerin gegeben. »Daß mir das passieren konnte!« ruft er grimmig und durchaus mit Schmerz. Tja, Lieber, wem denn sonst?

*

Sie ist wieder da. Acht Tage nach ihrer Flucht, Montag. Ich erfahre es, als ich morgens in die Küche komme. Alle lachen, aber sie selbst, sagt Inge, liegt im Bett und heult. Inge, die zweimal rübergerufen wurde, bekam zu hören: »Ich lieb Elmar doch so! Ich hab Hemjö nicht mehr lieb!«

Hemjö weigert sich, mit ihr zu reden.

Sie heult und heult. Inge verständigt Gesines Eltern, damit die sich kümmern. Crove sagt zu einer Putzfrau, sie soll den Schwiegereltern ausrichten, daß er sie nicht dahaben will. Die Putzfrau traut sich nicht. Statt dessen bittet sie die Schwiegermutter, Unterwäsche für die Kinder zu kaufen; die hätten nämlich nicht genug.

Die Kinder scheinen sich nicht übermäßig zu freuen. »Ja,

Mama ist wieder da«, antworten sie sachlich und gehen nach draußen spielen.

Irmi ruft an: »Halb und halb ist Elmar wieder zu Hause!« Sie will nur Crove ausrichten, daß sie heute das Pferd abholt – auf Erlhof könne es nicht bleiben. Weil Crove gerade im Restaurant ist, rufe ich ihn ans Telefon und höre, wie er mit warmer Stimme zu Irmi sagt: »Wenn du Hilfe brauchst – ich bin immer für dich da.« Die beiden Verratenen haben sich zusammengeschlossen, denke ich mit einer gewissen Sympathie.

Am Nachmittag, mit einem Pferdeanhänger, kommen zu unserer Überraschung beide, Irmi und Elmar. Als Crove das vom Restaurantfenster aus sieht, sagt er laut: »Daß die noch drei Monatsmieten zahlen müssen, ist denen wohl klar.«

Dienstag. Crove gibt folgende Parole aus: »Meine Frau ist vom Apotheker entführt und unter Drogen gesetzt worden, um mich zu erpressen!« Gottlob habe sie sich befreien und fliehen können. Das sollen wir jedem antworten, der sich erkundigt.

»Und Nelson – het hei den ok ünner Drogens sett?« fragt Frau Ahrns verblüfft.

Außerdem bittet Crove uns alle, lieb zu seiner Frau zu sein.

Mittwoch. Er hat sich anscheinend mit ihr versöhnt. Er sieht glücklich aus. Als Inge andeutet, daß Gesine vielleicht nicht bleibe, streckt er seine kräftige Hand aus: »Wetten, daß sie bleibt? Drei Monatslöhne?«

Inge schlägt nicht ein. Sie traut sich nicht.

Gesines Tränen sind versiegt. Gesine sitzt, erzählt Inge, in ihrem Büro, nimmt Buchungen entgegen, telefoniert und plappert.

Am späten Vormittag erscheint sie bei uns in der Küche und sagt hoheitsvoll: »Guten Morgen!« Schon ist sie wieder hinaus, im Restaurant, wo sie von Tisch zu Tisch geht und die Gäste begrüßt. »Wo sind Sie denn gewesen?« fragt ein kleines Mädchen.

»In Florida!« antwortet sie.

Und kommt wieder in die Küche. »Na, freut ihr euch, daß ich wieder da bin?« Jetzt steht sie hinter mir, während ich dabei bin, fünfundzwanzig Kilo Kartoffeln zu schälen; ich bin eingenebelt von ihrem Parfüm. »Sollten wir das?« frage ich. Da fährt sie auf dem Absatz herum und läuft hinaus.

Sie sei an der Reithalle vorbeigerannt und habe Crove etwas zugeschluchzt, bevor sie in ihr Auto sprang und davonfuhr, erzählt mir später ein Reiter. Crove stürzte ihr nach, holte sie aber nicht ein, keuchte die Treppe herauf und schrie: »Sie ist weg! Sie ist weg!« Er packte mich bei den Schultern und schüttelte mich. »Sie sind schuld! Warum können Sie nicht liebevoller mit ihr umgehen! Ich muß sie zurückhaben, ich will sie um jeden Preis zurück!« Er fuhr herum: »Schlüssel!« Inge hielt ihren Autoschlüssel schon in der Hand. Er griff danach, ohne zu danken, warf sich in Inges Polo und jagte davon.

Ich ärgere mich, weil ich nicht schlagfertig genug war. »Seien Sie doch selber liebevoll!« hätte ich sagen sollen, oder: »Vor Ihnen rennt sie davon, nicht vor uns!« Bis zum Abspülen gräme ich mich wegen meiner Sprachlosigkeit. Er ist uns einfach über, in seiner Großartigkeit wie in seinem Schmerz.

Inzwischen ist er erschöpft zurückgekehrt: »Sie ist einkaufen!«

Zum Einkaufen benötigte sie vier Stunden. Für den Abend hatte sie Gäste eingeladen, was wir erfuhren, als einer anrief und fragte, wann er denn kommen solle.

*

Crove hat angeordnet, daß alles weiter so laufen soll wie in der Woche, als Gesine weg war. Für Gesine schreibt er auf, was sie zu erledigen hat. Sie erledigt es nicht.

Als sie Lebensmittel für den Betrieb einkaufen will, sagt unsere Küchenhilfe Tanja, die inzwischen in Croves Büro eine bescheidene Karriere gemacht hat: »Das Einkaufen erledige ich weiter, Frau Crove, auf Sie ist ja doch kein Verlaß.« Ich glaube nicht richtig zu hören, aber Crove bestätigt: »Die Einkäufe macht Tanja.«

Am freundlichsten ist Inge. »Soso«, sage ich zu ihr.

»Jeder auf seine Weise«, erwidert sie. »Vergessen kann ich nicht, aber das Leben muß schließlich weitergehen.«

Frau Ahrns wird von Gesine in den Arm genommen. Beide schluchzen herzzerreißend.

Die alte Frau Tewes, Oma eines Ponymädchens und früher von Croves oft als unbezahlte Babysitterin gebraucht, hat, solang Gesine fort war, ziemlich böse über sie geredet: Daß ja alle Einstellerfrauen ihre Männer von Erlhof abziehen müßten, weil die vor Gesines »Zugriff« nicht sicher seien, und so weiter. Jetzt ist Frau Tewes die erste, die Gesine im Herrenhaus besucht: »So herzlos kann man doch nicht sein!« Eine Stunde später kommt sie in die Küche und fällt Tanja weinend in die Arme. Tanja sagt: »Sie haben ja eine Fahne!« – »Ja«, schluchzt Frau Tewes, »Gesine sagt: Wenn das Herz an einem anderen Ort weilt als der Körper, braucht man ein Hilfsmittel!«

Die einzige, die keinen Frieden mit Gesine macht, bin ich. (Aber warum verlangt man es überhaupt von mir?)

Von Ilsabe habe ich einen Witz gehört: »Kommt eine Blondine zu Aldi, das Handy dabei. Schon klingelt es. ›Hallo Schatz! Woher weißt du, daß ich bei Aldi bin?‹« Ich erzählte den Witz bei der Arbeit Tanja, die sofort hinausrannte, und einige Tage später sagt Inge zu mir: »Kennst du den? Kommt Gesine zu Aldi...«

Aber das ist der harmloseste Spruch, der über sie kursiert. Sonntag. Croves haben lang geschlafen. Inge machte die Abrechnungen, und alles stimmte: keine Reklamationen von abholenden Eltern, dafür Trinkgeld für uns... Gegen elf übernahm Gesine, und prompt gab's Reklamationen und kein Trinkgeld mehr. Dann brachte Gesine Tanjas Bettenplan durcheinander (Tanja schnaubte), zog mit den Eltern und neuangekommenen Kindern los, um die Zimmer und Betten zuzuweisen, ließ Kinder, die zwei Wochen blieben, andere Zimmer beziehen und so weiter, andere Kinder reisten an, die mit umgesiedelten zusammen gebucht hatten, es gab Geschrei und Tränen, ein Riesenchaos.

Dann kommt sie zurück und will wieder an die Kasse, die ihr aber für den Rest des Tages Inge (auf Hemjös Wunsch) verwehrt. Irgendwie erfährt sie von Tanjas Sonderkasse. Tanja hat in der Speisekammer eine kleine transportable Kasse, in der sich Wechselgeld und die jeweiligen Kaffeeinnahmen befinden, immer ungefähr hundert Mark. Tanja führt genau Buch. Gesine hat sofort spitz, was da läuft, und schon sehe ich vom Herd aus, wie sie in der Speisekammer verschwindet und hinter sich die Tür zuzieht. Als ich eine Minute später die Tür aufreiße, klappt gerade der Kassendeckel zu. »Ich suche eine Bürste!« zwitschert Gesine und beschreibt eine Haarbürste, die sie tatsächlich vor zwei Wochen »hier irgendwo« liegengelassen hat. Ich erinnere mich an die Bürste: Voller langer, blonder Haare hat sie auf dem Küchenboden gelegen, und ich habe sie aus Wut mit dem Fuß unter den Geschirrschrank gepfeffert. »Die Bürste liegt unter dem Schrank«, sage ich. Gesine geht, ohne sich darum zu bemühen.

Sie hat sich tatsächlich überhaupt nicht verändert. Inge meint, daß sie »verzweifelt« sei. Aber noch verzweifelter sind wir. Alle sind sich einig, daß es ohne sie leichter war.

Der Chef wirkt müde und ratlos. Einmal sehe ich, wie er seinen Sohn Fred in den Arm nimmt: »Es klappt nicht mit unserer Mama. Sie soll Longenstunden geben, aber sie hat nein gesagt und ist weggefahren.« – »Zum Einkaufen!« sagt der Junge ergeben. Einkaufen ist Gesines heiligste Handlung. Daneben, das weiß er, muß alles andere zurückstehen.

Der Chef läßt ihr Handy sperren. Sie verlangt von ihm ein Gehalt »wie die Angestellten«. Er hat nicht die Stirn, sie auf das Geld anzusprechen, das sie offenbar beiseite geschafft hat.

Ich habe mich immer gefragt, wieviel Gesine über sich selbst weiß. Jetzt fragt sie unvermittelt, ob »es bemerkt worden« sei, daß »zu meiner Zeit nicht alle Gäste registriert waren?«

»Natürlich!« antwortet Inge.

(Rasch:) »Und was hat Hemjö dazu gesagt?«

Den Rest der Unterhaltung bekomme ich nicht mit, weil ich ans Telefon muß: Gesines Mutter ist dran und weint mir ins Ohr, während Gesine selbst nur wenige Meter entfernt mit Inge verhandelt. »Wie haben wir dieses Kind geliebt!« (Ich glaube ihr nicht.) »Meinem Mann geht es schlecht, das Herz, wir mußten einen Arzt holen – wie geht es Gesine?«

»Sie ist hier, soll ich sie rufen?«

»Nein, bitte nicht, sagen Sie nichts von unserem Anruf!« (Lauter Bekloppte.)

Ein Kammerjäger, der zweimal pro Jahr auf dem Hof Ratten und Ungeziefer vernichtet, kommt außerplanmäßig: Er hat auf einer Versammlung hundert Kilometer entfernt gehört, daß dem Crove die Frau weggelaufen sei, und will von uns nun alles ganz genau wissen.

Gesine aber wird immer selbstbewußter. Sie will am nächsten Samstag (Kurswechsel) wieder die Kasse übernehmen. »Soll sie?« fragt Inge den Chef.

»Einigt euch!« sagt er. Das sagt er wirklich.

Tanja gibt ihren Bettenplan ab: »Zum letzten Mal. Mach's wer will. Ich hab die Schnauze voll.«

Und unsere Schöne lächelt. Sie fragt alle Gäste nach ihren Wünschen, verspricht einem Ehepaar drei Tage lang, selbstgebackenen Kuchen mitzubringen, und vergißt es. Schließlich kauft das Ehepaar zwei ganze Kuchen beim Bäcker und lädt alle Angestellten dazu ein. Was vom Kuchen übrigbleibt, verkauft Gesine an andere Gäste.

Ihre Kinder nennt sie »Süße« und »Schatz«.

Vom Händler läßt sie Kaminholz bringen, »weil ich heute Abend meinen Mann verwöhnen will!«

Am anderen Morgen berichtet sie: »Wir hatten eine wundervolle Nacht!«

Später rufen Leute an, wo denn die versprochenen Prospekte blieben. »Sie ist noch nicht soweit!« sagt der Chef, zufällig selbst am Telefon. Und wählt umgehend sie an: »Komm doch bitte zum Essen!« (zärtlich) »Ich möchte dich bei mir haben!«

»Sie hat mich nicht betrogen!« sagt er zu Inge, und ich weiß nicht, ob er Gesines Flucht oder die Geldangelegenheiten meinte. »Sie weiß es halt nicht besser.«

Aber die Unruhe der Mitarbeiter registriert er. Inge beschwert sich, weil Gesine in drei Tagen mehrere Tausender aus der Kasse genommen hat. »Unter diesen Bedingungen kann ich keine Verantwortung übernehmen!«

Begütigend redet der Chef auf sie ein. »Sie wird Rechenschaft ablegen müssen!« Niemand glaubt ihm. Alle feixen. Einen Tag später läßt er jeder von uns einen großen, bunten Blumenstrauß bringen. Inge und die Putzfrauen sind zu Tränen gerührt. »Ist er nicht süß?«

Ich feiere inzwischen meine kleinen Erfolge. Die Betreuerin einer Gruppe erzählte mir, daß ein dreizehnjähriger Junge gemeint habe, das Schönste am Reiterhof sei das Essen (das Schönste!). Tatsächlich essen alle, daß es eine Lust ist. Ein Neunjähriger sieht mir einmal ziemlich lange von der Küchentür aus zu, bis er schließlich schüchtern winkt: »Wissen Sie, wie man *Toilette* schreibt?« Ein Mädchen steht andächtig vor dem Herd. »Puh, echt voll die Megapötte, wie?«

*

Croves haben Streit. Der Schlüssel ist weg, der große Schlüsselbund mit allen wichtigen Schlüsseln. Croves bezichtigen sich gegenseitig (»Du hast und ich hab dir«), heftige Vorwürfe von ihm an sie (»Wenn ich nicht alles allein mache, du lernst es einfach nicht« usw.), sie wütet und weint. Das alles im Restaurant, während die ersten Gäste auf das Frühstück warten und schließlich beginnen, in der Küche nach Geschirr zu suchen. Dann wird Jens gerufen, das Schloß vom Vorratskeller aufzubrechen, und kaum ist er damit fertig, kommt der Chef mit dem Schlüsselbund – *er* hat ihn verlegt. »Ach«, sagt Gesine zu Inge, »jetzt nehme ich die kleine rosa Pille, und dann habe ich keine Probleme mehr. Nichts kann mich dann noch erschüttern.«

Im vergangenen Kurs ist viel zu Bruch gegangen. Eine Duschwand rausgerissen, eine Tür eingetreten, Teppiche mit Schuhcreme verschmiert, Stühle angeknackst, Gardinen mit Brandlöchern. Es waren wilde Kinder, nur einen Abend habe ich sie erleben dürfen, das war die Hölle: Jünglinge mit bellenden Stimmen, kreischende Mädchen, im Treppenhaus stundenlang Getrampel und Geheul. – Ich möchte nicht zuständig sein für diese Horde von Kindern und Jugendlichen aus sogenannten besseren Familien.

Jetzt haben wir fünfzig neue Kinder, zwei Schulklassen aus Kiel-Mettenhof, aus deprimierenden Verhältnissen.

Einer der Betreuer erzählt von einem Sechsjährigen, der schon zweimal versucht hat, sich zu erhängen, und einem anderen Kind, das noch nie die elterliche Wohnung verlassen hat, ehe es hierher kam. Was das Kind bisher kennengelernt hat, stammt aus dem Blickwinkel eines Fensters.

Die Kinder der höheren Klasse sind zwischen zwölf und vierzehn Jahre alt. Nach dem Erlhofer Mittagessen bekommen sie von einem der Lehrer etwas Taschengeld, falls sie sich am Tresen etwas kaufen möchten. Ein Junge hat von dreizehn Mark eine ausgegeben, und der Lehrer fragt: »Wieviel bleibt dir? Dreizehn minus eins?«

Der Junge antwortet zögernd: »Vierzehn…?«

Ein anderer steht bei mir in der Küche und möchte wissen, ob genug von dem roten Tee da sei. »Der schmeckt so gut, und wir haben alle solchen Durst!« Dann fragt er, ob ich »vielleicht ein Mädchen« gesehen hätte.

»Was für ein Mädchen?« frage ich. Er starrt mich an.

Ich versuche zu helfen. »War sie blond oder braun, groß oder klein, dick oder dünn? Welche Farbe hatten ihre Augen?«

Er steht sprachlos, überlegt, schneidet dann eine böse Grimasse und geht mit den Worten: »Kein Bock!«

Die Lehrer berichteten von geradezu unglaublichen Schwierigkeiten, auch bei begabten Kindern. Ein hübscher Vierzehnjähriger, der mir schon aufgefallen ist, behilft sich, indem er Texte oder Rechenaufgaben einfach auswendig lernt. Das kleine und große Einmaleins kann er perfekt; sobald ihm eine Aufgabe zweimal samt Ergebnis vorgelesen wurde, »weiß« er sie, ebenso wie Gedichte und Geschichten, Straßen, Namen. Nur lesen und schreiben kann er nicht. Der Junge hat einen ausgesprochen schönen Kopf, dunkle, volle Haare, blaue Augen, er hat auch einen gewissen Charme, durch den er sich von den meisten Mitschülern unterscheidet. Man mag ihn sofort. Wahrscheinlich ist er als gesundes

Kind auf die Welt gekommen und durch irgendwelche fatalen Verhältnisse ruiniert worden. Der Lehrer meint, daß der Junge trotz seines »Genies« auf die Sonderschule muß.

Kleine Szene aus dem Restaurant: Die beiden Lehrerinnen der Hauptschulklasse 6. Schuljahr möchten, daß alle Schüler nach dem im Chor gesprochenem Wunsch »Guten Appetit« gemeinsam mit dem Essen beginnen. »Bepiß dich«, sagt eine Schülerin zu ihr. Und gleich darauf, bekräftigend: »Bekack dich doch selbst!« Das Mädchen wird von der Mahlzeit ausgeschlossen und muß bis zum Abend warten.

Wie immer sie sich benehmen, die meisten Kinder fühlen sich auf Erlhof wohl. Einige sagen, daß sie hier bleiben wollen, nie wieder nach Hause. Sie folgen Jens auf dem Fuße und versuchen, sich nützlich zu machen. Allerdings haben sie keine Eßmanieren, sie schmatzen, rülpsen, lärmen und kleckern. Die siebzehn Teilnehmer des Erwachsenen-Kurses haben sich von den Mahlzeiten abgemeldet, weil ihnen das auf die Nerven geht.

*

Alt komme ich mir vor: Ob es die lange Arbeitszeit ist – von März bis jetzt fast Ende Oktober – (bis zum 15. November geht es noch)? Ich bin müde. Es kostet mich viel Kraft, daß die Gäste immerzu in die Küche kommen. Alle Arbeitsflächen stehen voll abgeräumtem oder auch sauberem Frühstücksgeschirr, und mittags, wenn das Fett in den Pfannen brutzelt und der Dampf aus den großen Töpfen steigt, streifen Kinder und Erwachsene in Reitkleidern voller Pferdehaare Töpfe und Pfannen. Sie schauen in die Töpfe und niesen, einige stehen mit meterlangen Haaren über der Gasflamme, alle haben Stroh an sich hängen und Mist unter den Stiefeln. In dieses Gewühl hinein platzt eine der Erzieherinnen: »Brauch noch e bißsche Dee, koche mer selba«, und greift nach dem Schnellkocher. Ein Kind hat seinen Finger in einer Schüssel, leckt ihn ab und verlangt ein Geschirrtuch, um ihn abzuwischen. Durch alles Gewühl zwängt sich die Erzieherin: »Darf isch ganz kutz de Abkützung nämme?« und ist schon durch, gefolgt von einer zweiten, ehe man reagieren kann. Als ich, am Ende mit den Nerven, »Raus« schreie, meint einer der Erzieher in belehrendem Ton: »Immer mit der Ruhe. So schaffen Sie Ihre Arbeit nie. Ruhig müssen Sie bleiben, die Dinge geschehen lassen – nur eines müssen wir alle, nämlich sterben.« Der Mann ist höchstens Mitte Dreißig.

»Manchmal bin ich schon ganz zufrieden mit euch«, sagt Crove zu uns, »weil eure Organisation besser geworden ist. Aber ihr müßt weiter lernen.«

*

Frau Ahrns hat gehört, daß Crove »bangerott« sei. Niemand glaubt ihr, obwohl es alle wünschen. Wenigstens bekommt er die Grippe. Zwei Tage zuvor hatte er noch erklärt, »immun« zu sein »gegen eure Krankheiten«. Jetzt ist er dran. Weil er keinen Stellvertreter hat, kann er nicht im Bett bleiben. Er quält sich sichtlich, er hustet und schnieft. Ich rate ihm zu heißer Milch mit Honig, er winkt ab und erzählt von seinem Vater, der als Kettenraucher neunzig Jahre alt geworden ist.

»Du Schwein!« sagt der neunjährige Fred zu seinem Vater. »Du hast mir ein Bein gestellt!« Es gibt eine Spaßrangelei, ich war überrascht, daß Fred so etwas überhaupt hat sagen dürfen. Mittags, der Vater liegt im Bett, spielt Fred mit dem Telefon. Wählt, legt auf, wählt, legt auf. »Laß das!« sage ich. »Wieso?« fragt er. In dem Moment klingelt es, der Vater beschwert sich, weil es an seinem Bett ständig klingelt. »Das war Fred«, erklärt Inge. Fred reißt ihr den Hörer aus der Hand: »Nein! Ich war es nicht, das war Matthias!« Matthias ist ein netter vierzehnjähriger Junge, der seine Ferien auf dem Hof verbringt. Ich verspreche ihm, die Sache zu klären, was mir aber nicht gelingt: Der Alte will es nicht wahrhaben.

Er reagiert auch nicht, als Fred ihn anschreit: »Du Arschloch! Immer erlaubst du mir nichts!«

Das Restaurant ist voller Gäste. Crove, der immer so peinlich auf Wahrung seiner Autorität bedacht ist, weiß offenbar keine Antwort. Stattdessen erzählt er mit lauter Stimme aus seinen Erinnerungen. »Einmal war einer bei mir, also als der in seinem teuren Cabriolet ankam, wußte ich gleich, daß er ein Angeber ist, daß da nicht viel dahintersteckt – ein schlechter Reiter, und auch sonst. Die Frau sah ja ganz hübsch aus, aber ... also eines Tages höre ich, die Frau ist verschwunden, sein ganzes Anwesen von der Polizei umstellt, na und jetzt sitzt er in Santa Fu!« Dem Hamburger Zuchthaus. »Angeblich hat er seine Frau samt Liebhaber umgebracht. Allerdings konnte ihm niemand was nachweisen. Er hat die Toten einfach in den Kofferraum seines Cabrios gestopft und zum Verschrotten gebracht!«

Von meiner Gulaschsuppe bleibt viel übrig. Die Leute haben Angst vor BSE. Einer spricht es auch aus. Aber diejenigen, die kräftig zulangen, loben sie.

Ein kleiner Junge aus der Pfalz berichtet: »Isch hob mi an de Oschtsee valiebt.« Er ist fünf Jahre alt. Und sein Mädchen?« »Isch glaub, acht isch se. Und enne weiße Bluse tragt se.«

Tanja hat die Apothekersfrau Irmi besucht, die wieder mit Elmar zusammenlebt, und berichtet: Irmi habe die Scheidung zurückgezogen, aber Bedingungen gestellt. Elmar sei reumütig. Er habe geweint und geschworen, daß ihm das nie wieder passiert. Er liebe Frau und Kind, es habe ihn einfach »erwischt«. Schon nach wenigen Tagen habe er seinen Irrtum eingesehen, aber Gesine habe ihn angefleht, bei ihr zu bleiben, sie könne doch nicht mehr nach Erlhof zurück! Angeblich sei sie sogar bereit gewesen, mit Elmar zusammen irgendwo eine neue Apotheke... Hier habe Irmi kurz und hart aufgelacht: »Von wegen neue Apotheke. Er hat ja die Schulden von der alten noch nicht abbezahlt!«

An einer Straßenbaustelle seien sie sich dieser Tage begegnet, Irmi und Gesine: Gesine stand auf der gesperrten Spur, und Irmi kam ihr im Schrittempo entgegen. Irmi machte mit der flachen Hand eine Bewegung des Halsabschneidens. Gesine blickte stur geradeaus.

*

Alles ist wie vorher. Gesine beim Großen Wechsel an der Kasse, wie unter Drogen. Sie stopft sich das Geld unter die Weste, sie drängt den Gästen Kaffee und Kuchen auf, verteilt Arbeit an Mädchen, die eigentlich zu Besuch da sind, bestraft den neuen Bäcker, der am ersten Tag die Brötchen vergessen hat, damit, daß sie ab sofort von der Konkurrenz liefern läßt. Der alte Bäcker kam sogar extra nach Erlhof, um für seinen Nachfolger zu bitten: »Hei harr so veel und hett dat vergeten!« aber sie ließ sich nicht erweichen, jeder Zoll die Chefin, auch als ihr Mann sich einschaltete, blieb sie unerbittlich.

Aber ich hatte mit ihr einen schönen Zusammenstoß. Sie macht also wieder Kasse, und ich habe ein ordentliches Trinkgeld, das ein Gast mir gegeben hatte, durch vier geteilt und in vier Briefumschläge gesteckt, die ich zuklebte, beschriftete und in der Küche auf ein Bord stellte.

»WAS IST DAS?« fragte Gesine erregt.

»Trinkgeld«, antwortete ich.

Sie erblaßte. »WAS SOLL DAS HEISSEN?«

»Es heißt, daß dieser Betrag uns als kleines Dankeschön übergeben wurde.« Die Formulierung hatte ich mir, zugegeben, schon vorher überlegt. Der Tochter eines Schuldirektors würdig, ob Köchin oder nicht. »Ich konnte mir übrigens nicht versagen hochzurechnen,« (mein Herz klopfte) »was durchschnittlich im Jahr bei Ihnen für uns eingegangen sein könnte...« Es waren gut fünfhundert Mark pro Person und Saison, hätte ich gern noch mitgeteilt, da schrie sie schon los: »SIE WAGEN ES, mir zu UNTERSTELLEN, daß ich das Geld BEHALTEN habe?«

»Ich sagte nur, daß niemand jemals Trinkgeld bekommen hat, solange Sie...«

Sie brüllte: »HEEEEMJÖÖÖÖ!«

Er kam.

»Hemjö, Frau Hassel sagt, ich habe...« und so weiter.

Er sah mich an, indigniert.

Ich wiederholte meinen letzten Satz.

Zu meiner Verblüffung kam es von ihm, ganz leise: »Ich habe keine Kraft mehr, bitte, können wir ein andermal darüber reden?« Und zu ihr, leicht verärgert: »Komm jetzt, du mußt noch die Einkaufsliste machen.«

Sie ging mit, drehte sich aber an der Schwelle noch einmal um und schrie: »Im übrigen habe ich das Trinkgeld immer ausgezahlt!«

Je mehr *sie* aufblüht, desto mickriger wird er. Wenn er mittags alleine ißt (sie muß oft *einkaufen*), bekommt er kaum seinen Teller leer. »Nicht mal den Kuchen hat er geschafft«, flüsterte Inge mir heute erschüttert zu, als er sich in seine Mittagsstunde schleppte.

Gesine demütigt ihn. »Wieso nicht? Er ist es doch, der mich um jeden Preis behalten will!« spottet sie.

Das Geld bekommt er indessen nicht satt. Gerade noch hat er sich für den Unterricht einen Stuhl in die Halle bringen lassen und fast verzweifelt in einen Schokoriegel gebissen, da erzählt er schon wieder, er will zwei neue Ferienhäuser bauen und drei neue Zimmer. »Platz für 25 Personen soll entstehen!«

»Die Küche ist schon jetzt zu klein«, gebe ich zu bedenken.

Er sagt: »Ach was, ich sehe doch, daß Sie es schaffen!«

Dann ruft er Inge, und sie verschwinden miteinander auf dem Boden. Das geschieht immer häufiger. Und Inge kommt jedesmal zerquälter, betroffener von diesen Unterredungen zurück.

»Ich weiß mehr, als ich sagen darf«, brach es heute aus ihr heraus. »Doch damit kann ich nicht länger leben. Nachher, wenn beide da sind, gehe ich zu ihnen und mache reinen Tisch.«

»Was für einen reinen Tisch?«

»Ich werde sagen, daß ich sie beide gleich gern mag, aber daß ich die Vertrauensperson von beiden bin, ertrage ich nicht länger.«

»Stimmt das denn, daß du sie beide gleich gern magst?«

Da wurde sie blaß und kämpfte mit den Tränen. Plötzlich schimpfte sie: »Ich schmeiße bald alles hin!«

*

Unsere Schöne hat sich noch schöner gemacht, weil sie weg will, nach Hamburg. Crove bringt sie zum Autobahnrastplatz, wo sie von zwei Freundinnen abgeholt werden soll. Vorher, an der Küchentür, gibt das Ehepaar Inge noch ein paar Anweisungen. *Er* hält *sie* liebevoll im Arm und sagt, daß er sie noch fotografieren möchte, so wie sie aussieht. Inge stellt fest, daß Gesine »total neuen« Schmuck trägt: Kette,

Ohrclips, Armband – nix Zirkonia, sondern echte Brillanten, prachtvoll feurig funkelnd.

Von dem Hamburg-Ausflug kehrt Gesine begeistert zurück. Etwas Dreiteiliges hat sie erstanden, ansonsten Kleinigkeiten. Eine davon ist für Inge. Wunderschön verpackt glänzt es vom Küchenbord: ein Keramik-Frosch, glupschäugig und grün, der dicke Bauch mit Pralinen gefüllt. Das Wundertier ist von »Leysieffer«, sozusagen erste Confiserie mitten in Hamburg, Große Bleichen. »Den *mußte* ich einfach ... ist er nicht süüüüß?«

Eine der Freundinnen ist eine Fabrikantenfrau. »Die haben Geld!« begeistert Gesine sich am Frühstückstisch. »Er fährt einen Ferrari, sie einen Porsche. Aber was für einen! Zu beneiden, die Frau. Geht hin und kauft, einfach so, aber Ulla, die andere, auch, und als wir genug von der Frauferei hatten, haben wir gesagt, daß wir jetzt erstmal eine Zigarettenpause brauchen, und schon kam die Verkäuferin mit einem Aschenbecher!«

Inge fragt, ob man so eine Kauferei nicht mal über wird.

»Aber nein! Du hast ja keine Ahnung, wieviel Spaß das macht!«

*

Heute erzählt Inge, Crove habe sie gestern (Sonntag) zu Hause angerufen und »sofort« zu einem Lokal in der Nähe bestellt. Er sei verzweifelt. Zu Hause dicke Luft, er wisse nicht mehr weiter, vielleicht habe es wirklich keinen Zweck, seit sechs Jahren betrüge sie ihn permanent. »Er weiß alles«, sagt Inge. »Weh tun ihm nur die Männergeschichten. Die Geldsachen will er sowieso nicht wahrhaben!«

Weiter habe er erzählt, daß er testamentarisch abgesichert sei. Er nannte Summen, schrieb Zahlenkolonnen auf Zettel und malte Pfeile in verschiedene Richtungen für die Berechnung der verschiedenen Fälle. Inge hörte zu, obwohl sie nichts verstand; sie ahnte, daß er einfach mit jemandem sprechen mußte, und wunderte sich auch nicht, als er den Zettel plötzlich zerknüllte und stöhnte: »Es ist zwar lebensgefährlich, aber... die Hoffnung auf Frieden habe ich aufgegeben.«

Inge atmet hart und flach, der Schweiß bricht ihr aus. »Er tut mir ja so leid!« stößt sie hervor. »Ich halte es kaum aus!«

Heute (Dienstag) ist sie wieder ganz gelassen. Sie tritt hinter mich an den Herd, tätschelt mir die Hüfte und flüstert: »Er ruft manchmal in seiner Mittagsstunde vom Bett aus an und bittet mich, *sie* rüberzuschicken!«

»Und sie kommt?«

»Oh, was meinst du, im Galopp! Sie tut das gern!«

Wieder hat der Chef Inge beim Abrechnen betrogen. Inge beschwert sich bei Gesine. »Wieso«, sagt die, »du kennst ihn doch. Dabei mußt du dir wirklich nichts denken.«

Croves brauchen Inge dringend und machen gleichzeitig ihre Späße mit ihr. Inge hat ein Handy geschenkt bekommen, damit sie jederzeit erreichbar ist. Sie hat immer mehr Büroarbeit übernommen, zum Beispiel verschickt sie selbst jetzt die angeforderten Prospekte, weil Gesine das so oft vergaß. Sie frankiert mit Briefmarken vom Schreibtisch des Chefs. Jessica empört sich darüber: »Schon wieder beklaust du uns!« Inge erzählt das beim Frühstück den Eltern Crove. Beide lächeln.

Zusammen sind sie eine Verbrecherbande, einzeln schütten sie Inge ihr Herz aus. Widersprüche auch sonst. Gesine zum Beispiel braucht Inges Bewunderung, andererseits ist Inge ihr lästig. Inge steht immer zur Verfügung und hört immer zu, aber sie schirmt Gesine auch vom Publikum ab. Der Weg zu Gesine führt über Inge. Das ärgert insbesondere die männlichen Gäste, die sich meistens, zumindest kurz, für

Gesine interessieren. Gesine genießt das und sucht auch die Unterhaltung (»So ein interessanter Mann! Er richtet für ein amerikanisches Unternehmen Hotels ein! Was der alles weiß!« Oder: »Seine verstorbene Frau hat ihm 74 Wohnungen vermacht!«). Aber kaum sitzt sie mit ihnen am Tisch, tritt schon Inge dazu und paßt auf.

Will Inge die Ehe retten oder zerstören oder beides gleichzeitig, sie zerstören und unschuldig daran sein? Sie leidet und triumphiert bei jedem Ehekrach, schluchzt gelegentlich in der Küche auf und überliefert Minuten später voll Genugtuung die abfälligen Bemerkungen Croves über seine Frau. Was glaubt sie, was sie selbst Crove bedeutet? »Er hat außer mir niemanden!« erklärt sie andächtig. Crove erzählt ihr alles über seine neuen Umbaupläne. Über Gesine aber sagte er: »Sie hört ja nicht zu.«

*

Inges Mutter, die bei Dageförde eine kleine Landwirtschaft betreibt, ist im Schweinestall von einer Sau angefallen worden. Das Tier hatte Ferkel; es griff so schnell und wuchtig an, daß die alte Frau umgestoßen wurde und allein nicht wieder hochkam. Glücklicherweise sprang gerade noch rechtzeitig der Sohn dazu, der selber Landwirt ist. Er hat unter Aufbietung aller Kräfte das wütende Tier von der Mutter wegprügeln können. Dabei hat die Sau sogar einen Forkenstiel durchgebissen. Inges Mutter war bewußtlos und hatte Bißwunden in Bauch und Rücken, Oberschenkel und Arm, man brachte sie zum Arzt. Jetzt muß sie täglich zum Verbinden.

Frau Ahrns hat dazu etwas zu sagen: »Wi hebbt de Söög vör dat Farkeln jümmer Schnaps geven. In dat Futter rin, billigen Köm, dat se besopen wüür. Anners kannst dor nich mit umgahn.« Inges Mutter meint: »Die hätte mich aufgefressen. Ihr hättet nicht mal was zum Beerdigen gehabt.«

Auf meinem Spaziergang, bei hereinbrechender Dämmerung, taucht plötzlich ein schöner Damhirsch neben mir auf. Keine drei Meter trennen uns; für Sekunden glaube ich, einen Elch vor mir zu haben. Ohne Notiz von mir zu nehmen, trabt er gemächlich auf den Moorbruch zu. Wir sehen hier selten Damwild. Nur einmal, als ich vor einigen Jahren schlaflos zu mitternächtlicher Stunde herumlief, stand ich einer Damkuh Aug in Aug gegenüber.

Die neue Reithalle ist in Auftrag gegeben. Mit Türmchen, Springbrunnen, Cafeteria, Einliegerwohnung für einen Superreitlehrer. Der Bauplan ist in der hinteren Stallgasse für alle sichtbar aufgehängt.

Übermorgen beginnt die Winterpause. Gott sei Dank! Ich bin wirklich müde, beinah krank. Ich betrachte Croves voller Überdruß, wie Leute, die an einem vorüberfahren, auf einem Schiff vielleicht, das das eigene Schiff kreuzt. Man hört sie krakeelen und kann kaum erwarten, daß sie im Nebel entschwinden.

***

Nach siebenjähriger Ehe wurde ich schwanger. Drei Jahre früher wäre ich überglücklich gewesen, jetzt hoffte ich nur noch, Cornelius würde wieder Fuß fassen und sich auf seine Familie besinnen. Er schluckte inzwischen regelmäßig Librium und wirkte oft geistesabwesend. Manchmal hatte er Anfälle von schrecklicher Angst und Niedergeschlagenheit. Aber wenn ich selber verzagte, meinte er, das Kind würde ihn wieder zu sich bringen.

Der Junge kam zwei Wochen zu früh. Cornelius war um vier Uhr morgens zum Angeln gefahren, ich fühlte mich elend mit meinem Riesenbauch, allein gelassen und krank. Um fünf Uhr setzten die Wehen ein, eine grünliche Flüssigkeit floß ins Bett. Ich kam nicht mehr aus eigener Kraft zum Telefon. Die Mädchen holten eine Nachbarin, die Nachbarin rief ein Taxi und versprach, auf die Mädchen aufzupassen. Die Taxifahrerin sagte: »Machen Sie sich keine Sorgen!« und kleidete den Rücksitz mit einer Plastikplane aus. Dann lag ich in einem Nebenraum der Klinik, der Arzt war nebenan mit einer gebärenden Privatpatientin beschäftigt, die furchtbar lange brauchte, und bei mir war nur eine junge Hilfsschwester, die mir aus Ratlosigkeit stundenlang Lachgas gab, während ich mich vor Schmerz und Angst krümmte. Endlich kam der Arzt; ich hatte die Augen geschlossen und spürte zuerst seinen Händedruck und eine unglaublich freundliche Stimme: »Keine Angst, gleich ist's geschafft!« Es war wie eine Erlösung. Dann legten sie mir den riesigen Jungen auf den Bauch: »Den melden Sie man gleich in der Schule an!« Hagen wog vier Kilo und war fünfzig Zentimeter groß. Er hatte gleich ein kluges Gesicht! Und er hat schon nach wenigen Tagen gelächelt.

Cornelius rief: »Was für ein Brocken! Ich möchte krähen wie ein Hahn auf dem Mist!«

Der Sohn gab ihm wirklich Auftrieb. Cornelius bewarb sich sogar bei der Bundesforschungsanstalt für Fischerei und wurde angenommen. Ich war stolz auf ihn: Endlich eine Meisterstelle, nach sechs Jahren Fischversand! Vielleicht war er so instabil gewesen, weil er unterfordert war, redete ich mir ein. Ich war auch stolz für mich (»Mein Mann? Bei der Bundesforschungsanstalt...«). Am Anfang lief es gut. Die Mitarbeiter waren beeindruckt von Cornelius' Kenntnissen, das hat er selbst erzählt, und weil er sich nie lobte, glaubte ich es. Er wies zum Beispiel einen Forscher auf einen hermaphroditen Karpfen hin, der seit Jahren in seinem Teich laichte, ohne daß irgendein Akademiker es gemerkt hätte, und der Forscher holte das Tier heraus und schnitt es auseinander und schrieb einen Artikel, über dem Cornelius als Mitautor stand. Bei einer Betriebsfeier, zu der auch Familienangehörige eingeladen waren, hörte ich den obersten Chef öffentlich Cornelius' »umfangreiches fischereiliches Wissen« loben, und ich glaube, ich hatte Tränen in den Augen vor Hoffnung. Gesunde Kinder, erfolgreicher Mann – vielleicht wird jetzt endlich alles gut?

Die Feier war der Höhe- und zugleich der Wendepunkt. Eine halbe Stunde später wurde mir auch ein Betriebsleiter vorgestellt, der mir prüfend und irgendwie mitleidig in die Augen sah, und ich ahnte sofort, irgendwas stimmt nicht. Bald darauf begann Cornelius zu klagen: Zuviel Verantwortung, er sei überlastet, niemand nehme Rücksicht auf ihn und so fort. Vor allem die Betriebsleiter wollten ihm überhaupt nicht wohl, »und daß meine eigene Familie mir auf den Nerven herumreitet, das fehlte noch!« Eines Morgens rief er frohlockend: »Ich glaube, ich habe Fieber!« Das Fieber hatte er wirklich, und von da an wurde er immer häufiger krank. Nur wenn er krank war, war er – zunächst noch – gut gelaunt. Eigentlich ist er nie mehr richtig gesund geworden.

Die Zeit ab 1967 (Hagen war damals zwei) nenne ich unsere Krankenzeit, da ging es Schlag auf Schlag. Unsere kleine

Gila steckte sich in Olafs Kinderheim mit Scharlach an. Olaf (Lisas Mann auf der Nordseeinsel) vertuschte den Scharlach und bat seinen Arzt, ihn als Angina auszugeben. Gila wurde immer kränker, konnte lange nicht zur Schule gehen und fiel mehrmals in Ohnmacht. Ilsabe steckte sich an. Hagen bekam Masern.

Cornelius entschwand in eine Kur. Es war seine erste; er machte sich lustig darüber, fand aber sofort Geschmack daran.

Im nächsten Jahr fiel Hagen eine steile Treppe hinunter und mußte ins Krankenhaus. Ilsabe sauste aus dem Apfelbaum: Krankenhaus. Gila wurde beim Cellospiel in der Kirche ohnmächtig.

Cornelius holte sich eine Blutvergiftung und fuhr wieder in Kur. Ich wurde zum zweiten Mal schwanger und quälte mich: Ich sah jetzt meinen Cornelius mit kalten Augen und fand, daß er halbverrückt war. In meiner Angst und Ratlosigkeit machte ich einen Schwangerschaftsabbruch. Cornelius schimpfte: »Du mißtraust mir! Wenn du mir nicht mehr traust, wer soll es sonst tun?«, und was sollte ich sagen? Er hatte ja recht.

Im Dezember meldete er mir lachend und stöhnend »fürchterliche« Bauchschmerzen. Er hatte einen Leistenbruch oder bildete sich das ein, er wollte unbedingt operiert werden, und obwohl die Ärzte abrieten, ging er freiwillig in die Klinik und blieb dort bis nach Sylvester. Das wiederholte er von da ab jedes Jahr. Immer spätestens am 20. Dezember war er weg.

Der nächste Sommer: Hagen rammte sich einen Besenstiel in den Bauchnabel. Ilsabe stürzte mit ihrem Roller, das Knie mußte genäht werden. Ich bat den Arzt zu schimpfen, weil sie immer so schnell fuhr. Aber er sagte: »Nein. Wenn man einen Roller hat, muß man schnell fahren.«

Cornelius verlor seine Arbeit in der Bundesforschungsanstalt und kam in einer Fischfabrik unter. Endlich fühle er sich nicht mehr überfordert, sagte er, und ließ sich, um das zu feiern, seine Hämorrhoiden operieren. Kurz nach der Operation stand er auf, ging, verfolgt von einer zeternden Krankenschwester, zu seinem Auto, fuhr nach Hause, legte sich auf die Couch und bat mich, seinen blutigen Hintern zu verbinden. Er wolle lieber von mir gepflegt werden als von fremden Leuten.

Vielleicht wollte er auch gequält werden? Im folgenden Jahr hatte er einen Bandscheibenvorfall. Andere Leute jammern da bei der geringsten Berührung; ich selbst, als es mir Jahre später passierte, konnte kaum laufen und schrie manchmal vor Schmerz. Nicht so Cornelius. »Du mußt mich treten!« forderte er. Ich sträubte mich, er schimpfte. Er legte sich auf den Bauch, und ich mußte mich mit beiden Füßen auf seine Schultern stellen und seitwärts in kleinen Schritten bis zum Po trippeln, während er ächzte und kicherte. Danach war er fröhlich erregt, sogar verliebt. Ich gruselte mich, aber wenn ich mich weigerte, mußten die Kindern ran, und das war mir noch schrecklicher.

Ins gleiche Jahr fällt sein gräßlichster Unfall: Cornelius wollte eine undichte Stelle im Keller kitten, indem er Bitumen hineingoß, und ein heißer Teerfladen sprang ihm ins Gesicht. Ich weiß nicht mehr, ob er mich rief oder ob ich zufällig in den Keller kam; dort qualmte es und stank nach verbranntem Fleisch. Cornelius, laut stöhnend, die blutigen Zähne zu einem schrecklichen Grinsen auseinandergerissen, war dabei, sich die schon hart werdende schwarze Masse vom Gesicht zu rupfen. »Hör auf! Du mußt zum Arzt!« schrie ich. Er rupfte weiter, Teer- und Hautstücke mit Haarbüscheln, helles Blut floß in Bächen über sein Kinn. Als ich nach oben lief, um nach einem Krankenwagen zu telefonieren, folgte er mit Riesenschritten und schlug mir den Hörer aus der Hand. »Laß das, ich fahre selbst.« Schließlich habe ich ihn chauffiert, während er mit einem blutigen, schwarzen Taschentuch das Gesicht abtupfte. Der Unfallarzt sagte zu mir: »So etwas habe ich noch nie gesehen. Normalerweise operieren wir solche Verbrennungen unter Vollnarkose.«

Cornelius war mir danach so unheimlich, daß ich die ehelichen Pflichten verweigerte. Er scherzte, dann schimpfte er. Wenn er nicht krank war (Infekt, Rheuma, Schwellung, Entzündungen) oder behandelt wurde (Massagen, Untersuchungen, Bestrahlungen), beschwerte er sich bei Verwandten, Freunden und Arbeitskollegen über mich. Meine eigene Schwester rief mich an: »Er braucht das. Wenn er das hätte, wäre er weniger krank!« Schwägerin Viktoria schenkte mir ein Buch: »Gesund bleiben durch Sex«. Ich überwand mich. Dann erzählte Cornelius, daß er den Hilfsarbeiterinnen in der Fabrik »unser Problem« geschildert habe; die würden uns raten, es in der Badewanne zu machen. Diese Arbeiterinnen schweißten am Fließband Fische in Tüten ein, weshalb sie Tütenfrauen genannt wurden. »Und was ist unser Problem, deiner Meinung nach?« rief ich. Er lächelte: »Daß du frigide bist.« Ich hätte mich fast übergeben. Er hätte es besser wissen müssen, er hat mich nicht nur im Stich gelassen, sondern auch noch vor den Tütenfrauen blamiert – ich hätte mich verkriechen mögen, mich packte richtiger Ekel. Ab da ging erst recht nichts mehr. Ich schloß mich nachts im Kinderzimmer ein.

Cornelius war inzwischen schwer tablettensüchtig. Er schluckte Neurocil, Akineton, Rohypnol, Dalmadorm. Wenn es Engpässe gab, versah ihn Schwägerin Viktoria mit Nachschub. Er ging zu allen Ärzten der Umgebung, dreiundvierzig habe ich gezählt, Krankenhausärzte nicht mitgerechnet. Psychiater und Psychologen interessierten sich und probierten alles mögliche aus, aber ihm war nicht zu helfen, er wollte leiden und zugrunde gehn. Ein Psychiater aus Hamburg sprach von »schwindender Hirnsubstanz«. Etliche

Ärzte fragten mich aus. Von mehreren hörte ich den Satz: »So etwas habe ich noch nie gesehen.«

Mit noch nicht fünfzig Jahren wurde Cornelius arbeitsunfähig. Er bekam kein Krankengeld mehr. Der Rentenantrag lief. Weil Cornelius nicht mehr Auto fahren durfte, verkaufte er das Auto. Seltsam, so verwirrt und hohl, wie er war, sah er immer noch gut aus: schlank, volles Haar, glatte Haut (abgesehen von ein paar interessanten Narben im Gesicht). Zu Hause hing er teigig in seinem Sessel, außer Haus straffte er sich und zeigte eindrucksvoll sein feines, spöttisches Lächeln. Er wirkte immer noch auf Frauen. »Siehst du, Iris mag mich!« sagte er zu mir. Ich konnte ihn inzwischen so wenig ertragen, daß ich nicht antwortete. Vielleicht brennt Iris mit ihm durch, hoffte ich. Aber jeden Tag, wenn ich nach Hause kam, saß er da.

Ich besuchte zu dieser Zeit die Fachoberschule für Ernährung und Hauswirtschaft in Hamburg. Die Mädchen waren inzwischen vierzehn und zwölf Jahre alt und kamen einigermaßen zurecht, den Jungen nahm ich oft mit. Schon mit sechs war er verständig und klug; er konnte sich stundenlang mit sich selbst beschäftigen. Einmal fragte ich ihn: »Langweilst du dich nicht?« Und er fragte mit seiner Kinderstimme zurück: »Was ist Langeweil?«

Danach leitete ich die Küche eines Altersheims. Ich durfte meinen Kindern von dort mit dem Dienstauto Essen bringen, so kamen wir durch. Cornelius lag monatelang in der Klinik. Als er diesmal rauskam, sah er nicht mehr gut aus. Er hatte teigige Haut, eine gelbliche Gesichtsfarbe und roch schlecht. Wenn er zu Hause war, hatte ich Migräne.

Ich machte Überstunden. Die Arbeit half mir. Als meine Schwester sich gesund genug fühlte, ihre Töchter wieder zu sich zu nehmen, war ich beinah erleichtert. Ich vermißte die beiden zwar schrecklich, sah aber ein, daß es besser für sie war. Was für bewundernswerte, gute Mädchen: Sie sahen meine Verstörung und trösteten mich noch, während sie ihre Sachen packten. Im folgenden Jahr haben sie uns mindestens einmal im Monat besucht. Später zogen sie mit ihren Eltern nach Augsburg, da schrieben sie Briefe, immer mit dem Nachsatz: »Und viele Grüße an Onkel Cornelius!« Du liebe Güte, mit welcher Geduld und Nachsicht sie ihren verrückten Onkel behandelt haben! Sie waren viel reifer, als es gut tut, und wann immer eine von ihnen Sorgen hat, frage ich mich bang, ob das an dieser verqueren Kindheit liegt.

Der Kleine, Hagen, hat schon mit zwei Jahren aufgehört, seinen Vater »Papa« zu nennen. Mit vier suchte er die Bekanntschaft von Männern in der Nachbarschaft, deren Interesse er gewann, indem er Vogelstimmen nachahmte. Mich nannte er »Onkel«. Manchmal zwinkerte er dabei, als wisse er, es handle sich um ein Komplott.

Oft hat es mir geholfen, das Leben anderer Leute zu beobachten. Erstens lenkt das ab, zweitens vergleiche ich natürlich deren Schicksal mit meinem: War's besser, konnte ich eine Hoffnung daraus ziehen, war's schlechter, Trost. (Naja, seien wir ehrlich, es gab auch Schadenfreude.) In den schlimmen Jahren meiner Ehe aber bekam ich nichts anderes mehr mit, ich war sozusagen blockiert. Erst viel später habe ich wieder angefangen, mich für andere Leute zu interessieren. Über die nette Taxifahrerin, die mich vor Hagens Geburt ins Krankenhaus brachte, nachdem sie den Rücksitz mit der Plastikplane ausgekleidet hatte, erfuhr ich zum Beispiel, daß sie im Lotto gewonnen und ihr Taxi verschenkt hat. Der freundliche Arzt aber, der meine Hand nahm und sagte: »Gleich ist's geschafft!«, hat sich zehn Jahre später auf denkbar grausame Weise umgebracht, und keiner weiß, warum: Er rammte sich einen Dolch in den Leib.

6.

Ich habe noch länger gebraucht, um mich zu erholen, als letztes Jahr. Auf meinen Spaziergängen zur Ostsee gehe ich langsamer und nicht mehr über den Wall. Heute war es etwas wärmer, Graupel aus dunkelbraunem Himmel, Wind; ich frage mich, wie viele Winter ich noch vor mir habe. Jedenfalls werde ich nächsten Winter in Rente sein. Nur noch ein Arbeitsjahr.

Anfang Dezember eine Überraschung: Uta kommt zu Besuch, unser ehemaliger Erlhofer Lehrling, bei deren Abschiedsfest vor anderthalb Jahren ich den Polen Artur kennengelernt habe. Uta hatte damals gerade ihre Prüfung mit »ausreichend« bestanden.

»Bei Crove lernt man nichts«, sagt sie. »Das ist allgemein bekannt. Bei der Landwirtschaftskammer liegt eine dicke Akte darüber, daß die Lehrlinge mehr zum Arbeiten als zum Lernen angehalten werden.«

Als sie bei ihm anfing, mußten die Lehrlinge sogar noch morgens das Frühstück für die Gäste machen; bis die Landwirtschaftskammer einschritt. »Immer Hetze!« Uta schüttelt sich. Zum Reiten war sie selten gekommen, Einzelunterricht bekam sie nie. Crove fand, ihr fehle das Talent. »Zucht und Haltung« waren ihre besten Fächer, da fühlte sie sich wohl, das wollte sie machen, aber sie fand nur eine Stelle in Franken, dort hatte sie Heimweh. Jetzt ist sie zurückgekehrt und hat sich in der Nähe ein Zimmer genommen. Sie hofft, Crove stellt sie wieder ein.

»Ausgerechnet Crove?«

»Kommt nicht so drauf an«, sagt sie. »Pferdewirtschaft ist überall ein hartes Geschäft.«

»War der fränkische Chef genauso einer wie Crove?«

»Och nein«, sagt sie, »er war ganz nett zu mir. Aber nicht so nett zu den Pferden.«

Sie erzählt: Der Mann züchtet Trabrennpferde, »und der Witz bei der Traberzucht ist, daß die Pferde, die nicht schnell genug sind, mit drei Jahren geschlachtet werden. Alle Züchter machen es so.« Ein Decksprung von einem guten Hengst kostet zehn- bis fünfzehntausend Mark, und höchstens jedes dritte Fohlen wird später gut genug, für die anderen zahlt der Schlachter pro Stück einen Tausender. Von den Rennern wiederum verdient nur ein Drittel wirklich Geld, und diese Stars müssen die Unkosten für alle anderen einfahren. In der Spitzenklasse geht's um Millionen, und das muß auch sein, sonst wäre der Trabersport erledigt: Niemand würde mehr züchten. Ein Rennpferd ist mit acht bis zehn Jahren verschlissen. Wer taugt, geht danach in die Zucht, wer nicht, ebenfalls zum Schlachter.

»Mir taten die Pferde leid«, erklärt Uta. »Sie sprangen über die Weide und wurden gehätschelt, und auf einmal zerrt man sie auf einen Transporter ... Der Chef lud mich mal in seine Villa ein, da stehen lauter Pokale in gläsernen Schränken, und an den Wänden hängen Fotos von schaumbedeckten Siegpferden mit Kränzen um den Hals. Er selbst steht daneben und streichelt stolz die Pferde, die er vielleicht im selben Winter schon in die Wurst schickt.«

»Hast du ihn darauf angesprochen?«

»Traute ich mich nicht. Einmal hab ich mich laut über die hohen Deckkosten gewundert, da sagte er: ›Mit jedem Decksprung kauft man die Hoffnung‹.«

Uta schweigt bedrückt.

»Am liebsten würde ich umlernen, das Arbeitsamt hat's sogar bewilligt ...«, murmelt sie schließlich. »Aber ich habe ein Problem ... ich bin nämlich ... ich kann nämlich nicht ... oder kaum ...«

Sie kann schlecht lesen und schreiben, stellt sich heraus.

Auch sie hat eine dänische Schule besucht. Der Hof ihrer Eltern lag weitab in den Hüttener Bergen, Uta wäre nie zu einer deutschen Schule gelangt. Über die Dänen sagt sie: »Gelernt haben wir bei ihnen nichts, aber wenigstens waren sie nett.«

Ihre Eltern haben sich wenig um die Kinder gekümmert. »Der Vater arbeitet nicht gern«, seufzt sie; als das Land so verschuldet war, daß niemand mehr eine Hypothek darauf gab, verkaufte er es kurzerhand. Ein paar Tausender blieben übrig, die behielt er für sich, um endlich mal das Leben zu genießen. Die Frau schickte er putzen. »An den Wochenenden zog er mit 'ner Nutte rum.«

Das alles passierte, nachdem Uta ins Frankenland zum Hoffnungskäufer gezogen war. Als sie letztes Jahr zu Ostern ihre Eltern besuchte, erkannte sie die Mutter kaum wieder: so abgemagert war die, daß kein Kleid ihr mehr paßte, die Zähne verfaulten ihr im Mund, sie traute sich nicht mehr zu reden. Uta beschloß, sich zu kümmern. Sie ging mit der Mutter zu einer Scheidungsanwältin, suchte ihr eine kleine Wohnung in Süsel und brachte auch die beiden jüngeren Brüder unter. Eines Samstags, als der Vater wieder mal ausgeflogen war, räumten sie zu viert das Haus aus, verkauften, was eben ging, und waren weg, ehe er zurückkam.

Utas ältester Bruder war kompletter Analphabet, bevor er mit sechzehn in die Landwirtschaft ging. Aber er hatte Glück: Die Bauersfrau brachte ihm Buchstaben bei, und irgendwie bestand er den Führerschein für landwirtschaftliche Fahrzeuge. Der Betrieb entwickelt sich sogar zum Lohnunternehmen, das heißt, daß andere Bauern Mähdrescher und riesige Erntemaschinen dort ausleihen können, mit Fahrer. Der Fahrer ist Utas Bruder. Er hat alle Fahrgenehmigungen und ist stolz darauf. Nur im Winter, wenn der Betrieb ruht, muß er stempeln gehen.

Auch der zweite Bruder ist Analphabet, obwohl er immerhin rechnen kann. Ein schmales Jüngelchen, sagt Uta, voller Komplexe, aber mit Schönheitssinn und geschickten Händen. Er wurde Friseur. Er kann gut arbeiten, wie der andere auch. Auch ihn hat sein Chef liebgewonnen. Inzwischen fährt er zu Wettbewerben und hat sogar schon einen Preis gewonnen.

Gerade hat er Uta selbst frisiert. Sehr schick: elfenbeinfarbene Strähnchen im glänzenden Haar und ein paar Locken, Uta freut sich, daß ich es gleich bemerkt habe. Leider findet sie keinen Freund. Einmal hat sie sich verliebt, in den Gastwirtssohn vom fränkischen Dorf. Den hat sie sagen hören, er könne sich nicht entschließen, was für eine Frau er brauche, ein Pferd zum Arbeiten oder eine Maus zum Spielen. »Er wollte dann aber doch lieber die Maus...« Ein paar Tränen glitzern in Utas Wimpern. Dann reißt sie sich zusammen und lacht laut: »Na ja, gibt Schlimmeres. Andere haben Krebs.«

Über Gesine sagt Uta: »Eines Tages mischt sie ihm was in seinen Kaffee!«

*

Die Postbotin spricht mich auf der Straße an: »Der Apotheker von neulich ist mit seinem jüngsten Lehrling davon!«

Croves sind für fünf Tage nach Spanien geflogen. Hemjö nennt das »Ferien«. Gesine ruft dauernd Inge an, daß es so schön sei und man in T-Shirts auf der Terrasse sitzen könne. Inzwischen wird auf Erlhof der Dachboden ausgebaut. Noch mehr Zimmer für noch mehr Gäste.

Auch das Herrenhaus soll umgekrempelt werden, aber erst im Frühjahr. Der Flur ist dran. Aus ihm soll eine Eingangshalle werden. Dazu wird ein Teil des Obergeschosses benötigt, was bedeutet, daß zwei Luxussuiten mit separatem Eingang, die zu den begehrtesten Unterkünften gehören, einer Treppe weichen müssen. »Das hat doch was«, hat Gesine zu Inge gesagt, »ich im Négligé oder Abendkleid, je nachdem, und dann von oben herunterkommend...«

Croves sind zurück. In Bresebeck auf der Straße sehe ich Fred. Schwer zu erkennen mit Pudelmütze und Winterjacke, nur seine herabgezogenen Mundwinkel sind unverwechselbar. Jessica treffe ich bei meinem täglichen Spaziergang. Mit zwei weiteren Mädchen galoppiert sie über die Wege und ruft mir ein strahlendes »Hallo!« zu. Auf der Moorweide zähle ich 27 Pferde, die ganze Crovesche Herde – auch für sie ist Winterpause. Einige scharren mit ihren Hufen den Boden auf. Der Südostwind bläst heftig, aber die Sonne scheint.

Der Weihnachtskurs beginnt am 26. Dezember. Am 24. morgens klingelt es an meiner Tür, und Gesine steht da: glückstrahlend im neuen Pelz (Waschbär), ein dazu passendes Waschbärkäppi auf dem blonden Schopf. »Und das ist nicht alles, was ich bekommen habe!« plappert sie. »Hemjö war extra mit mir einkaufen, einen wunderbaren Hausanzug habe ich bekommen, für die Winterabende am Kamin!«

Sie hat's ja sooo schön, muß sie zugeben. Die Kinder sind da, weil sie Ferien haben, und es ist soo schöön. Sie waren in Neumünster zum Turnier, und es war schööön! »Besuchen Sie uns doch mal! Sie haben jetzt doch so viel Zeit. Wir würden uns freuen!«

Sie überreicht mir ein Weihnachtsgeschenk: Efeu, hartgefroren, weil über Nacht im Auto gelegen, mit Silberkugel, Lametta und einem Schokoladenweihnachtsmann.

Ich schenke ihr selbstgebackenen Stollen.

*

Sylvester auf Erlhof. Je eine Flasche Sekt für die Angestellten, eine Feier im Restaurant.

Gesine tänzelt herein in einem schwarzen Kleid, das bis auf ein paar hineingewirkte Blüten durchsichtig ist: hauteng, nichts darunter, lauter Rosen. Dort, wo die Brustwarzen sitzen, je ein Rosenblättchen. Dazu den goldenen Gürtel, Haare hochgesteckt und Brillis. Das Kleid hört knapp unter dem Höschen (aus demselben Stoff) auf. Schwarze Nylonstrümpfe mit Netzmustern, fabelhaft schlanke Beine.

»Um Gottes willen!« ruft Inge. »Das ist zu gewagt! Komm, gehen wir uns umziehen!«

Gesine zwitschert: »Ist schon gut! Ich hol mir ein Jäckchen!«

Aber dazu kommt es nicht, denn schon ist sie umringt von Gästen, die ihr gratulieren. Sie prostet ihnen zu, und die Gäste lassen sich von Inge Sekt geben und trinken Gesine zu in der Annahme, sie seien eingeladen.

Ich habe in der Küche gut zu tun. Einmal kommt Fred herein: »Mama hat gesagt, daß Jessica und ich im nächsten Jahr extern nach Hohelinde gehen dürfen. Dann bekommen wir die Suiten!« (die, die im Frühjahr abgerissen werden.)

Er bleibt bei mir, er lächelt, er langweilt sich. Er ist gestern mit dem Rad (!) bis nach Timmendorfer Strand gefahren, erzählt er, um sich über die Feiertage mit Videos einzudecken. Aber die Videothek hatte zu. Was nun? Während ich noch überlege, was ich ihm raten soll, steckt er plötzlich den Kopf in die Gefriertruhe. »Das ist gut für meine Gehirnzellen. Bei Kühlung erweitern die sich.«

Uta ist auch auf dem Fest: um sich Hemjö in Erinnerung zu bringen. Eine andere Arbeit hat sie nicht gefunden, sie lebt vom Arbeitslosengeld. Wir alle wären natürlich für sie. Crove zögert eindrucksvoll und bietet ihr schließlich 1100 Mark im Monat brutto. »Du bekommst ja auch Trinkgeld!« sagt er zu ihr.

Gerade noch hat er mir leid getan, der alte Verbrecher! Ich knöpfe mir augenblicklich Uta vor und erkläre, was Crove pro Woche verdient und was sie zum Leben braucht. In ihrer vorigen Stelle hat sie 1600 gekriegt, schon damit kam sie kaum aus. »Aber hier könnte ich bei meiner Mutti leben, das heißt weniger Miete!«

»Wieso sollst du als erwachsener, arbeitender Mensch bei deiner Mutter leben? Vielleicht will die ja auch mal ihre Ruhe? Und du mußt dein eigenes Leben anfangen!«

»Crove sagt, er muß nur mit den Fingern schnippen, dann hat er zehn wie mich an der Hand«, seufzt sie.

Ich rate ihr, wenigstens noch ein bißchen zu suchen.

Zu Crove habe ich übrigens ein weiteres Mal gesagt, daß dieses mein letztes Arbeitsjahr bei ihm sein wird, und endlich einmal hat er hingehört. »Wie?« fragte er scharf. Ich wiederholte alles. »Na gut«, sagte er knapp. Ob ich denn eine Nachfolgerin einarbeiten würde, denn mit dem Abschmek-ken und so, da habe er starke Bedenken.

Nächste Woche gibt's einen außerplanmäßigen Januarkurs. Ich rufe Inge an, um nach Vorbestellungen zu fragen, weil ich meinen Speiseplan machen muß. Inge sprudelt los: »Gesine hat von Hemjö einen eigenen Safe für ihre Brillis geschenkt bekommen! Der Safe wurde im Wohnzimmer in einer Wand eingeschweißt, ich mußte extra hin und ihn bewundern mit allen Kostbarkeiten darin.«

»Wie schön«, sage ich. Was ist daran so aufregend? denke ich.

Und erfahre: Crove hat im Herrenhaus noch einen Tresor installiert, nur für sich. Seiner Frau zeigte er, was *auch* darin liegt: Protokolle, die er geführt hat, während sie verschwunden war. Was Gesine vorher zu Inge und am Telefon gesagt hat, wie sie sich ihm gegenüber verhalten hat. Auch seine sämtlichen Gespräche mit Inge hat er notiert, sogar die Telefonate mit Inge zu Hause, während ihr Mann und die beiden Söhne fernsahen. Zwischendurch hatte der Mann mehrmals »Inge! Bier!« gerufen, und Inge fragt sich, ob Crove auch das festgehalten hat. Sie selbst bekommt das Konvolut nicht zu lesen. Gesine erzählt von hundert eng beschriebenen Blättern.

Außer diesem Tresor und dem für Gesines Schmuck gibt es noch einen dritten, der Betriebspapiere und Wirtschaftsgeld enthält. Gesine kennt den Code, muß aber für entnommenes Geld Quittungen hinterlegen. Das regt sie viel mehr auf als »das Konvolut«.

Am meisten Gedanken macht sich Inge. »Puh, das ist eine Gratwanderung!« seufzt sie.

»Was erhoffst du dir?« frage ich.

»Ich weiß selber nicht«, antwortet sie entwaffnend. Ich denke, sie will wichtig sein und kann das so nicht sagen. Sie hat natürlich ein Recht darauf, wichtig sein zu wollen; das wollen schließlich alle. Aber mit solchem Risiko? Ihr Mann verdreht schon die Augen, wenn nur das Wort Erlhof fällt. Will sie es sich wirklich mit ihm verderben, um der Croves willen?

»Er nimmt sich so wichtig!« schimpft Inge, »dabei leistet er gar nichts. Die Croves, die sind wenigstens dankbar!«

»Wenn irgendwer *nicht* dankbar ist, dann Croves«, halte ich dagegen. »Sie brauchen dich, weil sie im Augenblick unfähig sind, die Sache unter sich auszumachen. Aber irgendwann werden sie sich über deine Rolle klar, und dann kriegen sie eine Wut und lassen dich fallen wie eine heiße Kartoffel.«

Inge verstummt und denkt ziemlich lang nach, bevor sie fragt: »Welche Rolle? Was meinst du mit ›meine Rolle‹?«

»Deine Rolle als Doppelspionin.«

Sie zuckt zusammen.

Am nächsten Tag ruft sie extra an, um mir zu erzählen, daß Croves neue Supertelefonanlage vor allem einen Sinn hat: außerhalb der Croveschen Bürozeiten die Anrufe auf Inges Privatanschluß umzuleiten.

»Hat er dich gefragt?« will ich wissen.

»Nein. Er hat das so einrichten lassen, weil er es möchte.«

»Bezahlt er dir die Überstunden als Telefonzentrale?«

»Na hör mal«, schimpft sie. »Immer denkst du ans Geld!«

Ich genieße meine Ferien.

Am Samstag klingelt das Telefon: Gesine. »Kurzfristig wurde für Sonntag eine Kindergruppe angemeldet, nur für einen Tag, Frau Hassel, können Sie nicht, ausnahmsweise?« Im Prinzip kein Problem, Essen ist da, ich habe allerhand eingefroren. Aber als ich in Erlhof in der Speisekammer nachsehe, steht die Truhe offen. Anscheinend hat Gesine sich bedient. »Ja, ich hab was rausgenommen und als ich am anderen Tage nachgucke, stand die Klappe offen! War aufgegangen, einfach so!« Was jetzt? Einmal Angetautes soll man nicht wieder einfrieren. Gesine beteuert, daß nichts angetaut war, daß stattdessen der Gefrierschrank überproduziert habe, deshalb sei er so vereist. Ich ärgere mich.

Um mich zu beruhigen, will sie mir etwas bieten: »Haben Sie denn eigentlich unser Luxuswohnzimmer schon gesehn? Oh, Sie *müssen*, Sie werden staunen...« Ich folge ihr über den Hofplatz, durch Schneegestöber und schneidenden Wind. Die Freitreppe hinauf. Die große Haustür öffnet sich lautlos, vom Teppich einer Art Vorhalle springt wachsam Nelson auf und knurrt mit tiefer Stimme. »Aber Nelson, Süßer, das ist doch Frau Hassel...« Leider, Nelson mag mich nicht. Und wofür soll eigentlich ich ihn mögen? Der kann mich mal, mitsamt seiner verfluchten Sippe!

Das Luxuswohnzimmer wird erhellt von tausend Lampen, alles Halogen, und einem Kronleuchter. Diese Lichtflut prallt auf Wände aus rötlichem Edelholz, in die Gemälde eingelassen sind, sowie zig Schalen und Vasen aus Messing,

Kupfer, Gold. Hemjö Crove ist auch da, Strickjacke, ausgebeulte braune Breitcordhosen, und führt mich auf die Empore. »Und das hier wird mein Büro!« Hinter einem zweieinhalb Meter breiten Direktorenschreibtisch steht ein leeres Bücherregal.

Bücherregal?

»Da kommen Klassiker rein. Haben wir schon bestellt!« erklärt er.

Was für Klassiker?

Gesine: »Ach, Goethe, Schiller und so. In Leder und Gold. Und einen Teewagen haben wir auch gefunden, wunderschön glänzend aus Glas und Messing, vergoldet! Mit Löwenfüßen!«

∗

»Süht old ut, wat?« fragt Jens und meint Crove. Inge sinniert über ihres Chefs faltigen Hals, vermutet dünne Beine. »Nivea, Nivea«, trägt Uta bei. »Das war damals doch schon so! Wenn er jung und gesund aussehen will, schmiert er sich ordentlich voll. Manchmal haben wir die Creme noch in seinen Ohren gesehen!«

Und die letzte Nachricht dieser Winterpause – immerhin eine gute: Uta hat tatsächlich eine Stelle gefunden, als Pferdepflegerin in einem Stall in der Nähe von Norderstedt! Sie ist so begeistert, daß sie mich mit einer Flasche Sekt besucht. 1500 netto, dazu Weihnachts- und Urlaubsgeld und freie Unterkunft. Trinkgeld in drei Wochen 170 Mark! Nur das Essen muß sie selber zahlen.

»Hast du schon mit Crove gesprochen?«

»Nur kurz«, sagt sie. »Er hat aufgelegt.«

∗∗∗

Meine Ferien werden immer mehr zur Erinnerungszeit. Seit ich wieder Tagebuch schreibe, lese ich viel in meinen Tagebüchern von früher und wundere mich, wie weit weg alles scheint. Das einzige, was noch ganz scharf vor mir steht, sind die Rätsel.

Natürlich habe ich immer wieder nach den Wurzeln von Cornelius' Elend gesucht. War es ein Kriegstrauma? Eines, das er selbst erlitten, oder eins, das er anderen zugefügt hatte? Er behauptete, nein. Er sei nur in der Flak eingesetzt worden, da standen zwei Abschüsse auf seinem Konto, die leider nicht anerkannt wurden, aber ein Trauma sei das nicht.

Ich ließ nicht locker. Vielleicht die Internatszeit? Allein unter gemeinen Jungs mit ihren grausamen Spielen?

Nein, sagte er. Er lebte in einer Privatpension, hatte seine Ruhe und war bloß viel allein.

Die Kindheit?

Nichts gegen seine Kindheit. Der Vater sei streng, aber nie grausam gewesen. Er selbst habe am Rockzipfel der Mutter gehangen, da fühlte er sich wohl. »Diese Zeiten waren einfach zu kurz.«

Einmal kam allerdings mein Schwager Elias vorbei, um nach seinem kranken Bruder zu sehen und sich ein bißchen satzuessen, und da hörte ich ganz andere Sachen, wobei die beiden Brüder wohl selbst überrascht waren, was ihnen plötzlich alles einfiel, dem einen in Enttäuschung und Jammer, dem anderen in seiner Ratlosigkeit und Erschütterung. Es war ein düsterer Gewitternachmittag, Elias blieb deswegen länger, und auf einmal stiegen fetzenweise die Erinnerungen hoch: an Zornesausbrüche der Mutter vor allem. Die begannen, als Elias drei war – soweit kann er sich erinnern. Die Mutter schrie, sie schrie immer lauter und fing an, mit beiden Händen auf ihn einzuschlagen, schließlich kaufte sie eine Reitpeitsche, um ihn zu züchtigen. Wie oft?

»Wöchentlich ...«, überlegt er. Er sieht selber überrascht aus. »Wöchentlich – mindestens«, gibt er zu. Und? Einmal hat sie Elias' Lieblingsspielzeug, einen Stoffdackel, in den Gutsteich geworfen, was ihr allerdings dann so leid tat, daß das halbe Personal bis Mitternacht den Teich absuchen mußte. Der Dackel ist aber nicht wieder aufgetaucht.

Ich kenne die Mutter der beiden nur von Fotos; sie starb, bevor ich Cornelius traf. Ein regelmäßiges, feines Gesicht, silberne Locken, melancholische Rehaugen. »Die sanfte Camilla« hat der alte Herr sie immer genannt. Ausgerechnet sie soll eine solche Furie gewesen sein? Ist wirklich alles möglich? Vielleicht sah sie deswegen immer so traurig aus?

»Ihre Trauer«, sagte Elias ritterlich, »hängt wohl damit zusammen, daß sie den Tod unseres Bruders Beni nie verwunden hat, der 1942 an der Ostfronst fiel.« Nach einer Pause: »Beni war sehr musisch gewesen. Als Gymnasiast fuhr er einmal die Woche nach Breslau zum Klavierunterricht.«

»Immerhin bei Elli Ney!« ergänzte Cornelius. »Beni war denkbar unmilitärisch. Er fragte sogar unsere Eltern, ob sie ihn nicht irgendwie vom Kriegsdienst freikaufen könnten. Aber Mutter hat ihm seine Pflichten auseinandergesetzt.«

»Mit achtzehn wurde er eingezogen – zu früh für so eine zarte – so einen wie ihn«, meldete Elias hölzern. »Ich war damals im Rang eines Leutnants Ausbilder in Pommern, ich habe versucht, ihn in meine Einheit zu bekommen, um ihn zu schützen. Leider vergebens.«

»Er hat ein ziemliches Martyrium durchgemacht«, knurrte Cornelius. »Eine Serie grauenhafter Verwundungen: Erfrierungen an Händen und Füßen, Streifschuß an der Schulter, Wundbrand, Darmerkrankung, Rippenbruch, Hodendurchschuß. Immer wieder wurde er auf die Beine gebracht. Unsere Mutter schickte Durchhaltebriefe in die verschiedenen Lazarette.«

Elias mit brüchiger Stimme: »Und jedes Mal zog er aufs

neue in die Schlacht. Bei einem Osterspaziergang erfuhren meine Eltern von seinem Tod. Ihr Schmerz war unvorstellbar.«

Cornelius: »Aber als er nachträglich das EK 1 bekam, war Mutter sehr stolz.«

Beide Männer kicherten hektisch; ich glaube, Elias hatte Tränen in den Augen.

Die sanfte Camilla trug eine solche Schuld mit sich herum, dachte ich, während ich Elias weitere Hackbällchen auf den Teller häufte. Das erklärt manches. Aber die Reitpeitsche? Das war doch lange vorher?

»Die Reitpeitsche ... sollte man nicht überbewerten – hm, hm ... hat wohl auch nicht geschadet. Es scheint, daß Mutter in jenen Jahren mit mir überfordert war«, sagte Elias. »Vater war viel fort, deshalb hatte er seine Schwester Grete eingeladen, um Mutter zu unterstützen. Tante Grete aber war tyrannisch. Weil sie kinderlos war, versuchte sie, uns unserer Mutter zu entfremden ... Außerdem war ich ein ziemlicher Rabauke ... Sie hatte es schwer«, schloß er.

»Hat sie auch dich geschlagen, Cornelius?«

»Nein! Nein!« schrie Cornelius und lief hinaus, um seine Tabletten einzuwerfen.

Damit wäre das Gespräch eigentlich beendet gewesen, aber draußen donnerte es immer noch, Regen floß in Bächen die Straße entlang, ich mußte die Lampen anzünden. Elias warf sich, während er seine Pfeife stopfte, ächzend in unserem einzigen Ledersessel hin und her. Als ich etwas später mit einer Kanne Kaffee ins Wohnzimmer zurückkehrte, saßen die Brüder fast hysterisch einträchtig beieinander und schwelgten in Erinnerungen. »Und weißt du noch, die linke Wand der getäfelten Vorhalle ...« Es ging natürlich um das schlesische Schloß. Alle meine Lieblingsrequisiten kamen vor: der große Kamin aus grünen Meißner Kacheln – Steinveranda, Wintergarten, Billardtisch, roter und gelber Salon –

Pfefferkuchen – Wappen... Aber ich genoß es diesmal weniger.

»Elias' Schußbuch! Zweitausend Spatzen, allein bis zu seinem vierzehnten Lebensjahr!«

»Leider war ich in weltlichen Fächern weniger genau. Bin deshalb in der Schule zweimal durchgerasselt... Vater hat mir zur Strafe die Flinte weggenommen. Aber ich hielt es nicht aus... Mit der Steinschleuder habe ich einen Auerhahn erlegt, der so prachtvoll war, daß Vater ihn ausstopfen ließ!«

»Er bekam einen Ehrenplatz an unserer Trophäenwand, neben unseren Prunkstücken!«

»Eine Prachtwand war das... sechs Meter hoch...«

»Nur Trophäen!«

»Welches war für dich die interessanteste?«

»Natürlich der Mühlbergbock...«

»Für mich auch! Nicht sonderlich hoch, helle, starke Stangen, dicke Rosen, auffällig geperlt... ein klassischer, gut vereckter Sechser...«

»...bei der schlesischen Jagdausstellung prämiert, nicht wahr?«

»Neunzehndreißig!«

»Aber auch sonst... kapitale Trophäen! Der massige, enggestellte Sechser aus Trauwitz...«

»Der abnorme Perückenbock...«

Es war übrigens das letzte Mal, daß ich die beiden Brüder miteinander gesehen habe: den loyalen, tüchtigen, gezüchtigten Elias und den fahrigen, zerrütteten Cornelius, beide auf ihre Weise tapfere Männer, wie sie über der Erinnerung an die Hörner getöteter Tiere in eine verzweifelte Ekstase gerieten.

Eines kalten Spätsommernachmittags fuhr ich allein zu meinem Schwiegervater, um auch ihn über Cornelius' Kindheit auszufragen. Der alte Herr war noch ratloser als ich. Aber er freute sich so sehr, jemanden zu sehen (er wohnte mit vierundachtzig Jahren immer noch allein in seiner Hütte mit dem zerfressenen Reetdach), daß wir ein schönes Gespräch hatten. Über alles mögliche.

»Der Wildreichtum Schlesiens übersteigt ganz einfach die westdeutschen Begriffe«, schwärmte der alte Herr. »Die hiesigen jagdlichen Strecken sind für mich... obwohl ich natürlich nicht mehr so sehr... Immerhin, Elias meint, ich schieße immer noch eine gute Kugel.«

»Erzähle mir von deiner Frau... meiner Schwiegermama!« bat ich.

»Sie war so sanft... Sie war für mich ein himmlisches Geschenk.« Sein blasser Blick schwamm in die Vergangenheit. »Aus Breslau habe ich sie heimgeführt. Sie hätte klagen können, daß ich sie der Stadt entrissen habe, aber sie hat ihren neuen Platz mit großer Würde eingenommen. Der städtische Hintergrund kam in ihren ersten Amtshandlungen durchaus zum Tragen. Zum Beispiel hat sie den Angestellten verboten, ihr den Rocksaum zu küssen...« Der alte Herr leuchtete vor Begeisterung. »Sie spielte wunderbar Klavier. Sie war aus so feiner Familie, daß ihre Mutter Kühe nicht von Bullen unterscheiden konnte«, lächelte er. »Die Ehe war makellos. Kein Schatten fiel auf sie. Wir dienten unserer Heimat und unserer Erde, es war ein kleiner Kosmos, dem wir vorstanden...«

Nun erinnerte er sich andächtig an diesen Kosmos. Alle kamen dran: Nachtwächter Achtzehn Fiebich (»das achtzehnte Kind wohl, dem Vater fiel kein Name mehr ein«) buk während der Nachtwache Brot für zehn Familien. Inspektor Paule gab dem sechsjährigen (!) Cornelius, wenn die Eltern nicht da waren, Milch aus der Nuckelflasche zu trinken. »Paule lebte so eng mit unserer Familie, daß er selbst eine Familie zu gründen vergaß...« und so weiter. Ein reiches, buntes Leben, das unter der Fürsorge des Herrn Major gedieh. Eifrige Menschen beim Tageswerk, und natürlich ständig und überall Tiere. Jagdhunde, die sämtliche Türklinken öffnen konnten, streunten als Rudel durchs Haus. Der Graupapagei Jacob barg seinen Kopf im Stehkragen des Herrn, wenn er bekümmert war. Jacob starb übrigens gegen Kriegsende: Als von Ferne der erste russische Geschützdonner zu hören war, fiel er mit den Worten »Jungejungejunge!« von der Stange.

Nun erstarb das Schmunzeln auf dem Majorsgesicht, denn die Anekdote hatte ihn an den Verlust der Heimat erinnert. »In unvorstellbar grauenvoller Form ist das Unheil über unsere schlesische Heimat hereingebrochen«, sagte der alte Herr. Aufzuhalten war nichts, man konnte nur noch die Flucht organisieren. Der Herr Major nahm damals alle Flüchtlinge, die anklopften, auf. Er ließ Vorratspakete herrichten, stellte das Wichtigste aus seinem Hausstand zusammen; ließ die Wagen mit Planen bespannen, wies den einzelnen Familien Platz zu, verteilte die Pferde, Esel, Ochsen und befahl geordneten Rückzug. Aber seine Autorität zerrann. Einige Mägde widersetzten sich dem Aufbruchsbefehl, sie wollten lieber dableiben. Ein Obermelker fuhr mit dem besten Gespann davon und grinste seinem ehemaligen Herrn vom Bock aus höhnisch zu. Ohnmächtiges Warten im Flüchtlingstreck, wochenlanges Biwak in einer Kate, hin und her, Schneesturm, Verwehungen, die Neiße-Brücken gesprengt. In Görlitz kam der Herr Major nach einer Denunziation ins »inzwischen kommunistische KZ«, mußte von morgens acht bis nachmittags sechzehn Uhr strammstehen, man nahm ihm seine Wertsachen ab und ließ ihn wieder laufen. »Meiner Frau wurde mit roher Gewalt die Rote-Kreuz-Brosche abgerissen – wohl wegen des Hakenkreuzes darauf«, der Schock saß tief. Mit letzter Kraft kamen sie nach Schleswig-Holstein, wo man ihnen eine Flüchtlingsbaracke zuwies. Niemand glaubte ihnen, daß sie Groß-grundbesitzer gewesen waren, man verspottete sie sogar. »Wir erkannten, daß die Not hart und egoistisch macht und daß der Schlesier ein viel gebefreudigerer und gastfreierer Menschenschlag ist als der hiesige...«

Kurz nach dem Krieg starb Frau Camilla mit nur zwei-undfünfzig Jahren an Gebärmutterkrebs. Ihren Abschieds-brief, kaum mehr leserlich, verwischt von den Tränen des alten Herrn, habe ich geerbt: »Liebster Pappilein! Es fällt mir so schwer, dich zu verlassen! Ich flehe Dich an, bleib hart! Kümmere Dich um Cornelius, der arme Junge ist noch in Einsamkeitsnot... Es küßt Dich jetzt u. immer u. später im Traum Deine Milla-Mippe-Putzel...« Der alte Herr gab Camilla ein einsames Geleit: Pappsarg und Armen-grab, er schämte sich, aber er lebte damals selbst in bitterer Not. Der ehemalige Gutsherr hackte Holz für den Pfarrer, um sich eine Suppe zu verdienen, und verkaufte im Dorf Kaninchen, die er wie ein wildernder Tagelöhner in Fallen fing.

Um seine Frau trauerte er immer noch heftig. Er sagte mehrmals: »Ein *unersetzlicher* Verlust!« Er rief laut: »Der *einzige* unersetzliche Verlust! Alles andere kann man ver-schmerzen!« Wir trauerten gemeinsam, dann wurde er wie-der heiter. Das war ein neues Rätsel. »Wieso bist du so heiter, wo du so viel verloren hast?« fragte ich. Er sagte zögernd, er habe ja auch Schuld auf sich geladen.

Schuld?

Er habe zum Beispiel Hitler unterstüzt. 1936 sei er der Partei beigetreten. »Mir imponierten die verblüffenden Maßnahmen, mit denen die Nazis im Staat wieder Ruhe und Ordnung eingeführt hatten; obwohl wir schlesischen Groß-grundbesitzer Hitlers Ansichten vom sozialistischen Eigen-tum natürlich nicht teilten... Aber niemand konnte ahnen, daß die ersten geglückten Annexionen einen solchen Größenwahn im Hirn unseres Führers entfachen würden – bessere Köpfe als wir haben sich getäuscht ...«

Pause. »Außerdem ...«

Außerdem?

»Man ist als Gutsherr für so vieles zuständig«, sagte er. »Man kann einfach nicht alles kontrollieren! Und manchmal trifft man falsche Entscheidungen.« Es folgte nach einigem Räuspern die Geschichte von einem Küchenmädchen, das sich aus unglücklicher Liebe zusammen mit einem Untermelker das Leben genommen hatte. Der alte Herr sagte mit bewundernswerter Haltung: In mancher Hinsicht sei er dankbar, daß er nicht mehr in die Lage kommen könne, sich für dergleichen Vorkommnisse schuldig zu fühlen.

Wieso schuldig?

»Verantwortlich«, verbesserte er.

Ich dachte: Was für ein feiner, alter Herr, daß er sich das so zu Herzen nimmt, wo er doch gar nichts dafür kann. Erst nach seinem Tod habe ich erfahren, daß er selbst in einer Notlage (vor seiner Ehe) dieses Mädchen mit wem auch immer gezeugt und sie durch sein Verbot in den Tod getrieben hatte. Er hatte die Tochter nie anerkannt, sie aber als Küchenmädchen ins Haus geholt: Er wollte Besseres für sie, wenn er auch nicht genau wußte, was. Jedenfalls mißbilligte er den jungen Melker als Bräutigam und drohte, ihn vom Hof zu werfen. Die beiden jungen Menschen gingen mit einem Gewehr in den Wald. Der Junge schoß sie in die Brust und sich selbst in den Kopf. Neben ihnen fand man das Papier einer Tafel Schokolade, die die beiden vorher gegessen hatten und die vielleicht sogar der Gutsherr selbst ihr geschenkt hatte, um sein Verbot zu versüßen.

Ich habe dieses junge Mädchen einmal auf einem braunstichigen Foto gesehen, zwischen Familie und Personal, und Cornelius nach ihr gefragt. Cornelius hat geantwortet, sie sei die Tochter der buckligen Geflügelfrau Sophie gewesen, »natürlich unehelich und erstaunlicherweise gerade gewachsen«. Ein ernstes Mädchen. Sie sah scheu und zärtlich zur Gutsbesitzerin Camilla auf; offenbar sehnte sie sich verzweifelt danach, zu jemandem zu gehören, wenn auch nicht gerade zur buckligen Geflügelfrau. Was für sonderbare Wege: Weil dieses arme Mädchen zugrunde ging, konnte der alte Herr sich leichter mit seinen Verlusten und seiner Armut abfinden, denke ich heute. Hat ihn also sein schlechtes Gewissen vor Selbstmitleid bewahrt? (Hat ihm das Kind wohl je so viel bedeutet wie seine Moral?)

Jedenfalls war er dankbar für seine neue Milde. Er warf sich seinen alten Lodenmantel über und ging mit mir hinters Haus in den frischen, feuchten Abend hinaus. Unter seinen runzligen Lidern hervor, die wie Wolkenstores vor den blaßblauen Augen hingen, lächelte er dem Waldrand zu, der in einem zitronengelben Abendlicht unter einer violetten Wolke erglühte, und sagte: »Es gab viel verfehltes Bemühen. Aber Gottes Welt ist immer noch so – verführerisch!« Von der metallenen Teppichstange hing ein junger Rehbock, den der alte Herr in der Früh geschossen hatte: aufgebrochen und ausschweißend, mit steifen Beinen.

Einmal ging ich mit dem kleinen Hagen am Feldrand spazieren. Hagen, der damals vielleicht sechs war, wisperte plötzlich: »Mama, Mama, SCHAU doch!« Er deutete übers Feld, und ich begriff zuerst nicht, was ihn fesselte. Aber dann sah ich: Eine Lerche stieg vor uns mit raschen Flügelschlägen fast senkrecht in die Luft. Während sie stieg, sang sie fast ununterbrochen atemberaubend hohe, rasende Triller. Gut hundert Meter stieg sie so empor, und dann stand sie gegen den Wind gelehnt vor dem kalten, blauen Himmel über uns und sang. »Ist 'ne Feldlerche!« erklärte ich Hagen, damit wir weitergehen konnten (ich fror), aber er war nicht wegzubringen. Endlich ließ sich die Lerche hinabsinken und verschwand im Feld. Hagen ging nur widerstrebend mit und sah sich dauernd um. Um ihn abzulenken, erzählte ich, daß ich ein Musikstück kenne, das »Aufsteigende Lerche« heißt. Ich sang es sogar ungefähr vor. Dabei konnte ich nie besonders gut singen. Wenn ich es wagte, sah mich Hagen, der schon als ganz kleiner Kerl sehr musikalisch war, immer aufmerksam mit verzogenem Mündchen an, als versuche er herauszufinden, ob ich scherzte. Aber diesmal lauschte er entzückt. Ich sang weiter, um ihn nach Hause zu locken, während ich insgeheim nur an Kekse und heiße Schokolade dachte, und als ich fertig war, rief er schwärmerisch: »O Mama! Das muß aber eine WELTBERÜHMTE Musik sein!«

III (1998)

7.

Vorgestern (8. März) war sozusagen Saisoneröffnung. Gäste sind hauptsächlich alleinreisende, junge Frauen, junge Mädchen und ein paar Kinder aus dem Hamburger Raum, wo die Osterferien begonnen haben.

Und ein richtiger Stargast ist zu uns gekommen: eine Europameisterin im Dressurreiten, die wahrscheinlich sogar bei den Olympischen Spielen starten wird! Sie hat ein »Schloß« (sagt Gesine) in der Nähe gekauft und zwei tolle Pferde auf Erlhof untergebracht. Crove stellt extra eine Frau aus dem Nachbardorf ein, die nur dazu da ist, diese beiden Tiere zu füttern, zu striegeln und zu beobachten.

Die Europameisterin heißt Sylvia Suntona, alle nennen sie nur Suntona (ohne »Frau«). Ich habe sie noch nicht gesehen, denn sie reitet fast nur abends, weil dann keine Reitschüler da sind. Außerdem ist sie oft verreist, um andere Spitzenpferde zu begutachten, und während dieser Zeit bewegt Suntonas Privatbereiterin die Tiere.

Alle reden so viel von der Suntona, daß ich richtig gespannt auf sie bin. Mindestens einmal möchte ich sie sehen, und zwar bald, denn ich glaube nicht, daß sie lange bei uns bleibt. Pannen sind schon in den ersten Tagen passiert. Chaos, Streit, eines der Pferde, ausgerechnet das teuerste, bekam eine »Krampfkolik«. Möglicherweise durch Streß hat sich eine Verdauungsstörung entwickelt, erklärte der Tierarzt, als er bei mir eine Tasse Kaffee schlürfte. Kolik ist gefährlich. Das Pferd hat starke Schmerzen, darf sich aber nicht hinlegen, weil es sonst eine Darmverschlingung bekommt. Deshalb muß es in der Halle herumgeführt werden. Zuerst führte es die Pferdepflegerin, dann Sonja. Beide arbeiteten über ihre Schicht hinaus und hatten damit Anspruch auf Überstundengeld. Als das klar wurde, bekam ein kleiner Schuljunge (Gast) die Zügel in die Hand gedrückt. Geduldig gingen er und das kostbare Pferd im Kreis, allein gelassen von allen Erwachsenen. Der gute Anselm, zu einem Auffrischungskurs hier, wurde aufmerksam und sagte zu Gesine: »Bringt dem Jungen doch mal einen Schokoriegel!« Gesine schickte eine Reitschülerin mit dem Schokoriegel in die Halle und fragte Inge: »Wie war noch mal Anselms Getränkenummer?« Dem edlen Pferd geht es inzwischen wieder schlechter.

Dieses Wahnsinnspferd ist eine Million Mark wert. Es gehört Frau Suntona nicht, sie hat es nur in Beritt. Dem Besitzer dieses Pferdes sind für ein anderes Olympiapferd zwei Millionen geboten worden. Ihm war das Tier lieb, er hat es nicht verkaufen wollen. Wenig später ging es an einer Kolik ein, erzählt Gesine munter im Restaurant.

Eine weitere Errungenschaft der neuen Saison sind zwei Kinder, die ständig an den Tischen stehen und zu anderen Kindern sagen: »Gebt uns was ab! Gebt uns was ab!«

»Wer sind die?« frage ich Kirsti.

»Die gehören Frau Schoenemann, Suntonas Privatbereiterin.«

»Kriegen die denn von ihrer Mutter nichts zu essen?«

»Können Sie denen nicht was geben?« fragt Kirsti zurück.

Nein, leider, kann ich nicht. Gäbe ich ihnen heute was, würden sie zu allen weiteren Mahlzeiten kommen, und Gesine würde mir das auf die Rechnung setzen.

»Wo wohnt die Mutter?« frage ich.

»In einem von den Ferienhäusern. Aber bezahlen kann sie

nicht, sie lebt von Sozialhilfe. Und kochen mag sie nicht. Sie selber ißt auch nichts. Sie ist Kettenraucherin.«

In der Ostsee habe ich Seehunde gesehen. Waschechte Seehunde, nur wenige Meter vor mir, sie lagen am Strand und räkelten sich in der Sonne. Ich war ins Wasser gewatet, um meine Krampfadern zu kühlen, und da sah ich sie plötzlich, ich stand zwischen ihnen und der offenen See, und einer schien etwas aufgeregt und riet den anderen zur Flucht, aber die blinzelten träge, und dann wälzten sich alle auf die andere Seite und schliefen weiter (nehme ich an).

*

Letzten Montag rauschte Gesine morgens in die Küche: »Das macht Spaß! Mir macht das Arbeiten richtig Spaß!« Und wirbelte und lief und wischte, putzte hier und räumte da (»*Spaaaß*!«), und schon knallte ein Tablett mit Tassen auf den Boden … Tassen! Der Bestand ist auf 55 Stück gefallen – buchstäblich. Zum dreißigsten Mal erinnerte ich daran, daß neu bestellt werden muß. Die Lieferungen dauern! »Ja-a, ja-a, Frau Hassel!« An diesem Wochenende wurden 150 Gäste erwartet. Die Gäste kamen, die Tassen nicht. Die Freude am Arbeiten hielt gerade drei Tage an.

»Ich glaube, daß sie Drogen nimmt, oder Aufheller«, mutmaßt Inge. »Den Hang zur Apotheke hat sie ja!«

Andererseits zeigt Gesine, Aufheller hin oder her, einen überraschenden Realitätssinn. Zum Beispiel hat sie am selben Tag bemerkt, daß in einer von dreißig Getränkekisten zwei Flaschen fehlten, und nach Inge geschrien. »Und sie hat doch tatsächlich in meinen Korb gekuckt«, erzählt Inge empört.

Ich kann mir nicht verbeißen, sie daran zu erinnern, daß ihre Freundschaft zu Gesine auf wackeligen Beinen steht.

»Ich weiß«, sagt Inge. »Aber ich habe auch was gegen sie in der Hand!«

So?

»Das hat sie mir selbst mal gegeben und gesagt, daß ich es nach dem Lesen vernichten soll. Aber ich hab es behalten, weil man bei diesen Leuten nie wissen kann... Gegen ihn hab ich auch was. Die beiden denken immer, ich kriege nichts mit. Wenn die wüßten...«

Was dann?

»Er käme sofort ins Gefängnis. *Was* sie mir aber auch alles erzählt hat! Na, sie hat ja sonst keinen.«

Und übergangslos erzählt sie von ihrem Mann, der gern abnehmen möchte und täglich sein Gewicht kontrolliert. Heute hat er gesagt: »Bald bin ich nicht mehr zu sehen!«

»Schatzi! Ge-eld!« Sie hüpft auf ihn zu und küßt ihn.

Er, stereotyp: »Ich hab nichts!«

Es wird wieder gebaut. Wieder polnische Arbeiter, andere als letztes Mal, aber derselbe Vermittler. Wir fragen nach unseren alten Freunden, aber niemand weiß was.

Die Tage laufen unmerklich und unaufhaltsam davon. Einerseits freue ich mich auf die Rente, andererseits bedaure ich, daß ich nicht miterleben werde, wie es mit Croves endet.

Zu Hause male ich mir aus, wie es wäre, wenn *er* mal ganz ernsthaft krank würde. Wie schon mehrmals seit meiner Erlhof-Zeit, mit Fieberanfällen und Schüttelfrost. In einer solchen Situation könnte es doch geschehen, daß keines der Familienmitglieder ans Geld rankommt. Er liegt kraftlos, schmerzgepeinigt und handlungsunfähig da. Seine Frau kommt weder an sein Konto noch an die Tresore – was jetzt? Er, muß man sich vorstellen, schwach, alt und vernichtet. Sie aber, Mittvierzigerin vielleicht, im Vollbesitz ihrer Kräfte, will unbedingt an den Tresor. Sie muß die Kombination wissen! Zum Schein trägt sie ein Aktenbündel unterm Arm, alles sehr wichtig. Anwälte und Notare warten. »Hast du dein Testament gemacht, und wo liegt es? Was bekomme ich? Die Kinder würden mir sowieso nichts geben!« Auftritt Fred, gelangweilt: »Wenn du stirbst, wer zahlt mich monatlich aus? Mama vielleicht? Die denkt doch nur an sich.« Und Jessica? »Sag mal, Papa, wenn das Unglück es nun tatsächlich will, daß du stirbst, was wird aus dem Hof? Krieg ich ihn? Aber mit Mama zusammen will ich nicht, und mit Fred erst recht nicht.« Dazwischen immer wieder *sie*: »Vergiß nicht, uns die Kombination zu hinterlegen...« Und, ah! – im Hintergrund taucht die alternde Inge auf. Als einzige erkennt sie die Lage, packt Gesine am Arm und schiebt sie mitsamt den Kindern aus dem Schlafzimmer. Und er? Röchelt: »Bald, bald bin ich wieder gesund. Die kriegen mich noch lange nicht, und schon gar nicht mein Geld!«

*

Hund Nelson sitzt vor der Küchentür, einfach so. Das hat er noch nie gemacht. Er drückt sich an die Wand, als ich hinauseile, um einen Kasten Milch zu holen. In der Kammer schnappe ich mir den Kasten, zurück wieder durch den Gang, und wieder weicht der Hund aus, gedrungen, dunkel, ratlos. Als ich den Kasten abgestellt habe, erfaßt mich Mitleid. Ich fülle gegen meine hygienische Überzeugung Wasser in einen Suppenteller und öffne wieder die Tür. Nelson sitzt jetzt an der Wand. Er fixiert mich. Ich spreche ihn freundlich an, und er dreht die Schulter von mir weg. Er hält den Kopf gesenkt. Ich versuche nicht, ihn zu berühren. Ich rede weiter, und auf einmal knurrt Nelson mit mächtiger, tiefer Stimme, wie ein Löwe. Ich stelle den Teller ab, beileibe nicht in seiner Nähe, aber da macht er eine schnelle Bewegung, ich kriege nicht mal mit, welche; ich pralle zurück und springe ungeschickt hinter meine Küchentür, mein Rücken ist heiß, meine Achseln bis zu den Hüften hinab schweißnaß. Ich höre mich keuchen.

Peinliche Begegnung. Ich verfluche mich für meine schlechte Hundepsychologie, aber was soll ich tun? Ich mag gar keine Schäferhunde. Mein Mitleid mit dem Köter war abstrakt, und er hat's gemerkt. Kürzlich hat er einen kleinen Jungen gefaßt, der ohne zu klingeln in Croves Flur gestürzt kam. Der Hund hat ihn nicht verletzt, aber der Junge stand den restlichen Tag unter Schock. Ich verstehe ihn. Ich möchte nicht mal zum Spaß mit dem düsteren Vieh aneinandergeraten. Ich bin einfach dämlich, weil ich im Schwung meiner Betrachtungen das Selbstverständlichste vergessen habe: Den letzten beißen, buchstäblich, die Hunde.

Lehrling Sonja erzählt, warum Nelson vor meiner Tür saß: Die polnischen Bauarbeiter hatten eine riesige Pappel (und dann auch noch die falsche) auf seine Hundehütte fallen lassen. Nelson wußte nicht, wohin. Vor der Küchentür war's still und warm.

Gesine verlangte auf Kosten der Arbeiter *sofort* eine neue Hütte.

Bevor sie von dem Unfall erfuhr, war sie eher freudig gestimmt; sie tänzelte in die Küche und schwenkte ein Blatt Papier. »Seht mal, was ich euch mitgebracht habe! Inge, kannst du das bitte an die Küchentür heften?« Inge konnte es natürlich an die Küchentür heften. Auf dem Blatt stand: »10 Gebote für die Arbeitnehmer auf Erlhof«, unten die Signatur »Hemjö Crove«. Mehr habe ich nicht gelesen, ich weigere mich. ZEHN GEBOTE! Von denen! Inge aber las laut Benimmregeln vor, während ich versuchte, noch lauter mit den Töpfen zu klappern. Freundlich, immer freundlich zu den Gästen sein; jeden mit seinem Namen anreden und so weiter. Wie wollen Croves das überwachen? frage ich mich. Naja, wahrscheinlich hatte Gesine, als ein Gast sich über sie beklagte, diese Schnapsidee, und übrigens vergaß sie sie fast augenblicklich, als sie die zerstörte Hundehütte sah.

Zwei Tage lang drehte sich dann alles um Hundehütten. Schon hielt Gesine einen Spezialkatalog in der Hand und blätterte mit fliegenden Fingern, wobei sie immer wieder rief: »So eine Unverschämtheit! So eine Rücksichtslosigkeit!« Sie bestellte gleich vom Restauranttelefon aus (»Ja, natürlich Express!«). Die neue Hütte wurde am nächsten Nachmittag per LKW geliefert: Es war ein komfortables Hundegroßfamilienferienschlößchen. Der deutsche Arbeitgeber des Polentrupps fiel fast um, als er die Rechnung sah. Die Polen standen abseits und murmelten, sicher verglichen sie das, was sie da sahen, mit dem, was beschädigt wurde.

In diesem Augenblick erschien Crove. Er schimpfte: »Was ist denn *das*?« und befahl dem Fahrer, das Ding gleich wieder mitzunehmen. Gesine schnauzte er an: »Und du suchst gefälligst eine vernünftige Hütte aus!« Das Ende des Disputs habe ich nicht mitbekommen, weil Nelson heranschlich, so deprimiert und verlassen wie je, und ich nicht in seiner Nähe sein wollte.

*

April. Wir alle ärgern uns über Frau Schoenemann, die Privatbereiterin der Europameisterin Suntona. Sie ist eine merkwürdige Frau: zierlich, zäh, hyperaktiv, redet wie ein Wasserfall, raucht wie ein Schlot. Mit ihren dreißig Jahren sieht sie wie ein verlebtes Schulmädchen aus: graumelierte Haare, Pferdeschwanz, feine Brauen (die Lehrlinge sagen: gezupft), Ringe unter den unsteten, grauen Augen. Am Anfang ließ sie sich im Restaurant kaum blicken, jetzt kommt sie häufiger; ihre beiden Kinder sind sowieso Dauergäste.

Die Kleinen haben am Anfang immer bei den Reitgästen Essen geschnorrt, bis die sich beschwerten; jetzt hat die Mutter ihnen erlaubt, Essen zu bestellen. Gesine schreibt alles auf und ermuntert die beiden noch, und begeistert hauen sie rein. Wie will Frau Schoenemann das bezahlen von ihrer Sozialhilfe – die Getränke, das Eis? Suntona zahlt ihr im Monat fünfhundert Mark, wissen die Lehrlinge. Das Ferienhaus kostet pro Tag hundertsiebzig. Frau Schoenemann zuckt die Achseln: »Der Vater wird's schon haben… außerdem krieg ich Wohngeld.«

Die ganze Familie ist gestört. Das vierjährige Töchterchen Bea steht stundenlang vor der Eistruhe und bittet jeden, der näher kommt, mit leuchtenden Augen: »Noch eins!« Sie ist ein zartes Kind, eigentlich recht niedlich mit ihren Apfelbäckchen. Ihr siebenjähriger Bruder Benjamin hat angeblich eine geistige Behinderung (Hungerschaden?) und soll auf die Sonderschule. Zu mir ist er nett, fragt: »Wie geht's?« und sieht mir in die Augen. Er sucht Kontakt, das Kerlchen. Inge kann ihn nicht leiden (»Wenn ich den schon sehe!«), aber auch sie grüßt er freundlich: »Hallo, Inge!« Andererseits hat er eine gewisse Zerstörungswut: Er hat Freds Fahrrad im Teich versenkt, zwei Vorhängeschlösser zersägt, inzwischen wird ihm alles mögliche in die Schuhe geschoben. Ein Gast hat gesehen, wie er seiner kleinen Schwester zwischen die Beine griff. Darauf angesprochen, sagte er: »Ob sie die Hose naß hat, will ich wissen.« Tatsächlich macht die Kleine in die Hose. Stundenlang sitzt sie so im Restaurant. Aber der Bruder kontrolliert reichlich oft. Inge hat Frau Schoenemann darauf angesprochen. Frau Schoenemann sagte, ja, komisch, nicht? Sie erzählte, Benni würde Bealein auch immer nachts in ihrem Bett ärgern, sie sei schon mehrmals rausgefallen. Kürzlich, als sie mit den Kindern in Scharbeutz durch die Fußgängerzone ging, sei Benjamin vorausgelaufen, habe einem Mädchen unter den Rock gegriffen, es gekniffen und anschließend so getan, als sei nichts geschehen. »Aber soll ich dir was sagen, Inge, mein Rat bei der Kindererziehung ist, Verklemmungen sind schädlich!« Dann seufzte sie, daß Kinder nerven. Und beugte sich vor und erzählte flüsternd, daß sie schwanger sei.

Crove schätzt Frau Schoenemann als Reiterin und duldet ihre Kinder. Einmal, als er Benjamin beim Eisklauen erwischte, hat er zwar »absolutes Restaurantverbot!« verhängt, aber am nächsten Mittag saß der Kleine wieder wie gewohnt am Tisch, Crove daneben. Nichts geschah.

Familie Schoenemann hat auch einen Hund. Ein Riesentier, Mischling aus Dogge und Schäferhund, heißt Apollo. Er ist ebenso vernachlässigt wie der arme Nelson, aber unbekümmerter, weil er keine Aufgabe hat. Er streunt durch die Anlage und stört überall, tut aber niemandem was. Frühmorgens bedient er sich von den Gästebrötchen, die der Bäcker vor die Küchentür stellt. Die Brötchen liegen in der Reithalle und auf dem Parkplatz herum, der Hund spielt nur damit, und Gesine ruft den Bäcker an, der habe sich verzählt. Frau Schoenemann weiß von nichts und hat mit nichts was zu tun. »Ich trainiere nur Suntonas Pferde!« wozu die Lehrlinge meinen, sie jagt sie bloß rum. Einmal sah ich diese Pferde auf dem Vorplatz, schweißgebadet, staubbedeckt und abgehetzt, und eines von ihnen legte seinen Kopf auf den Hals des Gefährten. Es wirkte so zärtlich und ergeben, daß ich gerührt war. Und schon kam Frau Schoenemann zurück, sie hatte bloß »getankt« in ihrem Ferienhaus, »dieser Staub!« und schwang sich in den Sattel.

*

Croves haben eine viertägige Urlaubsreise in den Harz angetreten zu einer Schönheitsfarm (Jens hat sich kaputtgelacht), und kaum sind sie weg, kommt das Ehepaar Tipp zu Besuch, Gesines Eltern. Die Mutter geht direkt ins Herrenhaus zu Frau Ahrns, der Vater erst zu uns. Mit einem Schrei fällt ihm Inge um den Hals. Er knetet ihren Po und grinst, während ihm der Schweiß auf die Stirn tritt. Dann stürmt fiepend Hund Nelson herbei, und nach dieser Begrüßung gehen Tipp und Hund rüber.

Was Tipps im Herrenhaus machen, erfahre ich von Inge, die von ihnen bald gerufen wird: Herr Tipp sitzt im ledernen Fernsehsessel und guckt Eurosport, Frau Tipp mustert den Kleiderschrank der Tochter. Ihre Kommentare werden mir von Inge wörtlich überliefert. »Zwei Pelze hat sie mitgenommen, hier hängen ja noch welche. Wie viele hat sie denn überhaupt – und dieser hier? Ist das Chemie oder was?« Inge hat den auch noch nicht gesehen, scheint neu zu sein, echt ist er bestimmt. Aber von welchem Tier? Ganz was Edles, hellgrau. Am Tag drauf kommt sogar Gesines Schwester mit zwei Töchtern, um sich an den Spekulationen zu beteiligen. Eigentlich ist diese Schwester mit Gesine so zerstritten, daß sie sich nie mehr auf Erlhof blicken läßt; »Diesmal ist es bloß, weil Oma und Opa da sind.« Später gebe ich allen Mittagessen, ganz erschrocken kommt die Frage nach den Kosten. Ich sage: »Aber Sie sind doch selbstverständlich eingeladen – Eltern und Schwester!« Die fünf werden abwechselnd bleich und rot. Nach dem Essen gehen sie wieder zum Kleiderschrank und probieren die Pelzmäntel an, auch Inge verläßt den Tresen, um dabei zu sein.

Auch Frau Ahrns blüht auf, wenn Croves weg sind, und erklärt uns, was Sache ist. »Wär ich zehn Jahre jünger«, sagt sie zu mir, »würd' ich Ihnen ja mal vertreten. Aber so, in mein' Alter, will ich mir geistig nich mehr belasten.« Sie ist achtundfünfzig, sieben Jahre jünger als ich. »Es gehört doch eine Menge dazu. Die Buchführung und all das Aufschreiben, nee, nix für mir, und außerdem is auf ihr doch kein Verlaß!« (Gemeint ist Gesine.) Kirsti lacht sich beinah tot, Inge und ich haben Mühe, uns zu beherrschen.

Croves sind wieder da, unter anderem, um Freds Geburtstag zu feiern. Fred wird elf. Jessica schmollt, weil sie heute nicht dran ist. Nur Fred bekommt Geschenke. Ich drücke ihm die Hand, gratuliere und wünsche ihm alles Gute, und er freut sich, weil er mal im Mittelpunkt steht. Von Inge bekommen beide Kinder bunten Kram und einen ihrer berühmten Kuchen.

Drei Tage nach Fred habe ich selbst Geburtstag. Keiner erwähnt es. Inge ist sauer, weil ich mittags eine halbe Stunde früher nach Hause gehe. Du liebe Güte. Alle jachtern nach Anerkennung, alle fühlen sich übervorteilt, und alles ist ganz umsonst, und ich werde von dieser Blödheit auch noch angesteckt. Zu Hause schüttle ich mich wie ein Hund, der abgewiesen wurde, und gehe erstmal unter die Brause. Ich bin sechsundsechzig geworden. Schnapszahl.

*

Frau Suntona hat ihre Pferde wieder von Erlhof weggeholt, zu einer brandneuen »Anlage der Superlative« mit Sauna, Solarium usw. bei Kiel. Da sie die Kündigungsfrist nicht einhielt, muß sie drei Monatsmieten hinblättern, anscheinend macht ihr das nichts aus. Ich habe sie immer noch nicht gesehen.

Ich hatte natürlich gehofft, sie würde ihre Bereiterin mitnehmen, aber Frau Schoenemann blieb uns erhalten. Sie zog zwar erst mal ab, nach einem lustigen Disput mit Gesine, die ihr eine gepfefferte Rechnung präsentierte. Frau Schoenemann haute mehrmals mit dem Handrücken auf das Blatt und fragte ungläubig: »Wie soll ich denn das bezahlen?« Anscheinend ist sie völlig infantil. Gesine zählte vorwärts und rückwärts auf: »97 Mittagessen, 142 Kaffee, 38 Eis, 225 Cola, 40 Schachteln Zigaretten, Frühstück, Abendbrot, zehntausend für das Ferienhaus...«, und nachdem das etwa eine Stunde hin und hergegangen war, bat Frau Schoenemann plötzlich Gesine um ihr Handy, wählte und redete, ohne die Zigarette aus dem Mund zu nehmen, mit rauher Kinderstimme abgehackte Sätze hinein. Dreißig Minuten später fuhr in einem Audi ihr Vater auf den Hof – ein ganz »Bürgerlicher«, meinten die Lehrlinge, graue Schläfen, rasiert, Anzug, Schlips und so – beglich die Rechnung, packte die ganze Familie samt Hund ein und entschwand. Diese Szene konnte ich von der Küche aus nicht sehen, aber ich glaube den Lehrlingen aufs Wort, wenn sie sagen, es war wie eine Erscheinung.

Jedenfalls, drei Tage später stand Frau Schoenemann wieder am Tresen samt Kindern und Hund. Mich traf fast der Schlag. »Haben Sie was zum Essen übrig?« fragte sie ohne Umschweife. Es stellte sich heraus, sie hatte der Suntona gekündigt und sich von Hemjö einstellen lassen, ebenfalls für fünfhundert Mark, als Reitlehrerin für die Ponykinder. Weil Erlhof ihr so gut gefällt. »Nicht wahr, Inge, und du kannst dann ein bißchen auf das Kind aufpassen!« sie meinte dasjenige, das demnächst geboren wird. »Ich stell dann immer den Kinderwagen hier ins Restaurant...«

Zwei Herren mit Aktenbündeln unterm Arm möchten Herrn Crove sprechen. Inge, anstatt ihn per Telefon zu suchen, saust ins Herrenhaus, weil die beiden amtlich aussehen und nicht angemeldet sind.

Sie sind vom Kreisbauamt. Der Bau wird eingestellt, berichtet Inge flüsternd. Bevor sie nach Hause geschickt werden, nageln die Arbeiter noch hastig eine Bretterwand mit Schloß zusammen, damit niemand die Baustelle betreten kann. Die Baustelle ist allerdings auch der einzige Zugang zum Heuboden, auf dem gerade die beiden Lehrlinge schuften, die nun laut »Hi-i-i-i-ilfe!« rufen.

Am nächsten Morgen erzählt Crove am Frühstückstisch, er sei bei der Baupolizei angezeigt worden. Der Vorwurf: Er habe einhundert Kinder im Heu schlafen lassen, außerdem eine neue Reithalle und eine Sattelkammer schwarz gebaut. Die Sache mit der Sattelkammer stimmt, das andere nicht. Er zahle dreihundert Mark an das Finanzamt, sagt er, dann sei das erledigt.

Er stellt Strafanzeige wegen Verleumdung.

Warum kann man einen Mann, der so viel Dreck am Stecken hat, eigentlich nicht packen? frage ich mich. Warum können seine Feinde nicht auf die tatsächlichen Vergehen hinweisen? Haben sie Tomaten auf den Augen? Hat ihr Haß (Neid, Wut) sie blind gemacht? Oder ist es eine Intrige von Crove selbst, der die »falschen« Vorwürfe leicht entkräften und so den Ermittlern ein schlechtes Gewissen machen kann?

*

Mit Gesines Frühstückszubereitung klappt es nur am Anfang der Woche. Da sind Kaffee, Kakao und Tee rechtzeitig fertig, stehen Brötchen, Butter, Marmeladen auf dem Tisch. Am dritten Tag erscheint Gesine später, am vierten noch später und so fort. Inge fängt deswegen immer früher an. »Ich schreib aber jetzt meine ganze Arbeitszeit an«, erklärt sie mir mit fester Stimme. Zu Gesine aber schmelzt sie: »Ich tu das gern für dich!« Woraufhin die beiden sich wieder einmal umarmen und drücken, Gesine ihr Gesicht an dem von Inge reibt.

Inge mit Gesine immer intimer. Einmal muß ich rasch Gesine was ausrichten, während auf dem Herd Frikadellen brutzeln, und klopfe dabei Inge auf die Schulter: »Darf ich eben mal stören?« Kaum ist Gesine weg, faucht mich Inge an: »Das war ein Dienstgespräch, daß du's weißt! Wehe, du störst mich noch mal!«

12. Mai: Hund Schoenemann ist tot.

Dazu muß ich erklären, daß Familie Schoenemann zwar jetzt in einer Sozialwohnung in Gausberg wohnt, sechs Kilometer von hier, aber nur theoretisch. Praktisch sind sie immer da. Die Kinder spielen bei schönem Wetter draußen, aber Frau Schoenemann, wann immer sie nicht arbeitet, sitzt bei uns im Restaurant, quasselt und qualmt.

Der arme Apollo also schleppte sich hinauf ins Restaurant zu seiner Herrin und brach vor ihren Füßen zusammen. Frau Schoenemann sprang entsetzt auf und schrie: »So ruft doch den Tierarzt!« Zufällig war der Tierarzt im Stall bei einem Pferd, man holte ihn, aber er konnte nichts mehr retten. Er tippte auf Gift. Frau Schoenemann weint, sie hat das Vieh geliebt. Wir anderen rätseln: Wer hatte Interesse daran, den Hund zu vergiften? War es einer der zahlreichen Crove-Feinde, der eigentlich Croves Hund Nelson gemeint hat? War es Crove selbst, der sich wegen der angefressenen Brötchen über Hund Schoenemann geärgert hat und mit der asozialen Frau Schoenemann nicht diskutieren wollte? Oder wollte Crove, der Asoziale, gar seinen eigenen Hund vergiften, weil der ihm auf die Nerven ging (und der unerzogene Hund Schoenemann fraß Nelson das Futter weg)? Allen ist alles zuzutrauen, nur Hund Nelson nicht, der inzwischen in seiner Einsamkeit und Verzweiflung die Croveschen Tapeten anfrißt.

18. Mai: Frau Schoenemann redet mehr denn je, aber keiner hört zu. Um ihre Kinder zu ernähren, hat sie sich was Neues einfallen lassen: Sie kehrt ins Restaurant zurück, wenn die meisten Gäste weg sind, und geht von Tisch zu Tisch. »Darf

ich?« Sie erbettelt die Reste für die Kinder, und während die die Schüsseln auslecken, erklärt Mutter Schoenemann rauchend den Gästen: »Das wär sonst sowieso in den Müll gegangen.«

Crove lobt übrigens weiterhin Frau Schoenemanns Pferdeverstand. Ich erwähne das, weil ich die Leute ja nicht nur nach ihren Haushaltsgewohnheiten beurteilen darf, korrekterweise. (Trotzdem kann ich Frau Schoenemann inzwischen kaum noch ertragen.)

Übrigens las ich mal eine Selbstbiografie, glaube ich, von einer Frau, die halb am Verhungern war und das so gut schildern konnte, daß man schon beim Lesen ganz schwach wurde. Sie litt entsetzlich, hatte Halluzinationen, Verzweiflung, Selbsthaß; aber wenn sie mal zu Geld kam, aß sie nur in Restaurants und fuhr im Taxi herum, gekocht hat sie kein einziges Mal. Was es nicht alles gibt.

*

Einhundert Schulkinder. In meinem Plan standen achtzig. Auch daß zwanzig Moslems darunter sind, habe ich nicht gewußt. Zwar halte ich immer für alle Fälle eine Moslem-Soße ohne Schweinefleisch parat, aber die reicht nur für zehn Kinder. Es ist schwer, für die weiteren zehn so schnell etwas zu zaubern, zumal die Riesentöpfe auf dem Herd nicht bewegt werden können. Ich schaffe trotzdem etwas herbei – es reicht nur für neun.

Frau Ahrns ist gestern auf dem Nachhauseweg auf dem Fahrrad eingeschlafen, gegen eine »Leitflanke« (sie sagt Flanke) gefahren und hart auf der Straße gelandet. »Gottseidank käm dor keen Auto«, weint sie. Heinz, ihr Mann, »hett seggt, dat is dat Hart (Herz), mit din Kopp hett dat nix to don!«

Sie zeigt uns ihre blauen Flecken und Schürfwunden. Inge meint: »Sie hat mal wieder Dresche gekriegt.« Ich glaube an den Unfall, denn die Arme ist völlig überarbeitet. Sonja fährt im Auto zur Arbeit, die Mutter drei Stunden später per Fahrrad denselben Weg hinterher. Die acht Kilometer radelt die arme Frau zweimal pro Tag bei jedem Wetter, und wenn sie nach sieben Stunden Putzen und Abwasch nach Hause kommt, muß sie auch noch Sonjas Tiere füttern und für die Gemeinde Blumenrabatten in Ordnung bringen.

»Fängst du jetzt schon damit an?« brüllt Vater Crove den Sohn an. Der Junge hat sich von einem Freund zwei Mark geliehen und muß sie zurückzahlen. Sein Taschengeld reicht nicht. Im Internat bekommt jeder Schüler 7 Mark 50 pro Woche. Für Fred reicht das nie. »Mama, kannst du mir mal fünf Mark geben?« fragt er, sowie er auf Erlhof ankommt.

Jessica hingegen kommt gut aus. (»Sie ist geizig«, findet Gesine.) Sie kauft von ihren 7,50 lediglich pro Woche einen kleinen Knochen für Hündchen Poppy und einen großen für Nelson. Das übrige Geld kommt ins Sparschwein. Der Vater freut sich.

Dörte Beersburg ist, mit allen ihren Andalusierhengsten, wieder da! Nach dem Mähneneklat letztes Jahr war sie ausgezogen, aber im anderen Hof war der Boden so tief, das ging den Hengsten auf die Sehnen. Während sie im Restaurant zwei Interessenten das alles erklärt, reitet unten in der Halle Hemjö Crove ein paar Runden. Alle beobachten ihn von oben durch das große, breite Fenster. »Muß der alte Mann sich noch so anstrengen?« fragen die Interessenten. Diese Reaktion, immerhin, ist neu.

*

Verrückte Woche.

Dienstag: Ich vermisse Himbeersirup, zwei Kanister à vier Liter. Diesen Sirup benütze ich zum Süßen meines Malve-Hibiscus-Tees, der kostenlos an die Gäste ausgegeben wird. Ich suche vergeblich im Warenlager und auf dem Speicher und frage schließlich Gesine, die mit entgeistertem Blick zurückfragt: »Iiich? Deeen? Genommen? Neiiin!«

Auch die Abendbrotleute Ursel und Katja wissen von nichts.

»Also«, sagt Gesine, »hier verschwindet einfach zuviel!« (Ihr Lieblingsspruch.)

Sie geht. Inge und ich suchen noch einmal den Boden ab. Dort herrscht, obwohl die Handwerker fort sind, immer noch eine Riesenunordnung: Werkzeuge, angerissene Tapetenrollen, verklebte Pinsel, nicht benötigte Betten, ausrangierte Möbel, zerbrochene oder heile Bilder, eine Unmenge leerer Pappkartons. Aber kein Himbeersirup.

Samstag: Es fehlt ein Zehnlitereimer Tomatenketchup.

Inge weiß auch diesmal nichts. »Ich kümmer mich drum«, sagt Gesine erstaunlich knapp.

Am nächsten Tag, einem Sonntag, habe ich frei.

Als ich am Montagmorgen den Vorratsraum aufschließen will, paßt mein Schlüssel nicht.

Das Schloß ist ausgewechselt.

Gesine und Inge sitzen am Frühstückstisch.

»So, Sie müssen in den Vorratsraum?« flötet Gesine überfreundlich. »Was brauchen Sie? Ich schließe für Sie auf. Sagen Sie in Zukunft Inge, was Sie entnehmen, damit sie es aufschreiben kann. Inge hat wie ich einen Lagerschlüssel und wird Buch führen.«

»Wie bitte?«

»Ja, ich muß nämlich Bescheid wissen über den Verbleib der Ware. Inge oder ich werden Ihnen geben, was Sie brauchen.«

Ich bin entgeistert. Wie soll das funktionieren, Gesine sowieso nie da, Inge ständig im Haus unterwegs? Außerdem hat Inge im Lager selten zu tun, während ich den ganzen Vormittag hin und her rennen muß, um Lebensmittel zu holen, wegzubringen, zu ordnen – was auch immer.

Während ich Gesine zum Lager folge, rechne ich blitzschnell durch, wie ich finanziell zurechtkommen werde, wenn ich sofort kündige.

»Was brauchen Sie?« fragt Gesine.

»Zunächst Milch, Schokopuddingpulver, Zucker ...«

Sie sucht unsicher das Zeug raus, braucht doppelt so lang wie ich, hilft aber immerhin, es in die Küche zu tragen.

Weil ich noch tausenderlei benötige, gehe ich zum Lager zurück. Abgeschlossen.

Gesine und Inge sitzen wieder – oder noch – zusammen beim Frühstück.

»Ist es Ihr Ernst, daß ich in Zukunft immer Inge um den Schlüssel bitten soll?« frage ich.

Gesine: »Ja, das ist mein Ernst.«

»Ohne mich«, höre ich mich sagen. Ich gehe zurück an den Herd, drehe das Gas unter den drei Riesentöpfen aus, binde die Schürze ab und ziehe meine Jacke an. Von meinem Schlüsselbund nehme ich den Küchenschlüssel ab, gehe ins Restaurant und lege vor Gesine den Schlüssel auf den Tisch. Und sage mit ruhiger Stimme: »Das war's! Mit mir machen Sie so etwas nicht!«

Ich gehe.

Auf dem Treppenabsatz holt Gesine mich ein. »Ich muß doch, ich kann doch nicht anders! Wem soll ich denn noch trauen?«

Soso, du? würde ich gern antworten. Lern erst mal, dir selbst zu trauen, genauer gesagt nicht zu trauen. Du Diebin. Gaunerin. Du Null.

Laut frage ich: »Glauben Sie, ich hätte die zehn Liter Tomatenketchup ...«

»Neiiin! Sie doch nicht! Aber ich muß doch ...«
Ich gehe um sie herum.

»Mein Gott, Frau Hassel, Sie kriegen den Schlüssel schon!
Nun bleiben Sie doch!«

Und als ich mich umdrehe, fängt sie an zu schimpfen:
»Mein Gott! Mein Gott! Wie kann man nur so empfindlich
sein ...«

Immer noch ganz gelassen sage ich (ich war wirklich gelassen): »Kein Bluff, Frau Crove. Ich bestehe darauf, einen
Schlüssel zu bekommen. Sofort.«

Während sie laut weiterschimpft (sie muß wirklich erschrocken sein), entdecke ich, daß aus dem Töpferraum alle
Getränkekisten weggeräumt worden sind.

»Dauernd ist einer an dem Malzbierkasten«, schreit Gesine, »und Ursel und Katja nehmen sich Abend für Abend
Cola! Das muß ich doch wissen, das geht doch nicht!«

Du Verschwenderin, du beschwerst dich über zwei Flaschen
Cola pro Abend für deine ausgebeuteten Lehrlinge? Und das
mit dem Malzbier ...

»Also«, sage ich, »das mit dem Malzbier – das war ich.«
Sie kuckt entsetzt. Schauspielerin. Sie weiß genau, daß ich
Malzbier trinke.

Aber nur gelegentlich, an Tagen, wenn ich mehr als sechs
Stunden arbeite, trinke ich statt Mittagessen ein Malzbier, weil
ich einfach nach dem Stress der Kocherei nichts runterkriege!
Nach meiner Rechnung kommen auf mein Konto allerhöchstens zehn Flaschen pro Jahr. (Ich glaube, daß es nur sieben
waren.) Im Einkauf kostet eine 80 Pfennig. Nie wieder nehme
ich eine. Ersäufen sollen die sich in ihrem Malzbier.

Ich habe also wieder einen Schlüssel und arbeite, aber mit
Inge ist Sendepause. Ich wollte sie zur Rede stellen wegen der
Schlüsselnummer, aber sie ging in die Luft. Sie entschuldigt
sich nicht, spricht nicht mehr mit mir, drückt dafür um so

liebevoller Gesine, die ihr heute mittag zwei Teller aus dem tollen Service schenkte, das sie selbst im Herrenhaus benützt und auf das Inge seit Jahren spart. Auch am nächsten Tag unterhalten sie sich ausschließlich über das schöne Service. Inge besitzt nur wenige Teile, Gesine visiert schon wieder was Neues an: »Also, ich hab da was gesehen ...«

Auch Frau Ahrns wird von Gesine geherzt. Die – sonst so doof – wundert sich: »Wat is hier eegentlich los?« Ich erkläre die Sache mit dem Malzbier. Nun haben alle ein schönes Thema.

Freitag morgen acht Uhr. Wichtiger Tag für mich: Ich will mittags mit dem Chef vorsichtshalber erst abrechnen, bevor wir uns möglicherweise erzürnen. Er soll ein Machtwort sprechen und sagen, wie es weitergehen soll. »Guten Morgen«, sage ich, während ich in die Küche gehe.

Er erwidert den Gruß freundlich, Gesine sogar überfreundlich. Inge murmelt ebenfalls leise »Morgen«.

Ich rackere los. Fischstäbchen mit Kartoffelpürree, Salat. Dann Essensausgabe. Knapp hundert Kinder. Die meisten wollen gleich nach dem Essen abreisen.

Wie immer bin ich am Herd so beschäftigt, daß ich nicht sehen kann, ob Crove, während ich Essen auf die Teller fülle, das Restaurant schon wieder verlassen hat. Ich frage Inge: »Ist Herr Crove noch da? Ich möchte abrechnen.«

»Das weiß er«, ist die Antwort. »Er ißt noch. Dann holt er Geld.« Das weiß sie also auch.

Donnerwetter. Sonst muß man immer erst ankündigen, daß man abrechnen möchte.

Dann kommt Inge – ich fülle und packe und rühre –, die Küche ist voller Kinder, die teils ihren leeren Teller bringen, teils Nachschlag haben wollen. Draußen wartet der Bus. Die Lehrer drängen zur Abreise. Inge sagt: »Der Chef wartet. Du sollst kommen.«

Ein denkbar ungeeigneter Augenblick: überall Kinder, auch Lehrer stehen herum. Jetzt vor allen die üblichen Dispute?

Ich lege meinem Chef meine Abrechnung vor. Er zahlt.

Ich frage: »Wie soll es in der kommenden Woche mit dem Schlüssel...«

Er fällt mir ins Wort: »Hier! Hier liegt er schon, der neue Schlüssel!« Er drückt ihn mir in die Hand, ist inzwischen aufgestanden. Ich trete nicht zur Seite.

»Ich will sagen, daß...«

Wieder unterbricht er mich: »Es tut mir leid. Es ist ein wenig zu doll geworden. So war das nicht gemeint. Wir wollen uns doch nicht erzürnen!«

»Herr Crove«, sage ich, »ich kann die Maßnahme Ihrer Frau doch nur so deuten, daß Sie *mich* verdächtigt haben...«

Er läßt mich nicht ausreden, legt mir die Hand auf die Schulter: »Selbstverständlich nicht!«

»Ohne Schlüssel wäre dieser Tag mein letzter in Ihrem Betrieb gewesen«, sage ich.

»Ich weiß.«

Als ich später mit Frau Ahrns abspüle, lacht die ungewohnt fröhlich vor sich hin (ist sie doch nicht so doof?). Sie will alles ganz genau wissen. Ich erzähle ihr noch einmal von dem Malzbier.

Inge steht plötzlich hinter uns: »Na, schludert ihr über mich?« Und auf einmal schreit sie: »Du! Du hast die ganze Schuld! Du unterstellst doch, ich hätte Gesine scharf gemacht...«

»Aber wieso das Ganze? Was hattet ihr mit mir vor?«

Sie schreit: »Ja, bin ich denn ein Scheißdreck!« Ein Teller knallt, Frau Ahrns muß lachen, Inge rennt heulend weg.

*

223

Jessica hatte einen Reitunfall. Dem voraus ging ein Krach mit ihrer Mutter, berichtet Kirsti aufgeregt. Jessica führte gerade einer Jungenklasse ihre Reitkünste vor, als die Mutter rief, wo sie denn bleibe, höchste Zeit für Hohelinde. Jessica protestierte, sie brüllten sich an, schließlich schrie Gesine: »Du kommst sofort…«

Jessica gab voller Wut ihrem Pferd die Sporen. Das bäumte sich auf und warf den Kopf zurück, gegen Jessicas Unterkiefer. Jessica schrie, Blut spritzte aus ihrem Mund. Freundin Evi stürmte in die Küche und griff einen Stapel Servietten, um Jessica abzutupfen. Das Pferd lief reiterlos durch die Halle, Evi mußte es einfangen. Jessica wurde verarztet. Ein Zahn ist abgebrochen.

Ich habe in Haffkrug eine kleine Ente für Inge gekauft. Inge sammelt seit zwanzig Jahren Enten. Ich brauche wirklich keinen Krieg mit ihr in meinen letzten Erlhofer Monaten.

Gottseidank hat sie mein Geschenk entgegengenommen. »Ach, so eins hab ich tatsächlich noch nicht!« Sie war verlegen, aber das Entchen gefiel ihr. Gott sei Dank! Über die Schlüsselgeschichte sprechen wir nicht mehr.

Und jetzt ein Knaller: Wieder hat jemand dem andalusischen Starhengst die Mähne abgesäbelt! Dörte Beersburg hat dem Chef die Hölle heiß gemacht und gedroht, die Polizei einzuschalten. Crove reagierte unwirsch, ließ sich aber immerhin den Schaden zeigen und knurrte, wenn er »den« erwische, könne »der« was erleben.

Ich schweige und bin froh, daß ich auch letztes Jahr geschwiegen habe; denn damals hatte ich Jessica in Verdacht. Jessica kann es aber diesmal nicht gewesen sein, sie ist im Internat. Dörte erklärte mit stählerner Anklagestimme im Restaurant, es sei »mit Sicherheit dieselbe Person« gewesen, dasselbe Werkzeug, derselbe Hengst: ein Kinderstreich scheide also aus. Sie erzählte es jedem. Gesine verließ schließlich das Restaurant mit den Worten: »Also noch einmal brauche ich mir das wirklich nicht anzuhören!«

Das alles war gestern. Und heute morgen ist meine alte Küchenschere wieder da! Die wahrscheinliche Tatwaffe, die seit einem Jahr verschwunden war! Ich weise Gesine darauf hin: »Da ist sie ja wieder!«, und Gesine antwortet wie aus der Pistole geschossen: »Ja! Ich hab schon gesehen. Mit einem mal wieder da, komisch, wie?« Sie fügt hinzu: »Wer so was wohl macht? Damals war Lars ja da, erinnern Sie sich, na, was der hier sonst noch alles gemacht hatte, der hat dies auch gemacht!«

Sie geht. Ich sehe ihr nach.

Und wenn sie selbst es war? Gründe hätte sie: Rache an der unabhängigen Dörte, an ihren spektakulären Hengsten, an Hengsten überhaupt – na klar! Beweisen werden wir es kaum können, sie bleibt ungestraft. Aber vielleicht schlägt das Pferd selbst mal zurück? Die Idee versetzt mich für einen ganzen Tag in gute Laune. Ich stelle mir die Schlagzeile vor: MILLIONÄRSFRAU VON HENGST IN BOX ERSCHLAGEN! PROFESSOR FREUD VERMUTET TRIEBVERBRECHEN!

Außerdem denke ich: Gesine muß sehr unruhig sein, wenn sie durch die Wiederholung der Tat eine solche Spur gelegt hat. Schließlich war ja dieses Jahr noch gar nichts mit *Frühlingsgefühlen*, und wir haben fast schon Sommer!

***

Der letzte Akt. So einer kann sich ja hinziehen. Vielleicht bin ich deswegen so ungeduldig, weil er in meiner eigenen Ehe so quälend lange ging? Nein, eher nicht; denn ich weiß ja, daß mit einer Trennung der Croves nichts gelöst wäre, weder für *sie*, noch für *ihn*, und schon gar nicht für uns. Will ich die beiden Gauner bloß leiden sehen? (Ja.)

Aber warum dauerte meine eigene Befreiung so lange?

Weil sie in meinen Plänen nicht vorgesehen war. Ich wurde sozusagen von der Entwicklung überrollt. Als ich endlich merkte, daß die Verhältnisse unerträglich waren, war ich schon zu verstrickt.

Je wilder Cornelius sich quälte, desto mehr verlangte er von mir: ich mußte ihn beschwören, beruhigen, pflegen, aufrichten, ich mußte mitleiden und verzweifeln. Wenn ich nur kurz wegsah, ließ ich ihn im Stich (sagte er). Wer will schon einen Menschen im Stich lassen? Komischerweise war in diesem ganzen Desaster für mich die wichtigste Frage, wie es zu der Misere kam, wer schuld und wer zu entschuldigen war. Bevor das nicht geklärt war, konnte ich nicht handeln. Wurde ich als Retterin gebraucht? Als Zuschauerin? Als Opfer? Nacht für Nacht zerbrach ich mir den Kopf. Eigentlich hatte ich doch alles richtig gemacht (Familie um jeden Preis!), aber gerade dadurch alles verdorben. Ich hatte durch meine Zähigkeit Cornelius als Ehemann gewonnen, obwohl er ungeeignet war; das Problem erst übersehen, dann beschönigt, dann hatte ich gekämpft, Cornelius angefleht, beeinflußt, erpreßt; vor mir selbst das alles als Liebe ausgegeben und sogar Liebe empfunden.

Liebe, Ideale, Berechnung, Betrug – alles war miteinander verbacken. Betrug und Berechnung haben die Familie ausgehöhlt, aber Liebe und Ideale hielten sie zusammen, bis die Zerstörung komplett war. Muß ich jetzt meine sinnlose Liebe beklagen oder dankbar dafür sein? Damals fühlte ich mich als Opfer, jetzt weiß ich natürlich, daß Cornelius noch schlimmer dran war. Denn bin ich mit dieser Liebe nicht ganz gut über viele Jahre gekommen, während Cornelius NICHTS gefühlt hat? Er *war* ein Verdammter! Als junger Mann hat er sich ja so bezeichnet, um bei mir Eindruck zu schinden, denke ich (mit Erfolg). Auf wie grauenhafte Weise er recht behalten würde, kann er unmöglich geahnt haben. Jetzt ist er tot, und ich lebe. Mir wird klar: Ich habe das »richtige« Leben führen wollen und Cornelius dafür eingespannt; ich wollte raus aus meiner Haut und habe ihn dafür gebraucht. Habe ich nicht viel eher Cornelius geopfert, als mich selbst? Und stand auf einmal als betrogene Betrügerin da, so leid ich mir tat?

Die Strafe war mühselig und bitter. Zunächst mal war Verlieren angesagt: Ich verlor das Große Lebensspiel und merkte, daß es gar nicht groß war, sondern klein, kurz und lächerlich. Ich war sechsundvierzig. Alles fiel auseinander, aber quälend, grauenhaft, unendlich langsam.

Ich konnte mir nicht eingestehen, daß die Katastrophe unausweichlich war. Das wäre die Befreiung gewesen: eine scheinbar schlimme Erkenntnis, die tausend neue Wege öffnet. Heute, bei diesem Gedanken, schnappe ich regelrecht nach Luft: wie im Märchen, wenn einer der eisernen Ringe bricht.

In Wirklichkeit lief es anders. 1978 hatte ich einen Schlaganfall. Vielleicht ist mir eine Ader im Hirn geplatzt, weil mein Kopf keine Lösung fand und überanstrengt war?

Es war an einem Samstagabend. Ich fühlte mich unwohl und sagte Hagen, der in seinem Zimmer im ersten Stock Mathe büffelte, daß ich mich hinlegen wollte. Hagen ging zu der Zeit bereits aufs Gymnasium und wohnte bei meinem Bruder in Elmshorn, er kam aber oft am Wochenende. Das war mein Glück. Cornelius war Angeln. Mein Chef erzählte mir später, ich hätte angerufen, ich könne Montag nicht kommen, weil ich krank sein würde. Er habe gedacht: Wie kann sie am Sonnabend wissen, daß sie Montag krank ist? Ich selbst erinnere mich an diesen Anruf nicht.

Auch Hagen fand mich »merkwürdig«. Als er etwas später nach mir sah, lag ich im Badezimmer. Er half mir ins Bett, aber eine halbe Stunde später lag ich wieder im Badezimmer. Diesmal rief er einen Arzt. Auch daran erinnere ich mich nicht. Ich erwachte im Krankenhaus. Es war dunkel. Ich wälzte mich aus dem Bett und suchte nach Papier, fand ein Kärtchen oder eine Serviette, kroch auf einen Lichtschein zu, der unter der Tür durchfiel, und kritzelte auf dem Boden kauernd. Eine Krankenschwester scheuchte mich ins Bett. Die ganze Zeit spürte ich den Zwang, etwas aufschreiben zu müssen. Später zeigte man mir den Zettel: Die Namen aller Medikamente standen darauf, die Cornelius schluckte; in Spiegelschrift.

Sechs Wochen Krankenhaus, sechs Wochen Kur. Bis dahin hatte ich mich immer noch für Cornelius verantwortlich gefühlt, jetzt gab ich ihn auf. Ich träumte, daß ich mit Hagen und schwerem Hausrat auf dem Rücken eine ewig lange Leiter hochkletterte, während Cornelius an meinen Füßen zerrt. Diesen Traum hatte ich mehrmals, und kurz vor meiner Entlassung ging er so: Ich klammere mich an die Leiter und ziehe mich Zentimeter für Zentimeter hoch, meine Last und mein Leben wie Blei, aber auf einmal bin ich an der obersten Sprosse und greife nach dem Dach. Es hält.

Ich kehrte nach Hause zurück, war aber noch nicht arbeitsfähig. Nach dem Kochen und Abspülen übte ich stundenlang Häkeln und Stricken, um die rechte Hand beweglicher zu machen, und während ich mit den Nadeln ruderte, überlegte ich unaufhörlich, wie ich Cornelius verlassen konnte. Noch fühlte ich mich zu schwach für eine Aussprache. Ich wartete auf eine günstige Gelegenheit. Ich belauerte Cornelius, während ich vor mich hin häkelte, und er war bald arglos und gab sich wieder seiner Schwäche hin. (Betrug!)

Einmal, in einer Vollmondnacht, stand ich auf und ging ums Haus, um Luft zu schnappen. Plötzlich entdecke ich an seinem offenen Fenster im ersten Stock Cornelius, der sich hinauslehnt und in den Garten pinkelt.

Sein Schlafzimmer lag direkt über der Küche, und seit Jahren wunderte ich mich über die verkrusteten, braunen und gelben Spritzer, die ich regelmäßig vom Küchenfenster schrubbte. Ich war so wütend, daß ich hinaufstürzte und Cornelius anschrie. Er erklärte mit schiefem Grinsen, daß er zu schwach sei, um nachts die Treppe hinunter zu gehen. Ich sagte, ich wünsche die Scheidung.

Er reagierte nicht. Aber am nächsten Abend, als ich vom Einkaufen nach Hause kam, fiel er wie ein Wahnsinniger über mich her. Er hatte an dem Tag (erfuhr ich später) mit einem Schlag seine Psychopharmaka abgesetzt und war in eine Psychose geraten. Er schrie: »Du hast mich betrogen! (betrogen!) Weil ich dir vertraut habe, sitze ich jetzt im Dreck!« Er brüllte. Er riß mir die beiden Ringe (Familienschmuck) von den Fingern: »Du bist nicht mehr meine Frau! Hagen ist nicht mein Sohn! Du hast die Ehe gebrochen!« (hatte ich nie) »Und wie kommt es, daß du jetzt schwanger bist?« (war ich nicht) »Bist du scheinträchtig wie unser Dackel Guste?« (Schlesien) »War ein prima Fährtenhund, obwohl das hysterische Luder sich nie decken ließ...« Jetzt fing er an irre zu reden – Milch... Fährte... deine (Neles!) Rage und unkontrollierte Wut... Verrat! »Du kannst mich zwar in den Bauch treten, aber ich werde die Muskeln anspannen!« (habe ihn nie getreten) Er schrie spuckend: »Wir wollen doch mal sehn!« und sprang mich regelrecht an, versuchte mich ins Schlafzimmer zu zerren, ich wehrte mich mit aller Kraft, aber gerettet hat mich Hagen, der zufällig hereinkam und erschrocken rief: »Papa, Papa, laß doch!«

Dann rannte Cornelius davon; prallte noch gegen unsere gläserne Terrassentür und taumelte hinaus in den Wald. Ich rief den Hausarzt an, der uns riet, Cornelius in eine psychiatrische Anstalt zu bringen. »Ja, wie denn?« fragte ich erregt. Ich habe sogar gelacht bei dem Gedanken, in den dunklen Wald zu laufen, um diesen Berserker einzufangen und zu bändigen. Mein Lachen gellt mir heute noch in den Ohren. Dabei erinnere ich mich, daß mir die ganze Woche lang die Haare zu Berge standen.

Cornelius meldete sich drei Tage später selbst bei der Psychiatrischen Klinik und blieb dort sechs Wochen lang. Als er wieder bei uns war, schluckte er zusätzlich zu den alten Medikamenten neue, besonders starke Neuroleptika, die furchtbar müde machen. Er schleppte sich mit kleinen Schritten und hängenden Armen durchs Haus, aber er beobachtete mich mit stechenden, haßerfüllten Augen. Wie ein Dämon folgte er mir mit diesen kleinen Schritten. »Na, hast du schon einen Nachfolger? Oder ist der auch schon am Ende? Amüsierst du dich gut da draußen? Wie fühlt man sich, wenn man seinen Nächsten absaufen läßt?«

Er hatte mich vor sich gewarnt, ich hatte nicht hören wollen. Ich hatte ihn verklärt, weil ich mich selber verklären wollte. In der Kur hatte ein Kurschatten mich mal gefragt: »Na, der Gatte hält wohl nicht, was er versprach?«, und da murmelte ich: »Versprochen hat er nie etwas. Es ist alles meine Schuld.« (Der Kurschatten verflüchtigte sich.)

8.

Hemjö schimpft, daß die »Klatschen« nicht gekommen sind. Was für Klatschen? Er will, daß in jedem Zimmer eine Fliegenklatsche liegt: Wehret den Anfängen! Seine Frau hat's vergessen, sie mußte noch zur Kosmetikerin.

Seine Frau ist auf dem Absprung, und er kämpft mit allen Mitteln gegen Fliegen! Gestern hat ihn wieder ein Lehrling nachts mit Eimer und Spritze in den Ställen gesehen. Er war auch in Küche und Restaurant, ich sehe das an den toten Fliegen in den bereitgestellten Tellern und Tassen. Das Frühstück macht Gesine, sie kippt die Fliegen weg, spült aber nichts aus. Alle klagen über Schwindel und Müdigkeit. Ich frage meinen Hausarzt. Der sagt, gefährdet sind vor allem diejenigen, die als erste aus den Tassen trinken. Ich spüle jetzt, wenn ich in die Küche komme, alles Geschirr, das unabgedeckt dasteht. Übrigens habe ich den Arzt auch gefragt, ob man durch Untersuchung Fliegengift nachweisen kann. Zu aufwendig und kostspielig, sagt er. Aber das Gesundheitsamt würde automatisch informiert.

Weil mir der Mumm fehlt, mit Crove zu streiten, nehme ich mir wieder mal Gesine vor: Ich erkläre ihr alles über Fliegengift und plädiere, wie seit zwei Jahren, für Fliegengehänge an den Küchentüren. »Das Gift ist gefährlich, bitte, machen Sie ihm das klar!«

»Er weiß es«, antwortet sie. Ihr selbst sei oft übel, wenn sie in der Küche gearbeitet habe. »Und kürzlich war doch Otto Dierksen bei uns«, erzählt sie. Croves hatten Dierksen und seine Frau zum Abendessen eingeladen, aber Dierksen ging es gar nicht gut, er hatte Schweißperlen auf der Stirn und zitterte immer stärker, und plötzlich rutschte er vom Stuhl und war so naß und glatt vor Schweiß, daß sie ihn nicht halten konnten. Notarztwagen. Otto Dierksen ist Landwirt und hat seine Felder mit Insektengift besprüht. Weil der Wind ungünstig stand, drang das Gift in seine Fahrerkabine. Otto Dierksen liegt jetzt auf der Intensivstation, erst seit zwei Tagen außer Lebensgefahr, Folgeschäden noch unklar. »Was hat Ihr Mann dazu gesagt?« frage ich Gesine. »Stellen Sie sich vor«, antwortet sie: »Nichts!«

Bedeuten Croves rote Augen und seine rauhe Stimme vielleicht eine beginnende Kehlkopfentzündung? Vergiftung? Schließlich steht er ja immer in einer Wolke von Insektengift! Vielleicht erleidet er gerade jetzt an der Schwelle zur Restaurantküche einen Erstickungsanfall wie Bauer Dierksen und rutscht glitschig vor Schweiß die lange Treppe zur Halle hinab?

Fehlanzeige. Crove ist aktiv wie je. Heute schimpfte er auf einen Geschäftspartner, der ihn reinzulegen versuchte, obwohl doch er selbst, Crove, ihn reinlegen wollte. Jetzt drohen sie einander mit Gericht, Zeugen werden gekauft. »Dem glaubt keiner. Der hing ja schon mehrmals im schwarzen Kasten!« (Ankündigung der Zwangsversteigerung.)

Aber: Gesine war mal wieder weg. Ohne sich abzumelden. Hemjö kam aufgeregt die Treppe hoch, mit vor Angst ganz piepsiger Stimme und wackligen Knien. In dem Moment kehrte Gesine zurück und erzählte strahlend, daß sie noch auf dem Friedhof gewesen sei, das Grab der Schwiegereltern besuchen. Inge und ich stellten Fragen nach der Schwiegermutter – sie konnte keine beantworten und fing schließlich laut zu lachen an, weil sie verstand, weswegen sie ausgefragt wurde.

Abwarten.

*

Crove hat in lauerndem Ton zu Inge gesagt: »Es gibt jemanden im Hintergrund. Ich kriege das raus. Ich merke alles.« Er mißtraut seiner Frau, weil sie so oft zum Zahnarzt fährt.

Gesine fragt Inge: »Hat Hemjö dir Geld für Informationen geboten?«

Inge erzählt mir, sie habe das empört zurückgewiesen. Wirkt aber geschmeichelt.

Crove, zwischen verschiedenen Nöten hin- und hergerissen. Heute *stürzte* er ins Restaurant, während Inge Staub saugte und ich kochte. Er schien außer sich. Ich, angenehm überrascht, drehte das Gas runter und kam an den Tresen. Er wedelte so heftig mit einem Stück Papier, daß Inge den Staubsauger ausstellte, um zuzuhören. »Da! Das da! Seht selbst! Soviel muß ich an das Finanzamt zahlen!« rief er. Wir lasen, daß er für August 1997 6.600 Mark Steuern zahlen muß. Na und, Herr Crove? »Wir können gern ein bißchen mitzählen«, sagte ich und wies auf den Stapel der blauen Zettel mit den Kursterminen. Seine Stimme überschlug sich: »Und DREISSIGTAUSEND muß ich nachzahlen!« Unwillkürlich gingen Inge und ich zu ihm und legten ihm gleichzeitig eine Hand auf die Schulter. Er sank in sich zusammen. Dann floh er wie von Furien gejagt.

Sinnend blickt Inge ihm nach. »Es ist wirklich alles etwas viel für ihn!«

Ich bin zufrieden. »Tja, selbstgewähltes Schicksal, würd ich sagen!« Da stehen wir als Zuschauerinnen und geben großzügige Kommentare, während dieser Verrückte uns plattmacht.

Er könnte sich allmählich die Kugel geben, finde ich, aber nein, er kämpft. Um lächerliche Sachen manchmal (meistens), etwa meinen berühmten Erlhof-Tee, den kalten Tee, den ich zum Essen anbiete: Malve-Hibiscus, mit Himbeersirup gesüßt. Ursprünglich hatte ich diesen Tee für die Ponykinder gedacht, aber die ziehen Cola und Fanta vor, während die Erwachsenen von dem Tee ganz begeistert sind. Ein Karton Großverbrauchertee, mit dem ich zirka eine Woche auskomme, kostet um 100 Mark. Dazu kommen der Sirup und mein Stundenlohn. Crove meint in nur halb scherzhaftem Ton, ich würde ihn ruinieren. Ich bin perplex. »Wegen hundert Mark?« – »Ja, die Gäste kaufen ja keine Getränke mehr!« (Der Tee ist gratis.) Zum ersten Mal habe ich Crove einfach ausgelacht vor Verachtung. Auf ihn hat es, glaube ich, Eindruck gemacht. Jetzt fühle ich mich wie ein Torero. »Ich werde die Preise erhöhen müssen!« rief er mir nach.

Heute konnte er nicht mal *Bild* lesen: Er vermißt seine Lesebrille. Gesine hat Inge anvertraut: »Die lag samt Zeitung in meinem Bett. Als ich die Zeitung hochhob, fiel die Brille zu Boden, und ich war so in Fahrt, ich hab ein paarmal draufgetreten und das Ding dann weggeschmissen. Soll er doch suchen.«

Aber es kann natürlich alles noch dauern. Die Alltagsgeschäfte führt Crove nach wie vor überlegen. Ohne mit der Wimper zu zucken hat er zum Beispiel den alten Benno entsorgt – das gescheckte Pony, das immer den bunten Planwagen mit den Kindern zur Ostsee gezogen hat. Benno ist 23 Jahre alt und hat eine Hufkrankheit – Hufe durchgescheuert, er läuft auf blutigen Knochen, gibt es das? Crove hatte das eine oder andere probiert, »wenn das nichts bringt, muß er zum Schlachter«, und heute morgen war es so weit. Benno stakste mühsam auf den Anhänger, treuherzig und irgendwie würdevoll, die Kinder haben immer erzählt, wie wichtig er sich vor dem Planwagen nahm. Jetzt standen sie um ihn herum, und eines fragte: »Wohin fährt denn der Benno?« – »Zum Tierarzt«, antwortete Crove in seinem vertrauenerweckendsten Tonfall.

*

Ich habe beim Chef erreicht, daß die Putzfrauen ein Mittagessen bekommen! Aber, sagt er, »die Zeit des Stillsitzens wird vom Lohn abgezogen.« Heute sitzt er mit verkniffenem Gesicht am Nebentisch, während sie essen; sie wagen nicht zu mucksen, löffeln hastig ihren Eintopf und verschwinden, als hätten sie ein schlechtes Gewissen. Warum? Jede von ihnen bekommt zwölf Mark die Stunde (schwarz), allein für die Reinigung eines Ferienhauses, die eine halbe Stunde dauert, stellt Crove dreißig Mark in Rechnung. Und so weiter und so fort. Die Abwassergebühren an die Gemeinde werden für vier Personen (Familie Crove) und sechs Übernachtungsgäste berechnet. Der Hof läuft unter Landwirtschaft, und Landwirten geht's nun mal schlecht, erzählt Gesine strahlend.

Sonja ist wieder in Warendorf: zweiter Anlauf für die Prüfung. Crove verlangte, daß sie jeden Tag anruft, und meistens hat sie einen von uns am Apparat. Ihre Berichte klingen negativ. Aus dem Hintergrund die Stimme der Mutter, die Sonja begleitet: »Segg dat von dat Perd, segg dat, wat he seggt hett...« – »Jetzt sei doch endlich mal still!« schnauzt Sonja. Das erste Pferd war zu jung, zu wild, und konnte nicht springen. Das zweite entzog sich ihren Hilfen. »Aber ich *muß* die Prüfung schaffen!« hat sie den Lehrer beschworen. »Mir egal, was du mußt«, hat der angeblich geantwortet. »Wenn du nicht reiten kannst, kannst du meinetwegen unter der Brücke schlafen.« Einmal hat Sonja auch Crove an der Strippe und fleht ihn an zu kommen. »Was soll ich da? Die fühlen sich eher noch auf den Schlips getreten«, antwortet der. »Da mußt du allein durch.«

Drei Tage später ein ganz anderer Anruf: Sie hat bestanden! Und nicht nur das: Sie sei die Beste, Begabteste, solle nach Ablauf der gesetzlich festgelegten Zeit wiederkommen und den Meister machen!

Jetzt ist sie wieder da. Kurz wird gefeiert. Crove erscheint sogar mit Krawatte, stiftet eine Flasche Rüttgers Club und ist stolz, als habe er selbst die Prüfung bestanden. Dann zieht er sich zurück und überläßt ihr die Arbeit. Es ist nämlich gerade eine Gruppe behinderter Kinder da, mit denen beschäftigt er sich nicht gern.

»Wie is das mit die Lappens, Frau Hassel?« fragt Frau Ahrns. »Mit die grünen und die blauen? Inge, bring mal die Kastens mit, für die Messers und die Gabeln!«

Sie hat es eilig.

»Auf Ihnen wartet ja keiner«, verabschiedet sie sich von mir, »aber auf mir!« und erinnert mich daran, ich soll Spiritus zum Fensterputzen mitbringen: »Segg jüm, son, womit man die Hühners affsengeln deit!«

Sie ist sehr mitteilsam heute. Erzählt sogar, daß Sonja eigentlich hätte Anja heißen sollen. »Aber ick wüür so upgeregt un dörchenanner, as de Standesbeamte keum, dor heff ick in de Upregung den falschen Naam seggt. Nachher güng dat nich mier.«

Und dann erzählt sie noch, daß sie am Wochenende ihre Schwester in Bremerhaven besucht. Ebenfalls aufregend und anstrengend. Wenn Frau Ahrns verreist, nimmt sie stets Putzmittel mit, berichtet sie, und zählt auf, was man alles so brauchen tut ...

*

Gäste. Außer sich vor Wut ist Familie Trojahn (Appartement 7): Ihr junger Schäferhund, den sie auf Erlhof immer an der Leine führen, wurde von einer Dogge und einem Bullterrier angefallen. Herr Trojahn geriet selbst in Gefahr, seine Frau konnte die Pferde kaum halten. Die schrecklichen Hunde kommen aus einem Ferienhaus und gehören einer Frau, die jammert: »Meine Hundchen sind brav, tun keinem was und ich möchte bitteschön meine Ruhe haben. Nehmen Sie doch einen anderen Weg!«

Die Dogge ist so groß wie ein Pony.

Ein Kind fragte den Lehrer: »Wie machen die das bloß, daß das Essen so gut schmeckt?« Habe mich gefreut. Aber mit anderen Gästen habe ich Ärger. Da sind zum Beispiel zwei Jungs aus reichen Familien, die im Zusammenhang mit meinem Essen das Wort »Fraß« gebraucht haben. Gestern kam einer mittags ins Restaurant, fragte, was es zu essen gäbe, ging ans Telefon und ließ sich ein Menü kommen. Den Rest warf er in den Abfall.

Dann ist da noch eine Vegetarierin, die sich dauernd beklagt, aber es ist absolut unmöglich, bei hundert Gästen für eine Person extra zu kochen. Sie benimmt sich zickig und muß auch beim Reiten ständig ein anderes Pferd haben (normalerweise hat jeder Reiter eines für die ganzen zwei Wochen). Crove sagt ganz ruhig zu ihr: »Noch eine Beschwerde, und ich werfe Sie raus.«

Sie wird blaß wie ein Meerrettich. Um ihr eine Freude zu machen, bereite ich für sechzig Personen eine Salatplatte zu: sehr, sehr viel Arbeit. Es geht auch nur, weil vierzig Gäste – die Kinder – eine Planwagenfahrt machen werden und Nudeln mit Hacksoße an den See gebracht bekommen sollen. (Dann ist das Wetter zu schlecht und sie bleiben da, Salatplatten wollen sie nicht, und ich koche wie verrückt.)

Die Vegetarierin erscheint: »Das soll ein Mittagessen sein?

Na schön! Das ist ja wieder mal …« Dann sitzt sie an einem Tisch, an dem alle anderen lustvoll (jawohl!) Nudeln mit Hacksoße essen, und kaut Kürbiskerne. Der Salat besteht aus grünen Blättern, Möhren, Erbsen, Bohnen, Mais, Tomaten, Gurken, Spargel. Die Salatsoße enthält Mayo, Remou, Sahne, Ketchup, Senf, Aprikosen, Pfirsich, Zwiebel und Gewürze – sie ist allein schon sättigend.

Am nächsten Tag gibt es zum Gyros, das sie natürlich nicht ißt, Reis und Erbsen und Möhrchen mit Mehlschwitze. Sie bringt ihren Teller zurück: ein Häufchen Reis mit lauter Erbsen. Möhrchen mochte sie.

Ich ärgere mich über sie, über mich, auf einmal wieder mit voller Wucht über die Unzulänglichkeit des Betriebs. Was soll ich tun? Bestimmte Abläufe und Regeln in einer Großküche müssen einfach beachtet werden, vor allem die Hygiene; aber nicht mal die Chefin hält sich daran. Bin ich nicht da, wird geraucht. Die Aufschnittmaschine, nur von Frühstück- und Abendbrotleuten benutzt, wird nie gereinigt, Aufschnitt- und Kuchenplatten sind glitschig, weil ebenfalls unabgewaschen immer wieder benutzt. »Falls jemand vom Gesundheitsamt mal einen Blick in unsere Kühlschränke wirft, wird der Laden dichtgemacht!« erkläre ich Gesine zum hundertsten Mal. Sie seufzt. Kürzlich, als ich morgens den Herd anwerfen wollte, krabbelten drei Maden darauf herum. Ich sagte es beiden Croves – von ihr Kulleraugen und ein »O wie schrecklich«, von ihm keine Reaktion.

Noch vier Monate bis zur Rente.

*

Crove ist vom Pferd gefallen, das heißt, das Pferd ist gestolpert und er kopfüber in den Sand der Halle gesaust. Sonja übernahm den Unterricht, Crove ging unter die Dusche. Erschien bei uns irgendwie aufgekratzt, wies auf die Beule auf der Stirn und sagte, daß er sich wohl auch das Genick verstaucht habe. »Aber einen kampf- und sturmerprobten alten Hasen wie mich ficht das nicht an.« Jetzt kramt er in einem Haufen alter *Bild*-Zeitungen, die immer auf der Fensterbank neben seinem Eßtisch liegen, und bittet Inge, ihm einen Artikel »über Schildkröten« vorzulesen, weil er keine Brille hat. Vor allem will er wissen, warum Schildkröten so alt werden. »Nicht, daß ich 150 Jahre alt werden will. Aber 120 sollten's schon sein. Natürlich bei bester Gesundheit.«

Idiot.

Die Idee läßt ihn nicht los. »Was bin ich nur für ein Phänomen!« sagt er. »Ich werd nicht älter!«

Zur Frau gewandt: »Und wenn ich nun auch noch Viagra nehme« – sie juchzt – »dann kannst du überhaupt nicht mehr kriechen!«

»Sie alter Angeber«, sagt Inge zu ihm.

»Eine Nacht für eine Million? Würdest du?« Eine Unterhaltung zwischen Gesine und Inge. Inge ist unschlüssig, aber Gesine würde. Sofort!

Und wieder Crove, am nächsten Morgen am Frühstückstisch: »Wißt ihr, daß Rudi Carrell zwei Frauen hat? Möchte ich auch«, lacht er vergnügt, und Gesine ruft schrill: »Du?« Ja, er möchte – weil es um jeden seiner Samen, der verlorengeht, schade sei. »Ich habe mir überlegt, daß es für die Menschheit von Nutzen wäre, wenn von Männern wie mir Reagenzgläschen mit zehn Stück pro Glas aufbewahrt würden!«

Inge (!) flüstert: »Gott bewahre!«

*

Unerträglich heiß, um dreißig Grad. In der Küche steht die Luft, kein Fenster, kein Ventilator, dafür Ammoniakdunst aus dem Stall, Strohstaub von der Treppe. Alle machen Fehler, am meisten Frau Ahrns. Gestern ist sie gestürzt, ihr Knie schwoll an. Heute höre ich plötzlich gellende Schreie: Frau Ahrns' Finger ist im Geschirrspülkorb steckengeblieben. Im Nu ist die Küche voller Kinder und der kleine Finger dick und blau. Ich helfe und wundere mich, daß Frau Ahrns mit ihrer freien Hand nicht einfach den Spülkorb, der locker in einer metallenen Führung steht, hochgehoben und den Finger aus dem Gitter gezogen hat.

»Meine Nervens!« heult sie. »Immer auf mir! Immer hab ich die Schuld, immer muß ich alles allein machen« usw., dabei schimpft kein Mensch »auf ihr«, sie ist bloß am Ende mit ihrer Kraft und hat keine Übersicht. Im Streß weint und schreit sie. Bei Gesine beklagt sie sich über meine »Strenge«: was ich wieder gesagt hätte. Immer falsch verstanden. Ich bin nun wirklich die einzige im ganzen Betrieb, die es gut mit ihr meint. Aber Frau Ahrns glaubt, ich wolle sie los sein und eine andere einstellen. (Leider weiß ich keine andere.)

»Sie ruiniert sich selbst!« sagt Gesine zufrieden.

Der Chef überlegt am Frühstückstisch laut, daß sie im nächsten Jahr wohl kaum noch als Arbeitskraft in Frage kommt: »Bis dahin ist sie kaputt.«

Inge vertraut mir an, daß ihre und des Chefs Hände sich versehentlich bei der Überprüfung des Sicherheitskastens berührt hätten. Ooooh!

*

Gesine will zur Modenschau nach Hamburg. Aber Hemjö rückt kein Taschengeld raus. Sie will sich was von einem ihrer schwarzen Konten holen, verkündet sie. »Immer und immer nur arbeiten, nein danke!«

Im nächsten Augenblick blüht sie auf, weil Inge ihr Früchte und Gemüse mitbringt: Erdbeeren, Kirschen, Lauch, Dill, Salat. Köstliche Sachen. »Wachsen die bei dir einfach so?« fragt Gesine, und Inge erzählt stolz von ihrem Gartenparadies, von Nachbarinnen, die untereinander Früchte tauschen, von spielenden Kindern, schattenspendenden Obstbäumen, Gewächshäusern und Teichlein – es entsteht ein anheimelndes Bild nachbarschaftlicher Nähe. »Ich möchte auch einen Garten haben«, sagt Gesine verträumt. Interessant: Sie, die sich um andere Leute so gar nicht schert, hat offenbar eine Sehnsucht nach sozialer Harmonie und würde theoretisch dafür sogar Geld ausgeben.

Frau Ahrns hat jetzt eine Brille! Der Doktor hat gesagt, daß sie die immer tragen soll!

Crove hat keine Brille. Er sucht immer noch nach der, die Gesine zertreten hat. Heute beim Aufstehen hatte er Nasenbluten (Fliegengift?). Wir beobachten, wie langsam und schwer er die Treppe heraufkommt.

Später sah ich, wie Inge ihm mitleidig über den Rücken strich. »Was soll das«, fragte er gereizt. – »Ein wenig müssen Sie doch verwöhnt werden«, sagte Inge zu ihm, und später zu mir: »Ich würde es noch einmal tun.«

Croves Augen sind rot und nässen – entzündet. Er glaubt, es läge an der neuen Brille, und sucht immer noch die alte. Was sagt der Arzt? »Der Arzt taugt nichts!« Crove wird noch einmal hingehen, ein anderes Mittel fordern, sonst den Arzt wechseln. Meine Diagnose: Fliegengift. Jeden dritten Morgen finde ich den weißlichen Belag.

Vielleicht wird er blind?

*

Wieder mal steht Gesines Geburtstag bevor. Gesine will eine Party veranstalten, ist aufgekratzt, lechzt nach der Bewunderung der Gäste. Eine Stunde lang übt sie täglich im Ankleidezimmer, ist bemerkenswert freundlich mit jedermann. Sie wird vierunddreißig.

Ihre gute Stimmung entwaffnet wie immer alle. Gestern ist sie in eine Verkehrskontrolle graten. Sie war nicht angeschnallt und sollte ein Bußgeld zahlen. Liebreizend (sie macht es uns vor) hat sie dem Polizeibeamten erklärt, daß sie vom Pferd gefallen sei und einen Gurt am Körper nun nicht ertragen könne (Lüge). »Wollen Sie sich überzeugen?« Nein, das wollte der Beamte nicht, aber er hat sie ohne Strafe weiterfahren lassen.

Ich gehe jeden Tag spazieren, und oft komme ich an der Moorwiese vorüber. Wir haben Mitte September. Die Abende sind kühl und klar, mit einem prächtigen, vielfarbigen Himmel.

Heute regnet es in Strömen. Das Fell der Pferde ist glatt und dunkel vor Nässe, mir durchweicht das Wasser die Sandalen. Die Pferde sehen mich schon aus der Ferne kommen und traben auf den Weidezaun zu. Ein paar Weiden weiter brüllen Kühe. Und dann ist da noch der einsame Schwan unterwegs. Gravitätisch watschelt er vor mir her, warum fliegt er nicht über den Acker hinunter zum See, zu den anderen Schwänen? Ich will sehen, ob er verletzt ist, aber als ich näher komme, zischt er mich böse an.

Gestern war Gesines großer Tag. Fast alle sind gekommen, auch die Europameisterin Suntona, übrigens mit Ehemann, von dem alle entzückt sind: »So ein feiner, zierlicher Mann, mit winzigen Füßchen!« schwärmt nicht nur Inge, »ein Richter, glaube ich.«

Prominenz. Das Restaurant war voll der schönsten

Sträuße, und Inge hat fast eine Stunde gebraucht, um sie rüber ins Wohnhaus zu schaffen. Übrigens war die Party kurz. Gegen elf Uhr vormittags kamen die ersten Gäste, um dreizehn Uhr waren alle wieder weg. »Macht nix«, sagte das Geburtstagskind, »wir wollten nachmittags ja sowieso zum Turnier.« Ein schönes Buffet gab es und Frau Ahrns, die zum Abräumen und Abwaschen bestellt worden war, erzählte: »Ich hab mir erstmal ordentlich satt gegessen.« Auch Inge war eingeladen und durfte diesmal mitfeiern, aber für sie war's fast zu feudal. »Die Namen der anderen Geladenen standen so hoch über mir«, haucht sie. Ihre Dankbarkeit drückt sie aus, indem sie Gesine andauernd heftig, geradezu verschwörerisch, umarmt. Ich sehe einmal, daß sie Gesine zärtlich über den Rücken streicht. Die juchzt.

*

Jeden Mittwoch werden die beiden Crove-Kinder zum Reiten von Hohelinde nach Erlhof geholt. Freds Pferd ist dann schon aufgetrenst, dazu hat er keine Lust. Aber reiten muß er. Letzte Woche hat er an seinem ersten Turnier teilgenommen und wurde Fünfter, Jessica Zweite. Auch in der Schule hat er kleine Erfolge, allmählich erwacht in ihm der Ehrgeiz. Das Internat tut den Kindern gut, glaube ich.

Nur wenn sie vom Vater zum Arbeiten eingeteilt werden, stellen sie sich quer. Jessica warnt: »Vorsicht, Papa, nicht übertreiben!« Fred soll den Gästen – für ein Taschengeld – die Zimmer und Boxen zeigen. Aber er kennt sich überhaupt nicht aus. Der Vater erklärt ihm genau, wo alle Zimmer und die verschiedenen Ställe liegen, welche Boxen für die mitgebrachten Reitpferde vorgesehen sind. Fred schaut gelangweilt aus dem Fenster, während er mit seinem Jojo spielt: »Das kann ich mir sowieso nicht merken.«

Diesen Mittwoch haben die beiden vier andere Kinder

mitgebracht, »Eine richtige kleine Baroneß war dabei«, schwärmt Inge am nächsten Morgen, »sü-üß!« (den Tonfall kennen wir doch?) Jessica berichtet: »Ich hab jetzt fünf Brieffreundinnen!« Ja woher denn? »Aus Anzeigen – jetzt kriege ich am meisten Post von allen.« »Und du, Fred, hast du auch?« will der Vater wissen. »Nee, ich telefonier lieber«, ist die Antwort. »Sü-üß!« kommt es von der Mutter.

Ich habe eine schwere Migräne. Übelkeit, Erbrechen, vor allem Schwindel, Flimmern vor den Augen, ich bin zittrig und benebelt. Leider kriege ich das inzwischen immer häufiger, mindestens einmal im Monat, und immer habe ich trotzdem gearbeitet, aber diesmal geht es einfach nicht. Ich flüstere eine Nachricht auf den Croveschen Anrufbeantworter, frühmorgens kurz nach sieben, und weil ich fürchte, daß die nicht rechtzeitig abhören, benachrichtige ich Inge noch zu Hause. Zwei Stunden später ruft Crove bei mir an: »Was sollen wir tun?« Ich habe mir Gedanken gemacht und erkläre ihm einen einfachen Speiseplan. »Fein, da haben wir ja schon was! Und was ist mit Ihnen?« – »Ich habe Migräne.« – »Na dann, gute Besserung. Tschüß!«

*

Connys Pferd, der ältere der beiden »Jungs«, ist inzwischen sehr wackelig auf den Beinen. Aber Conny liebt ihn und führt ihn auf ruhigen Feldwegen spazieren. »Wenn der stirbt«, sagt sie, »kommt er nicht zum Abdecker.« In der Nähe Münchens gibt es ein Krematorium für Tierkadaver. Dahin will sie mit dem toten, von einem Schlachter zum Transport zerlegten Tier fahren, um die Asche würdig im Garten beisetzen zu können. Sie hat sich erkundigt, das geht!

Für alle läuft die Zeit ab, nur für Crove anscheinend nicht. »Wir bauen wieder!« verkündet er. »Ich bin richtig heiß!« Kurz darauf schimpft er: »Ihr könnt eben nicht organisieren!«

Unsere Reitgäste reagieren zunehmend gereizt, wenn der soundsovielte Bus vierzig neue Kinder ausspuckt, vierzig unverwüstliche Zehnjährige, die sogleich lärmend den Hallenvorraum stürmen – bei mir sind zweiundzwanzig angemeldet, dazu fünfzehn Erwachsene mehr als auf dem Crove-Plan. Die Erwachsenen müssen warten, bis die vielen Gören abgefüttert sind, und sitzen nach der Reitstunde auf der großen Treppe, um sich zur Seite zu werfen, wenn die Kinder als Pulk die Stufen runterdonnern.

Miese Stimmung auch im Herrenhaus.

Gesine zu Inge: »Es wird immer schlimmer. Wir streiten jeden Tag, er brüllt mich an!«

Später, beim Essen, schnappt sie ein wegen irgendwas. Jessica kuschelt sich an ihren Vater und sagt: »Du weißt doch, Papa, immer wenn sie ein bißchen arbeiten muß, wird sie gallig!« Woraufhin Crove in ein wirklich gemeines, lautes Lachen ausbricht. All das hören die Gäste (Mittagessen). Gesine nimmt ihren Teller und geht in den Töpferaum, um allein weiterzuessen.

Und – ach, es ist wirklich zu doof, immer das gleiche: Statt ihre Angelegenheiten in Ordnung zu bringen, werfen Croves sich mit neuer Energie auf ihre Angestellten, um denen noch ein paar Pfennige abzupressen. Letzten Sonntag brachte eine Aushilfsputzfrau ihre drei Kinder mit, die dann natürlich was essen wollten. Sie schaffte es, die beiden älteren Kinder mit Vertröstungen hinauszuschicken, und ließ nur das Jüngste von ihrem Teller essen, erbat (und bekam) allerdings mehrmals Nachschlag. »Es ißt nicht viel«, sagte sie, während das kleine Gör drauflosschaufelte. Crove kam rein, erfaßte die Lage mit einem Blick und ging wieder hinaus.

Montag morgens überlegte er laut am Frühstückstisch, daß er in Zukunft vom Personal je vier Mark fürs Mittagessen nehmen will. Er ging, »We are the champions« pfeifend, die Treppe hinunter.

Frau Ahrns, die das mitbekommen hatte, erklärte uns stolz, daß sie selbst immer nur die halbe Stundenzahl aufschreibe: »Anners ward dat för em toveel!« Weiß denn Crove von ihrem Großmut? Hat sie's ihm gesagt? »Ja!« verkündet sie strahlend. »Em is dat recht.«

Heute (wieder Sonntag) ließ Crove die Putzfrauen um halb neun, bevor sie loslegten, zusammenrufen und erläuterte ihnen folgende Idee: Sie bekommen eine Mark mehr pro Stunde. (Aufleuchten in den Gesichtern.) Das Mittagessen ist kostenlos, aber »die halbe Stunde der Essens-Aufnahme sowie zweimal eine Viertelstunde fürs Rauchen wird von der Zeit abgezogen!« Die Ärmsten ließen sich darauf ein. Rein rechnerisch verdienen sie jetzt weniger als vorher. Begreifen sie das nicht? »Nee«, sagt Inge.

Und wieder hat die eine Aushilfsputzfrau ihre Kinder dabei. Sie kann aber, weil's regnet, die Älteren nicht hinaus auf den Hof schicken. Wieder sitzt das Jüngste eng neben seiner Mutter, die den Teller voll hat und dem Kind was in den Mund schiebt. Die größeren stehen daneben: »Mama, nur *eine* kleine Wurzel! Nur *ein* Stückchen Fleisch, *eine halbe* Kartoffel ...«

*

Kleiner Disput Gesines mit ihren Freunden aus Berlin. Gesine, strahlend wie immer sagt: »Nein! Hab ich nicht.«

»Doch«, sagt die Freundin.

»Aber nein!«

»Das wüßt ich doch«, wieder Gesine.

Die Freundin: »Aber ich habe dich dabei gesehn! Ich stand neben dir!«

Gesine empört, aber unglaublich nett, fast liebevoll: »Du irrst dich!«

Die Freundin, leicht gereizt, um Freundlichkeit bemüht: »Aber Gesine!«

Herr Crove, vom Nachbartisch: »Vielleicht war / habe ich – um was geht es denn eigentlich?«

Die Freundin: »Aber nein! Ich habe es doch gesehen.«

Das ganze Restaurant hört zu. Gesine geht, sagt aber noch: »Du verwechselst da was!«

Die Freundin lacht etwas verkrampft: »Dich und verwechseln? Nie!«

Der arme Nelson trauert jetzt die meiste Zeit in seinem Zwinger, nur nachts wird er reingeholt, damit er das Herrenhaus bewacht. Ruhelos stromert er zwischen den beiden Wohnzimmern, Küche und Flur hin und her. Gestern hat er auf den Teppich geschissen; Frau Ahrns bekam's nicht sauber, und Gesine mußte die Teppichreinigung beauftragen, sie war ziemlich sauer. Warum? Sie unterstellt dem Tier »Undankbarkeit«. Dieses Wort aus ihrem Mund, und kein Blitz fährt vom Himmel, sie zu strafen.

Crove hat Nelson verprügelt. Armer Hund.

Morgens – schon herbstlich jetzt, Nebelschwaden über den Feldern, die Sonne kämpft sich immer mühsamer durch – gehe ich vor der Arbeit ums Haus, um einen Blick auf den Zwinger zu werfen. Ich frage mich, ob Nelson wenigstens ordentlich gefüttert wird – er kommt mir mager vor. Manchmal schicke ich Kirsti mit Essensresten rüber; sie darf ihn füttern. Ich denke, vielleicht gewöhnt er sich an meinen Geruch. Leider zeigt er Charakter: Er wendet sich immer ab, wenn ich näher komme, obwohl er dabei traurig aussieht. Ich weiß nicht, was ich tun soll. Einerseits will ich ihn nicht erniedrigen, andererseits denke ich, er ist vielleicht doch über eine Ansprache froh, auch wenn er es nicht zeigen darf.

*

Letzte Woche ist Gesine wieder abgehauen – endlich! möchte ich sagen, obwohl ich nicht weiß, was dadurch besser werden soll. Inge wollte Gesine noch aufhalten: »Bleib! Tu's nicht!« Daraufhin legte Gesine sich noch mal ins Bett – heller Vormittag. Und so weiter. Inge spähte dann ständig aus dem Fenster und raunte: »Da kommt Schlimmes auf uns zu!«

Wieso Schlimmes? Was heißt uns? Auf Inge? Auf mich?

Dann war das Auto fort.

Inge rannte ins Herrenhaus. Koffer, Hund und Auto weg.

Inge wieder in der Küche, voller Bedenken. Sie mußte es dem Chef sagen, aber noch war er im Unterricht. Und so weiter. Schließlich sagte sie es ihm. Und den Grund:

»Fliegengift!« Quatsch. Sogar Hemjö ist laut Inge in Hohngelächter ausgebrochen: »Die soll selber mal ordentlich saubermachen! Die spinnt ja! Die ist übernächtigt! Jeden Abend drei Gläser Wein.«

Am nächsten Tag mehrere Anrufe Gesines, tatsächlich in Erlhof-Angelegenheiten: »Inge, hol eine Torte aus dem Gefrier! Ein Kind aus Nr. zwölf hat Geburtstag. Deckst du den Tisch?« Und so weiter. Wir schlossen daraus: Sie hat keinen neuen Liebhaber. Sie hat die Leere unterschätzt, die sich jetzt auftut. Was anderes als Erlhof hat sie ja nicht. Sie will und kann gar nichts Neues, also wird sie zurückkehren. Vorher verhandelt sie. Flucht und Fliegengift sind nur Taktik, Teil eines Machtkampfes.

Ich konnte es nicht ernst nehmen, aber auf Erlhof redeten sich wie immer alle die Köpfe heiß. Frau Ahrns mittendrin: »De olle Gnaddelbüdel«, damit meint sie ihren sonst so hochverehrten Chef, »se is ja veel to jung, un den Betrieb nich gewachsen.«

Einen Tag später war Gesine wieder da. Inge hat sie überredet zurückzukommen. Du liebe Güte, wozu bloß? Das Ehepaar redet nicht miteinander.

Inge hat offensichtlich Angst; ist blaß, unsicher, unruhig, erschöpft. Was ist los?

»Ich kann nicht darüber reden, es tut mir leid. Er hat gesagt, daß ich das und das tun soll, er ist mein Chef, ich muß es tun. Er hat was rausgekriegt. Jetzt kommt er dauernd an.«

Das stimmt. Bereits gestern nachmittag, heute wieder vor und nach dem Unterricht kommt er pfeifend, überfreundlich, unnatürlich grinsend ins Restaurant, nimmt Inge beiseite, redet auf sie ein, geht wieder.

»Jetzt passiert was!« japst sie und verschwindet im Töpferaum.

»Inge, was ist los?« Sie zittert, kämpft mit den Tränen, schüttelt den Kopf: »Ich kann nicht, laß mich.«

»Was auch immer es ist«, sage ich, »denk daran: Er ist nur dein Arbeitgeber, nicht der Herr deiner Seele. Du mußt nichts tun, was gegen dein Gewissen ist.« (Andererseits: Was ist das Gewissen?)

Sie sagt: »Ich weiß, daß sie geht. Sie kann gar nicht anders. Sie sucht nach Möglichkeiten.«

»Und? Wäre das so schlimm?«

Gesine bleibt. Hin und wieder taucht sie auf an diesem Vormittag, strahlend, werbend. Sie raunt Inge zu: »Ich ruf dich heut nachmittag zu Hause an.«

Mit mir gibt es Betriebliches zu besprechen. Sie säuselt, lächelt, gibt sich fast zärtlich.

Mittagsstunde macht sie mit ihm gemeinsam.

Zu Inge hat sie gesagt: »Sollte einem von uns, mir oder

dir, an der Kasse was passieren, tot umfallen oder so, er würde kurz sagen: Wegräumen, die Nächste her!«

Hemjö berät seine Geschäfte mit Inge – zu zweit beugen sie sich über Papiere. Auch Inge bittet ihn um Rat. Es geht um Geld – wo man es anlegt, und so: Die Podaks sind möglicherweise einem Versicherungsbetrüger auf den Leim gegangen. »So macht man das auch nicht«, weiß Crove, und rät: »Fonds! Doppelte Gewinne! Einmal fünfzig angelegt, hundert rausgeholt, tausend, versteht sich.«

Wiederholt sagt er zu Inge: »Mit Ihnen kann ich wenigstens reden! Wenn ich Gesine…«

Es ist auch Inge, die fragt, was denn nun eigentlich wieder draußen (von diesmal ungarischen Schwarzarbeitern) gebaut würde? Ein Basketballplatz, antwortet er. Seine Frau, die daneben sitzt, ist empört: »Davon weiß ich ja gar nichts!« Er: »Es interessiert dich doch auch nicht.« Sie: »Das muß ich wissen, dann brauchen wir doch auch einen Korb!«

*

Und jetzt ist schon tiefer Herbst: Regen in Strömen, Schlamm, Matsch, Wind, Sturm. Die Kinder wollen dauernd bei den Pferden sein und sehen entsprechend aus.

Vorgestern ist Frau Ahrns in ihrer Hektik gegen eine Wand gelaufen.

Gestern schlief sie wieder auf dem Fahrrad ein. »Dittmol in'n Greunen«, erzählt sie. »Dat is di een Geföhl – nix in'n Kopp un dat Hart bubbert!« Nach dem Unfall »im Grünen« fuhr sie nach Hause, setzte sich in nasser Regenkleidung auf den Küchenstuhl und schlief sofort ein. »As Hans keum, hett hei sick wunnert.« Da hatte sie im Sitzen bereits eine Stunde geschlafen. Das Ende einer langen, zermürbenden Saison.

Und heute – Sonja! Damit hatte keiner gerechnet! Richtiger Nervenzusammenbruch! So was! Kaum jemand hat den Chef je so schimpfen hören!

Ob er Recht hat, kann ich nicht beurteilen. Auf jeden Fall ist Sonja immer öfter krank, wenn Hochbetrieb herrscht. Andererseits ist sie praktisch dauernd im Geschirr, wird nie gelobt, oft beschimpft, und unterbezahlt ist sie sowieso.

Sonja kam also heute laut heulend die große Treppe herauf. Wurde von uns auf einen Stuhl gesetzt, wir legten ihr ein feuchtes Tuch auf die Stirn und gaben ihr heißen Zitronentee. Sie schrie und jammerte, die Küche füllte sich mit besorgten Gästen. Sonja heulte: »Ralf soll kommen und mich holen!« (Ihr Freund.) »Ich kann nicht mehr. Alle wollen immer was von mir. Mein Kopf tut weh. Mir ist schwarz vor Augen geworden. Ich kann nicht mehr stehen. Ich habe Ohrschmerzen, das kriege ich immer, wenn ich soviel reden muß!«

Kirsti rief Ralf an, Ralf kam, dann waren sie weg.

Als Crove das erfuhr, schimpfte er wie wahnsinnig mit Frau Ahrns, die natürlich ebenfalls sofort heulte. Den Frauen am Mittagstisch erzählte sie allerdings kurz darauf: »Dem hab ich's aber gegeben!« Sie spinnt total.

Crove hat erfahren, daß Sonja in der Nacht vor ihrem Zusammenbruch nur eine Stunde geschlafen habe (Disco). Als sie wieder zur Arbeit kommt, nimmt er sie hart ins Gebet. »Das Wort Streß mag ich nicht hören! Jeder muß seine Arbeit tun und sein Privatleben so einrichten, daß er genug Kraft dafür hat! Es ist schließlich nichts Übermenschliches, was ich verlange. Aber wer seine Leistung nicht bringt, der kriegt von mir keinerlei Verständnis, der darf nicht erwarten, daß ich das hinnehme«, usw. Die Rede war ziemlich lang, und offenbar ist ihm all das sehr wichtig.

Leider ist er mit dieser Philosophie nicht sehr konsequent.

Frau Schoenemann nämlich (zum Beispiel) kann sich bei ihm fast alles erlauben. Das ist ein neues Rätsel.

Frau Schoenemann soll Sonja helfen, und diese Hilfe sieht in der Regel so aus: Sonja leitet die samstägliche Kinderplanwagenfahrt zum Hemmeldorfer See, Beginn vierzehn Uhr, Frau Schoenemann soll sie begleiten. Sie hilft aber nicht mal beim Anschirren. »Ach, ich brauch noch 'nen Kaffee«, sagt sie um vierzehn Uhr zu Inge, bekommt die Tasse hingestellt, zündet sich eine Zigarette an und genießt. Draußen zuckelt Sonja mit dem Planwagen und der Ponykarawane los. Viertel nach zwei sieht Frau Schoenemann aus dem Fenster: »Die hol ich sowieso nicht mehr ein!« und bestellt sich einen zweiten Kaffee.

Crove kommt herein und schimpft nicht, kein Donnerwetter, kein »jeder an seinen Platz«. Er setzt sich zu ihr. Ihr fällt ein, daß sie ja abrechnen möchte, und er rennt nicht davon, wie er das bei uns tun würde, sondern blickt nickend auf den speckigen Zettel, auf dem Schoenemanns Stunden aufgelistet sind. Er prüft nicht nach. Er zieht sein Portemonnaie hervor.

»Nicht rausreißen!« ruft sie, als er den Abrechnungsbeleg aus ihrem Quittungsheft haben will, »Sonst fallen die anderen auch raus!«

»Tja«, sagte Crove, »dann mußt du dir ein anderes Heft zulegen, denn deine Belege brauche ich.«

Frau Schoenemann gibt ihm den Zettel nicht. Er nimmt es hin.

Er nimmt es hin! Warum? Inge und mich, in gewisser Hinsicht auch Frau Ahrns, Sonja, früher Frau Karsch – zuverlässige Arbeiter, geradezu Arbeitstiere – verfolgt er mit seinem Mißtrauen: Mit uns feilscht er um Viertelstunden, uns demütigt er bei jeder Auszahlung. Aber den Schlampen Gesine und Frau Schoenemann läßt er alles durchgehen. Ist es, weil sie sein Typ sind – schmal, sportlich, auf die gleiche kindliche Weise hübsch? Weil sie so gern Reithosen tragen auch dann, wenn sie nicht reiten (während er, der wirklich oft aufs Pferd muß, nie Reitkleidung trägt, nicht mal Gamaschen)? Weil sie lügen können, ohne rot zu werden? Ziehen sie ihn an, weil sie ihm so ähnlich, oder weil sie ihm fremd sind? (Rätsel?)

Unsere Leute beschäftigt zunehmend, wer wohl der Vater von Frau Schoenemanns künftigem Kind ist. Frau Schoenemann gibt preis, er sei verheiratet und Vater von zwei Kindern. Übrigens merkt man ihr die Schwangerschaft nicht an: Sie ist im fünften Monat und hat eben ein Springturnier gewonnen.

Gesine meint: »Alles Berechnung! Man kann doch, man wird doch, na, es gibt doch ...«

Sonja hat auch eine Meinung: »Vom nächsten Kind weiß ich nichts, aber Bealein sieht runtergerissen wie Herr Suntona aus!«

Herr Suntona? Dieser kleine, überfeine Mann, von dem all unsere Frauen so gerührt sind?

»Na warum nicht?« Sonja scheint die Idee geradezu selbstverständlich zu finden, daß der elfenhafte Herr Suntona sich mit der drahtigen, vulgären Frau Schoenemann paart. »Was soll er denn sonst tun? Suntona ist doch dauernd unterwegs! Bereiten, prüfen, jedes Wochenende auf Turnieren ...«

*

Gesine packt angeschimmeltes Brot mit in die Körbe und stellt es auf die Tische, bietet saure Milch, ranzige Butter an. Gerade Kinder trauen sich nichts zu sagen. Will Gesine Hemjö schaden? Oder haßt sie ihre Gäste? Heute (Großer Wechsel) hat sich herausgestellt, daß eines der abgereisten Kinder Bettnässer war. Seine Matratze hat Frau Ahrns ordnungsgemäß gegen eine neue getauscht, daraufhin fehlte aber eine Matratze in einem anderen Zimmer, jedenfalls war keine schnell genug zur Hand.

»Nimm die«, sagte Gesine zu unserer Aushilfe Steffi und deutete auf die vollgepinkelte. Steffi war arglos, aber sie hörte, wie Gesine zu dem Kind, das auf der Matratze schlafen sollte, sagte: »Das ist nur Wasser!«

Crove hat am Frühstückstisch zu Gesine und Inge gesagt: »ALLE WISSEN, DASS ICH EINE GUTE SEELE BIN!«

Oha!

Inge furchtbar angespannt. Sie hat Krach zu Hause wegen Erlhof, und dann muß sie auch noch zwischen Croves vermitteln. Sie tut alles für *ihn*, Hemjö. »Wie süß er ist! Heute zum Beispiel hat er ein heimwehkrankes Kind getröstet! Er hat es an der Hand genommen und zum Teich geführt!« Am Mittagstisch sagt sie zu Hemjö: »Ich habe gesehen, wie gut Sie trösten können!«

Das mag er hören, er nickt erfreut.

Inge fragt: »Würden Sie denn mich auch trösten, wenn ich Kummer hätte?«

»Ja«, sagt er.

Das wiederum mag Inge hören, sie erzählt es mir sofort. Die einen lügen hier zwanghaft, die anderen werden gern belogen.

Und es geht noch weiter. Der Chef sagt fast andächtig: »ICH HABE SOVIEL GÜTE IN MIR!« – etwas später, während Inge herumläuft und Gäste bedient.

Jetzt muß ich aber lachen.

»Was kicherst du?« fragt Inge mißtrauisch.

»Über seine Güte! Weißt du, was er damit meint? Daß er Gesine schonen würde, falls sie ihm seine Millionen läßt und gelegentlich mit ihm schläft.«

Inge wird blaß. »Oh nein! Damit ist es ganz und gar vorbei!«

Na, viel Spaß. Übrigens habe ich eine Bewerberin für meine Stelle gefunden, zufällig: Irina, eine Ukrainerin. Letzten Samstag hat sie mir auf Erlhof über die Schulter gesehen, aber abends rief sie an: »Zu schwere Arbeit für zu wenig Geld.«

Auf Crove hat sie einen guten Eindruck gemacht, aber er will ihr nur zwölf Mark zahlen. Ich bekomme sechzehn. Warum will er ihr nicht dasselbe geben?

Er kann mir nicht sagen, warum, aber er will und will nun mal nicht. »Nein!« ruft er. Er wird sogar heftig. »Ich werde inserieren!«

Irina ist verwitwet. Der Mann ist durch einen Bergwerksunfall ums Leben gekommen. Die beiden Kinder besuchen ein Gymnasium. Beide jobben für fünfzehn Mark pro Stunde, Irina verdient dasselbe als Putzfrau in Elmars Apotheke. In der Ukraine hat sie Ingenieurwissenschaften studiert.

**

Cornelius hatte unser Konto, das auf seinen Namen lief, sperren lassen, und ich verdiente halbtags nicht genug, um einen eigenen Haushalt zu führen. Während ich weiter nach einem Fluchtweg suchte, starb meine Mutter. Sie verschwand so, wie sie gelebt hatte: unmerklich. Sie hatte sich immer mehr um unseren Ruf als um ihre Gesundheit gesorgt, sich mehr über meine Trennungsideen beklagt als über ihr eigenes schwaches Herz. Sie starb unerwartet, im Schlaf.

Das wurde mein Ausweg: Für Vater mußte gesorgt werden, ich wußte nicht wohin, und so zog ich wieder in das Haus meiner Kindheit, sozusagen als Haushälterin meines Vaters.

Vater war damals achtzig. Er beschäftigte sich, indem er Chroniken der umliegenden Dörfer schrieb: Er studierte die Archive, Tauf- und Sterberegister, sammelte Bilder und historische Landkarten. Der befreundete Seniorchef eines landwirtschaftlichen Verlags druckte alle seine Bücher. Natürlich war das gut für Vater: Er war aktiv, das Autorenleben schmeichelte ihm, und die Arbeit tröstete ihn über den Verlust unserer Mutter hinweg. Immerhin war er sehr an sie gewöhnt gewesen, und sie hatte alles richtig gemacht.

Mich nahm er kaum zur Kenntnis, wie früher. Er war freundlich, er dankte für das Essen; aber meine Person interessierte ihn nicht. »Hat Pech gehabt, die Nele«, sagte er zu seinen Söhnen, die sonntags mit ihren Familien zum Mittagessen kamen. »War ja mein Glück! Aber ich hätte ihr natürlich Besseres gegönnt.« Er gab mir vierhundert Mark im Monat für den Haushalt; das hatte er seit fünfzehn Jahren meiner Mutter »ausbezahlt«, es reichte knapp zum Essen für uns beide, er wußte nicht, daß die Preise gestiegen waren. Und ich wagte nicht, es ihm zu sagen. Ich schämte mich für meine gescheiterte Ehe: Ich hatte es nicht geschafft, einen Ernährer zu finden und zu halten, ich hatte versagt, ich mußte froh sein, hier eine Nische zu finden. Ich hielt also das Haus in Ordnung, chauffierte Vater herum, stopfte seine Socken, erfand immer billigere Gerichte. Er merkte es nicht. Er war genügsam, außerdem hatte er ja eine Arbeit, die ihn freute.

Ich hatte nichts. Im Nachbardorf fand ich eine Stelle als Putzfrau, zweimal wöchentlich nachmittags; das brachte mir ein bißchen Taschengeld, aber eines Tages kam mein jüngerer Bruder darauf und machte einen Skandal: »Du! eine geborene Quandt! gehst PUTZEN!« Er war mir im Auto hinterhergefahren, warum eigentlich? Auf diese Frage antwortete er nicht. Ich sollte mich rechtfertigen. Ich stotterte, ich hätte kein Geld. Er schimpfte: »Das ist dein Problem. Tu was du willst, aber nicht das!« – Er redete von Familienehre, und ich habe ihm nicht den Putzeimer über den Kopf geschüttet. Ich war schon wieder blamiert: immerzu die dumme Nele. Nele kann zwar und macht zwar, aber nur, was man ihr sagt. Familienehre! Warum nur habe ich mir von Männern so viel Unsinn eintrichtern lassen? Ich sah doch ihre Fehler und erkannte Selbstgerechtigkeit und Eigennutz. *Wollte* ich ihnen glauben, damit sie die Schuld haben, wenn's schiefläuft? Falls es das war, habe ich jedenfalls dafür bezahlt. Denn als es schieflief, stellte sich heraus, sie waren keineswegs schuld. Sondern immer nur ich.

Ich saß in der Falle. Ich sagte meinem Vater, ich müsse allmählich wieder eigene Wege gehen, ich hätte schließlich nur in der ersten Zeit aushelfen wollen. Er sah es sogar ein. Aber meine Brüder fragten streng: »Wie kannst du Vater jetzt im Stich lassen?«

Ein Glücksfall rettete mich. Erika, die ehemalige Rektoratssekretärin meines Vaters, wurde Witwe und meldete sich mit einem ehrerbietigen Brief. Sie hatte schon früher für Vater geschwärmt, ich erinnere mich an die Eifersucht meiner Mutter. Als Erika dann zu Besuch kam, sah ich an der Vertraulichkeit ihrer Begrüßung, daß er ihr Liebhaber gewesen war. Bald darauf zog Erika zu ihm und machte mich überflüssig, und ich verließ das Haus.

Inzwischen bekam ich von Cornelius vierhundertneunzig Mark im Monat. Ich fand wieder Arbeit als Köchin in einem Altersheim und mietete mir eine winzige Dachwohnung an einer Ampelkreuzung. Ich war immer noch voller Scham, aber auch unendlich erleichtert. Mich packte sogar wieder die Sehnsucht nach Liebe. Mir fiel das Gespräch mit Lisa ein, das wir vor dreißig Jahren auf dem Fußboden des Kinderheims geführt hatten, das Gespräch über das Glück. Von Lisa hatte ich lange nichts gehört. Plötzlich konnte ich kaum erwarten, sie zu sprechen. Ich wartete mühsam bis abends um neun und rief sie, zur billigsten Zeit, von der Telefonzelle aus an.

Ihre Stimme klang entstellt. Olaf war in der Kneipe. Lisa erzählte – flüsternd, »damit der Junge es nicht hört« –, sie habe seit sieben Jahren Krebs. Sie rechnete nicht mit dem Tod – sie kam nicht dazu. Aber sie hatte Schmerzen Tag und Nacht. Sie wollte mich gern wiedersehen. Es dauerte mehrere Monate, bis sie sich freimachen konnte, aber dann kam sie tatsächlich aufs Festland und besuchte mich, und das war das letzte Mal, daß wir uns sahen. Sie kam auf Krücken und war ein ganzes Stück kleiner als früher. »Knochenmetastasen«, flüsterte sie. (Später erfuhr ich, daß Olaf ihr »in einer Aufwallung von Leidenschaft« beide Beckenknochen gebrochen hatte: Ihre Knochen waren schon morsch, und er konnte sich nicht beherrschen. Danach war sie monatelang bettlägerig gewesen und hatte ihn trösten müssen, denn er war natürlich erschrocken und zerknirscht.) Sie stand also auf Krücken vor mir, fast einen halben Kopf kleiner als in meiner Erinnerung, und ich wich zurück, um möglichst rasch den schmalen Flur freizugeben, damit sie in die Stube kommen und sich setzen konnte; aber sie verharrte bestimmt drei

Minuten an der Tür, um das alles aufzunehmen: den Lino-
leumfußboden, die schäbige Garnitur, die geflickten Gardinen. Dann sagte sie mit heiserer Stimme, tief erschüttert:
»Das ist aber ein gesellschaftlicher Abstieg!« (in ihrem sin-
genden Tonfall: Abs-tiech!)

9.

Heute ist mir was Sonderbares passiert.

Ich war allerdings auch sonderbarer Stimmung. Nach zwei dunklen, stürmischen Septemberwochen haben wir noch mal einen richtigen Altweibersommer bekommen: warme, milchige Herbsttage, farbige Blätter, golden belaubte Wege. Die Luft war so mild, so schwebend, daß ich auf einmal das Gefühl hatte, die Zeit steht still. Seltsam. Ich kochte – Rührei, Bratkartoffeln – und wunderte mich überhaupt nicht, daß niemand kam. Einmal ging ich ans Fenster und wunderte mich ebensowenig, daß ich im Hof niemanden sah. Dann kamen sie alle.

Nach der Arbeit bin ich noch etwas geblieben und zwischen den Ställen und den Weiden herumgelaufen, langsam und andächtig. Ich hörte Hufklappern und Mädchenstimmen und das Kratzen eines Besens und fand alles kostbar und unglaublich herrlich. Dann gab es Rufe. Ein ungesatteltes Pferd trabte aus einer Stallgasse auf den Hof. Ein Pferd ohne Mensch. Es schien von seiner Freiheit selbst überrascht, stellte erfreut die Ohren auf und trabte mit hocherhobenem Kopf, klackklackklackklackklack, davon.

Zwei Mädchen sahen ihm nach, schreckensbleich. »Mensch, Susi hilf mir doch!« schrie eines mit Verzweiflung in der Stimme – seltsam, worüber man alles verzweifelt sein kann. Das andere Mädchen hatte aber ein Pferd am Halfter und konnte bei der Verfolgung nicht helfen, worauf das Mädchen ohne Pferd ihm bittere Vorwürfe machte, und auf einmal drückte mir dieses zweite Mädchen einen Strick in die Hand, »Bitte halten Sie mal eben den Fritz!«, und beide schossen um die Ecke davon.

Ich hielt den Strick. Normalerweise fasse ich aus hygienischen Gründen keine Reitersachen an, und jetzt hielt ich einen bräunlichen Strick, der nach Ammoniak roch, und an dem Strick war ein Pferd befestigt.

Ein großes, braunes Pferd. Es wunderte sich überhaupt nicht; es schien ziemlich gleichmütig zu sein. Es hatte graue Härchen um Augen und Schnauze, war wohl nicht mehr ganz jung. Mich verblüffte die Weichheit seiner Nüstern und Lippen, bei dem Riesenvieh; ich überlegte, ob ich es streicheln soll. Schließlich streichelte ich. Es war ja nach Dienstschluß. Das Pferd stellte die behaarten Ohren auf, was sehr gewinnend aussah. Fritz. Ich glaube, es war das erste Mal seit meiner Landwirtschaftslehre vor fünfzig Jahren, daß ich ein Pferd anfaßte. Ich klopfte seine breite Brust. Fritz stand still auf seinen muskulösen Säulenbeinen, und dann biegt er den starken Hals und stubst mich mit seiner warmen Schnauze an, erstaunlich sanft. Ich bin benommen. Jetzt fängt er an, meine Taschen zu durchsuchen, er greift behutsam mit den Lippen nach dem Bund meiner Strickjacke und schnuppert hörbar und so eifrig, daß ich den warmen Strom seines Atems durch die Wolle spüre. Ich halte ihm meine offene Hand hin, wie Reiter das tun, und schon legt er seine Schnauze in diese Hand und betastet ihre Fläche mit festen, trockenen Lippen. Wieso vertraut er mir, er kennt mich doch gar nicht? Wieso vertrauen uns Pferde? Uuh, schon spüre ich seine rosa Zunge, gruselig, klebrig, schaumig. Das mag ich nicht, aber schon hat er begriffen, daß bei mir nichts zu holen ist, und ergreift die Initiative.

Er setzt sich in Bewegung. Ich weiß im Prinzip, daß ich einfach gegenhalten muß, damit er stehenbleibt. Aber ich weiß nicht, wie fest. Ich zupfe am Strick, aber das Tier geht einfach weiter und zieht mich an seinem Halfter quer über den Hof auf das Grasrondell vor dem Herrenhaus; die Urne mit den Engeln wirft ihren Schatten auf mich. Schon drückt Fritz seinen breiten Huf in den heiligen Rasen, schon greift er mit langen, gelben Zähnen nach den Halmen und reißt ein Büschel Gras samt Wurzeln und Erde heraus. Er schüttelt den riesigen Kopf, um die Erde wegzuschleudern, und schnauft lustvoll (glaube ich).

Natürlich gönne ich dem armen Pferd die Frischkost, aber ich fürchte, daß ich für den Schaden aufkommen muß. Ich hänge mich also an den Strick und ziehe, aber ich ziehe nicht fest genug, o Schreck, der zweite kreisrunde Vorderhuf versinkt im Rasen, von dem das Pferd sein Maul überhaupt nicht mehr lösen mag, es hat wohl die Einmaligkeit der Chance begriffen, rupft wie besessen Büschel um Büschel aus und schleudert den Humus umher. Ich denke, es geschieht Crove recht; ich bin zu zwiespältig, um handeln zu können.

Gottseidank tauchen in dem Augenblick die beiden Mädchen auf, quieken erschreckt, zerren Fritz vom Rasen, verschwinden mit beiden Pferden in der Stallgasse, verriegeln tuschelnd die schwere Tür.

»Fritz? Fritz? Ach, Sie meinen Fritz?«

Ich habe die Lehrlinge gefragt.

»Läuft bißchen stuckerig«, sagt Lisa, der jüngste Lehrling, ungnädig.

»Chronisch lahm«, trägt Kirsti bei.

»Auslaufmodell, bestimmt zehn Jahre hier im Dienst. Einundzwanzig ist er, glaube ich.« Sonja kennt sich immer noch am besten aus.

»Er kann nicht mehr springen und hält den normalen Betrieb nicht aus, wir holen ihn aber für die leichten Dressurprüfungen aus der Box. Er bringt die schlechtesten Reiter durch die Prüfungen, einfach weil er die Lektionen auswendig kennt und die Schnauze tief nimmt, als würd er am Zügel gehn.«

»Das einzige Problem ist, er macht jeden Übergang drei Schritte zu früh!« Alle lachen, als sie sich vorstellen, wie Fritz jeden Übergang drei Schritte zu früh macht.

»Was heißt das?« muß ich fragen.

»Na, er soll zum Beispiel bei Punkt A angaloppieren, aber er tut's schon vorher, damit der Reiter keine Hilfen geben muß. Die Reiter sehn da immer ziemlich verblüfft aus.«

»Zuerst sind sie sowieso entsetzt, weil, wenn er aus der Box kommt, ist er steif und lahmt gottserbärmlich. Aber am Schluß sind sie immer dankbar.«

»Alle. Erinnern Sie sich an die Querschnittsgelähmte, Frau Hassel?«

»Die dicke Frau, die dann gestürzt ist?«

»Ja! Die schmolz richtig dahin auf dem Fritz! Drei Mann waren nötig, sie aufs Pferd zu hieven, und der Fritz stand immer unerschütterlich. In der Bahn hat er sie regelrecht ausbalanciert.«

»Warum ist sie gestürzt?«

»Fritz konnte nichts dafür. Die drei Männer haben einmal zu fest geschoben, da fiel sie auf der anderen Seite wieder runter.«

Ich erinnere mich. Mehrere Knochenbrüche.

»Ein Jahr später kam sie wieder und wollte wieder den Fritz! Sie träumte sogar von der kleinen Prüfung!«

Ich erinnere mich auch daran: Sie war inzwischen schwanger.

»Der Fritz ging aber nicht mehr im Normalunterricht, da reiste sie ab.«

»Wie kann er Prüfungen gehen, wenn er hinkt?«

»Für die paar Minuten, die die Prüfung dauert, reißt er sich zusammen. Deswegen lebt er noch.«

»Letzten Herbst konnte er allerdings nicht mehr taktrein traben, da haben die Richter sogar Pferdewechsel befohlen. Crove sagte: Wenn das sich bis Frühjahr nicht gibt, kommt er in die Wurst.«

Ich bin auch deswegen beschämt, weil Fritz gewissermaßen das einzige Lebewesen seit Jahren ist, das mich freundlich berührt hat; nicht besonders persönlich, aber doch zärtlich und großzügig – dieses arme, ramponierte Vieh, das gewissermaßen schon mit einem Huf im Schlachthof steht. Und ich schäme mich weniger für meine Gefühle wegen der Berührung, als für uns alle, die wir dieses arglose Pferd in die Wurst schicken, das so nett war zu Dutzenden unfähiger Prüflinge, der dicken Gelähmten und mir.

Ich meine, nie hatten wir einen Zweifel daran, daß Crove die ausgedienten Pferde zum Schlachter gibt (obwohl er sich hütet, das den Reitschülern offen zu sagen; er kennt ihre Sentimentalität). Mich hat das nie besonders aufgeregt. Ich habe mich einmal in der Kantine einer Großschlachterei beworben und den Betrieb gezeigt bekommen; ich sah, wie Rinder im Minutentakt geschlachtet wurden, und obwohl mir etwas mulmig war, stellte ich mit Beruhigung fest, daß die Tiere keinen Todeskampf leiden. Sie laufen einzeln eine Rampe hinauf in eine stählerne Box, über der der Mann mit dem Bolzenschußapparat steht. Mich verblüffte die Ruhe dieses Mannes. Er führt die Waffe mit zwei Händen über den Kopf des Viehs, so langsam, daß es aufhört, sich in der Falle herumzuwerfen. Der Schuß geht in die Stirn, und die Tiere brechen zusammen wie vom Blitz getroffen. Ein Mechanismus wirft sie durch die ausklappende Seitenwand, die sich sofort wieder schließt, um das nächste Tier aufzunehmen. Ein Mann schlitzt dem getöteten Rind die Kehle auf, ein anderer jagt ihm einen Haken durchs Sprunggelenk, eine Kette reißt es an diesem Haken empor. Schon fährt es an einer Art Seilbahn durch die verschiedenen Verarbeitungsstationen, die übrigens blitzsauber sind, und Minuten später hängt es als sauber abgezogene Rinderhälften im Kühltrakt, während das Fleisch noch zuckt. (Bei Pferden läuft es etwas anders, wurde mir gesagt, weil sie ängstlicher sind: Sie werden durch eine Art Vorhang geführt, hinter dem der Bolzenschütze steht. Aber es sei ebenfalls eine schmerzlose Sache.) Ich habe die Schlachthofstelle damals nicht genommen, weil sie mit Schichtdienst verbunden war; andere Bedenken hatte ich nicht. Ich bereite fast jeden Tag Fleisch zu, fast alle Menschen essen es mit Genuß, und wer Fleisch ißt, muß akzeptieren, daß die Tiere, die es liefern, zu Tode gebracht werden; solange das ohne Grausamkeit geschieht.

Aber Fritz?

*

Ein Herr mit schwarzem Aktenkoffer. Angemeldet sei er bei Herrn Crove.

Beide gehen hinüber ins Herrenhaus.

»Er hat mir gar nichts gesagt!« wundert sich Gesine. Sie läuft, neugierig geworden, hinterher. Schon ist sie wieder da: »Ein Banker! Ein Anlageberater! Ooh! Jetzt bringe ich ihm erst mal Kaffee!«

Inge: »Ooh, da muß ich auch hin! Anlagen? Ooh, bei mir ist es auch bald soweit! Gestern hat die Sparkasse bei mir angerufen, daß ich kommen soll. Ein Dauersparposten ist fällig!«

An den darauffolgenden Tagen weitere Herren mit schwarzen Köfferchen. Crove kommt zu spät zum Essen, dann muß er viel telefonieren.

Samstagmorgen. Ich bekam einen Brief von einem Mädchen aus der Schulklasse, die heute abgereist ist. »Wenn ich nächstes Jahr wieder nach Erlhof darf, kann ich Sie dann besuchen? Ich hoffe, daß noch Ihr ganzes langes Leben lang dieser Lebensabschnitt eine super-gute-tolle Erinnerung an den Reiterhof und uns bleiben wird und daß Sie nicht vergessen, daß alle Kinder die Köchin sehr gemocht und daß ihnen ihr fein zubereitetes Essen einfach köstlich geschmeckt hat!« War gerührt.

Inge berichtet erregt von einem Einbruch im Hause des Chefs ihres Mannes.

Gesine sagt: »Was sind das nur für Menschen, die so etwas tun!« Und, nach einer Pause: »Also, man bekommt ja nichts ersetzt, wenn die Dinge oder das Geld nicht fest in einem speziell gesicherten Tresor liegen. Das Beste ist immer noch ein Hund.«

Sie lobt Nelson, weil Hemjö eine Wut auf ihn hat; aber sie bringt es nicht fertig, sich etwas mehr um den Hund zu kümmern, damit der nicht ins Haus kackt und Hemjö keine Wut zu haben braucht. Allein für das, was sie dem Hund antun, sollten beide in der Hölle schmoren.

»Warum geben sie Nelson eigentlich nicht zurück, wenn der Chef so wütend auf ihn ist?« frage ich später Inge.

»Wo denkst du hin!« antwortet sie. »Der Hund hat siebzigtausend Mark gekostet.«

Ein Junge fragt Herrn Crove, was das für Fleisch sei, er sei nämlich Moslem. Crove kommt in die Küche und prahlt: »Ich hab dem erzählt, daß das alles Rindfleisch ist! Der glaubt das und ißt es auch! Manchmal muß man den Leuten ...«

»Nein«, sage ich. »Man muß den Leuten überhaupt nicht. Ich habe ja für die Moslems extra was mit Rindfleisch zubereitet.«

Er ärgert sich. Das freut mich immer. »Außerdem«, sage ich, »soll man niemanden belügen, auch Kinder nicht.« (Ich kann's nicht lassen.)

»Der kommt genausowenig in seinen Himmel wie wir in unsern!« schnauzt der Chef.

Habe nach der Arbeit das Pferd Fritz in seiner Box besucht und ihm ein paar Karotten gebracht. Er freute sich. Seine breite, rosa Zunge wurde ganz orange.

*

Gestern haben Croves eine Party gegeben. Gesine war vorher natürlich so aufgeregt wie immer, und währenddessen habe ich sie nicht gesehen. Heute morgen sieht sie etwas verquollen aus. »Na, haben Sie gut geschlafen?« frage ich sie.

»Nein. Eine Stunde.« Sie kichert glücklich. »Ich habe nur eine Stunde geschlafen. Aber es war so schön! So schöön! Oh, schööön!« Sie hat ja mit ihrer Frühstücksarbeit zu tun, trägt ein Tablett weg und kommt zurück: »Oh, wie war das nur schön!«

Inge taucht auf, Gesine schmiegt sich an sie: »Ich habe...« Inge lacht auch, setzt sich dann aber zu Hemjö an den Frühstückstisch. Da sitzt er und wartet auf Kaffee, der noch nicht fertig ist. Zwei Kindergruppen sind zum Frühstücken da. Die Brötchen reichen nicht. Zu wenige bestellt. Hemjö muß aufspringen und selbst zum Bäcker fahren. Als er zurückkommt, ist Gesine nicht mehr da: ins Bett, arbeitsunfähig. Er schäumt.

»Zwei Glas Wein«, kichert Gesine am Nachmittag, »ich kann gar nichts mehr ab!«

Später flüstert Inge: »Hast du 'ne Ahnung! Voll war sie, knallvoll, wenn sie erstmal anfängt, ist kein Halten mehr, das sagt er auch. Sie hat gesoffen.«

Dicker Rauhreif morgens, wir reden über den Winter. Mein letzter Arbeitstag ist der 14. November, und immer noch gibt es keine Nachfolgerin. Wer kocht für den Neujahrskurs? »Denkt der, daß ICH das mache?« empört sich Gesine. »Da hat der sich aber geirrt! Und Sylvester! Für diese niveaulosen

Reiter – ICH doch nicht! ICH will DEN Abend NICHT auf Erlhof verbringen! Und schon gar nicht das MILLENNIUM! ICH will in den SCHNEE!«

Inge bemerkt bitter: »Ich hab zehn Jahre Sylvester gearbeitet.«

Gesine, herablassend: »Naja, du hast schließlich Geld verdient.«

Inge verstummt. Ich sage auch nichts. Gesine schimpft vor sich hin: »Wenn der nur Geld sparen oder kriegen kann. Wenn ich bedenke: Frau Schoenemann hat schon gefragt, wann die nächsten Ferienhäuser gebaut werden. Die will hier wohnen!«

»Na«, sage ich, »dazu wird es nicht kommen.«

»Haben Sie 'ne Ahnung! Für Geld tut der alles!«

Inge fragt, ob mir der Ring aufgefallen sei, den sie gelegentlich trägt. Nein. Meint sie den kleinen Silberring, den sie damals von ihrem polnischen Liebhaber Kasimir bekam?

Nein. Sie meint einen 585karätigen goldenen mit blauem Stein.

Ist mir nicht aufgefallen.

»Tja, den habe ich von Croves bekommen, letztes Jahr, als die Geschichte mit dem Apotheker – und außerdem hat der Chef mir fünfzig Mark gegeben!«

Donnerwetter.

Und einmal habe er, als er ihr Auto gebraucht hatte, den Tank gefüllt.

Eieiei.

Der goldene Ring hat sie damals zum Weinen gebracht, abends, als sie zu Hause war.

Inge hat eigenmächtig Kontakt zu einer Putzkolonne aufgenommen. Sie erzählt mir, was die Frauen dort verdienen, in welch kurzer Zeit sie ein Zimmer gereinigt haben müssen, daß sie kontrolliert werden.

Netto DM 9,80 pro Stunde, aber rentenversichert. Für ein Zimmer drei Minuten. Kaum erblickt sie ihren Chef, erzählt sie es ihm auch schon. Er mag aber nicht so recht.

Außerdem redet sie über die neue Köchin. Er hat inseriert. Zwei Bewerberinnen sind nach einer kurzen Besichtigung (»Und *hier* haben Sie für hundertzwanzig Personen ...?«) nicht wiedergekommen. Er will nochmal inserieren.

Aber mit Inge ist er zufrieden. Er sagt: »Ich gebe Ihnen zehntausend Mark, und Sie brauchen nichts weiter zu tun, als nachzudenken!«

Nachdenken? Worüber?

Darüber, was wir tun müssen, um auch die Wintermonate vollzukriegen, am besten mit Schulklassen. Inge hat eine Idee: Billigangebot, dafür das Versäumte im Sommer draufschlagen! Ja-nein, das genügt nicht. Soviel kann man nicht draufschlagen. Außerdem – Niedrigpreise in den Neuen Bundesländern, Konkurrenz usw., sagt er. Den Rest der Unterhaltung bekomme ich nicht mit, aber was ich gehört habe, reicht mir: 1. Er lernt Inges Organisationstalent immer mehr zu schätzen. 2. Die zehntausend Mark kriegt sie nie.

*

Gesine will nach Berlin, am Montag, wenn wir frei haben, für eine Woche. Mit ihrer neuen Freundin Marina.

Du fährst nicht, ich fahr doch, du fährst nicht – das wirst du ja sehen. Außerdem streiten sie um das Auto: Ich brauch es – Du kriegst es nicht – Ich nehm es mir – Wage es! Mit Marina, das paßt ihm sowieso nicht. Marina ist eine Fabrikantenfrau, die immer nur einkauft.

Als er sich kurze Zeit später in die Halle stellt, leuchtet auch schon das Lämpchen am Telefon: Sie telefoniert. Wir kennen das.

Später sagt er zu Inge über Gesine, plötzlich auf Platt: »De döcht in de Wöttel nix!« (Sie taugt in der Wurzel nichts.)

Gesine ist gefahren! Nach einem weiteren Krach im Herrenhaus, dramatischer Abgang, Terrassentür weit offen, Reisetasche weg. Den Hund hat sie diesmal dagelassen.

Hemjö sehe ich kurz darauf bei den ungarischen Schwarzarbeitern auf dem Heuboden stehen. Sicher ist er wieder dabei, sie zu betrügen, aber seine Haltung drückt Schwäche und Erschöpfung aus.

Inge will nicht mal nach Hause vor lauter Aufregung, Entsetzen und Neugier. Sie steht rauchend neben mir und ruft: »Wetten, er kommt bald mit einem Haufen Geld und bittet mich, auszupacken?«

Er kommt, aber ohne Geld. Er sagt: »Ich kann nicht mehr. Ich will nicht mehr. So geht das jetzt seit zehn Jahren. Zum ersten Mal denke ich an Scheidung, aber ich habe noch nicht mit ihr darüber gesprochen. Letztes Jahr, als sie weg war, habe ich zu meiner eigenen Überraschung gemerkt, daß ich mich wohlfühlte ohne sie.«

Zu Inge sage ich: »Er würde noch eine andere Frau finden…« Aber davon will Inge nichts hören.

Ich stelle einen Fleischrest vom heutigen Essen für Nelson hin (Wer denkt an den Hund?) und friere für die Zeit meiner Abwesenheit Crove-Portionen ein. Er selbst kann nicht kochen – er ist total unselbständig. »Weiß er überhaupt, wie man eine Mikrowelle bedient?« frage ich in der Küche. Keiner traut es ihm zu.

Frau Ahrns weiß Rat: »Ick besorg em dat!«

Die Lehrlinge brüllen vor Lachen.

Frau Ahrns: »Immer düsse Hintergedankens!«

Crove zeigt mir die soundsovielte Annonce, die er in die *Lübecker Nachrichten* gesetzt hat. »Köchin oder Hausfrau für unseren Pensionsbetrieb für Halbtagsarbeit gesucht.« Erlhof und Telefonnummer. Kein Wort von Reiterhof – Vorsichtsmaßnahme wegen Finanzamt und Steuer. Und Halbtagsarbeit ist es auch nicht: mindestens sechs Stunden täglich inklusive Feiertage, dazu Planung und Zusatzeinkäufe – welche Halbtagsinteressentin will das machen, was stellt er sich vor?

Er berichtet, daß sich bisher fünf Frauen gemeldet hätten, und eine macht einen guten Eindruck, will aber sonntags frei haben. »Würden Sie vielleicht sonntags?« Nein, ich will nicht.

»Sie sind doch noch ganz gut beieinander«, sagt er, »und außerdem, Sie waren praktisch nie krank, sowas findet man heutzutage nicht mehr, na, darüber reden wir noch zu einem anderen Zeitpunkt.«

Gesine ist wieder da. Trotz Knatsch, trotz eisigem Schweigen. Er behauptet, sie habe »in betrunkenem Zustand« versucht, die Ehe wieder aufzunehmen, aber er habe sie zurückgewiesen. Sie erzählt, sie sei bei einem Anwalt gewesen, nächste Woche käme der Brief. Inge redet ihr zu, zu bleiben. »Weil sie mir auch leid tut«, erklärt sie mir. »Wo soll sie denn sonst hin?«

»Arbeiten.«

»Aber sie kann doch nichts!«

»Kellnern«, schlage ich vor.

»Aber da verdient sie doch nicht genug! Was die so braucht! Nimm nur den Badewasserzusatz und all die Cremes – wenn du das sehen würdest! Ein Vermögen kostet das!«

Tja, überlegen wir weiter, und Prostitution?

»So jung ist sie auch nicht mehr!« gibt Inge zu bedenken.

»Am besten, er kriegt einen Herzinfarkt und ist weg!« sagt Gesine in der Küche zu Inge. (So stellt sich die Lage auf der anderen Seite dar.)

Crove kann überhaupt nicht mehr ohne Inge. Ist Frau Podak nicht hier? Wo ist Frau Podak? Wenn Frau Podak kommt...

Er hat Inge sogar gefragt, ob sie den Winter über zu ihm ins Haus käme: Zu tun gibt es auch außerhalb der Saison viel. »Zu Ihnen habe ich vollstes Vertrauen!« Inge bat sich Bedenkzeit aus. Zu mir sagt sie: »Das mache ich auf keinen Fall! Zu ihm ins Haus – mein Mann kriegt 'ne Krise. Der spielt jetzt schon verrückt, nein, das tu ich nicht, ich will auch nicht Büro machen.« Aber sie glüht vor Wichtigkeit.

Ich bringe meine alte Sure: »Hör zu, Mann in Not, das ist natürlich ergreifend. Aber vergiß nicht, daß er dich immer reingelegt hat. Laß dich wenigstens anständig bezahlen! Schreib deine Stunden auf!«

»Ich kann doch seine Notlage nicht ausnützen!«

Immer das gleiche. Keiner hat in diesen drei Jahren auch nur das Geringste gelernt. So dumm und empört, wie sie jetzt sind, werden sie in die Grube fahren, und bis zuletzt glauben, alle anderen wären schuld.

*

Sonntag, der vorletzte Groß-Kurswechsel. Crove will auf alle Fälle vermeiden, daß Gesine an die Kasse geht. »Hören Sie auf Inge!« beschwört er höchstpersönlich die fünf Putzfrauen.

Inge Podak, extra hübsch gemacht im billigen Kunstseidenen und auf Stöckelschuhen, steht neben ihm. Dann zieht der Trupp los, Crove und Inge voran. Gesine, die den sogenannten Bettenplan geschrieben hat, steht auch da, hat nichts zu sagen.

Zur Großputzaktion sind übrigens auch zwei Bewerberinnen für meine Stelle angerückt, weil sie erstens Geld brauchen, zweitens den Betrieb ein wenig kennenlernen wollen. Eine der beiden hat mir bereits bei der Vorstellung vor einigen Tagen nicht gefallen, die zweite ist sympathisch, stammt aus dem Nachbardorf, verheiratet, Ende dreißig, ausgebildete Köchin, duzt sich mit Crove, wäre vermutlich auch als Frau sein Typ. (Na, Inge?)

Bereits eine knappe Stunde nach Beginn der Putzerei ist die erste Köchin unauffindbar. Crove sucht, fragt überall. Die Frau ist samt Reinigungs- und Bettenplan verschwunden.

Gesine ist nicht bereit, einen neuen Plan zu schreiben.

Inge ist hilflos, weil sie die Gästeliste nicht kennt. Schlagartig liegen sämtliche Kompetenzen wieder bei Gesine. Sie muß gefragt werden, sie funkt dazwischen, holt hier eine der Frauen weg, beordert eine andere woanders hin. Alles gerät durcheinander. Frau Ahrns rennt und pustet, Inge heult. Und jetzt passiert etwas Interessantes: Crove legt ihr die Hand auf die Schulter. Er redet ihr zu! Redet ihr zu, geht mit ihr auf den Speicher, hoch oben auf den Speicher – ich fasse es nicht! –, wo er ihr, das erzählt sie mir später, einen völlig verstaubten Stuhl abwischt und sie zum Hinsetzen auffordert. Sie trocknet ihre Tränen und hört, was er zu sagen hat. Auf seine Frau achten! sagt er. »Das ist heute das Wichtigste! Lassen Sie sie keinen Moment aus den Augen! Sie soll nicht an die Kasse, das ist ab heute Ihr Refugium.« (Refugium?)

Ich muß Inge vom Heuboden weg ins Restaurant rufen, weil Gäste da sind, die zahlen wollen. Gesine ist nämlich wieder weg.

Im Herunterkommen wischt Inge sich noch einmal übers Gesicht, dann stellt sie sich tapfer lächelnd an die Kasse. Kaum, daß sie die Lade geöffnet hat, steht Gesine neben ihr: »Laß nur, ich mach das!« und drängt sie beiseite. Was soll

Inge machen? Rangeln, vor den Gästen? Sie gibt nach, und nun regiert wieder die strahlende, junge Frau, begrüßt oder verabschiedet die Gäste, wie es sich für die Herrin des Hofes gehört. Man ist entzückt. Bis zum nächstenmal und alles Gute und grüßen Sie…! Sowie die ihr den Rücken drehen, zieht Gesine die Scheine aus der Kasse.

Inge steht im Töpferaum und weiß nicht weiter. Vor Aufregung zittert sie am ganzen Körper.

Ich sage, wie immer umsonst: »Wirf dich nicht zwischen diese beiden Räuber! Wenn er das nicht klären kann, kannst du's erst recht nicht!«

»Aber ich muß ihm helfen!« ruft sie verzweifelt.

»Beim Ehekrach? Wie kannst du das?«

»Er glaubt, daß Gesine mit den heutigen Einnahmen durchbrennen will«, japst Inge händeringend.

Am nächsten Tag ruft mich die zweite Köchin, die bis zuletzt dageblieben war, zu Hause an, sie nehme die Stelle nicht. Es täte ihr leid, »aber das«, sagt sie, »ist ja ein Irrenhaus!«

*

Unser Jens ist im Krankenhaus! Intensivstation. Herzinfarkt? Schlaganfall?

»Wissen Sie was?« frage ich Gesine.

»Jens – nee, wirklich nicht – hihihi!« kichert sie.

Gesine wirkt auf fast teuflische Weise heiter. Gestern morgen füllte sie ein Sahnekännchen, das wer weiß wie lange im Kühlschrank gestanden hatte, mit frischer Kaffeesahne auf, obwohl der Boden dieses Kännchens voll dickem, grün-gelben Schimmel war. Ein Gast brachte es in die Küche zurück. Zu dünner Kaffee – sie war zu faul, aus dem Vorratslager eine neue Packung zu holen. Gäste baten mich, neuen Kaffee zu brühen. Kurz darauf drückte Gesine ihre angerauchte Zigarette in den Ausguß eines Waschbeckens, das ich immer besonders sauber halte, zum Salatwaschen und so.

Heute hat sie sich einen ganz neuen Streich ausgedacht. Und zwar stellt Inge sich an die Kasse, aber das Ding geht nicht auf. Alle Bemühungen vergeblich. Inge gerät ins Schwitzen und ruft den Chef. Sie versuchen's gemeinsam – ohne Erfolg, es funktioniert nicht. Er läuft rüber ins Herrenhaus und holt Gesines Ersatzschlüssel aus dem Tresor. Wieder nichts; jetzt müssen sie den Experten anrufen. Glücklicherweise ist der Mann zu Hause und kann telefonisch Tips geben, die ebenfalls nichts nützen. »Ist es möglich, daß jemand manipulieren konnte?« fragt der Experte. Er rät ihnen, die schwere Kasse anzuheben und nachzusehen, wie die Drähte liegen.

Die Drähte sind offensichtlich herausgerissen worden – deshalb ist die Kasse nicht betriebsbereit. Sabotage! Während Crove die Kasse hochstemmt und Inge versucht, die Drähte wieder aneinanderzuknüpfen, erscheint Gesine.

»Na, habt ihr Probleme?« strahlt sie, und geht wieder.

Später stellt sich heraus, daß auch das Farbband herausgenommen worden ist. Es fehlen der sogenannte Jahresbericht und sämtliche von Inge in den letzten Tagen hinterlegten Zettel, kleinere Abrechnungen betreffend.

Crove sagt zu den Putzfrauen: »Egal, was passiert, behaltet die Nerven!«

Am nächsten Sonntag habe ich frei. Am Abend ruft Inge an, erregt: »Stell dir vor, was jetzt passiert ist!«

Was wohl? Sicher genau dasselbe wie letzten Sonntag, ich sehe alles vor mir: Gesine an der Kasse, Crove machtlos, Inge mal hier, mal da, ohne rechte Aufgabe, blaß vor Pein.

»Aber diesmal war's anders: Stell dir vor, *sie* hatte einen Nervenzusammenbruch!«

Den hatte hier jeder schon mehrfach, ist nicht mal eine Rückfrage wert.

»Und zwar wollte sie ja immer von der Kasse nicht weg«, sprudelt Inge. »Von morgens bis späten Nachmittag hat sie dagestanden, getippt, gezählt, freundlich zu den Gästen, du weißt ja, wie sie ist. Aber ich war auch immer da! Mir ging es inzwischen besser, und der Chef kam auch dauernd. Mit einemmal sagt *sie*: ›Inge, ich kann so nicht mehr leben, *so* kann ich nicht arbeiten, Inge, Inge‹ – und fällt mir um den Hals und heult, und rennt weg und heult, heult. Das hättest du sehen sollen! Der ganze Körper flog – also sowas Dramatisches. Ich hab die ganze Zeit neben ihr gestanden, aber nicht mehr geweint. Irgendwie blieb ich ganz kalt. An die Kasse wollte ich nicht mehr, nun nicht! Aber die Gäste warteten, eine Schlange bereits bis zur Tür, und weißt du was? *Sie* schnappt sich ein Geschirrtuch, schnieft hinein, wischt sich übers Gesicht und steht in der nächsten Sekunde wieder strahlend hinter der Kasse!«

Crove hat sich fünf Tage Bedenkzeit ausgebeten, um zu überlegen, wie er auf den Anwaltsbrief reagieren wird; aber dann reagiert er vorsichtshalber überhaupt nicht. Als ich an diesem Montagmorgen – 90 neue Gäste – ankomme, sitzen die drei scheinbar friedlich am Frühstückstisch. Er hat seine *Bild*-Zeitung, Inge ihren Kaffee, Gesine lacht und scherzt überlaut.

»Na, alles wieder gut?« frage ich Inge.

»Von wegen! Also sowas von Schauspielerei!« stöhnt sie.

»Die ist ja krank!« bemerkt Crove wenig später.

Dann entfernen sich die drei, um einander im Herrenhaus zu zerfleischen.

*

Für Jens, der immer noch im Krankenhaus liegt, habe ich ein Gedicht geschrieben.

> Leeve Jens
> As wi nu hüürn, uns Jens is krank
> dor wüür uns meist een beten bang!
> Warst wedder beter, kannst dat glöven
> Du mußt blos ierst de Tied afftöven!
> Und doon, wat Di de Dokder segdt
> de Dokders, de hebbt jümmer Recht!

und noch zwei Seiten dieser Art. Hat Spaß gemacht. Hoffentlich freut er sich.

Gesine ist wieder mal weg. Ich bemerke, daß Crove seinen Teller nicht leert. Inge quält sich. »Was hast du?« frage ich, »sowie sie die Einnahmen vom letzten Sonntag durchgebracht hat, kommt sie wieder!«

Inge hat aber ein ganz anderes Problem: Sie glaubt, daß Frau Ahrns und Sonja es auf Hemjö Crove abgesehen haben. »Die wittern eine Chance!«

Was für eine Chance?

»Kuck sie dir doch mal an! So aufgedonnert, wie die neuerdings herumlaufen!«

Tatsächlich wirkt Sonja im Gegensatz zu sonst ausgesprochen gepflegt. Frau Ahrns trägt rote Blusen, die ihr so gut stehen, daß ihr Mann sie nicht zu sehen bekommt.

»Überleg doch mal! Frau Ahrns kann ihn und die Kinder versorgen, Sonja die Pferde …«

»Traust du Hemjö das zu?«

»Mensch, er muß doch an seinen Betrieb denken!«

Arme Inge.

Über den Apotheker Elmar, der mit seinem Lehrling durchgebrannt war, hört man, er sei ein weiteres Mal zu seiner Ehefrau zurückgekehrt. Allerdings seien beide, der Lehrling wie die Frau, schwanger. Ich glaube das.

Gesine hat angeblich »auf Anhieb« in Hamburg einen Arbeitsplatz gefunden. Das glaube ich nicht.

Crove sagt: »Sie ist aus Lügen zusammengesetzt. Eines Morgens zum Beispiel frage ich sie nach der Uhrzeit. Wie aus der Pistole geschossen kommt die Antwort: halb sieben. Ich mache Licht und stelle fest, daß es bereits nach sieben ist. Ich sage: Deine Uhr muß falsch gehen... Die Tür wird zugeknallt, und sie redet nicht mehr mit mir. So ist sie. Sie hatte verschlafen.«

Gesine ist nämlich schon wieder da.

Inge, gepeinigt: »Manchmal weiß ich wirklich nicht, was ich davon halten soll! Ich glaube, sie kriegt ihn wieder rum! Obwohl... Vorgestern kam sie angeblich schon wieder nachts zu ihm... Er hat sie weggeschickt.«

»Sagt er.«

Sie japst: »Warum soll er mir das erzählen, wenn's nicht stimmt?«

»Damit er dich besser ausnutzen kann.«

»Aber er lügt nie!«

»Entschuldige, er lügt dauernd!« usw. (Meine Sure.)

»Du bist ungerecht!« schnappt Inge.

Gesines Absichten beschäftigen sie unaufhörlich. »Er kommt nicht von ihr los. Er findet sie schön. Und sie weiß das. War sie zum Friseur? Im Sonnenstudio? Jedenfalls strahlt sie...« Düsteres Schweigen. »Und das Wechselgeld ist wieder weg. Die Bonrollen, die er haben will, gibt sie ihm nicht. Rückt sie einfach nicht raus! Und er? Tut nichts! Was soll er machen? Sie spielt mit allen und jedem.«

»Inge! Halt dich da raus! Er will es so haben. Auch er

ist ein Spieler. Du kannst mit diesen beiden nur verlieren!«

Was wollen sie? Gesine strebt dauernd fort und kehrt zurück, Inge wünscht Gesine fort und hält sie zurück, Hemjö verjagt Gesine und nimmt sie wieder auf – alle erklären die Situation für unerträglich und tun doch alles, um sie zu erhalten. Sind sie so dumm?

Nein, sie sind auch schlau: Während sie laut über die schlechte Seite der Lage jammern, haben sie die gute Seite scharf im Blick. Gesine weiß: Um einzukaufen, braucht sie Pulver, und das hat nur Hemjö. Hemjö weiß, daß er als alter Mann von miesem Charakter kaum mehr die Kraft haben wird, eine neue, junge Frau abzurichten, nachdem es schon mit dieser nicht klappte. Und Inge weiß, daß sie nie wieder so gebraucht werden wird wie hier: Immerhin kämpfen zwei reiche Menschen um ihre Gunst und reden ihr ein, daß sie unentbehrlich sei. Du liebe Güte, was für eine erbärmliche Mischung aus Gier, Blindheit, Berechnung und Selbstmitleid; und das sind die Leute, die unsere Welt in Bewegung halten, andere habe ich seit Jahren nicht getroffen, es ist eine Schande, auch für mich.

*

Mein letzter Kurs! Zwei Wochen bis zur Rente!

Und doch noch einmal eine Überraschung! Die letzte hoffentlich.

Gesine fragt: »Was haben wir denn heute?« und kuckt in meine Töpfe. Zuckersüß. »Und wie machen Sie die Petersilienkartoffeln noch?« Schon hat sie Schreibblock und Kugelschreiber parat und schreibt. Ich bin verblüfft: »Warum interessiert Sie das?«

»Ja«, strahlt sie, »ab Sonntag übernehme ich die Küche!«
(In zwei Tagen.)

»Wie?!«

»Ja. Erstaunt Sie das?«

»Sehr!«

»Meinem Mann ist auch die Kinnlade runtergeklappt, als ich ihm das eröffnet habe. Aber ich werde ihm eine Pacht zahlen, erstmal für ein Jahr, und dann sehen wir weiter!«

Inge kommt dazu: »Du hast also mit deinem Mann gesprochen.«

»Gesprochen? Mit dem kann man ja gar nicht reden! Ich habe ihm gesagt, daß ich ab Sonntag Küche und Restaurant in Eigenregie übernehme. Er hat das zu akzeptieren. Basta.«

Ich: »Na, denn sehen Sie man zu, daß Sie eine tüchtige Köchin bekommen!«

»Köchin? I-i-ch, Frau Hassel, haben Sie nicht verstanden?« Sie lacht über das ganze Gesicht. »*Ich* mach das!«

»Auch das Kochen?«

»A-l-l-e-s! Ich mach das alles allein! *Der* wird schon sehen! Wenn er essen will, muß er sich anmelden. Kriegt 'ne Nummer« (sie lacht) »und muß bezahlen. Für alles und jedes. Einfach so ein Eis ist nicht mehr drin. Wird alles abgeschlossen.«

Von ihr, die ständig die Schlüssel verliert.

»Ja!« Sie geht hin und her: »Und hier mach ich das so und da so ...«

Sie kommt mit ihrem Block wieder zu mir, die ich inzwischen für hundert Personen Kartoffeln schäle. »Nun mal weiter.«

»Damit geht es los«, sage ich. »Erstmal Teewasser und Pudding natürlich, dann die Kartoffeln.«

»Nö-ö! Dafür habe ich Inge und Frau Ahrns. So, und nun sagen Sie, wieviel Margarine undundund man noch?«

»Das kostet was«, sage ich. Sie stutzt. Weiß nicht, ob es ernst gemeint ist.

»Doch,« bestätige ich, »ist mir ernst. Meine Rezepte sind nicht umsonst, und billig sind sie auch nicht. Ganz abgesehen von der Zeit, die ich brauche, um sie Ihnen zu erklären. Vielleicht lesen Sie lieber mal ein Kochbuch?«

Sie geht.

Ist aber bald wieder da. »Und der Tee? Wie machen Sie den?«

Inge will den Schlüssel abgeben, Crove beschwört sie, ihn nicht im Stich zu lassen. Wörtlich! »Lassen Sie mich nicht im Stich!« und: »Das letzte Wort ist noch nicht gesprochen!«

Inge erklärt mir, daß auf Gesines Namen vier Zimmer laufen, wegen dem Finanzamt. Außerdem hat Crove aus demselben Grund mit ihr einen Pachtvertrag für das Restaurant unterschrieben, vor sieben Jahren, als er ihr noch traute.

Freitag. Ich stelle die Riesentöpfe auf den Herd, da kommt Gesine:»Was habe ich denn heute?« Sie sagt *ich.* – Schon habe ich Schwierigkeiten, eine freundliche Antwort zu geben.

»Hühnerfrikassee.«

»Was brauche ich dafür?«

Ich zähle auf: »Fleisch, Eier …«

Sie hat einen Block und schreibt alles mit: »Wie geht noch mal Hühnerfrikassee?«

(Ha! Absichtlich erwähne ich mein Spezialgewürz nicht!) Sie schreibt und schreibt. Schließlich sagt sie: »Geben Sie mir mal eben Ihre Telefonnummer.«

»Wozu?«

»Damit ich Sie anrufen kann, wenn ich Sie brauche!«

Und ich gebe sie ihr auch noch! Mist, Mist, Mist!

*

An diesem Sonntag gab's an der Kasse sogar einen Kampf.

Und zwar hat Gesine, während die Gäste vor ihnen

Schlange standen, Inge mit körperlicher Gewalt von der Kasse verdrängt.

»Verschwinde! Ich mach weiter.«

»Nein.«

»Doch!«

Crove stand hinterm Tresen.

Inge: »Gesine! Laß!«

Gesine: »Du gibst mir sofort deinen Schlüssel! Das verlange ich! Die Kasse ist ab jetzt für dich tabu.«

Inge entsetzt.

Crove schweigt. Der gewiefte, tüchtige, starke Crove steht daneben, sieht Inge schwitzen und keuchen vor Empörung für ihn, und er tut nichts, verteidigt sie nicht, läßt sie im Stich. Inge, Inge, ich wünschte, ich könnte sagen, du hast was Besseres verdient.

Am nächsten Morgen erzählt Inge: »Am wichtigsten, hat er gesagt, sind solche Leute, die einem in der Not beistehen. Und: Ein Mann kann auch mit einer Frau befreundet sein, ohne daß…« Sie lächelt: »Ist er nicht süß?«

Sie hat gestern abend, nachdem Gesine fort war (nach Lübeck sich besaufen), noch mit Hemjö Gesines Buchführung überprüft: Bis Mitternacht haben sie gesessen und gerechnet, sagt sie, und Hemjö stieß andauernd Schreckensschreie aus.

Meine letzte Woche.

Gesine ist für ein paar Tage nach Hamburg gefahren. Frau Ahrns räumt das Herrenhaus auf. »Inne Keuck stinkt dat! Ick bruuk gornich lang to seuken. De Rest vun Gulasch (eine Woche her) steiht dor und stinkt. Und Flaschens! Wien und Sekt, alle leer und immer nur ünner de Afwäsch smeten! Und de Saken vun de Kinner! Allens schmutzig!« Dabei wird die Wäsche der Kinder auf Hohelinde gereinigt.

In Nelsons verwahrlostem, verkotetem Hundehaus standen sechs Schüsseln, teils leer, teils mit verfaultem, verschimmeltem Futter. Gesine schiebt immer nur Futter rein und räumt nicht auf.

»Nelson hat Sie reingelassen?« frage ich verblüfft.

»Er schämt sich«, antwortet Frau Ahrns hochdeutsch.

Crove: »Was hat sie in diesen vierzehn Jahren schon gelernt? Nichts! Nicht mal reiten kann sie! Alles, was sie will, ist Einkaufen, Essen gehen und sich möglichst noch beim Kellner beschweren, daß die Möhren nicht heiß genug sind!«

Er sagt auch zu Inge: »*Die* hat einen richtigen Lichtfimmel. Im Badezimmer! Mußt mal kucken,« (wenn sie sich so unterhalten, duzt er sie – sie ihn nie) »wenn alle Lampen an sind. Alles wird angestrahlt, wie im Film! *Ich* wollte das nie! Hätte es gern mal gemütlicher gehabt. Abends die Stereoanlage an und Musik.« Angeblich liebt er Klassisches. »Aber *sie* wollte ja nur immer Krimis, Mode und Shows!«

Zwei Stunden später fragt er Inge: »Glauben Sie, daß *sie* bald zurückkommt?«

»Wünschen Sie das?«

»Was soll ich bloß machen? Ich muß *sie* doch bei Laune halten!«

Gesine ist immer noch fort. Die Kinder kommen aus Hohelinde.

»Ist Mama da?« fragt Jessica. »Ich hab sie schon überall gesucht!«

Nein, Mama ist nicht da.

Mittags kommt Fred: »Ist Mama schon da?«

Inge nimmt den Jungen in den Arm: »Ich hab Kuchen mitgebracht! Wir setzen uns nachmittags alle zusammen...«

Etwas später stürmt Jessica mit roten Augen ins Restaurant und auf Crove los, boxt zu, daß der fast umfällt, und schreit und tobt. »Und du! du! Warum bist du denn so zu Mama!« Rennt wieder raus.

Inge raunt: »Bisher hatte sie's tatsächlich nicht gewußt!«

Gesine wieder da und wieder fort. Lief hier herum, als sei alles in Ordnung, lachte, erzählte. Solang sie da war, hielt Jessica sich versteckt, aber als Gesine wegfahren wollte, kam das Kind plötzlich angestürmt und schrie: »Mama! Mama! Mamaaa!« Inge war dabei; sie erzählt, Gesine habe nicht angehalten. Jessica sei ihr noch bis zur Ecke nachgerannt.

»Und Fred?« frage ich Inge.

»Keine Reaktion. Das hab ich mir ja nun umgekehrt gedacht. Jessica, die keinen Kontakt zu ihrer Mutter hat, reagiert so und der Junge, das Mama-Kind, sagt nix.«

Beide denken wir nach.

»Ich hab Gesine noch gefragt, ob sie das den Kindern nicht anders beibringen konnte. Nee, hat *sie* gesagt, da müssen se sich dran gewöhnen!« Inge beißt sich auf die Lippen. »Außerdem hat *sie* gesagt: Also wenn ich jemals zurückkommen soll, dann verlange ich, daß das gesamte – das gesamte! – Personal ausgewechselt wird.«

»Du? Sonja? Kirsti? Frau Ahrns? Die Putzfrauen?«

»Und die Einsteller! Alle! Dörte mit ihren Andalusiern, Tewes, von Breuers undundund – 'ne ganze Liste hat sie runtergerattert. ›Alle rausschmeißen, alle, alle!‹ hat sie geschrien. Ich glaube, sie dreht durch.«

»Will Hemjö sie denn zurück?«

»Auf keinen Fall«, sagt Inge.

Mein letzter Arbeitstag! Nach dem Abspülen räume ich Reste zusammen, ordne, schreibe auf, was zum Weihnachtskurs eingekauft werden muß, putze Küchenschränke, wische den Boden.

Dann möchte ich abrechnen.

»Ja gerne!« sagt mein Chef. (Ja gerne!)

»Und meinen Schlüssel gebe ich an Inge weiter.«

»Ist gut, in Ordnung.«

Meine Zettel liegen vor ihm. Ich habe allerlei Kleinkram für den Betrieb eingekauft, zusammengezählt ergibt es einen Betrag von DM 168, 76.

Crove zählt. »Groschen hab ich nicht!« 76 Pfennig bleibt er mir schuldig. Naja, denk ich, er kann halt nicht anders. Was soll's.

Er geht.

Aber er kommt nach einer guten Stunde zurück, einen Blumenstrauß in den Händen: »Frau Hassel! Mit einem Dankeschön nach drei guten Arbeitsjahren möchte ich mich von Ihnen verabschieden und hier – ein kleiner Umschlag!«

Oha!

Den Umschlag möchte ich zu Hause öffnen, weil inzwischen alle Reitermädchen in die Küche gekommen sind. Sie reichen mir einen großen Korb. Liebe Frau Hassel, wir werden Sie vermissen und wir möchten Ihnen alles Gute und so weiter.

Ich bin wirklich gerührt. Die Peinlichkeit, den Korb bewundern zu müssen, nimmt Inge mir ab. »ENTEN! Oh wie süß! Oh sind die aber niedlich, die würden ja so gut in mein Wohnzimmer passen!«

Alle Umstehenden finden sie gleichermaßen süß. (Frau Schoenemann hat sie ausgesucht.) Zehn Unterschriften auf der Karte, das ist rührend und darüber freue ich mich auch. Als ich sage, daß ich mir als Dankeschön etwas einfallen lassen werde, muß ich zu meiner Überraschung mit den Tränen kämpfen.

Die Enten schenke ich später, als wir allein sind, Inge. Sie freut sich.

Zu Hause öffne ich den Umschlag. 150 Mark! Und ein kleiner Brief:

Liebe Frau Hassel!
Zu Ihrem Abschied nach 3jähriger Tätigkeit in unserer Küche
möchte ich Ihnen meinen außerordentlichen Dank aussprechen.
Während dieser Zeit haben Sie unsere Gäste und uns in einem
so hohen Maße zufriedengestellt, was ich als ungewöhnlich be-
zeichnen möchte.
Ihre absolute Pünktlichkeit und Zuverlässigkeit, war für mich
ein wohltuender Garant, für den wichtigen Bereich der Küche.
Ich wünsche Ihnen weiterhin alles Gute.
Ihr H.C.

10.

Erster Rentner-Spaziergang, natürlich zum Strand. Wind fegt mir harten Sand ins Gesicht. Über den Himmel drängen graublaue, nach unten ausgebeulte Wolken, nur der Horizont ist hell. Das Meer grau und schaumig. Dann reißt die Wolkendecke auf, weißes Licht sprüht herab. Es ist schön und seltsam: Dieser ungeheure Aufwand in der Natur, und die Stille in mir. Auf einmal stehe ich außerhalb des Lebens.

Dachte ich.

Am Montag rief Inge an. »Stell dir vor, Gesine hat drei Arbeitsangebote, eine Wohnung an der Alster und ein eigenes Auto!«

»Woher weißt du das?«

»Sie hat mich zu Hause besucht. Mantel aus, Flasche Wein auf den Tisch, gemütliche Unterhaltung. Sie sagte, wir müssen Freundinnen bleiben, weil – sie muß einfach jemand haben, mit dem sie reden kann.«

Ja und?

»Nach einer Stunde klingelt es an der Haustür. *Sie* rief: ›Oh! Das ist bestimmt Oma!‹ Ihre Mutter. Die stand da total durchgefroren: ›Das dauert aber lang mit euch!‹ Gesine hatte sie draußen im Auto warten lassen…«

Am Dienstag war ich endlich bei Jens im Krankenhaus. Er sieht gelb aus, bedankt sich für mein langes Gedicht, das neben ihm auf dem Nachtkasten liegt, und lächelt schief: »Das ist nett, Nele, aber ich werd doch nicht tun, was de Dokder seggt!« Als er mit seiner mageren Hand nach dem Blatt greift, rutscht der Pyjamaärmel zurück; der Unterarm ist zerstochen und violett, voller Blutergüsse. Jens lächelt mich verschwörerisch an mit glitzernden Augen; mir wird klar, er hat einen im Tee.

»Aber das Herz?« frage ich.

»Nicht das Herz«, grinst er, »die Leber. Ein Geflecht.«

Natürlich, gelb. Jetzt erinnere ich mich: Auch mein Onkel Hugo, der an Leberkrebs starb, ein starker Trinker, war zuletzt so gelb. Damals dachte ich: Was soll's, wer trinkt, nimmt das in Kauf; selbstgewähltes Schicksal, mit einem Wort. Aber jetzt bin ich doch etwas erschüttert. »Mensch, Jens, in deinem Zustand – vielleicht kannst du...« Mir fällt nicht ein, was er können soll. Er winkt ab.

Ich habe in der Sparkasse nachgefragt, ob meine Rente schon da ist. Sie ist! 1140,- Mark. Das ist in Ordnung. Mit den Jahren wird sie wachsen. Ich bin schuldenfrei. Dreitausend Mark habe ich gespart, falls mal was im Haus kaputtgeht oder so. Es ist in Ordnung.

Im Briefkasten ein netter Brief von Hagen: ob ich nach Alaska kommen will. Er würde mir den Flug bezahlen. Aber was soll ich in Alaska? Es soll da im Winter mörderisch kalt und dunkel sein. Und ich kann ja nicht mal Englisch. Nein, ich fühle mich wohl hier. Ich glaube, so gelassener Stimmung war ich nie. Wenn nur diese Migräneanfälle nicht wären.

***

Cornelius lebte nach unserer Trennung noch sieben Jahre. Hagen, der ihn regelmäßig besuchte, erzählte: Zunächst schien es besser zu gehen. Auf einmal konnte Cornelius wieder Treppen steigen, er lief draußen herum und sammelte Steine. Früher hatte er sich für Vögel und Fische interessiert, jetzt schwärmte er für Muscheln und Versteinerungen. Was reizte ihn daran? Die Erstarrung oder das Ewige? Oder beides? Er sammelte unermüdlich. Als Schränke, Regale und Boden voll waren, pappte er die Fossilien an die Wände. Nach seinem Tod fand man in der vermüllten Wohnung achthunderttausend Stück. Geologen übernahmen einen Teil davon, den andern eine Schule. Zusammen haben sie monatelang katalogisiert.

Cornelius also lebte allein mit zwei Dackeln zwischen diesen Versteinerungen. Und – Rätsel über Rätsel! – noch in diesem Zustand, schwerkrank, riechend, ungepflegt, süchtig, gelang es ihm, die Leidenschaft einer Frau zu erregen.

Das war die Frau seines besten und einzigen Freundes Hartwig. Sie zog sogar eine Zeitlang zu ihm. Sie begriff zwar ganz schnell, daß mit ihm nichts anzufangen war, und zog wieder aus; aber da war schon furchtbarer Schaden angerichtet.

Sie hieß Iris. Ihr Mann Hartwig war Chemiearbeiter, aber er liebte Angeln und Fische, und er verehrte Cornelius. Cornelius hat ihm geholfen, Teiche anzulegen. Hartwig war ein kleiner, vierschrötiger Mann mit Schnurrbart und einem breiten, unbeweglichen Gesicht. Dafür hatte er eine besonders lebhafte, warme Stimme. Iris war größer als er, sehr schlank und sprach schnarrend. Sie verachtete ihn, weil er Arbeiter war.

Einmal fuhr Iris mit dem Sohn ohne Hartwig in Urlaub, da kaufte Hartwig ein Gelege junger Gänschen, gelbe, flauschige Gössel, und hielt sie in seinem Garten. Wie er von ihnen sprach! Wenn er über die Wiese ging, liefen sie als

Schwarm hinter ihm her und quakelten ununterbrochen, begeistert und wichtigtuerisch. Hartwig war richtig närrisch mit ihnen. Aber als Iris aus dem Urlaub zurückkam, machte sie eine Riesenszene, er sollte »das Viehzeug« wegmachen, sofort, sofort! Und da ist Cornelius beigesprungen, tröstete den verstörten Hartwig und nahm seine Gänschen mit fort, was aus ihnen wurde, weiß ich nicht.

Hartwig ging oft mit seinen Chemiefabrik-Kollegen angeln, und sie alle freuten sich, wenn Cornelius, der Profi, dabei war. Cornelius suchte die Reviere aus. An manchen Orten angelten sie heimlich, parkten das Auto versteckt und warfen in aller Stille die Angeln aus. Einmal stand Hartwig etwas abseits im Schilf, als sich ein Forstbeamter näherte. Die Kollegen hatten sich bereits hinter Baumstämme geworfen, Hartwig hatte nichts bemerkt. Aus ihren Verstecken hörten sie Hartwig mit sich selber reden: »Samen, Samen, rieseln fein und leicht aus ihrer Höhe in den See ...« Hartwig sang und ließ Schilfsamen rieseln, und der Forstbeamte, der ihn wohl für verrückt hielt, machte sich vorsichtshalber davon. Die Männer hinter den Bäumen platzten fast vor Lachen.

Hartwig angelte noch besser als Cornelius. Er fand immer die besten Plätze. »Mußt dir vorstellen, du bist der Hecht. Wo würdest du stehen? Na, hier natürlich!«

Einmal hatte er einen besonders großen Hecht am Haken. Der Hecht kämpfte verzweifelt, Hartwig lenkte ihn mit ruhigen Bewegungen der Angel, kurbelte gleichmäßig, reagierte sicher auf seine Ermüdung wie auf die immer wieder aufflammende Kraft, ließ nach, zog an, führte den Hecht zu sich, hatte ihn an Land. Die Kollegen lachten, als sie Hartwig, der mit seinem Hecht allein auf der Welt zu sein schien, sagen hörten: »Danke, mein Junge, das genügt.« Bemerkte die Kollegen und lacht selber erstaunt: »Ich hab ihn überredet! Seht ihn euch an!«

Was lag diesem kindlichen Hartwig an Iris? Weshalb hat sie ihn geheiratet, wenn sie nichts von ihm hielt? Einmal hat sie mir anvertraut, sie habe Hartwig bloß deshalb genommen, weil er »so gesund« war. Sie wollte nämlich unbedingt »gesunde« Kinder. (Aber, Rätsel: Als sie endlich einen »gesunden« Sohn hatte, verhätschelte sie ihn auf groteske Weise. Noch den Zwölfjährigen trug sie auf dem Rücken die Treppe hinauf, bis einmal ein Arzt warnte: »Wenn Sie so weitermachen, wird das ein 175er!«)

Und was fand die fanatische Iris an dem untüchtigen Cornelius? Ich hatte schon während meiner Ehe bemerkt, daß er ihr gefiel, und es nicht ernstgenommen. Aber sie machte sich an ihn heran, kaum daß er frei war. Hartwig dachte ans Angeln und war arglos, aber eines Tages sagte ein Kollege zu ihm: »Da hast du ja diesmal einen ganz besonderen Hecht an Land gezogen«, und so weiter. Hartwigs unbewegliches Gesicht verzerrte sich plötzlich, und er stieß ein tonloses »Pffffchhh!« hervor. Alle haben das hinterher nachahmen können, mit einem Schaudern. Hartwigs Freund Udo begriff, daß man Hartwig jetzt nicht alleinlassen durfte. »Vielleicht isses auch nur Gerede. Komm, laß uns angeln gehn!« Hartwig murmelte, er fahre eben nach Hause, die Geräte holen. Als er eine Stunde später nicht zurück war, suchte ihn Udo. Hartwig lag tot in seiner Garage: Er hatte sich mit Auspuffgas vergiftet.

Warum nur? Aus verletztem Stolz? Noch schlimmer: War es überhaupt sein eigener, persönlicher Stolz oder irgendein theoretischer, den man ihm eingeredet hatte? Er wußte schließlich selbst am besten, wie übel es mit Iris lief. Warum konnte Hartwig sich mit der schlechten Ehe abfinden und mit seiner Befreiung nicht? Wegen seiner Arbeitskollegen am Ende, die das doch nur nebenbei interessierte, als Anekdote beim Skat? Letztlich bleibt wohl immer unbegreiflich, warum irgendeiner irgendetwas tut.

Hartwig wurde anonym beerdigt. Iris und Cornelius befürchteten Unannehmlichkeiten.

Ich selbst machte nach meiner Scheidung weitere Fehler. Ich fasse mich kurz: Zwei Fehler hingen mit Männern zusammen, die ebenfalls zunächst mehr darstellten, als sie waren. Ich glaubte ihnen, war kurze Zeit in der Täuschung glücklich und fiel auf die Nase. Es war schmerzhaft, aber ich trennte mich von ihnen und kam wieder frei. Wenn einem dreimal das gleiche passiert, ist das kein Zufall, sondern Programm, habe ich inzwischen gelernt. Ich wollte einfach zu hoch hinaus, und vor allem: Ich wollte durch Männer hoch hinaus, weil ich für mich selbst keinen Weg sah. Während ich noch darüber nachgrübelte, ergab sich eine neue Situation: Hagen, der inzwischen Ornithologie studierte, wurde Vater. Seine Freundin, ein fröhliches, zwitscherndes Mädchen, war vom gleichen Fach und fand nichts dabei, ein Baby durch die Vorlesungen zu schleppen. Mit anderen Worten: Bald lebten beide bei mir, und ich betreute das Kind, wenn sie in Hamburg waren. Ich arbeitete schon in Bresebeck im Altersheim von Olsen. Was mich an meinen dritten Fehler erinnert: Von dem Geld, das ich nach der Scheidung bekam, hatte ich mein kleines Haus gegenüber dem Altersheim gekauft. Zwei Zimmer, ein Kamin, ein kleiner Garten an der Bundesstraße. Ich konnte nicht anders. Ohne eigenes Haus fühlte ich mich nur als halber Mensch. Die Sicherheit war teuer erkauft: Ich hatte Schulden; ich gönnte mir nichts, kochte Tee aus Brennesseln und Gelee aus Fliederblüten, ich habe neben der Altersheimarbeit noch viele andere Jobs gemacht, Stofftiere genäht etwa und auf dem Flohmarkt verkauft, zur Weihnachtszeit für Bauer Schierenbeck Gänse ausgenommen, im Sommer für einen jugoslawischen Sperrmüllhändler Container geschrubbt.

Das Schöne an dem Haus war, daß ich Hagens kleine

Familie beherbergen konnte. Das Dumme war, daß ich in Bresebeck festhing. Hagen bekam ein Stipendium und anschließend eine interessante, aber schlecht bezahlte Arbeit in Alaska, wo er jetzt mit seiner Familie lebt. Ich landete bei Hemjö Crove.

***

Sonnabend habe ich einen Spaziergang nach Erlhof gemacht. Außer Bauarbeitern niemand zu sehen. Die Tür zur Lehrlingskammer stand offen. Also lud ich zehn kleine Sektpudel, zehn Tütchen mit Selbstgebackenem und eine Postkarte mit Dankesgruß auf den mit überquellenden Aschenbechern und Gerümpel vollgestellten Tisch.

Inge rief an, um sich zu bedanken, und jammerte: »Kuck mal, da sitzt er abends ganz allein in seiner Pracht...«

»Na, er wird doch lernen, sich zu beschäftigen.«

»Ich glaube nicht«, sagt sie kleinlaut.

»Will Gesine immer noch ab März das Restaurant führen?«

»Sie wirkt entschlossen. Natürlich ist sie unberechenbar...«

»Na hör mal, er läßt doch nicht untätig das Verhängnis auf sich zukommen. Er heckt doch bestimmt irgendwas aus!«

»Das schon...«

Er hat nämlich Inge geraten, ihre Geheimnisse über seine Frau aufzuschreiben und bei einem Anwalt zu hinterlegen, erfahre ich. Aber Inge hat's nicht mit Anwälten und schriftlich. Inzwischen hat sie sowieso gemerkt, »daß nicht ich allein es bin, die das weiß. Jens, der weiß auch eine Menge!«

»Und die Kinder, haben die sich beruhigt?«

»Jessica nicht«, sagt Inge. Als Gesine letzten Samstag morgen nach Hause kam, sei Jessica auf sie zugegangen: »Wo warst du letzte Nacht?« Gesine wich aus, Jessica wurde schroff, Wortwechsel, zuletzt hat Jessica geschrien: »Du alte Fotze, bleib doch, wo du hingehörst!«

In den *Lübecker Nachrichten* las ich die Todesanzeige von Jens.

Ich wollte zu seiner Beerdigung gehen, aber mir ging es so schlecht (Ohrensausen, tobender Kopfschmerz), daß ich die Vorhänge zuzog und mich ins Bett legte. Jemand versuchte mehrmals, mich anzurufen. Am nächsten Tag ging es mir immerhin so gut, daß ich ranging. Inge.

Der übliche Klatsch. Dann beginnt Inge wieder von ihrem großen Geheimnis zu erzählen und daß Hemjö ihr Geld angeboten habe. »Immer machst du so ein Theater um diese Sache«, fahre ich sie an. »Soll ich dir meine Meinung sagen? Du weißt gar nicht so tolle Sachen. Wenn Hemjö wollte, hätte er dir sämtliche Geheimnisse in fünf Minuten entrissen!«

Inge prallt hörbar zurück. »Was denkst du! Das ist nicht ungefährlich für mich! Aber – ich muß Angst haben vor *ihr*! Ich kann nicht deutlicher werden, aber ich habe Angst, daß *sie* meinen Kindern was tut ...«

»Was soll sie deinen erwachsenen Söhnen antun können? Die zierliche Frau, diesen Kloppern?«

»Ja, ich weiß nicht, aber *die* ist zu allem fähig!«

Dreht jetzt auch Inge durch? Vielleicht bringen sich bald alle gegenseitig um? Wäre das nicht ein angemessenes Ende?

Andererseits, worauf kommt's schon an.

»Jens ist tot«, sagte ich matt.

»Ja, hab ich gehört. Selbstgewähltes Schicksal, würd ich sagen.«

Ich träumte, daß ich in einem Sumpf schwamm. Er war wie der Moortümpel, in dem wir uns als Kinder wälzten; wir hatten herausgefunden, daß man im Moor nur versinkt, wenn man aufrecht geht, bäuchlings aber schwimmen kann fast wie in Wasser, nur mühsamer. Triumphierend schwammen wir also in diesem Modder herum, und heute im Traum durchquerte ich ihn sogar von links nach rechts, was ziemlich zäh ging. Kaum war ich rüber, fing ich an, rötlichen Schaum zu erbrechen, und würgte, bis ich ruckartig erwachte, im Zwielicht, und draußen fiel langsam in dicken Flocken Schnee.

Ich richtete mich ein wenig auf. Mein Kopf schmerzte und war schwer wie Blei; ich dachte, wenn ich ihn nicht festhalte, bricht er durchs Bettgestell. Ich umklammerte ihn mit den Händen, da wurde mir übel, und bei dem Versuch, aufs Klo zu laufen, bin ich gestürzt. Ich dachte, hoffentlich bekomme ich keinen Schlaganfall. Da mußte ich sogar in diesem Zustand lachen: So lange habe ich den Croves so viel Schlechtes gewünscht, und jetzt bin ich selber dran; das wäre wirklich ein Witz.

***

Cornelius starb 1990 allein in unserem ehemaligen, in seinem Haus. Entdeckt hat das Hauke, ein vierzehnjähriger Junge aus der Nachbarschaft, der sich für die Steine interessierte und für Cornelius manchmal Schildchen beschriftete. (Cornelius konnte nicht mehr schreiben, weil ihm die Hände zitterten.) Als Hauke eines Nachmittags ein Schriftbild vorbeibringen wollte, fand er die Haustür offen; niemand reagierte auf sein Klingeln, und er traute sich nicht hinein. Er ging ums Haus und sah auf dem Küchentisch Brot und eine Kaffeekanne. Nachdem er noch zweimal geklingelt hatte, alarmierte er seine Mutter.

Die Mutter rief Iris an, die immer noch als Cornelius' Geliebte galt. Iris fand den Toten und rannte schockiert zu derselben Nachbarin, die dann mich und die Kinder anrief.

So sah ich Cornelius zum letzten Mal, auf dem Bett liegend, bereits ohne Ausdruck: keine bitter geblähten Lippen, keine heruntergezogenen Mundwinkel, kein vorwurfsvolles Gesicht, keine schmerzlich geschlossenen, sondern ausdruckslose, in die Höhlen gesunkene Augen. Er war nicht wiederzuerkennen: weiß und wächsern, nach all der Quälerei keine Person mehr, nur noch ein Balg. Ich bin, bei aller Erleichterung, erschrocken. Ich trat zurück und wäre beinah über einen von Cornelius' Zwergdackeln gestolpert: Eule und Ambos, beide saßen hier wohl seit Stunden und bewachten den Schlaf ihres Herrn. Ich glaube, über sie habe ich geweint.

Die Obduktion ergab eine Lungenembolie. Wahrscheinlich hatte Cornelius, wie schon öfter, schlagartig seine Psychopharmaka abgesetzt.

Kurz nach mir, gleichzeitig mit Hagen, erschien mein Neffe Markus, der Sohn von Förster Elias. Er sagte zu Hagen: »Naja, du als einziger Hassel-Sproß solltest natürlich das Recht eingeräumt bekommen, in dem Haus eine kleine Wohnung zu beziehen. Aber jetzt warten wir erst mal ab. Wir werden wohl verkaufen. Das Haus taugt nichts, dafür ist der

Baugrund ein Filetstück.« Hagen war zu verblüfft, um zu reagieren.

Noch am selben Tag durchsuchte Markus das Haus nach dem Testament. Am Abend rief Förster Elias, inzwischen Rentner, Hagen an: »Ihr seid enterbt, daß ihr's wißt! Wehe, ihr rührt was an!«

Ein ziemlich mäßiger letzter Auftritt von Elias! Was kann meinen allezeit korrekten Schwager zu so einem Schritt veranlaßt haben? Der Wunsch nach Rache für seinen toten Bruder? Aber war Elias so blind? Geldnot vielleicht? Aber war er ein solcher Lump? Hatte sein Sohn Markus ihn da hineingetrieben? Aber war er so schwach? Haben die Jahre an Viktorias Seite ihn entstellt? Oder gab es diesen Junkerstolz gar nicht, war der immer nur Fassade gewesen?

Zu Cornelius' Beerdigung kamen beide, Elias und Markus. Markus grüßte mich nicht, aber Elias, straff und seriös wie immer, deutete einen Handkuß an. Interessanterweise gingen beide anschließend mit zu Ilsabe, die Kaffee und Kuchen vorbereitet hatte; ausgehungert wie sie anscheinend waren, erlagen sie der Versuchung, sich bei den Leuten, die sie gerade zu betrügen versuchten, den Bauch vollzuschlagen. Armer Elias.

Als Hagen nach der Beerdigung mit den Unterlagen zum Amtsgericht ging, um den Erbschein zu beantragen, sagte die Justizbeamtin: »Ihr Bruder war schon da!« – »Ich habe keinen Bruder«, sagte Hagen und konnte das auch nachweisen. Aber es nützte ihm nichts.

Markus, der studierte Jurist, hatte seinem kranken Onkel Cornelius beim Aufsetzen des Testaments geholfen. Da stand jetzt über Hagen, daß der »seinen gesetzlichen Erbanteil« zu bekommen habe, anstatt »Erbteil«. Diese Silbe »an« entschied über Erbe und Nichterbe. Ich bezweifle, daß Cornelius den Unterschied kannte. Markus wollte sich ein Erbe erschleichen.

Gottseidank hat er Fehler gemacht. Er hatte übersehen, daß Cornelius ein Enkelkind hatte, das in der Erbfolge vor Elias, seinem Bruder, stand. Markus hatte eidesstattlich erklärt, daß Hagen seinen kranken Vater nie besucht habe. Aber wir konnten nachweisen, daß er log. Zum Beispiel hatte Cornelius am Tag seines Todes Hagen auf Band gesprochen, daß er sich schlecht fühle und deswegen nicht zu Hagens Konzert mit einer Popband im Nachbardorf kommen könne, sich aber für die Einladung bedanke. Und so weiter.

Nach einem monatelangen, zähen Gerichtsverfahren erging das Urteil: Cornelius' Sohn und Enkel bekamen je die Hälfte. Bruder Elias ging leer aus. (Ich auch.)

***

Ich hatte tatsächlich einen Schlaganfall, Gottseidank keinen schweren: nochmal Glück gehabt. Ich habe aber zu hohen Blutdruck und muß aufpassen. Jetzt schlucke ich täglich Tabletten und koche cholesterinarm. Das macht mir nichts aus, im Gegenteil. Ich erhole mich rasch. Und das Wunderbare ist: Seit ich die Medikamente nehme, hatte ich keine Migräne mehr. Der Arzt bestätigt, daß die möglicherweise auch vom Bluthochdruck gekommen ist. Also, davon befreit zu sein wäre eine wirkliche Erlösung, ein Riesenglück.

Im Sprechzimmer dieses Arztes habe ich übrigens eine sehr nette Frau kennengelernt, Luise. Wir haben einander schon einige Male besucht und Tee getrunken, als wäre es das Selbstverständlichste von der Welt, einander zu besuchen und Tee zu trinken: entspannt, ungehetzt, dankbar. Wenn wir uns wieder fit fühlen, wollen wir zusammen einen Malkurs buchen. Wir sind längst per Du.

Luise ist vielleicht Mitte Fünfzig. Sie ist kurz und kräftig, schweres Kinn, kurzer Männerhaarschnitt mit freien Ohren, hellblaue, liebevolle Augen; mein Herz flog ihr zu. Sie lebt in Benkendorf, früher war sie Bäuerin, aber nach dem Tod ihres Mannes vor zehn Jahren hat sie den Hof verpachtet. Irgendeine Milchquotenregelung kam ihr dabei zugute, jedenfalls, sagt sie, ging es ihr nie so gut wie heute. Schade, daß der Mann nichts mehr davon hat.

Um den Mann trauert sie immer noch heftig. Fünfundzwanzig Jahre lang hat er sich zusammen mit ihr geschunden, Hypotheken abbezahlt, geschuftet von morgens vier bis abends acht, und alles umsonst, zuletzt hatten sie eine Viertelmillion Schulden, die Zinsen wuchsen ihnen über den Kopf, er knirschte im Schlaf mit den Zähnen.

Der Mann war ein ganz Schöner, oh, wie sie den geliebt hat! Er aber liebte nur seine Kühe und hat mit seiner Frau jahrelang kein persönliches Wort gesprochen. Fünfundzwanzig Jahre Ehe – wortlos. »Wenn wir geredet hätten,« da ist Luise überzeugt, »hätten wir einen Ausweg gefunden!« Sie fanden den Ausweg nicht. Manchmal schlug Knut sogar seine Kühe, weil er mit den Nerven so fertig war. Und einmal hat er auch Luise geschlagen: Während er auf einer Versteigerung war, hat sie den Tierarzt mit der Besamungsspritze (sie nennt ihn den »Rucksack-Bullen«) zur falschen Kuh geführt. Auch noch die teure Spritze umsonst, und da rutschte Knuts Hand aus – »aber er hat's nicht so gemeint, und hinterher tat's ihm furchtbar leid.«

Knut starb mit vierundfünfzig an einem Herzinfarkt. Er ist nie zum Arzt gegangen: »Bei uns hieß es immer, zum Arzt gehn nur die Faulen!« Knut klagte immer öfter, er könne nicht mehr wie früher. Er schämte sich sogar. »Als diese Milchquotenregelung kam, hat er mir zugeredet, die Kühe abzuschaffen. Ich war so froh, ich wollte das gleich in die Wege leiten! Aber da sagt er: ›Jetzt noch nicht.‹ Ich habe das erst später verstanden: Er wußte schon, daß er stirbt, und solang er lebt, wollte er noch mit seinen Kühen zusammensein.«

In Wartezimmern ballen sich die Schicksale. Natürlich habe ich auch von meinem Leben und meiner Arbeit erzählt. Und natürlich kennt Luise Hemjö Crove.

»Aber klar! Mein Knut ist doch mit Hemjö zur Schule gegangen! Hatte immer ein Heidenrespekt vor ihm – fast ein Komplex! Der große schöne Knut kam auf kein grünen Zweig, aber der kleine graue Hemjö war der tolle Hecht und kriegte alles – Frauen, Geld ...«

»Hast du ihn mal gesehen?«

»Von weitem – unser Hof lag doch außerhalb. Aber manchmal, beim Einkaufen ... Er hatte nämlich jahrelang ein Verhältnis in Benkendorf, mit einer verheirateten Frau. Die war übrigens auch mal Köchin in Erlhof, genau wie du. Nach Hemjös Heirat hat sie gekündigt und wollte nie mehr was von Erlhof wissen, naja, eine verheiratete Frau mit fünf Söhnen …«

Fünf Söhne? Benkendorf? Wie hieß sie?

»Hm … ist schon so lang her … Moment mal …«

Andererseits geht's mich ja nichts an.

»Anita, klar! Anita Paasch! Eine schöne, kluge Frau. Hemjö nahm sich immer das Beste!«

Anita Paasch! Die schöne, kluge Frau von unserem Jens.

»Jetzt arbeitet sie, glaube ich, in der Limonadefabrik. Der Mann ist vor kurzem gestorben …«

Mensch, Hemjö, du hast uns wirklich alle besiegt.

*

Am zweiten Weihnachtsfeiertag waren alle drei Kinder da, Gila und Ilsabe aus Augsburg, Hagen sogar aus Alaska. Es war unverschämt gemütlich. Sie amüsierten sich über meine Erlhof-Geschichten und sprachen von früheren Festen in unserem Haus und auch ganz unverkrampft von Cornelius. Wir erinnerten uns an seine bessere Zeit, Tiere, Spaziergänge, Cornelius' viele Talente. Und an seine Marotten. »Die immer wirkten!« warf Hagen ein.

Gila: »Damals Ostern … erinnert ihr euch? Auf der Terrasse? Mit Iris?«

»Natürlich!« riefen die Mädchen, »die Nachtigallennummer!« Und auf einmal fingen alle drei an zu trillern wie die Nachtigallen.

*

Wieder allein, Ende des Jahres, Spaziergang zum Strand, andächtiger Stimmung. Hellgraue Bewölkung mit Lichtspritzern dazwischen, dann kam Wind auf, das bleigraue Wasser kräuselte sich und Böen schossen kreuz und quer. Stürmisches Wetter war angesagt, ich freute mich darauf, ich mag stürmisches Wetter vom Ufer aus. Über den Himmel jagten schwarze Wolken und türmten sich über mir, während unten der Wind plötzlich erstarb. Spiegelglattes Wasser, auf das in dichten Schleiern Regen zu fallen begann.

Abends zog ich noch mal mit dem Auto los, an der Küste entlang, und parkte bei einem kleinen Hafen. Spaziergang auf der Mole bei bedecktem Himmel. Alles hat mir gefallen: Zeit zu haben, keine Schmerzen, keine Angst vor Schmerzen; die Schönheit der See und des Himmels. Wieder nahm der Wind zu, diesmal aus Nordosten, dann verdoppelte er sich auf einmal, als hätte jemand eine Düse geöffnet, häufte Wellen auf und trieb sie vor sich her, weiße Krönchen, dann ein Netz aus weißem Schaum, Gischt. Im Südwesten riß die Wolkendecke auf, fast glasklares, orangenes Licht legte sich auf Häuser und Leuchtturm, ich sah meinen scharfen Schatten mit den flatternden Hosen. Mehrstimmiges Pfeifen des Windes in den Spannleinen, ich stemmte mich gegen den Wind und versuchte, nicht auszurutschen auf dem glitschigen Holz. Jetzt peitschender Regen, reißendes, grünes Wasser, über dem Meer ein leuchtender Regenbogen in gelbgrünblauviolett, prall und rund, mächtig wie ein Schloß. Von links eine neue, dicke, weiß brodelnde Wolke, während hinter mir über dem Land die Sonne in einem makellosen Streifen Hellblau untergeht. Der Regenbogen löst sich auf, bald hängt nur noch seine leuchtende Flanke am Himmel. Die schaumige Wolke verfärbt sich in ein stumpfes, messingartiges Braungelb. Jetzt ist der Himmel über mir durchsichtig und ultramarinblau wie eine Vision. Er wird dunkler und senkt sich, der Wind läßt nach, im Westen noch ein gelber Widerschein auf der Unterseite der Wolken, dann ein roter, dann ist es Nacht.

IV (1999)

11.

Ich träumte: Ein Mann mit einem riesigen Blumenstrauß im Arm kam des Wegs. Ich hoffte, er würde mir den Strauß schenken, aber er ging vorbei, ohne mich zur Kenntnis zu nehmen. Dann kam ein weiterer Mann, der in der Linken drei winzige, blaue Blümchen hielt, und ich dachte, vielleicht sind wenigstens die für mich, aber ich mußte sie bezahlen. Der Mann stellte sie in ein zu großes Glas und füllte das bis zum Rand, so daß die Blumen bis über die Köpfchen im Wasser standen, und dann sagte er, ich müsse das Glas austrinken. Weil aber auf einmal um uns sehr viele Menschen waren, vor allem Kinder, wurde ich nervös und habe die Hälfte des Wassers verschüttet.

Ich schlafe viel, träume merkwürdige Sachen und erwache angeregt und neugierig. Seit einem Monat keine Kopfschmerzen mehr. Spaziergänge. Herrliche Ruhe.

Gelegentlich besucht mich Inge Podak.

Das erste Mal war noch im Dezember, etwa eine Woche nach dem Schlaganfall. Ich lag im Bett, sie hatte davon gehört. Kam, Flecken der Rührung auf den Wangen, mit einem kleinen Rosenstrauß und suchte dann ziemlich lang eine Vase, weshalb das eigentliche Gespräch kurz blieb. »Danke«, sagte ich. »Und wie geht's dir?«

»Ach ich weiß nicht, immer dasselbe, Erlhof, wahrscheinlich interessiert dich das nicht, in deinem Zustand...«

»Doch, doch!« Natürlich interessierte es mich! Erlhof,

wie grotesk auch immer, war das Leben, und ich kam aus dem Nichts!

Ich habe dann aber doch viele Einzelheiten verpaßt. Insgesamt war die Lage so: Alle fürchten, daß Gesine im März das Restaurant übernimmt. Sie tut entschlossen. Hemjö sind juristisch die Hände gebunden, denn er hatte Gesine vor Jahren das Restaurant verpachtet, damit er die Steuer betrügen kann. Jetzt steht er da.

Ich kann daran nichts Schlimmes finden, aber Inge ist verzweifelt: »Gesine will uns alle rausschmeißen. Ich werde arbeitslos!«

Hemjö hat zwar Gesine die Pacht gekündigt, aber die Kündigungsfrist beträgt ein Jahr. Gelegentlich stellt er Gesine ein Ultimatum, aber dann macht er wieder Angebote, sie könne zurückkehren – ohne zu arbeiten, nur um der Kinder willen.

Eine Woche nach Neujahr: Hemjö hat ein neues Haustürschloß einbauen lassen – mit einem Code, den man täglich ändern kann, damit die Kinder sich nicht verplappern.

Was noch? Hemjö hat eine zunehmende Wut auf Nelson – am liebsten würde er den beim Züchter gegen einen neuen tauschen, und zwar nicht nur, weil der arme Hund in die Wohnung kackt, sondern – »der freut sich ja immer noch, wenn *sie* kommt! Schlägt nicht an! Neulich, halb drei morgens!«

Außerdem hat Hemjö Magenprobleme. Er macht sich seinen Kaffee selber und glaubt, daß der ihm zu stark geraten sei.

Gesine kommt selten. Ruft aber Inge gelegentlich aus Hamburg an. (Alle müssen dauernd über ihre Taten reden, um einander davon zu überzeugen, daß alles ganz anders sei, als sie insgeheim ahnen.) Angeblich ist Gesine »Empfangsdame« im Modehaus Jessen, wo sie bisher selbst immer so gern eingekauft hat. Inge hält aber für unwahrscheinlich, daß ein Modehaus sich eine Empfangsdame leistet. »Verkäuferin wird sie sein!« Wir malen uns aus, wie Gesine ungezogene Geldfrauen bedient, vor ihnen niederkniet und Säume absteckt.

Naja, frage ich mich andererseits, warum soll sie nicht Mode verkaufen können? Ist doch immer noch besser für sie, als auf Erlhof Kartoffeln zu schälen. Mode bedeutet ihr was, das ist eine gute Voraussetzung. Außerdem ist sie dort unter ihresgleichen. Und sie hat immer Geld in der Hand.

Dritter Inge-Besuch, gleich drei Tage später. Was Neues!
Und zwar! Hemjö...! Sie schluckt.
Hemjö hat Inge gestern morgen angerufen und gesagt: »Ja, also, *sie* war hier.«
»Wann?«
»Na, gestern. Und ist heute morgen wieder gefahren.«
»Und?«
»Was und!«
»Wo hat sie denn geschlafen?«
»Da, wo sie hingehört!«
Stille.
»Herr Crove! Wirklich?«
»Ja.«
»Entschuldigen Sie, aber jetzt muß ich lachen!«
»Macht nix, tun Sie das ruhig.«
»Ja, und nun?«
»Sie ist wieder nach Hamburg. Arbeiten. Ihre Chefin hat gesagt, sie ist eine Bereicherung für den Betrieb. Können Sie heute kommen?«

Vierter Besuch, Inge sehr bedrückt. »Gesine ist täglich da, und zwischendurch telefonieren sie noch miteinander, der Chef und sie.«

»Und das Modehaus Jessen?«

»Gesine hat gekündigt, als sie den ersten Gehaltszettel in der Hand hielt. War sauer, daß so wenig übrigbleibt.«

Inge schluckt. »Sie schlafen wieder zusammen ... fast jeden Tag. Er hat versucht, es vor mir herunterzuspielen, aber *sie* erzählt, es wäre wie früher – Er hat mich wieder mal reingelegt.« Und im gleichen Atemzug, stoßartig: »Die Kasse war übrigens wieder blockiert!«

Es war genau wie im Herbst. Wieder war ein kleines Kabel herausgerissen und das Farbband herausgenommen. Und der Chef, der sehr aufgeräumt wirkt, seit seine Frau wieder da ist, plierte Inge zu: »Wer sowas wohl macht?«

Fünfter Besuch. Viel Neues!

Crove hat seine Frau aus allen Verträgen rausgedrückt, wie er es angekündigt hatte! »Warten Sie's ab, ich schaff das!« hatte er noch zwei Tage vorher zu Inge gesagt, und jetzt hat er's geschafft.

Als er es geschafft hatte, rief er morgens bereits um acht bei Inge an, um es zu verkünden: »... aus allen Verträgen raus!« (Bravo.)

»Wie haben Sie das gemacht?« fragte Inge.

»Nix Verkehrtes sagen. Ruhe bewahren. Das ist die ganze Taktik. Einfach Ruhe. Ich habe *ihr* erklärt, daß *sie* es sowieso nie schaffen wird. Hab *ihr* vorgerechnet, was die ersten Wochen kosten, wenn noch keine Einnahmen sind ... Jetzt«, sagte er zufrieden, »jetzt wird es wieder sein wie früher.«

Inge hält das für Hemjös größten Sieg. Auch Hemjö denkt so. Gesine allerdings, die Besiegte, ist aufgewühlt und gedemütigt nach Hamburg gefahren, um sich mit Einkäufen zu trösten; zu Inge hat sie gesagt, sie müsse jetzt endlich mal an sich selber denken. Seitdem – es ist eine Woche her – ist sie nicht zurückgekommen. Crove kriegte just in dieser Woche seine jährliche Grippe.

»Und, pflegst du ihn?«

»Na ja, wenig, es ist deprimierend. Er hockt ganz allein in seinem Bau. Ißt Tütensuppen und Dosen, geizig wie sonstwas. Ich will ihm was aus der Schlachterei bringen, nein, ist ihm zu teuer. Erst jetzt merk ich, wie geizig er ist. Er hat sich doch immer so aufgeregt über Gesines viele Lichter, also er knipst sie alle aus bis auf eine neben seinem Bett, und dann sitzt er in dem Luxusbett auf seinen Satinlaken und zeichnet bei vierzig Watt Pläne... Er hat einen Leistenbruch und läßt sich nicht operieren, weil er glaubt, daß er unentbehrlich ist. Außerdem will er unbedingt weiterbauen dieses Jahr, er denkt nur eins: Gäste, Gäste... ein Whirlpool soll her, eine Disco... ach, und übrigens hat er alle Löhne gesenkt – außer meinem! Um eine Mark pro Stunde!«

*

Im Traum ging ich mit Hund Nelson durch – ja, seltsamerweise durch Wien, wo ich in Wirklichkeit nie gewesen bin. Ein paar Feuerwehrmänner stellten sich uns in den Weg: »Mit Hund in einer fremden Stadt, das ist verboten!« Ich war sofort schuldbewußt. »Wir würden aber eine Ausnahme machen, wenn Sie uns einen Gefallen tun und mit dem Hund das Gebäude da durchsuchen!«

»In Ordnung«, sagte ich. »Wonach sollen wir denn suchen?«

»Nach gebrochenen Versprechen«, sagten sie.

Der Bau war anscheinend ein Krankenhaus, mit langen Gängen, die alle abwärts führten. Nelson und ich suchten einen nach dem anderen ab. Aus einem Zimmer traten drei Frauen. Eine sagte, sie müsse sich jetzt verabschieden, weil sie Krebs habe. Sie umarmte die anderen und dankte für ihre Hilfe, und dann wollte sie noch einmal fotografiert werden. Wir folgten ihr hinaus auf die nasse, warme Straße. Sie stellte sich in Positur für das Abschiedsfoto: breitbeinig über dem Mittelstreifen, mit erhobenen geballten Fäusten, sogar ihr Bizeps sprang hervor. Ich dachte, was heißt hier Krebs, die lebt doch noch ewig!, und damit wachte ich auf. Eine ganze Weile blieb ich liegen und dachte über den Traum nach. Ich war nicht sicher, ob er optimistisch oder melancholisch war. Als ich über die »gebrochenen Versprechen« rätselte, fiel mir noch ein: Eines haben Nelson und ich tatsächlich gefunden. Und zwar hing an einer Krankenzimmertür eine Tafel, auf der mit Kreide geschrieben stand: »Du hattest doch versprochen, mir die Wäsche zu waschen!«

*

Ein herrlicher Februartag, knallweiß und klirrend kalt. Habe einen langen Spaziergang gemacht. Die Sonne kämpfte sich durch, vor meinen Augen fror der Nebel aus, die Luft war erfüllt von winzigen Blättchen Eis, die langsam zur Erde sanken in Milliarden glitzernden Funken. Der Schnee knirschte unter meinen Füßen wie Kartoffelstärke. Ich fühlte mich, als hätte ich Licht im Kopf; es war atemberaubend.

Ich dachte: Warum will man eigentlich immer, daß die eigenen Leute vortrefflich sind, obwohl einen das zu so vielen Lügen zwingt?

Mein Vater, der aus einer Dithmarscher Lehrerfamilie stammt, war schon als ganz junger Kerl zielstrebig, fleißig und stolz. Als Siebzehnjähriger, 1917, meldete er sich freiwillig an die Front, er diente in Frankreich als Gefechtsläufer und war für seine Kaltblütigkeit berühmt (sagte er). Einmal bei einem schweren Gefecht, als andere Soldaten sich schlotternd in den Gräben duckten, saß er konzentriert über einem Französischbuch und lernte Vokabeln. Ein Offizier auf Kontrollgang war so beeindruckt, daß er sich mit dem Soldaten bekanntmachte und Adressen tauschte. Dieser Offizier hieß Spas Elder und wurde später ein berühmter Philosoph; es folgte ein jahrzehntelanger Briefwechsel, der meinem Vater viel bedeutete.

Nach dem Krieg wurde Vater an der Präparandenanstalt in Stade zum Volkschullehrer ausgebildet. Als Junglehrer lernte er meine Mutter kennen. Sie war Sparkassenangestellte, vier Jahre jünger als er, bediente ihn am Schalter und schwärmte sofort für ihn. Er war auch beeindruckend: hochgewachsen, stattlich, forsch. Sie war fein, zierlich, still. Er wollte Patriarch sein mit einem Stall Kinder um sich herum. Er fragte seine Mutter, ob diese Braut nicht zu zart sei, um viele Kinder zu gebären. »Probier's aus!« war die Antwort. Also, meine Mutter bekam sieben Kinder, ein achtes wurde tot geboren, außerdem gab es mindestens eine Fehlgeburt. Ich war das vierte Kind. Natürlich liebte sie mich, und natürlich kümmerte sie sich; aber sie war, so lang ich mich erinnere, immer angestrengt und überlastet, in ihren besseren Momenten eine Art emsige Familienbeamtin, in den schwächeren eine abgehetzte Dienerin. Vater wurde Schulleiter, Honoratior, Dorfchronist, er gründete den Heimatkreiskalender, schrieb plattdeutsche Überlieferungen auf, verfaßte Glossen für Zeitungen. Er lebte sich aus, er wurde immer größer, bunter und strahlender, während sie immer kleiner, blasser und matter wurde. Als Kind belauschte ich ein Gespräch, das sie mit ihrer Schwägerin über die ehelichen Pflichten führte. »Ich bin immer froh, wenn's vorbei ist«, wisperte sie verschämt, worauf Tante Martha glucksend rief: »Komisch, und ich kann gar nicht genug davon kriegen!«

Anfang der dreißiger Jahre trat Vater der NSDAP bei und wurde Gauamtsleiter, ein tüchtiger Funktionär. Nach dem Krieg erzählte er freilich von mutigen oppositionellen Taten: Er hatte als Kunstsachverständiger mehrere verfemte Worpsweder Maler unterstützt, die ihm das nach dem Krieg schriftlich bestätigten. Und 1942 gab er seinem Freund, dem Gauleiter von Osthannover, einen persönlichen Brief an Hitler mit, in dem er schrieb, daß das Volk nicht an den Endsieg glaube. »Diesen Brief hat anscheinend irgendein Büro verschwinden lassen«, erzählte Vater nach dem Krieg selbstbewußt, »sonst wäre ich im KZ gelandet.« Wir alle bewunderten ihn rückwirkend. Er zitierte auch mit Genugtuung, was bei der Entnazifizierungsverhandlung 1948 ein Richter zu ihm gesagt hatte: »Sie sind der erste deutsche Funktionär, dem ich jedes Wort glaube.«

1945 war er als Nazi von den Engländern verhaftet worden. Drei Jahre blieb er im Internierungslager, wo er sofort begann, Englisch zu lernen. Die Familie mußte die Achtzimmerwohnung räumen und kam in einem leerstehenden Bauernhaus unter, ich erinnere mich an Kälte und ständigen Hunger. Im Jahr '46 trat ich eine Landwirtschaftlehre an der Ostsee an. Meine jüngeren Geschwister erkrankten alle an Typhus. Als Vater aus dem Lager entlassen wurde, fuhr er zu dieser Bude, sah, wie bedrängt, zertrümmert und unwirtlich alles war, erklärte, er müsse erst mal seiner alleinstehenden Schwester mit ihrem Papiergeschäft in Cuxhaven helfen, und entschwand. Zwei Jahre Berufsverbot hatte er durchzustehen, das tat er bei der Schwester in Cuxhaven, dann wurde er wieder Schulleiter, mietete eine große Wohnung und nahm die Familie zu sich.

Fragen gab es viele, aber ich habe sie nicht gestellt. Zum Beispiel dieser Brief an den Führer, der nicht ankam: Die Legende bedeutete irgendwie, Vater habe damit mindestens eine Gefängnisstrafe riskiert. Aber in meiner Erinnerung wirkte er durchaus nicht wie ein werdender Märtyrer. Hat er uns die Gefahr verheimlicht? Ich glaube nicht, denn er war, weil er nicht an sich zweifelte, von unerschütterlicher Ehrlichkeit. Hat er sich überhaupt je etwas vorgeworfen? Hat er sich zum Beispiel den Vorwürfen, die später den Nazis gemacht wurden, gestellt? Hat er sich gefragt, ob es in Ordnung sei, seine zermarterte Frau mit immer noch vier hungrigen Kindern in einer zugigen Hütte sich selbst zu überlassen, während er in der geheizten, stillen Stube seiner Schwester Rechnungsbücher durchsah?

Nein, ich glaube nicht. In seiner Zeit durfte er sich – als Mann, als Deutscher, als Schulleiter – bewundern, also bewunderte er sich; keiner schlägt so einen Vorteil aus. Daß dieser Vorteil für andere Leute ein Nachteil war, kam ihm nicht in den Sinn. Es kam auch uns nicht in den Sinn. Wir bewunderten ihn, so wie er sich bewunderte, und natürlich hatten auch wir was davon: Der Respekt, den er genoß, erstreckte sich auf uns. Es war ein Leihrespekt, für den wir scheinbar nichts leisten mußten. Aber nichts ist umsonst.

Mit »wir« meine ich die Frauen unserer Familie. Die Jungen wurden gefördert, belohnt und aufgebaut; wir dienten. Leider waren wir nicht mal bessere Menschen. Auch meine tapfere, bemitleidenswerte Mutter war kein besserer Mensch. Sie war nur harmlos. Was hat sie gedacht? Ich erinnere mich, daß einmal unmittelbar nach Kriegsende ein englischer Offizier uns Kindern Spielzeug und Essen schenkte. Meine Mutter sah mit steinernem Gesicht an ihm vorbei und erwiderte seinen Abschiedsgruß nicht. Kaum war er weg, sammelte sie alle Geschenke wieder ein und warf sie den Nachbarkindern zu, wobei sie mit dünner Stimme rief: »Wir nehmen nichts vom Feind!«

Meine arme Mutter. Sie wollte alles richtig machen, auch wenn es weh tat. Vielleicht hat sie schließlich daraus, daß es weh tat, geschlossen, daß es das Richtige war? Denn wer weiß, was das Richtige überhaupt ist? Jeder versteht etwas anderes darunter, aber für alle scheint wichtig zu sein, daß sein Richtiges richtiger ist als das der anderen.

Und was hat er davon?

Ich las mal irgendwo, was »uns Menschen wirklich antreibt«: Größenwahn, Harmoniesucht, Fortpflanzungstrieb und das gewaltsame Bedürfnis, auf der besseren Seite zu stehen. Ich fand das ungerecht und ärgerlich, aber aus irgendeinem Grund merkte ich es mir. Nun denke ich: Vielleicht ist doch was dran? Waren wir nicht alle davon bestimmt, Vater, Mutter, der alte Herr, Camilla, Lisa, ich, Hemjö, sogar Gesine? Und was haben wir davon gehabt? Die Folgen waren grausig und lächerlich, Verantwortung trägt niemand, alle sind beleidigt.

Wie ist es dazu gekommen? Warum habe zum Beispiel ich mich jahrelang betrogen gefühlt, obwohl der einzige Mensch, der mich betrog, ich selber war? Ich wollte nichts Unbequemes denken, ich wollte lieber leiden als vor mir selbst schlecht dastehen, na schön. Aber was hatte ich mir eigentlich vorzuwerfen? Was hatte ich für eine Schuld außer, daß ich nicht so wichtig und vortrefflich war, wie ich gern gewesen wäre?

Und bei den anderen war es ähnlich! Was für ein katastrophaler Unsinn! Mir kommt es vor, als hätten wir, ohne es zu wissen oder zu wollen, uns regelrecht für unsere Unvortrefflichkeit bestraft: die einen, wie Lisa oder Mutter, durch Leiden, andere – Cornelius, Camilla, Hemjö – durch Gemeinheit (Gemeinheit gegen andere, die aber auf sie zurückfiel). Leider ist durch diese Straferei kein Schaden gutgemacht worden, sondern immer nur neuer Schaden entstanden.

Was für eine verzwickte Welt.

Was mich aber nach allem wirklich verblüfft, ist – ihre Schönheit. Zum Beispiel dieser blitzende, herrliche Tag! Ich fühle mich wie ein Genesender, der sein brennendes Auge öffnet und merkt, es brennt gar nicht mehr. Wunderbar. Wunderbar.

Natürlich ist das alles nicht der Weisheit letzter Schluß,

dachte ich auf dem Heimweg. Was ist schließlich das Sensationelle an meiner Entdeckung, außer daß der Schmerz nachläßt? So sensationell ist das schließlich auch wieder nicht, nach all der verlorenen Zeit.

Trotzdem freut es mich unbändig.

Darüber muß ich noch nachdenken.

*

(März:) Heute nacht träumte ich, ich wandere mit einer Gruppe in den Hüttener Bergen, es regnet, wir essen in einem Lokal, der Wirt schlägt mit seiner groben Hand auf den Tisch. Plötzlich bin ich allein und taste mich in dunkler Nacht durch ein Dickicht. An mehreren Stellen ist es steil und glitschig, und plötzlich habe ich das Gefühl, daß ich es vielleicht nicht schaffe. Schließlich komme ich an einen kleinen Bahnhof mit einem einzigen Gleis, ich habe den Anschluß verloren und überlege: Wo will ich eigentlich hin? Da steht ein Zug, aber er ist rappelvoll. Ich denke, jetzt müßte jemand ansagen: Frau Hassel aus …

Ja woher bin ich denn eigentlich?

»Frau Hassel aus Bresebeck!« tönt es aus dem Bahnhofslautsprecher. »Bitte steigen Sie ein, Sie werden von Ihren Freunden erwartet!«

Ich bin verwirrt. Welche Freunde? Es ist ein altmodischer Waggon mit hohen Fenstern, so ein ehemals modischer, über den die Mode hinwegging, noch während er ehrgeizig gebaut wurde. Jetzt sehe ich eine dunkle Gestalt am Bahnsteigende kauern. Sie bewegt sich – winkt sie? Winkt sie vielleicht mir zu? Wie denn, jemand winkt *mir* zu?

Am Telefon ist Hemjö! »Tja, Frau Hassel, weshalb ich anrufe: Ich wollte Sie bitten, mal herzukommen. Ich habe da zwei neue Frauen für die Küche. Mit der anderen, na ja, sie war uneinsichtig, das Essen, na ich will nicht grad sagen, daß die Gäste sich beschwert hätten, aber... sehr uneinsichtig! Also, mir wäre am liebsten, wenn wieder so gekocht würde wie... Morgen werden sich zwei Frauen vorstellen, könnten Sie denen nicht vielleicht erklären...? Also das wäre mir sehr lieb... morgen nachmittag, 16 Uhr 30?« Er bettelt regelrecht, ich sage zu.

Nach Erlhof gehe ich zu Fuß. Die Kälte ist gewichen, der Frühling kündigt sich an, hellgrüne Knospen, prickelnde Luft, weicher Sonnenschein. Wieder fällt mir, als ich über die Hügelkuppe komme und in der flachen Senke Erlhof liegen sehe, kein anderes Wort ein als: wunderbar. Und wie früher mischt sich in meine Bewunderung die Mißgunst. Wann immer ich diesen Weg entlangkam, habe ich den Croves die Pest an den Hals gewünscht. Vielleicht kriege ich jetzt, wo sie mir gleichgültig sind, ihr Unglück geschenkt? Ach nein, denke ich beschämt, die sind einander Strafe genug. Schade ist es nur um Fritz, das Pferd, und Nelson, den Hund.

Der Hof liegt wie verlassen da. Bevor ich klingle, gehe ich kurz um die Hausfront herum, um nach Nelson zu sehen. Er liegt in seinem Zwinger an der hofabgelegenen Seite des Herrenhauses, apathisch mit gestreckter Kehle, zwischen Kothaufen und Kies; sein Elend trifft mich wie ein Faustschlag. Ich überlege, ob ich ihn ansprechen soll, aber er wirkt so krank, daß ich ihn nicht aufstören mag (Heuchelei). Als ich mich zum Gehen wende, öffnet er seine geröteten Augen und macht Anstalten, auf die Füße zu kommen, aber dann läßt er sich ächzend wieder fallen.

Hemjö begrüßt mich mit festem Händedruck wie früher und sieht mir ebenso prüfend in die Augen, bevor er mich durch den breiten, aber schmutzigen, stinkenden Flur in das pompöse Wohnzimmer führt. Er wirkt kleiner, als ich ihn in Erinnerung habe, und ist mager geworden. Er preßt die rechte Hand an seine Leiste, während er vor mir hergeht. Es fällt ihm schwer, sich hinzusetzen, und als kurz darauf die Hausglocke schellt, fällt es ihm noch schwerer aufzustehen.

Die erste Bewerberin. Vielleicht Mitte Fünfzig, verlebtes, aufgeschwemmtes Gesicht, dreckige Fingernägel – also wenn ich an die Frikadellen denke, die die drehen soll... Alkoholfahne. Sie fragt sofort, was ich verdient hätte, und stupst mich komplizenhaft mit dem Ellbogen an, während sie in Richtung Hemjö nickt: »Und? Ist er zuverlässig?« Später sagt sie zu ihm: »Abrechnen tu ich am besten wöchentlich, Herr Crove, und zwar freitags, nech?«

Er bejaht. Er wirkt unsicher, unglücklich. Schlurfend begleitet er sie hinaus. Morgen will er mit seinen Kindern für eine Woche nach Tirol fahren. Inge muß ihm beim Kofferpacken helfen.

Nachdem die erste Bewerberin fort ist, warten wir auf die zweite. Hemjö kramt nach einem Zettel, wählt ihre Nummer; keiner geht ran, vielleicht ist sie unterwegs? Wir warten schweigend. Wir haben uns nichts zu sagen. »Wollen Sie sich nicht unsere tollen Umbauten ansehen, Frau Hassel?« fragt er schließlich. Nein, das möchte ich nicht. Ich sage ihm, ich hätte keine Zeit, und stehe auf.

»Moment noch, Frau Hassel... Also ich... Sie wissen, wie sehr ich Sie immer geschätzt habe... Wenn Sie wenigstens für diesen Sommer aushelfen könnten, wir würden sicher einen Modus finden...«

Armer Hemjö.

»Ich habe eine Idee«, sage ich. »Ich helfe aus, und dafür habe ich zwei Bitten.«

»Ja? Ja?«

»Erstens: Sie haben hier ein Pferd Fritz stehen. Ich möchte, daß Sie es dabehalten und...«

»Fritz ist nicht mehr da!« unterbricht er, fast erleichtert. »Eine Reitschülerin hat sich in ihn verliebt und ihn mir weggekauft, nur damit sie ein bißchen spazierenreiten und ihn mit Gnadenbrot füttern kann! Solche Leute gibt's!« sagt er kopfschüttelnd.

Ich glaube ihm nicht.

»Ich kann Ihnen den Vertrag zeigen!« ruft er. »Aber was ist die zweite Bitte?«

»Sie überlassen mir Nelson.«

»Pah! Wissen Sie, daß der hunderttausend Mark wert ist?«

»Der ist überhaupt nichts mehr wert, Herr Crove. Sie haben ihn zugrunde gerichtet.«

»Zugrunde gerichtet? Das ist ja lächerlich!« schnauzt er. »Sie wollen mir was über Tiere erzählen? Ich bin doch selber eins!«

Hat er das wirklich gesagt? Nein, seine Lippen sind geschlossen. Sein Kiefer mahlt.

»Schluß mit dem Kinderkram!« spricht er schließlich mit bebender Stimme. »Wir wollen Nägel mit Köpfen machen. Sie waren doch immer so – einsichtig. Also, ich biete Ihnen siebzehn Mark fünfzig die Stunde, zuzüglich…«

Und jetzt klingelt es doch noch an der Tür. Offenbar ist die zweite Bewerberin eingetroffen. »Soll ich aufmachen?« frage ich Hemjö, der dankbar nickt.

Vor der Tür stehen zwei Polizisten und zwei Männer ohne Uniform, die ebenfalls wie Polizisten wirken. Ich erkenne Oberwachtmeister Dick, der vor Jahren beinah den armen Carsten verhaftet hätte. »Ist Frau Crove hier?« fragen sie.

»Ist Ihre Frau hier?« frage ich von der Flurtür aus Hemjö, der in seinem dicken Ledersessel fast versinkt. »Die Polizei möchte sie sprechen.«

»Nein!« ruft er. »Sie ist nicht da, und ich habe überhaupt keine Zeit!«

Die Beamten stehen schon im Flur. Ich trolle mich. Die Männer sahen ungnädig aus, fand ich. Ob Gesine wohl in ihrem Modeladen in die Kasse gegriffen hat?

Draußen im Sonnenlicht schüttle ich meine Jacke, die

nach Croves Flur mieft, und atme tief durch. Nochmal davongekommen, denke ich. Beinahe hätte ich eine Riesendummheit gemacht.

Wieder hebt Nelson den Kopf und sieht mich an, etwas enttäuscht, daß nur ich es bin, aber auch froh, daß überhaupt jemand kommt. Ich sage ihm ein paar freundliche Worte, und da schleppt er sich tatsächlich auf mich zu. Seine Beine knicken ein, Bauch und Schwanz schleifen am Boden. Die Augen sind stumpf und ratlos, die Schnauze trocken wie Gummi. Ich begreife, daß er nicht nur ein bißchen, sondern schwer krank ist. Einen Meter vom Zaun entfernt kauert er sich hin und hört mir zu. Ich setze mich an den Zwinger auf den Boden und rede über die Schulter mit ihm, um ihn nicht in Verlegenheit zu bringen. Er kriecht langsam näher, und dann spüre ich durch den Drahtzaun an meiner Hüfte seinen Rücken, schwer und heiß. Ich greife durch eine Masche und streichle sein zerfilztes Fell. Er dreht sich so, daß meine Hand seinen Hals erreicht, und schließt die Augen; einmal drückt er seufzend seine Stirn gegen meinen Unterarm. Armer Nelson. Daß er so gescheit war, war sein Verderben. Eine erbärmlichere Existenz ist für einen Hund wohl kaum vorstellbar; aber noch in diesem Jammer hat er die Nähe des Lebens gesucht und wollte getröstet werden, als die Flamme erlosch. Ich bin bei ihm geblieben. Etwa zwei Stunden später hat er aufgehört zu schnaufen; da waren die Polizisten längst gegangen, und das Schlafzimmerfenster schimmerte bereits von der Funzel, in deren Licht Hemjö seinen nächsten Coup aussheckte.

***

Ich habe die Schule mit vierzehn verlassen. Tatsächlich ging ich von meinem zehnten bis zum dreizehnten Lebensjahr aufs Gymnasium, so wie meine Brüder. Sie bekamen Nachhilfeunterricht, ich nicht. Ich hätte besser, begabter sein müssen als sie, aber das war ich nicht. Meine Lehrerin erklärte meiner Mutter, daß ich kein Studium schaffen würde, und ich traute mich nicht zu kämpfen. Also fragte Mutter ihren Cousin Albert, ob er mich nicht als Lehrling in seinem Brinkhof unterbringen könne. Onkel Albert sagte zu. Das war 1946. Ich erinnere mich, daß ich vorher von den Weidezäunen Wolle absammelte, aus der Tante Mimi, die ein Spinnrad besaß, Garn spann. Oma strickte Strümpfe und Schlüpfer für mich, damit ich es warm hätte in der Fremde. An einem dieser Tage mußte ich auch zum Rathaus, um den ersten Ausweis meines Lebens abzuholen. Der Bürgermeister Reymers übergab ihn mir persönlich. Vom Bürgermeister Reymers wurde erzählt, daß er es mit Kühen treibe, deshalb fühlte ich mich ihm überlegen, ohne zu wissen, was eigentlich gemeint war.

Opa überließ mir seinen Flechtkoffer. Die erste Strecke von Buxtehude bis Hamburg saß ich auf dem Waggonpuffer in ständiger Angst um diesen Koffer, denn alle Leute, die meine Familie kannte, waren schon im Zug beklaut worden. Ab Hamburg hatte ich einen Sitzplatz und genoß die schöne Landschaft, ohne den Koffer einmal loszulassen. Die Holsteinische Schweiz gefiel mir so sehr, daß ich meine Angst vergaß. Ich prägte mir die Stationsnamen ein: Plön… Malente… Ich hatte ein Gefühl von Freiheit. Der Brinkhof lag in der Nähe von Haffkrug, und auch dieser Name gefiel mir; ich sagte ihn leise wie eine Zauberformel vor mich hin.

Die Angst kehrte zurück, als ich auf dem Bahnhof in Lübeck stand, während sich der Bahnsteig leerte. Schließlich kam eine schöne, blonde Frau auf mich zu und lächelte: »Du bist sicher Nele? Hallo, ich bin Christa, ich bring dich zum Brinkhof!« Sie war eine Schwester meines Lehrherrn und hatte reich nach Lübeck geheiratet, ich glaube, einen Papierhändler. Ich mochte sie sehr. Ich hätte mich gern an sie angeschlossen, aber sie wollte nur ihrem Bruder einen Gefallen tun und verschwand gleich, nachdem sie mich abgesetzt hatte, ich habe sie nie wieder gesehen.

Der Hof beeindruckte mich. Er bestand aus drei langgestreckten Wirtschaftsgebäuden, die hufeisenartig um ein stattliches, mehrstöckiges Haupthaus standen. Das Haupthaus war frisch gekalkt, Wege und Auffahrt gekehrt. Durch eine prächtige Haustür führte Christa mich in eine große Halle, und da stand ich mit meinem Flechtkoffer unter einem riesigen Kronleuchter und wartete, daß einer mich zur Kenntnis nähme. Allerhand Leute waren da, aber nicht wegen mir: An diesem Tag waren die Urteile im Nürnberger Prozeß gesprochen worden, man hatte es gerade im Radio gehört, alle waren erregt und sprachen durcheinander, und eine Frauenstimme rief immer wieder begeistert: »Tod durch den Strang!«

Schließlich begrüßten sie mich. Ich war unsicher, denn mein Vater saß als Nazi im Internierungslager. Alles war unverständlich und peinlich, sogar schändlich. Wir hatten den Krieg verloren. Meine Mutter, kränkelnd und erschöpft, solange ich mich an sie erinnere, geriet in Zorn, wenn man sie danach fragte. Was aus Vater werden würde, war unklar. Ich hätte gern mit jemandem gesprochen.

Auf dem Hof lebten mein Lehrherr, seine Frau mit zwei Töchtern, seine Schwiegereltern und zwei unverheiratete Schwestern. Eigentlich waren sie alle meine Onkel und Tanten, ich redete sie auch so an, aber sie legten auf eine Unterhaltung keinen Wert, übrigens auch nicht miteinander. »Hier wird gearbeitet und nicht geredet!« war ihr Wahlspruch. Ich erinnere mich, daß ich in der ersten Zeit von jener Tante Christa, die mich in Lübeck abgeholt hatte, tagträumte. Christa war schön, freundlich und gelassen, sie hätte mich verstanden. Abends im Bett überlegte ich mir Gespräche mit ihr, und obwohl ich vor Müdigkeit immer sofort einschlief, freute ich mich den ganzen Tag auf diese heimlichen Gespräche. Ich legte Christa kluge und besonnene Worte in den Mund, die mich sogar beruhigten, und sie wurde niemals böse, auch als ich sie einmal – in meiner Phantasie – anschrie: »Adenauer! Wenn ich den Namen schon höre!«

Arbeiten mußte ich vom ersten Tag an hart, so hart, daß ich richtig überrascht war, als ich am zweiten Sonntag meiner Lehre frei bekam. Ich durfte sogar einen Spaziergang machen! Allerdings mußte ich die kleinen Töchter des Hauses, meine Cousinen, mitnehmen. Ich lief mit ihnen sofort Richtung Meer; unaufhörlich habe ich mich nach dem Meer gesehnt. Von einem Hügel aus sah ich zum ersten Mal die Lübecker Bucht mit der schimmernden Ostsee, zwei Schwäne strichen mit knallendem Flügelschlag über das Wasser, es klang wie Applaus. Zurück auf dem Hof fragte ich sofort, ob ich nochmal ohne die Cousinen hinlaufen und baden dürfe, bekam aber die Antwort, baden sei verboten, ob ich nichts von der »Wilhelm Gustloff« gehört hätte. Ein Jahr nach der Katastrophe wurden immer noch Leichen an den Strand gespült. Ich vergaß die Leichen und merkte mir das Verbot. Ich träumte von Sand, Schaum, Wellen, Wimpeln, Wind, nur eine Stunde vom Brinkhof entfernt, und ging nicht hin. Warum nicht? Wer hätte mich aufhalten können in meiner freien Zeit? Ich hätte ja nicht baden müssen. Die Frage habe ich mir oft gestellt. Ich war zwanghaft ordentlich, leider. Leider.

Marie, die mit mir das Zimmer teilte, teilte meine Bedenken nicht. Sie war Lehrling wie ich, ein Flüchtlingskind aus Ostpreußen. Ihre Mutter und zwei Brüder wohnten ebenfalls auf dem Hof, in anderen Zimmern. Die Mutter konnte unglaublich hart und schnell arbeiten; mein Onkel schät sie hoch. Auch die Tochter war tüchtig, aber in anderer Hinsicht: Sie wollte es schön haben. Sie stellte Blümchen in unser Dachzimmer, das zwar recht hübsch war mit seinen gelb und hellblau gestrichenen Möbeln, aber dunkel und, weil es keinen Ofen hatte, im Winter eiskalt. Vor den gefrorenen Fensterscheiben baute Marie Kerzen auf, ich freute mich am Ornament der Eisblumen, sie las darin ihre Zukunft. Später erfuhr ich, daß sie gelegentlich ein bißchen gestohlen hat: Auf dem Dachboden lagerten Vorräte – Seife, Leinen, Rohkaffee –, und sie zweigte manchmal etwas davon ab und verkaufte es schwarz im Ort. Ausgehverbote umging sie geschickt, sie brauchte wenig Schlaf. Sie mochte Jungs, und die Jungs mochten sie: Saisonarbeiter, Lehrlinge von uns und aus den umliegenden Dörfern kreisten spätabends vor unserem Fenster und pfiffen hinauf. Marie mochte auch erwachsene Männer. Sie mochte sogar unseren Stallmeister, den wir anderen Mädchen fürchteten wie den Leibhaftigen, weil er uns an die Wäsche ging, sowie wir den Kuhstall betraten. Wir alle haben den Lehrherrn angefleht, uns nicht zum Melken zu schicken, und er sah das ein, aber Marie ging hoch erhobenen Hauptes hin, mit wiegenden Hüften. Sie sagte: »Was hast du? Melker sind eben übersinnlich!«

Natürlich hat niemand anderes als Marie mich zum ersten Mal zur Ostsee geführt. Ein heißer Sommernachmittag, ich lag im kühlen Zimmerchen und hörte durchs Fenster das Rascheln der Kastanie, deren Blätter grünes, schillerndes Licht auf die Wand warfen, und auf einmal stand Marie im Zimmer, frisch wie eine Brise, warf ihr strohblondes Haar in den Nacken und rief: »Hast du Lust? Herr Keun nimmt uns mit nach Haffkrug!« Herr Keun war ein Besucher, den Marie soeben kennengelernt hatte. Er besaß ein Auto und hatte von unserer Lehrfrau die Erlaubnis bekommen, uns auf eine Spritztour mitzunehmen. Sicher hatte meine Tante gedacht, wir beiden Mädchen würden aufeinander aufpassen, aber Marie dachte nicht im Traum ans Aufpassen, und ich war völlig ungeeignet. Kaum waren wir angelangt, setzten sich Marie und Herr Keun in einen Strandkorb, um zu schmusen. Ich ging am Strand spazieren, und obwohl ich das Meer zunächst genoß, stiegen allmählich Bitterkeit und Eifersucht in mir hoch. Ich konnte ja nicht allzuweit weg: Ich durfte den Augenblick des Aufbruchs nicht verpassen, weil ich auf Herrn Keuns Auto angewiesen war. Ich zog also die Schuhe aus und plantschte im seichten Wasser hin und her, und später hockte ich im Sand einige zehn Meter hinter dem knirschenden Strandkorb und wartete, während die Sonne sank.

Die Arbeit war aufgeteilt in *Küche* und *Stall*. Der Tag begann mit Feuermachen: Buschholz aus den Knicks, weil's billiger war als Brennholz vom Wald, es brannte gut, aber schnell, man mußte ständig nachlegen. Auf dem eisernen Herd kochten wir Milchsuppe für die »Leute«, wie die Arbeiter bei uns hießen, dazu gab's Haferflocken, Brot, Butter und Sirup aus Zuckerrüben. Aus Gerste rösteten wir eine Art Kaffee. Das war eine Winter- oder Schlechtwetterarbeit, sehr gemütlich: warm am bullernden Herd, dessen Feuer man sah, wenn man mit einem Haken Platten und Ringe wegzog. Die Röstpfanne stand auf dem geschlossenen Herd, man mußte die Gerste dauernd wenden, damit sie nicht anbrannte. Sie duftete herrlich. Weniger angenehm war das Sirupeinkochen: Um die lehmverkrusteten Rüben sauberzumachen, brauchten wir Stunden, und ebenfalls stundenlang mußten wir den Sirup im Wasserkessel rühren; wenn wir ermüdeten, setzte er sofort an.

Gefrühstückt wurde hastig. »So wie man arbeitet, so ißt man« war ein Brinkhof-Leitspruch, auch der Chef aß schnell und wenig. Nach dem Frühstück mußten wir aufräumen, abwaschen, fegen, wischen, putzen und das Mittagessen vorbereiten: Gemüse und Kartoffeln ernten oder, im Winter, aus den »Mieten« holen. Im Winter Erntegut reinigen, massenhaft Gemüse putzen, den Dreck von den Möhren schaben, Erbsen pahlen, Bohnen schnippeln und einsalzen, Apfelmus, Kompotts und Säfte einmachen. Kochen für die »Leute«, die ein anderes Essen bekamen als die Herrschaft: Der Eintopf, in der Regel mit Schinkenknochen und Schwarten gekocht, schmeckte oft streng.

Stallarbeit bedeutete: Hühner, Gänse, Enten, Schweine füttern. Brennesseln und Disteln schneiden und mit einem Quarkgemisch zu einem Brei für die ausgeschlüpften Küken kochen. Viehtröge reinigen, sehr mühsam: Die Tröge waren verdreckt, oft voll Kot, im Winter mußte man den angefrorenen Dreck losmeißeln. Man brauchte Wasser, aber das war eiskalt, bald waren meine Hände rot, rissig und aufgeplatzt. Maries Mutter riet mir, darauf zu pinkeln, und zwar täglich. Ich brachte es nicht fertig.

Zu jedem Wochenende die Küche von oben bis unten abschrubben, bis alles schwamm. Flur, Jungenzimmer und Veranda putzen. Den Hof fegen, vor allem zig Hundehaufen zum Misthaufen tragen. Der Chef liebte Hunde, wir hatten viele, aber die Wege waren weit, und als ich einmal die Haufen unter eine Buchenhecke kehrte, wurde ich streng bestraft.

In der Futterküche habe ich auch das Geflügelschlachten gelernt. Man mußte den Schnitt seitlich vom Kopf führen, selten traf ich auf Anhieb die Kehle, das Tier litt Qualen und ich auch. Dann rupfen, ausnehmen, zum Kochen vorbereiten. Noch schlimmer war das Schweineschlachten: Das geschah draußen, die Tiere schrien um ihr Leben, gellend, wie Riesensäuglinge mit Riesenlungen. Nach dem Bolzenschuß wurden sie abgestochen, und ich mußte mit einem Eimer das aus der Halsschlagader schießende Blut auffangen und von Hand rühren, damit es nicht gerann. Schrecklich! Schrecklich!

Einmal wurde ich für ein halbes Jahr zur Landwirtschafts-schule nach Mölln geschickt. Das Schulgeld wurde mir von meinem Monatslohn abgezogen. In Mölln lebte ich im Inter-nat, und das war die schönste Zeit meiner dreieinhalb Jahre langen Lehre, obwohl ich mit meinen sechzehn Jahren die jüngste war und keine Freundinnen fand. Nachts im riesigen Schlafsaal, wenn die anderen über ihre Freunde und Vereh-rer schnatterten, fühlte ich mich einsam. Viele Mädchen hat-ten »Erfahrungen«, manche waren schon verlobt. Eine erlitt im Bett über mir eine Fehlgeburt, alles schwamm im Blut. Am anderen Morgen holte der Verlobte, ein magerer Junge, sie ab. Ich war beeindruckt, wie traurig beide wirkten.

Das letzte Jahr Brinkhof ertrug ich kaum noch. Mein On-kel Albert war jähzornig, ein richtiger Wutkopf. Wir alle fürchteten ihn, arbeiteten doppelt so schnell, wenn er uns sah, und gingen in Deckung, wenn wir seine Stimme hörten. Strafen gab es ständig: das gleiche noch einmal tun; Zusatz-aufgabe; Entzug der Freistunde; bis spät in die Nacht arbei-ten. Die Maßnahmen verkündete er unter Gebrüll, bei männlichen Lehrlingen schlug er auch mal zu.

Er hatte sich nicht unter Kontrolle. Ich erinnere mich, wie er einmal seinen Bullen schlug. Der Bulle – er hieß Hans und war sehr kostbar – brach aus, wurde von den Knechten ein-gekreist und verrannte sich auf einer schmalen, zum Heu-boden führenden Stiege. Er konnte weder vor noch zurück, schnaufte, zitterte und rollte panisch mit seinen kleinen Au-gen, während der Chef, vom Heuboden kommend, in blin-der Wut auf ihn eindrosch. Der Bulle mußte getötet werden, der Chef war geknickt. Seine Frau entschuldigte diese und andere Ausfälle mit einer »Kriegsverletzung am Kopf«.

Sie, meine Tante Martha, war ausgeglichener als er, gele-gentlich konnte sie ihn besänftigen, und auch er gab sich bei ihr Mühe. Als Lehrfrau war sie geduldig, allerdings klopfte sie zu meinem Ärger immer die gleichen Sprüche: Tue es gleich! Arbeitsplatz sauber verlassen! Was du heute kannst besorgen, das verschiebe nicht auf morgen! Unsaubre Fenster betrachte als Feind, doch putze sie nie, wenn die Sonne drauf scheint!

Viel zu selten hatte ich mit den beiden Altbauern zu tun, Tante Marthas Eltern, zwei freundlichen, gütigen Menschen, die im oberen Stockwerk wohnten. Manchmal durfte ich sie besuchen und an Großtante Johannes Webstuhl Leinentücher weben. Das war gemütlich. Onkel Fritz las »Wild und Hund«, und Tante Johanne in ihrem schwarzen Kleid mit dem weißen Spitzenkragen saß am Fenster und sang mit hoher, klarer Altfrauenstimme wunderbare Lieder. Onkel Fritz und Tante Johanne haben mich übrigens Jahre später zu ihrem siebzigsten Hochzeitstag eingeladen, und ich bin auch hingefahren. Genau an diesem Morgen aber sind sie, Hand in Hand auf ihrem Ehebett liegend, gestorben.

Freunde hatte ich keine. Schöne Erlebnisse? Doch, einige: Einmal haben meine Zimmergenossin Marie und ich, als die Familie fort war, in Windeseile einen Kuchen gebacken; in der Küche Durchzug gemacht, alle Spuren beseitigt, und dann rannten wir auf nackten Füßen, den duftenden, warmen Kuchen unter einem Tuch auf dem Tablett, zur Jungenkammer. Obwohl die Jungenkammer säuerlich nach Schweiß und schmutziger Wäsche stank, war es ein Fest. Einer der Jungen schlug vor, wir sollten uns zusammen ins Bett legen und lieb zueinander sein, aber das wollte ich nicht, denn ich wartete bereits auf den »Richtigen«.

Meine Zimmergenossin Marie verließ uns wegen einer Verletzung. Eines Morgens bekam ich sie kaum aus dem Bett, und als ich sie unten im Licht sah, erschrak ich: Ihr Gesicht war lila-blau angeschwollen, allerdings sang sie laut und schwang fröhlich den Bohnerbesen im Frühstückszimmer hin und her. Ich ging meiner eigenen Arbeit nach; Maries Mutter warf einen Blick auf sie – »Wie siehst du denn aus!« – und lief aufs Feld. Marie wurde immer verwirrter. Schließlich fiel sie um, und ein Arzt mußte kommen, weil sie schon nicht mehr transportfähig war. Festgestellt wurde ein Schädelbasisbruch: Marie war nachts auf dem Rückweg von einem Rendezvous mit dem Fahrrad gestürzt. Aus dem Krankenhaus kehrte sie nicht zu uns zurück.

Und was noch? Einmal bekam ich eine Blindarmentzündung; ich wußte natürlich nicht, was es war, und bat die Familie um Hilfe. Zufällig war Tante Christas Gatte, der Lübecker Papierhändler, zu Besuch; der sah mich auf dem Sofa und bemerkte höhnisch: »Die braucht 'n Mann, das ist alles!« Ich war sechzehn und hatte keine Ahnung, wobei mir ein Mann helfen sollte. Schließlich fing ich an zu weinen, da brachten sie mich ins Krankenhaus. Ich wurde sofort operiert. Ein paar Tage lag ich in einem hellen Zimmer zusammen mit einem Mädchen, das entweder sehr langweilig war oder sehr krank; man konnte überhaupt nicht mit ihr reden. Immerhin genoß ich die Ruhe. Nur in der Dämmerung wurde mir bang, da sang ich Kirchenlieder. Zwei Wochen nach meiner Entlassung erreichte den Onkel ein Anruf aus der Klinik, das langweilige Mädchen habe mich gebeten, für sie zu singen. Jemand holte mich ab und brachte mich in dasselbe Krankenzimmer, aber zu dem Mädchen konnte ich gar nicht hin, das Bett war umlagert von bekümmerten Erwachsenen. Der mich abgeholt hatte, stellte mich in eine Ecke und drückte mir aufmunternd die Schulter, und ich sang alle Lieder, die ich kannte, von »Befiehl du meine Wege« bis »Ein feste Burg ist unser Gott«. Schließlich brachen einige der Erwachsenen in Schluchzen aus, da hörte ich auf zu singen, weil ich verstand, daß das Mädchen gestorben war. Jemand setzte mich in eine Droschke nach Hause.

Einmal wollte ich vom Brinkhof fortlaufen. Den Anlaß weiß ich nicht mehr, aber es war mitten im Winter, ich muß sehr verzweifelt gewesen sein. Ich stahl mich nachts aus dem Zimmer und rannte über die verschneiten Felder die sechs Kilometer zum Bahnhof Pansdorf. Dort saß ich zähneklappernd und schniefend auf einer Bank und hoffte, ein Zug würde kommen. Aber vor dem Zug kam die Morgendämmerung und mit ihr ein Bahnbeamter, der mich kannte und beim Brinkhof anrief. Onkel Albert holte mich mit der Pferdekutsche ab. Wir haben nicht über die Sache gesprochen, auch später nie. Wenigstens hat er nicht geschimpft.

Und immerhin hat er mich für ein paar Tage nach Hause fahren lassen, als kurz darauf meine Großmutter starb. Bei der Gelegenheit sah ich auch meinen Vater wieder: Er saß immer noch in dem englischen Internierungslager, aber für das Begräbnis seiner Mutter hatte man ihm Hafturlaub gegeben. Am nächsten Tag mußte er wieder zurück. Ich begleitete ihn auf dem siebzehn Kilometer langen Weg durch Eis und Schnee zur Bahnstation Neugraben und hoffte auf ein Gespräch, aber es ergab sich nicht. Von schräg unten betrachtete ich das Gesicht meines Vaters, das ironisch verzogen war; seine Lippen bewegten sich, und manchmal zuckten seine Arme wie zu einer Geste, obwohl er zwei Taschen trug. Es war, als übe er eine Verteidigungsrede. Einmal zupfte ich an seinem Ärmel, da fiel sein Blick auf mich. »Und du sei schön fleißig, Nele, damit du deiner Mutter eine Stütze sein kannst – wir leben in schweren Zeiten!« Immerhin, Vater sah mir in die Augen, so überlegen und freundlich, wie er es vor dem Krieg immer getan hatte, ich unterwarf mich sofort, und nun kommen wir nach Neugraben. Der Bahnsteig ist überfüllt, vor den Zügen Riesengedränge. Mein Vater, der groß gewachsen ist, reckt ein Bündel vollgestempelter Papiere in die Luft und ruft mit seiner ausgebildeten Lehrerstimme: »Ich muß unbedingt in diesen Zug! Ich stehe unter dem Schutz seiner Majestät des Königs von England!« Die Menschen bilden ein Spalier, er schreitet hindurch und entschwindet im Zug. Mich hat er vergessen. Ich laufe allein nach Hause zurück.

Was noch, was noch? Einmal, nach seiner Entlassung, besuchte Vater mich im Brinkhof; vielleicht stattete er auch einfach seinen Verwandten, die sich um meine Ausbildung gekümmert hatten, einen Anstandsbesuch ab. Vater machte immer Eindruck. Vorher hatten sie über ihn, den »Sträfling«, getuschelt, nun bewirteten sie ihn aufs höflichste und waren bemüht, ihm zu gefallen. Schließlich setzte er sich ans Klavier, das im Wohnzimmer verstaubte, spielte irgendwas (ich glaube Schubert) und klappte dann zufrieden den Deckel herunter. Ich bat ihn, das Stück noch einmal zu spielen, er verneinte, ich bat erneut, und da fragte er unwillig: »Warum? Ich muß doch zum Zug!« Er verstand nicht, daß ich ihm nahe sein wollte und ohne Musik keinen Weg zu ihm fand.

Er war ein begabter Mann, mein Vater. Leider habe ich ihm persönlich nie etwas bedeutet; er liebte mich nur als seine Tochter, nicht als Nele. Aber das darf ich ihm wie gesagt nicht übelnehmen: Er war ein Kind seiner Zeit, und all sein Stolz galt den Söhnen. Leider habe ich das übernommen. Ich dachte: Klar, ein Mann interessiert sich nur für erwachsene Frauen, die ihm Söhne gebären, also muß ich rasch erwachsen werden, um einen Mann zu interessieren und ihm Söhne zu schenken. Manche Träume erfüllen sich nicht, und das ist nicht unbedingt schlecht; vielleicht waren es von vornherein die falschen Träume, egal, was alle sagen.

Aber manche erfüllen sich. Und auch das ist ein Traum. Auf dem Brinkhof stand in der Wohnzimmerecke ein alter Bücherschrank, dessen Glastüren durch ein Messingschloß gesichert wurden. Aber der Eichenholzrahmen, der den Riegel hielt, war wackelig. Oft, wenn das Wohnzimmer leer war, strich ich um diesen Bücherschrank und studierte durch das Glas alle achtunddreißig Buchrücken. Fach- und Sachbücher über Landwirtschaft, aber auch Romane: »Der Jäger von Fall«, »Kampf um Rom«, »Soll und Haben«, »Buch der Lieder«, »Segen der Erde« und – dieser Titel erregte meine Phantasie besonders – »Die Heilige und ihr Narr«. Einmal fragte ich meine Tante Martha, ob ich die Bücher lesen dürfe, und sie fragte kopfschüttelnd zurück: »Hast du denn heute dein Lehrlingstagebuch schon geführt?« Jeder Lehrling mußte ein Tagebuch führen, und natürlich sah die Lehrfrau es gelegentlich durch, um dann mit mildem Spott unsere Ausdrucksweise zu bemängeln. Jedesmal, wenn sie das tat, dachte ich ganz klar und kalt: Das steht ihr nicht zu!, womit ich ebenso ihr Vorgehen meinte wie ihre Kompetenz. Ich war ja sonst immer gehorsam bis zur Idiotie, aber auf einmal spürte ich in mir einen unangreifbaren Punkt. Später traute ich mich, die Türen aufzudrücken und heimlich ein Buch nach dem anderen herauszuholen und im Halbdunkel meines Zimmers zu lesen. Ich glaube, kein Glück kann mächtiger und direkter sein als das, das ich in diesen Stunden empfand. Ich dachte: Wer sein wahres Leben in Worte zu fassen vermag, dem kann nichts mehr passieren. Der ist wirklich frei.

Inhalt

»Das ist der Kadaver von Berlin.«

Anonyma
Eine Frau in Berlin
Tagebuchaufzeichnungen
vom 20. April bis 22. Juni 1945
Mit einem Nachwort
von Kurt W. Marek
300 Seiten · geb. mit SU
€ 19,90 (D) · sFr 36,–
ISBN 3-8218-4737-9
Erfolgsausgabe
der Anderen Bibliothek

Wer erfahren will, wie es während des Krieges wirklich war, wird sich an die Frauen halten müssen. So sieht es die Autorin dieses Buches, die das Ende des Krieges in Berlin erlebt hat. Es ist nicht das Ungewöhnliche, das in diesem einzigartigen Dokument geschildert wird, sondern das, was Millionen von Frauen erlebt haben: zuerst das Überleben in den Trümmern und dann, nach der Schlacht um Berlin, die Rache der Sieger. Die Aufzeichnungen sind frei von jeder Selbstzensur. Von jenem Selbstmitleid, an dem die geschlagenen Deutschen litten, fehlt hier jede Spur.

Illusionslose Kaltblütigkeit, unbestechliche Reflexion, schonungslose Beobachtung und makabrer Humor zeichnen das Tagebuch aus. Niemand, der es liest, wird es wieder vergessen.

 Eichborn.

Kaiserstraße 66
60329 Frankfurt
Telefon: 069 / 25 60 03-0
Fax: 069 / 25 60 03-30
www.eichborn.de
Wir schicken Ihnen gern ein Verlagsverzeichnis.